4ª ristampa

In sovraccoperta: foto dell'autore
Illustrazione interna di Ruy

ISBN 978-88-90532-60-3

Giancarlo Gasponi

Nati d'inverno

Edizioni Indaco

Fontana dei Fiumi. Piazza Navona

Nati d'inverno

Un grazie sentito agli amici che hanno letto il manoscritto fornendo preziosi consigli: Alessandra Mei, Anna Fiore, Anna Libutti, Barbara Scarpa, Cinzia Ortenzi, Erminia Santangelo, Giulia Andreotti, Laura Zannino, Lili Etessam, Maria Paola Negri, Maria Rita Felici, Paola Zuccarini, Parvin Soleimani e Riccardo Pagnani.

Prologo

Amava giungere a piazza Navona sbucando da via dei Canestrari, una stradina secondaria che non lasciava presagire nulla. Soltanto giunti alla fine, voltato l'angolo, la grande piazza appariva come d'incanto nella cornice aristocratica dei suoi palazzi, la magnificenza dei suoi monumenti barocchi, lo scrosciare festoso delle fontane.

Per Francesco piazza Navona non era semplicemente la più bella delle piazze romane ma un luogo magico capace di ispirargli una gioia misteriosa. Sin dall'infanzia infatti, quell'isola di luce che si apriva nel labirinto dei vecchi rioni lo riempiva di una sottile eccitazione che il passare degli anni non aveva affievolito. Pensava che, come spesso accade agli uomini, anche certi luoghi avessero un loro destino particolare. Quello di piazza Navona era d'essere un luogo d'arte e bellezza, di incontro e divertimento.

Non a caso era sorta sulle rovine dello stadio di Domiziano, un luogo destinato a giochi e gare, conservandone nel tempo la forma lunga e avvolgente. Anche durante il Medioevo e oltre, la piazza aveva ospitato feste popolari, giostre, tornei.

Ancora a metà Ottocento, nei fine settimana di agosto, gli scoli delle fontane venivano turati allo scopo di trasformare la piazza in un lago, per il divertimento sia dei nobili, che vi entravano con le loro carrozze bardate a festa, che della ragazzaglia che le rincorreva nel guazzo schiamazzando.

Il fremito festaiolo vive ancora oggi, soprattutto nel pomeriggio sino a tarda notte. Acrobati, giocolieri, burattinai e altri guitti di strada improvvisano i loro spettacoli originando fitti capannelli di persone. Sul tardi, quando la gente esce accaldata dai ristoranti, ecco farsi vivi cantanti, musicisti, maghi, chiromanti. Le lanterne a gas di pittori e ritrattisti rischiarano le loro piccole esposizioni d'arte punteggiando di luce la piazza.

Un «teatro», aveva definito questo luogo il Belli in un celebre sonetto che nessuna guida turistica mancava di riportare. Francesco lo recitava in un imbarazzato romanesco a chiunque avesse guidato alla scoperta del suo gioiello:

Se po' fregà piazza Navona mia
e de San Pietro e de piazza de Spagna.
Cuesta non è una piazza, è una campagna,
un treàto, una fiera, un'allegria.

Ancora bambino, durante le lezioni di catechismo, quando Padre Taddei parlava del Paradiso a Francesco veniva in mente un luogo piuttosto noioso, il cui unico pregio era quello di consolarlo di non essere finito all'Inferno. Lui, quando cercava di immaginarsi il Paradiso, udiva lo scroscio della Fontana dei Fiumi.

«Il giorno che metterò piede in piazza San Pietro con lo stesso stato d'animo con cui mi reco a piazza Navona, quel giorno sarò senz'altro più vicino a Dio...», aveva confidato una volta a sua moglie.

Ma l'umore dei luoghi è strettamente legato a quello degli uomini, avrebbe imparato. E quando il cuore degli uomini si fa scuro, qualunque luogo perde la sua luce.

1

1984

Era una calda giornata di luglio quando Francesco cercò di nuovo l'abbraccio di piazza Navona. Percorse fino in fondo via dei Canestrari, girò l'angolo, e la ritrovò immersa nel torpore della calura estiva. Si diresse verso la Fontana dei Fiumi e girò attorno la grande vasca, come amava fare da bambino cercando le creature fantastiche che popolavano la scogliera, ma gli parve di non vedere che pietre. Quando alzò lo sguardo i gesti delle statue dei Fiumi gli suonarono ampollosi. L'acqua scorreva monotona, senza letizia.

Sedette a un tavolo all'aperto del Caffè Domiziano.

Per quanto tempo aveva camminato sotto quel sole rovente? Avvertì la stanchezza salire dalle gambe e invitarlo a chiudere gli occhi: lentamente ogni rumore parve smorzarsi: il brusio delle voci, il suono dell'acqua; perfino i pensieri presero a muoversi in punta di piedi.

Dunque si poteva esser vivi anche in quello strano modo, pensò. Niente più dolore, niente più emozioni, nessuna fretta ad accelerare quel cuore che batteva indifferente, autonomo, come un orologio.

Eppure aveva conosciuto attimi di una intensità prodigiosa, autentici stati di grazia nei quali gli era parso di sfiorare l'essenza stessa della vita. Quell'ebbrezza dell'animo l'aveva per lungo tempo appagato, illuso, reso perfino presuntuoso. Ora aveva la testa piena e vuota al tempo stesso. Vuota di pensieri per il futuro e piena di immagini del passato che andavano e venivano in modo sconclusionato.

I raggi del sole, riflessi dall'acqua, gli penetrarono come aghi tra le palpebre. Serrò gli occhi e si rivide bambino lanciarsi in corse sfrenate tra una fontana e l'altra come se la piazza fosse ancora uno stadio dove macinare tutta l'energia che gli scoppiava dentro. Esausto, si dirigeva verso la panchina di pietra dove la mamma leggeva il suo romanzo. Lei accantonava il libro e lo stringeva a sé, gli passava la mano sulla fronte sudata e prendeva a riordinargli i capelli con le dita. Lui ripigliava fiato, e cercava di assorbire ogni goccia della dolcezza che lo invadeva. Oh, se il tempo avesse indugiato più a lungo in quegli istanti, quando tutte le cose gli parlavano e gli sorridevano!

La voce del cameriere lo riportò bruscamente alla piazza e ai suoi rumori. Dopo aver chiesto un caffè prese a guardarsi distrattamente attorno. Seduto a un tavolo vicino un uomo leggeva un quotidiano. Lo teneva alto davanti a sé in un modo che a Francesco parve quanto meno scomodo. D'un tratto lo vide spostare il giornale di lato, quanto bastava per lanciargli un'occhiata, ma accortosi d'essere osservato a sua volta, l'uomo tornò subito a nascondersi. Francesco ebbe il tempo di scorgere sul viso del tizio un grosso neo scuro sulla guancia, lo stesso neo che aveva notato sul viso di una persona incrociata in strada un paio d'ore prima. Ma aveva la testa altrove e non diede peso a quella coincidenza.

Fu attratto dal movimento di persone attorno alla fontana. Darsi appuntamento a piazza Navona presso la Fontana dei Fiumi era una vecchia consuetudine cittadina. Lo sguardo si fermò a una giovane ragazza vestita di bianco. Riportava indietro i capelli dorati che il caldo umido le incollava sulla fronte. Probabilmente attendeva qualcuno che tardava, a giudicare dall'espressione imbronciata. Anche lui si era incontrato tante volte con una ragazza che amava vestirsi di bianco, proprio in quel punto vicino la fontana. Ma lui non tardava mai, arrivava sempre per primo, anzi.

Non riusciva a immaginare la sua vita senza Giulia. Ora che la sua assenza gli aveva scavato nell'animo un vuoto profondo, si accorgeva di quanto fosse vasta la sua solitudine. Più volte sua moglie l'aveva messo in guardia e più volte le sue parole gli tornavano alla mente: «Essere felice, per te, è come una conferma della tua superiorità. E quando sei a terra disprezzi chiunque perché non comprende ciò che ti fa soffrire. Tutto finisce sempre per gonfiare la tua superbia! Dicevi che solo specchiandoci negli altri possiamo comprendere a fondo noi stessi, ma tu lo fai come un Narciso!»

«Ti ho delusa, vero?» aveva chiesto abbassando lo sguardo.

«Sei tu ad essere deluso di te stesso, ad essere sempre amareggiato... Ma se non stimi nessuno, nessuno potrà esserti di aiuto...»

Vedendolo smarrito, la donna gli aveva sorriso, e la dolcezza di quello sguardo era stata come una carezza sulla sua piagata misantropia. Oh, come tutto gli appariva chiaro, adesso... Giulia era stata il suo unico sole. Nessun'altra luce aveva rischiarato la sua vita. E così come il sole illumina vigorosamente la terra mentre le altre stelle, sebbene infinite, appaiono remote e insignificanti, allo stesso modo appariva ai suoi occhi il resto dell'umanità.

Si voltò verso l'estremità curva della piazza dove le facciate dei palazzi disegnavano un semicerchio che ricalcava l'antico tracciato dello stadio romano. Sotto il martello del sole le persone procedevano a passo svelto, ognuna spinta da un pensiero, un desiderio, un assillo. *Marionette*, pensò.

Tornò con lo sguardo alla giovane col vestito bianco. La vide controllare l'orologio per poi tornare a frugare con gli occhi tra la gente. Quanto ancora avrebbe aspettato?

Trascorsero diversi minuti, forse una mezz'ora. Francesco si voltò giusto in tempo per vedere il vestito bianco della ragazza scomparire in una delle vie d'intorno.

Decise di andare. Lasciò il denaro sul tavolo e si diresse verso casa.

2

«Buongiorno...» salutò il portiere con la solita espressione che Francesco trovava inquietante. Quell'uomo sulla quarantina, basso e tarchiato, non perdeva occasione per sfoggiare l'ampio sorriso dove brillava un'invidiabile dentatura. Ma gli occhi non partecipavano affatto a quel sorriso, conferendo al viso un aspetto quasi beffardo.

«Un'ora fa è passata la signora Gina e ha lasciato qualcosa per lei», disse il portiere scomparendo nella guardiola. Riapparve con una busta di plastica trasparente contenente della spesa.

«Vi sono anche dei cibi surgelati. Sua zia si è raccomandata di metterli subito nel congelatore. Io stesso ve li ho tenuti finora.»

«Mi dispiace per queste seccature, Vittorio, mia zia...»

«Nessuna seccatura», lo interruppe l'uomo. «Si figuri, sono qui per questo, piuttosto si affretti prima che i pacchetti si scongelino.»

Francesco lo ringraziò di nuovo e si diresse verso le scale.

Lasciò la busta con i surgelati sul tavolo del salotto e si gettò sul divano lasciando andare lo sguardo oltre la finestra. Un aereo tracciava nel cielo una striscia chiara ed ebbe di nuovo la sensazione che la gente si muovesse in fretta inutilmente.

L'aveva conosciuta, lui, la fretta, l'impazienza, l'affanno. Poi, quando aveva visto la bara di Giulia calare nella fossa, l'aveva invaso una strana calma.

Si alzò dal divano e si procurò del nastro adesivo. Afferrò la busta e svuotato il contenuto sul tavolo vi introdusse completamente la testa. Avvolse la plastica attorno al collo e la sigillò con il nastro adesivo. Tornò quindi a sdraiarsi prima che la plastica si appannasse del tutto. Sentì in viso il calore del proprio respiro che diveniva affannoso. Nonostante lo trovasse buffo, decise di sistemarsi come un cadavere nella bara: i piedi uniti, le mani incrociate solennemente sul petto.

Passarono pochi minuti e il cuore prese a cannoneggiare invocando ossigeno. Percepì il flusso dei pensieri rallentare, le immagini nella mente sfaldarsi. Gli passarono davanti volti conosciuti senza più nome, oggetti comuni senza più senso. Le cose apparivano di colpo arbitrarie, misteriose. Il sentimento della vita scivolava via prima della vita stessa, come in un mosaico dove ogni tessera perde colore.

Il palpito affannoso si fece sempre più lontano finché gli parve di non sentirlo più. Sopra di lui sfolgorarono gli ori della volta. Il rito era concluso, gli ultimi passi si smorzavano nel silenzio. Il lungo bastone del chierichetto soffocò una ad una le fiamme sull'altare e una vertigine oscura inghiottì gli ultimi lampi della sua coscienza.

Si trovò immerso in una luce intensa e bianchissima.

In quel chiarore distingueva appena delle figure lontane. Una di queste prese ad avanzare lentamente verso di lui finché non riconobbe il volto di Giulia. Un fremito di gioia lo scosse fino alle lacrime. Si protese per abbracciarla ma si trovò bloccato da una forza invisibile che sembrava emanare dalla donna. Si chiese se Giulia fosse lì per accoglierlo o respingerlo. Il suo sguardo dolcissimo, tuttavia, lo rassicurò infondendogli un profondo senso di pace.

Quando si svegliò aveva ancora i piedi uniti e le mani incrociate sul petto. Avvertì sulle labbra una sensazione di freddo che contrastava con il caldo umido che gli fasciava la testa. Portò istintivamente le dita alla bocca e si accorse che la plastica era lacerata. Infatti stava respirando liberamente. Rimase interdetto: forse prima di perdere coscienza aveva strappato la plastica in un gesto istintivo, fu il primo pensiero. Però era rinvenuto con le mani ancora incrociate sul petto come se non si fosse mai mosso... Cosa era accaduto? Quanto tempo era trascorso? Introdusse le dita nella lacerazione della busta e la dilatò con forza fino a liberare completamente la testa.

«Devo aver sognato Giulia», si disse.

Sedette sul divano e si accorse di avere le suole delle scarpe bagnate. I pacchetti dei cibi surgelati si stavano sciogliendo e l'acqua era scivolata sul pavimento creando un piccolo guazzo. Andò a riporre i pacchetti nel congelatore badando a non calpestare il pavimento bagnato.

Quando rientrò in salotto notò che la luce della finestra, riflettendosi sul pavimento, faceva risaltare leggere tracce di bagnato che dal divano giungevano sino alla porta. Si chinò a osservarle con attenzione. Non v'era dubbio che si trattasse di impronte di scarpe. Dal salotto proseguivano sino all'ingresso per scomparire presso la porta dell'appartamento. Ebbe un tuffo al cuore: qualcuno era entrato in casa, forse solo qualche attimo prima, e l'aveva visto. L'aveva visto steso diritto sul divano con le mani incrociate sul petto e la testa chiusa in una busta della spesa. Con ogni probabilità quella stessa persona aveva lacerato la plastica per consentirgli di respirare. Ma certo. Non poteva averlo fatto lui stesso, come dimostravano le sue mani trovate al risveglio nell'esatta posizione in cui le aveva incrociate.

Chi poteva essere entrato? Delle chiavi dell'appartamento ne erano in possesso, oltre a lui stesso, soltanto sua zia e il nuovo inquilino. Escluse la zia, che certo non si sarebbe limitata a lacerare la busta e andarsene. Non restava che l'inquilino. Si accertò che non fosse in casa, come d'altronde dimostravano le impronte che conducevano all'esterno.

Avvampò di vergogna al pensiero di quando l'avrebbe incontrato. Cosa dire? Come spiegare? Si stupì che dopo i terribili giorni trascorsi, la sua maggiore preoccupazione fosse ora quella di non apparire ridicolo agli occhi di un semisconosciuto. "Evidentemente ci è più cara la dignità che la vita stessa", pensò.

Lo squillo del telefono lo fece sobbalzare.

«Pronto? Pronto!»

Percepì chiaramente il respiro della persona all'altro capo del filo, poi udì riagganciare. Il suo salvatore voleva accertarsi del suo stato di salute, si disse. Dunque l'inquilino era deciso a restare nell'ombra.

Si affacciò alla finestra nell'aria calda e immobile. In fondo non sapeva molto di quell'uomo. Era arrivato da poco e non si erano parlati granché. Forse la cosa migliore era affrontarlo e spiegargli con franchezza l'accaduto. Decise di fare così, soprattutto per dare subito un taglio a quella situazione imbarazzante.

Trascorsero l'intero pomeriggio e la sera ma l'inquilino non si fece vivo. Verso mezzanotte, sfiancato dalle emozioni, Francesco crollò in un sonno profondo.

L'inquilino rientrò poco più tardi e si ritirò silenziosamente nella sua stanza.

3

1950

A sette anni il mondo appariva a Francesco diviso in due parti ben distinte, due dimensioni assai diverse che trovavano modo di comunicare tra loro solo sporadicamente.

Racchiuso entro alte mura v'era il misterioso mondo delle chiese: era la casa del Signore ma anche il regno della zia Gina, la quale si muoveva perfettamente a suo agio tra le minuziose regole di quei luoghi e godeva di una certa familiarità con il Padrone di casa.

Roma abbondava di chiese. Piccole, grandi, umili, sfarzose. Da secoli le loro monumentali facciate costituivano una nota dominante nel paesaggio urbano ma la loro voce, il loro richiamo, si erano assai affievoliti nella distratta babele della vita moderna.

La zia frequentava quotidianamente la chiesa di San Carlo ai Catinari, presso il suo negozio di antiquariato, ma spesso amava spingersi fino a Sant'Andrea della Valle, una delle più vaste chiese del rione. L'interno, nella sua compassata monumentalità, non entusiasmava Francesco. Come tante chiese romane concepite nello spirito severo della Controriforma, gli evocava un Dio autoritario che guardava con espressione accigliata alle cose degli uomini. Altre chiese invece, non meno grandiose ma dall'aspetto più amichevole, lo facevano pensare a un Creatore più affabile e bendisposto verso le sue creature.

Tra gli edifici preferiti dal bambino v'erano alcuni templi partoriti dalla fantasia del Barocco, dove la stravaganza di nuove forme aveva fatto allegramente irruzione, padroneggiata divinamente dai geni della nuova arte. Bellezza e maestosità avevano abbandonato il loro tono austero per divenire emblemi di una gioiosa e trionfante grandezza che magnificava la gloria della Chiesa Cattolica. Anche i personaggi raffigurati nei dipinti o nelle sculture, liberati dal rigore classico, mostravano espressioni e gesti che ricordavano la vita ordinaria degli uomini che vivevano fuori da quelle mura. Molte cappelle sorprendevano il visitatore con impianti scenici di grande effetto, gli altari stessi erano inseriti in estrose scenografie e inoltre, realizzati appositamente per stupire, finte cupole dipinte, prospettive ingannevoli e autentici trompe l'oeil facevano di questi luoghi delle vere e proprie attrazioni per il bambino, la cui visita era preferita di gran lunga al solito pascolare lungo i viali alberati del Gianicolo sotto lo sguardo marmoreo dei garibaldini.

Per la zia Gina la religione era un sentimento con profonde radici, e lo si coglieva bene dall'espressione compunta con cui, superata la gradinata d'ingresso, entrava nella casa del Signore. Salendo quei gradini anche Francesco si faceva serio quanto bastava, cercando di armonizzarsi con il tono austero di sua zia.

Una volta chiuse dietro le spalle le doppie porte di legno, ogni rumore esterno si spegneva nell'alto silenzio delle navate dove persino i propri passi producevano un'eco imbarazzante.

A quell'ambiente scuro e freddo Francesco aveva fatto l'abitudine. Mentre la zia sgranava il suo rosario, lui esplorava le navate laterali spingendosi arditamente nelle cappelle più buie. Sopra gli altari e sulle pareti, dipinti incupiti dal tempo raccontavano storie drammatiche ed eventi prodigiosi che il profumo d'incenso immergeva in un'atmosfera arcana.

Rischiarate dalla fiamma di qualche candela, il bambino ritrovava presenze enigmatiche e familiari al tempo stesso. La giovane figura di Maria, con il cuore trafitto da minuscole spade lucenti e il volto illanguidito da una sofferenza dolcissima, lo immergeva ogni volta in ponderose fantasie. Dapprima si vedeva estrarre quelle spade una ad una con infinita cautela; quindi la Vergine gli sorrideva dolcemente ponendolo a sedere sulle sue ginocchia come faceva altrove con il suo piccolo Gesù, e mentre lui stringeva fiero in pugno le sette spade estratte, lei lo circondava con il suo sguardo amorevole e lo baciava delicatamente sulla fronte. Prendeva poi a sussurrargli parole sconosciute che gli colmavano l'animo di letizia. Man mano che ascoltava quella voce, ecco che una luce sempre più intensa rischiarava quel mondo a lui impenetrabile intessuto di oscure consuetudini e puntigliosi rituali che gli adulti chiamavano religione. Ma, ahimé, bastava un rumore, l'approssimarsi di qualcuno, che subito quella suggestione svaniva e nessuna traccia di quelle parole gli restava nella mente: la religione tornava ad essere quel coacervo inestricabile di astrusità, quelle spade impietose erano ancora tutte al loro posto, e anche a lui pareva ora di avere nel cuore qualcosa che pungeva.

In quel suo girovagare tra navate e cappelle a volte spiava la zia assorta in preghiera, le palpebre socchiuse, la fronte corrugata per la concentrazione. Prendeva allora a fantasticare sui dialoghi della donna con il suo Signore. Vinto dalla curiosità, un giorno le chiese di acquistare un rosario anche per lui e Gina lo accontentò subito: si sfilò la collana di perline verdi che aveva indosso e la fece scivolare nelle mani del bimbo.

«Come vedi, tra le perle c'è un cubetto nero», disse. «Inizia a pregare da lì e quando lo sentirai tornare tra le dita avrai terminato il tuo rosario.»

Emozionato per la nuova impresa, Francesco si inginocchiò serrando le palpebre e corrugando la fronte, il cubetto nero pronto tra il pollice e l'indice.

«A cosa pensi quando pensi a Dio, tu?» chiese.

«Concentrati su Gesù, che amava moltissimo i bambini come te», rispose la donna.

Francesco non sapeva immaginarsi Gesù se non in croce, anche perché era in quel modo che lo vedeva ovunque: non solo sugli altari e nei dipinti delle chiese ma sopra al suo stesso letto, dietro la testa del maestro di scuola, nella guardiola del portiere, perfino nell'officina del meccanico, appeso assieme a un grigio ramoscello d'ulivo e a un calendario a colori con una prosperosa signorina che sedeva giuliva sopra un grosso pneumatico. In dimensioni più ridotte, il crocifisso pendeva dal cordone dei frati, dagli specchietti retrovisori delle automobili, nonché dal collo delle persone, spesso assieme a medagliette e ciondoli di vario genere. In alternativa al crocifisso avrebbe potuto pensare a Gesù Bambino che sorrideva in braccio alla Vergine, ma non l'attraeva affatto l'idea di rivolgersi a un bambino più piccolo di lui.

«Quale preghiera si deve recitare?», chiese ancora.

«Il *Padre Nostro* è una preghiera uscita dalle labbra stesse di Gesù», rispose Gina con un sorriso. «Vedrai che dopo il rosario quelle parole ti suoneranno diversamente. Il segreto di ripetere le orazioni è proprio quello di approfondire nel nostro cuore il loro significato. Concentrati sulle frasi che pronunci, e soprattutto, cerca di sentire la presenza di Gesù che ti ascolta.»

Esaurita ogni incertezza, tra le dita del bimbo il cubetto di vetro cedette il posto a una perlina. Si accorse subito che non era affatto facile mettere in atto i suggerimenti della zia. Quando si concentrava su quello che diceva, gli sfuggiva l'immagine di Gesù che lo ascoltava, sicché dovette impegnarsi a fondo per tenere le cose assieme. Non allenato, presto si ritrovò esausto e cominciò a desiderare che il cubetto nero gli tornasse quanto prima tra le dita. Procedeva ormai meccanicamente quando si accorse che all'immagine del crocifisso si era sostituita da un pezzo quella di Paoletta, la bimba più bella della scuola al cui sguardo il suo trepidante cuoricino aveva scoperto di avere le ali.

Trasalì al pensiero di quanti *Padre Nostro* avesse recitato di fronte al suo sfrontato angioletto. Accantonò il volto di Paoletta e fece apparire di nuovo Gesù, cominciando a scandire bene le parole. Ma il guaio era fatto. Paoletta non si rassegnava a restare nell'ombra e rispuntava fuori profittando della minima distrazione: appiccicosa come miele, era difficile rimuoverla da davanti gli occhi, tornava indietro come un elastico ogni volta che Francesco tentava di allontanarla. Il bambino fece appello a tutte le sue forze e ingaggiò una battaglia furibonda per cacciar via quell'idoletto importuno. Ma era ormai sfinito: nonostante ogni sforzo le due immagini continuavano ad alternarsi tra loro, a tratti si mescolavano, si confondevano, ora la figura di Gesù assumeva il volto di Paoletta, ora vedeva Paoletta sulla croce, finché perse completamente le redini dei suoi pensieri. Quando il dannato cubetto avvertì i suoi polpastrelli che quel carosello era finito, si alzò e crollò a sedere come uno straccio.

«Ma cos'hai?», chiese Gina, «sei pallido… Esci a prendere un po' d'aria… ti raggiungo tra un minuto.»

Non se lo fece ripetere. Corse fuori e tirò un gran respiro. Che idea balzana voler recitare il rosario come la zia! Ora aveva offeso Gesù. Decise che non avrebbe più preso in mano quel cerchio di perline che gli appariva ora una specie di tagliola. Ormai non avrebbe più potuto pensare a Paoletta, che da tempo occupava amabilmente i suoi pensieri, senza avvertire quel fastidioso senso di colpa per averla preferita a Gesù.

4

Il mondo delle chiese tornava nei pensieri di Francesco al momento di recitare le orazioni prima di dormire.

«Quando preghi non devi perderti in fantasticherie ma ricordarti che sei di fronte a Gesù», aveva raccomandato la zia. «Anche se tu non lo vedi, Gesù vede te e ti ascolta.»

«Gesù ci vede sempre?» aveva chiesto preoccupato.

«Certo. Gesù ci osserva sempre con amore, ed è pronto in ogni momento a consolarci e sostenerci.»

«E se mi nascondo nell'armadio, mi vede lo stesso?»

«Ma che domande sono queste? Nessuno si nasconde se non ha la coscienza sporca! Dimentica certe sciocchezze e cerca piuttosto di dormire.»

La zia sigillò quanto detto con un bacio sulla fronte, spense quindi la luce e uscì dalla stanza.

Francesco fu invaso da una folla di pensieri. Dunque Gesù l'aveva visto mentre introduceva dei fiammiferi nel formicaio in giardino, e anche quando origliava dietro la porta degli zii. Si rivide mentre mostrava il suo pisellino allo sguardo incuriosito di Antonia, la sua compagna di giochi, e trasalì dalla vergogna.

Sprofondò sotto le coperte, ma immaginò che Gesù l'avrebbe visto lo stesso.

Frugò concitatamente nei ricordi ma non trovò altri fatti gravi, tranne alcune bugie che considerò di poca importanza.

Si consolò, anzi, al pensiero che alcuni compagni di scuola avrebbero avuto più cose di lui da nascondere.

Lentamente si calmò. La zia aveva detto che Gesù gli sorrideva. Decise che avrebbe chiesto perdono e promesso che mai più sarebbe ricaduto in certe nefandezze.

Riemerse dalle coperte e si inginocchiò sul letto, le mani giunte per una solenne richiesta di perdono. Ma dopo qualche parola si accorse di provare vergogna e il motivo gli fu subito chiaro: stava barando. In verità non era affatto intenzionato a smettere di ascoltare di nascosto i discorsi degli zii. Sapeva bene che l'avrebbe fatto di nuovo: era l'unico modo per apprendere cose riguardanti la mamma che gli zii non gli avrebbero mai rivelato. No, non avrebbe potuto farne a meno.

Rimase immobile con le mani giunte a cercare una via d'uscita, ma non la trovò. Riprese allora a pregare, ma gli parve di borbottare parole inutili. Sentì che Gesù non gli sorrideva più e un'ombra scura gli scese sul cuore.

5

Nel rumoroso mondo fuori dalle chiese pulsava frenetica la vita cittadina. Se il tempio era la casa del Signore, fuori regnava il mondo del denaro, del lavoro, dei comuni sentimenti umani. Le ombre e i misteri delle chiese non potevano essere più lontani. Qui tutto appariva più semplice, più concreto, più rapido. I movimenti stessi delle persone, come il loro tono di voce, suonavano diversi, ubbidivano ad altri pensieri, possedevano un diverso palpito.

Ogni giorno, lo stesso sole illuminava gli sforzi di ognuno per procacciarsi dei soldi. Con il denaro si poteva acquistare ogni cosa ma era necessario lavorare, come faceva la zia Gina nel suo negozio di antiquariato. Le persone senza soldi erano tristi e sembravano spesso malate. A volte erano anche sporche e maleodoranti e giacevano con i loro stracci agli angoli dei palazzi o sui gradini delle chiese.

Il lavoro, però, procurava non poche angustie. Quante volte aveva ascoltato la zia lamentarsi che per tutto il giorno non si era visto un cliente, che il restauratore e il tappezziere pretendevano sempre più soldi, che si sarebbe finiti col dover chiudere bottega? A volte si disperava accoratamente, rievocava lo spauracchio della fame patita in tempo di guerra, finché lo zio non riusciva a calmarla con la magica ruggine della sua voce. Lo stesso zio, tuttavia, non considerava il momento in cui era andato in pensione come una liberazione invocata da tempo? Ora poteva tranquillamente dedicarsi ai suoi lavori, e ne era ben lieto.

Il mondo del lavoro non piaceva a Francesco: gli appariva noioso e non lasciava tempo per le cose che si amavano. Il solo pensiero di sacrificare le sue giornate semplicemente per procurarsi da mangiare e un tetto sulla testa gli faceva apparire la vita come un pesante fardello. Detestava quando qualcuno chiedeva cosa gli sarebbe piaciuto fare da grande. Né sempre lo attraeva il pensiero di dover crescere.

6

In una tiepida notte estiva, Francesco scoprì cosa nascondeva il folto cespuglio di capelli annodato dietro la nuca della zia. Conteneva altri capelli, ma così tanti e così lunghi come non avrebbe mai immaginato.

Quella sera, come sempre, la zia l'aveva baciato sulla fronte e aveva spento la luce augurandogli la buonanotte; ma il bambino non era riuscito a prender sonno. Trascorsa mezz'ora e stanco di rivoltarsi nel letto, era scivolato silenziosamente in cucina per procurarsi un pezzo di pane. Come altre volte, l'avrebbe nascosto sotto il cuscino mangiucchiandone minuscole porzioni per volta. Non ricordava quando quell'abitudine avesse avuto inizio, ma sapeva che era infallibile per prendere sonno. Al mattino la zia borbottava trovando le lenzuola piene di briciole, ma non lo rimproverava.

Quella notte, mentre tornava dalla cucina con il pane, notò che la stanza degli zii era fievolmente illuminata. Avvicinandosi alla porta socchiusa udì il cupo russare dello zio, poi intravide Gina seduta di fronte al suo grande specchio. La lampada sul tavolo era coperta da un foulard per attenuarne il chiarore e Francesco impiegò qualche istante a rendersi conto di cosa fosse quella massa fluida sulla schiena della donna. Poi, esterrefatto, vi riconobbe una fitta capigliatura ondulata che la donna stava pettinando, talmente lunga da sfiorare i fianchi. Dove la zia passava la spazzola le ciocche si allungavano come un elastico per poi tornare morbidamente al loro posto. Quando la spazzola scoprì l'orecchio, apparve un lungo pendente che scintillò assieme agli occhi della donna. Gina rimirò il proprio profilo nello specchio alzando leggermente il capo e inarcando la schiena, quindi si squadrò con uno sguardo che il bimbo non aveva mai visto. Si tolse quindi gli orecchini e li depose in un cassetto. Con quei capelli che le incorniciavano il viso la zia appariva più giovane, più bella, gli ricordava le donne che si vedevano al cinema. Ma le sorprese non erano tutte lì. Assieme ai capelli era apparso un atteggiamento civettuolo che lasciò il bambino di stucco. Dalla fessura della porta vide la donna indugiare a lungo nello studiarsi allo specchio con uno sguardo compiaciuto e quasi furtivo, come se ammirarsi fosse qualcosa di proibito. E forse lo era, pensò: la vita della zia si svolgeva tra mille regole e divieti, non ne sarebbe rimasto sorpreso più di tanto. Di colpo Gina raccolse la capigliatura tra le dita veloci e l'avvolse in una fitta treccia che annodò strettamente alla nuca. La massa dei capelli scomparve in una piccola crocchia, e con tale rapidità che a Francesco parve di aver assistito a un gioco di prestigio.

Il mattino seguente il bambino gironzolava attorno alla zia. Dove si nascondeva la figura che aveva intravisto quella notte?

«Sono già due volte che rischi di farmi inciampare!» esclamò Gina. «Si può sapere perché stamani mi stai sempre tra i piedi?»

Il bambino riferì in due parole quanto aveva visto quella notte. Non gli sfuggì l'improvviso rossore sul viso della zia, né il suo tentativo di nasconderlo voltandosi da un'altra parte.

«I capelli lunghi sono una seccatura», brontolò la donna continuando a sbrigare le sue faccende e cercando di conferire alla voce un tono naturale.

«Se non fosse per tuo zio li avrei tagliati da un pezzo.»

«E perché lo zio vuole che tu abbia i capelli così lunghi? Tanto sono sempre nascosti...» insinuò Francesco.

«Sono nascosti, come dici tu, perché è più pratico. Come farebbe la zia a fare tutte le cose che fa con i capelli che le svolazzano dappertutto?»

Francesco ascoltava la donna e aveva l'impressione di vederne soltanto una parte. L'altra parte viveva di notte, per pochi istanti, come un fantasma. Ma perché? Si chiese con un certo disappunto. Per quale misteriosa ragione la zia notturna, più bella e felice, doveva restare nascosta dentro quella figura seriosa che si aggirava in casa di giorno? Forse era lo zio Giorgio a volere così? Ma no... non era lui a desiderare che Gina non si tagliasse i capelli? Allora doveva essere Gesù, gli sovvenne di colpo. Ricordò la zia mentre pregava curva sullo scanno, i capelli, non a caso, nascosti da un fazzoletto annodato sotto il collo. Sentì di non sbagliarsi. Si avvide che la donna vanitosa che aveva spiato quella notte si addiceva poco all'ambiente della chiesa, e non sarebbe piaciuta granché neppure al Signore che alloggiava in quel tempietto d'oro sull'altare.

7

Francesco non serbava alcun ricordo delle giornate trascorse al mare con la mamma. Anita era partita quando lui aveva appena due anni. Con gli zii, occasioni di vedere il mare non ve n'erano state, sebbene Roma distasse dal litorale soltanto poche decine di chilometri. Lo zio Giorgio detestava andare in spiaggia: non sapeva nuotare, odiava la sabbia e il sole gli bruciava la pelle. Weekend e vacanze venivano trascorsi da sempre nella casa paterna della zia, presso Soriano, un pittoresco paesino abbarbicato sulle pendici del Monte Cimino, tra le colline del Viterbese.

Un vecchio cliente della zia, per ricambiare il trattamento particolare riservatogli nell'acquisto di mobili e suppellettili d'epoca, insisteva da tempo nell'invitare la famiglia nel suo ristorante presso il lido di Ostia dove, assicurava, avrebbero potuto gustare il pesce più raffinato della zona.

Così, complice una luminosa giornata di Aprile, la famigliola si ritrovò seduta in un lussuoso ristorante ad ammirare le pietanze che il proprietario aveva fatto preparare appositamente per loro. Gli elaborati manicaretti, esposti in bella mostra su una specie di altare a gradini, erano tutti a base di pesce pregiato e freschissimo, come aveva orgogliosamente assicurato l'anziano cuoco chiamato a illustrare le sue creazioni.

Il ristorante non godeva di vista sul mare, ma lo zio aveva promesso a Francesco una passeggiata lungo la riva verso l'ora del tramonto, e il bambino trepidava nell'attesa di quel momento.

Dalle sedie del ristorante ci si trasferì a quelle di un caffé all'aperto dove il cliente della zia fece servire quello che definì il miglior gelato della costa. Ma neppure da lì si vedeva il mare, e il cielo prendeva lentamente di scuro.

Quando finalmente riuscirono a congedarsi dall'uomo e si avviarono verso la spiaggia, Giorgio temette, osservando la luminosità del cielo, che il sole fosse ormai tramontato.

«Quel tizio è un gran chiacchierone», sbottò. «Ti prego di non fargli più sconti speciali perché non sopravvivrei ad un'altra giornata del genere.»

«Allunga il passo», replicò la zia, «ho sentito qualche goccia cadermi addosso. Non vorrei che questa bella giornata ci giocasse un brutto scherzo proprio alla fine.»

Quando furono di fronte al mare ebbero la sorpresa di trovare il sole ancora sulla linea dell'orizzonte. Alle loro spalle avanzavano nuvoloni scuri e le gocce che incominciavano a venir giù non annunciavano nulla di buono. Giorgio si tolse il soprabito allargandolo sopra le loro teste e la pioggerella prese a picchiettarvi sopra insistente. Sarebbe stato saggio cercare un riparo ma gli zii non vollero privare il loro nipote della magia di quel momento. Il sole era lì per scivolare via e forse il cielo avrebbe tenuto ancora per qualche istante.

Francesco mirava ammutolito quel grandioso scenario, affascinato da quell'immensa massa liquida che si agitava senza posa e da quella volta sconfinata che si colorava di luci. Ma a stregare il suo sguardo era la sfera fiammeggiante che sembrava sciogliersi nell'acqua. Aveva studiato che era il sole a dar vita a tutte le cose. Non immaginava che si lasciasse fissare così a lungo, sfacciatamente, senza ferire la vista.

Un fulmine squarciò le nubi con un gran boato e la pioggia prese a cadere violenta come se il cielo avesse deciso di riversarsi nel mare.

Immerso di colpo in quel fragore assordante, Francesco fu sopraffatto da un sentimento mai sperimentato prima. Gli parve che il suo essere fosse divenuto tutt'uno con il fluire degli elementi e che la sua coscienza penetrasse in ogni goccia d'acqua, in ogni particella dell'universo. Sentì che il proprio sangue scorreva grazie alla stessa forza che sollevava le onde, che muoveva il vento e le nubi. Fu allora che la vista di quel disco rosso che incendiava l'orizzonte sembrò rivelargli con infinita dolcezza le verità nascoste nel suo stesso cuore. E il cuore prese come d'incanto a parlargli dei segreti del mare, del sole, del cielo e di ogni altra cosa, in un linguaggio che le parole non conoscevano. Una gioia impetuosa lo invase e si ritrovò a correre verso la riva, là dove il riflesso del sole sull'acqua si spegneva assieme alle onde. Immerse le mani in quel liquido rilucente per bagnarle di quella luce che aveva percorso una distanza infinita per arrivare sino a lui.

Lo zio lo sollevò di peso e lo avvolse nel suo soprabito affrettandosi verso il primo riparo che trovò. Il bambino piangeva e rideva come se avesse ricevuto una notizia meravigliosa. La zia gli asciugò dal viso la pioggia e le lacrime, gli sfilò la giacchetta bagnata e la sostituì con la propria riassettandogli i capelli e i vestiti. Tutto si svolse senza una parola, sotto il rumore assordante della pioggia.

Un'ora dopo erano sul treno quasi vuoto che li riportava in città. Giorgio seguiva con lo sguardo delle luci lontane scorrere oltre il finestrino mentre suo nipote dormiva rannicchiato sul sedile, la testa appoggiata sulle sue gambe.

La donna osservava l'espressione accigliata di suo marito, convinta di indovinare i pensieri che lo turbavano.

«Questo bambino ha una sensibilità particolare e un temperamento assai emotivo», esordì Giorgio rompendo il lungo silenzio. «Spero che questi episodi non siano sintomo di una certa fragilità...»

«La sensibilità non è una debolezza, caro professore. Anzi, Padre Taddei dice che chi perde la capacità di vedere con gli occhi dei bambini è destinato a impoverirsi sempre più.»

«Che c'entra Padre Taddei?» chiese Giorgio indispettito all'udire il nome del prete.

«Beh, non è la prima volta che Francesco ha di queste reazioni, e anch'io mi ero un po' preoccupata a dire il vero. Così ne ho parlato col parroco e lui mi ha subito rassicurata. Ha detto che nostro nipote ha una spiccata sensibilità spirituale, la quale è un dono raro e non certo una debolezza. Ha aggiunto che queste qualità, se le conserverà intatte col crescere, ne faranno una persona assai ricca interiormente.»

«Non mi interessa l'opinione del parroco... piuttosto vorrei sapere perché di tutto questo non ne hai parlato con me!»

«E non lo immagini da solo? Guarda come reagisci! Subito lì a preoccuparti, a parlare di fragilità... tu certe cose le interpreti malamente... E poi non te ne sto parlando ora? Comunque, adesso che Francesco andrà al catechismo imparerà che...»

«Catechismo?» saltò su Giorgio.

«Certo... tra breve Francesco dovrà fare la cresima e la prima comunione, ha bisogno di essere preparato... Vuoi privare tuo nipote dei sacramenti?»

L'uomo accarezzò istintivamente la nuca di Francesco.

«Ma perché dobbiamo imbottire questa testolina con vecchie superstizioni, dogmi assurdi...»

«Dogmi? E cosa credi che siano le lunghe dissertazioni a cui sottoponi quotidianamente quel povero bambino? Credi che non vi senta quando siete nel tuo studio? Quella creatura ha soltanto otto anni! Non capisce un'acca dei tuoi ragionamenti e non te lo dice solo per timore di deluderti!»

«Questo bambino comprende meglio di te quel che gli dico», rispose Giorgio alzando la voce, «e poi è meglio non capire cose giuste piuttosto che imparare cose sbagliate.»

«Cos'è questo? L'ultimo distillato della tua filosofia?» lo punzecchiò Gina ben lieta, per una volta, di non essere stata la prima a perdere le staffe. Abbassò quindi il tono della voce per sottolineare la sua calma e invitare suo marito a fare altrettanto.

«Ascolta Giorgio... tu vorresti essere il solo a mettere le mani sul cervello di tuo nipote ma non è giusto nei suoi stessi confronti... Pensi che sua madre sarebbe stata contenta di vedere suo figlio crescere senza nessuna religione, come un selvaggio? Ricorda che Anita fece battezzare Francesco appena nato...»

«Lo credo bene!» esclamò Giorgio, «stretta fra te e quel baciapile di suo marito quella povera donna non aveva certo alternative!»

«Oh, basta... è inutile parlare con te. Sei sempre stato intollerante verso le idee degli altri.»

L'uomo non rispose e tornò con lo sguardo fuori dal finestrino serrando la mascella. Sapeva che con sua moglie non l'avrebbe spuntata, e l'idea che le perle di saggezza che andava depositando nella mente di suo nipote sarebbero state inquinate dalle dottrine del prete gli guastava il sangue.

8

1953

Luci e ombre del passato abbondavano nella civiltà millenaria di Roma, della cui storia lo zio Giorgio era fine conoscitore. Quando Gina era impegnata col suo negozio, Francesco godeva di lunghe passeggiate con lo zio il quale adorava mostrare i tesori della città eterna ad una mente fresca e curiosa come quella di Francesco. Approfittava inoltre dell'occasione per far scivolare nella testa del bimbo una visione della vita più concreta di quel mondo impalpabile che sua moglie andava coltivando in quella giovane anima.

Sosta obbligata durante gli interminabili pomeriggi estivi era piazza Navona, tappa irrinunciabile per Francesco che la considerava una sorta di parco giochi. Ma anche lo zio aveva il suo angolo preferito, sicché, quando il sole volgeva al tramonto, l'itinerario si concludeva immancabilmente a Ponte Sant'Angelo.

«Ecco la più bella piazza di Roma!» aveva esclamato la prima volta che si erano recati in quel luogo.

«Ma siamo su un ponte!» Aveva reclamato Francesco.

«Il più bello dei ponti antichi di Roma, vorrai dire! E poi che differenza fa? Forse non ci puoi scorrazzare avanti e indietro come piace a te? Inoltre, quale piazza ha tante statue di angeli così belli le cui vesti paiono muoversi al vento? E questo poderoso castello, con quasi duemila anni di storia? Senza contare che le piazze, con i loro edifici, ci chiudono lo sguardo da ogni lato. Qui invece l'occhio può perdersi ovunque in questo meraviglioso spettacolo!»

A quel punto aveva alzato il braccio per spostare un invisibile sipario e aveva indicato il Tevere che scorreva tra i platani, là dove sullo sfondo si innalzava la basilica di San Pietro con la sua immensa cupola.

«In estate il sole tramonta proprio dietro la Basilica ed è uno spettacolo magnifico», aveva aggiunto.

Francesco si era convinto. Quello era uno dei luoghi più belli della città, dopo piazza Navona. Tuttavia la gigantesca mole del Castello, del quale il ponte costituiva la via d'accesso, gli appariva assai più rozza del ponte stesso, quasi si trattasse di un'opera incompiuta. La cosa non sfuggì allo zio che da tempo aveva imparato a riconoscere ogni pensiero sul volto del bambino.

«A Roma non tutto è stato sempre come appare ora», disse indicando il gigantesco corpo cilindrico attorniato da massicci bastioni, «e certi mutamenti dovrebbero far riflettere...»

Lo zio aveva assunto lo stesso tono di quando gli narrava le fiabe e Francesco pendeva dalle sue labbra.

«Castel Sant'Angelo era la fortezza medievale dei papi, ma in origine il monumento aveva un aspetto diverso e la sua destinazione era ben altra. Avrai studiato a scuola la storia dell'impero romano, vero?»

Francesco annuì.

«Forse quello che non ti hanno spiegato è che quando un impero dura così a lungo i suoi abitanti, dall'imperatore sino al più umile dei sudditi, iniziano a convincersi che il mondo in cui vivono sia immutabile. Roma era il mondo, pensavano, e il mondo sarebbe stato sempre di Roma. Per questo gli imperatori erigevano per loro stessi dei grandiosi sepolcri destinati a preservare la loro memoria per sempre.

«Quello che vedi, prima di diventare un castello, era il mausoleo dell'imperatore Adriano, vissuto nel periodo di massimo splendore dell'impero. Adriano aveva voluto per sé il sepolcro più grande e sfarzoso che la città avesse mai visto. Lo rivestì di marmi preziosi e lo decorò tutt'intorno con una moltitudine di statue. Al posto del tetto vi era un giardino pensile dove si innalzava la camera sepolcrale.»

Mentre seguiva affascinato, l'immaginazione di Francesco vide apparire da quel tozzo castello medievale la meraviglia descritta dallo zio. Ma il seguito del racconto mandò di colpo in frantumi quella visione: «Mai Adriano avrebbe immaginato che, solo qualche secolo più tardi, le statue del suo mausoleo sarebbero state fatte in pezzi per scagliarli contro i barbari assalitori e l'impero sarebbe scomparso per sempre!»

Il bambino aggrottò le sopracciglia.

«Beh? Non ti hanno insegnato che anche l'impero romano ebbe una fine? Tutto ha una fine...»

Francesco annuì con espressione scura.

«Tuttavia il fascino di Roma è proprio questo!» aggiunse lo zio alzando lo sguardo al castello.

«Questa sovrapposizione di epoche e stili, questa commistione di volti e di voci ci insegna come il tempo trasformi le cose, ma anche come gli uomini si lascino ingannare dalle loro chimere! A chi sa ascoltare, Roma confida molti segreti, soprattutto insegna a non avere fretta. Ma vi sono poche orecchie attente. Nessuno impara la lezione che la storia ci offre... Hai mai visto un romano visitare il Foro?»

Il sole era appena scomparso dietro la basilica. L'aria si impregnava già degli umori della sera mentre il cielo rovesciava nel fiume le sue tinte purpuree. Assorbito in quella luce evanescente, il profilo della cupola vaticana affiorava come un fantasma senza spessore.

«Certi uomini somigliano a questi antichi monumenti», osservò pensoso lo zio, il viso assorto nel chiarore del crepuscolo che gli illuminava lo sguardo.

«dentro di loro si nasconde spesso un'altra persona, carica di silenzio, di desideri appassiti, di domande mute come antichi ruderi...»

Qualche volta i discorsi dello zio apparivano a Francesco non meno indecifrabili dei misteri racchiusi nel mondo delle chiese. Quella sera tuttavia aveva capito che non bisogna fermarsi alle apparenze, né davanti ai monumenti né davanti alle persone; che a Roma ogni pietra ha una sua storia da raccontare, che spesso una voce ne copre un'altra, così come la fortezza dei papi nascondeva nella sua tozza mole lo spirito di un grande imperatore.

9

Piazza Campo dei Fiori non era certo elegante come piazza Navona. Il trascorrere dei secoli non l'aveva esaltata con grandi eventi storici né nobilitata col fiore dell'arte. La fama e la forza di questo luogo risiedevano soprattutto nell'aver conservato intatto il suo carattere vivace e popolaresco. Ma, soprattutto, nessuna piazza romana possedeva la stessa capacità di cambiar d'abito durante le ore della giornata.

Il grande spazio ospitava al mattino un variopinto mercato all'aperto, una vera selva di bancarelle dove si vendevano fiori e generi alimentari d'ogni sorta. L'anima popolare del rione saltava fuori con impeto dalle urla assordanti dei rivenditori che esaltavano le loro merci. Nel pomeriggio, scomparsi i banchi e gli ombrelloni del mercato, la piazza si trasformava in un campo di calcio per i ragazzi del rione. Arbitro involontario della partita era Giordano Bruno, la cui accigliata statua si ergeva proprio al centro della piazza, là dove il monaco eretico era stato arso vivo dalla Chiesa.

A sera, subito dopo il tramonto, il selciato si riempiva dei tavoli dei caffè e dei ristoranti all'aperto. Alla calda luce dei lampioni e delle candele sui tavoli, la piazza concludeva la propria giornata mostrando il suo animo romantico.

Durante il periodo di chiusura delle scuole, quasi ogni giorno Francesco accompagnava la zia a fare la spesa in quel labirinto di bancarelle, mano nella mano, con l'ordine tassativo di non mollare mai la presa. Agli occhi della donna Campo dei Fiori appariva un luogo irto di pericoli, borsaioli in primo luogo. Inoltre diversi rivenditori, a suo dire, erano villani, urlavano oscenamente e rubavano sul peso. Si sfogava allora in sommessi borbottii che solo il bambino poteva ascoltare. E il bambino non mancava di angustiarsi con lei che il mondo fosse così rozzo e malvagio.

Al mercato Francesco aveva imparato a monitorare lo stato d'animo della zia dalla forza con cui gli stringeva la mano. Se le dita della donna erano rilasciate anche lui si sentiva disteso, ma appena le dita si contraevano, qualcosa dentro di lui scattava all'erta. Di queste silenziose comunicazioni, tuttavia, né la zia né Francesco erano ben consapevoli.

La prima esperienza diretta di come il mondo potesse essere cattivo, Francesco ebbe modo di viverla proprio a Campo dei Fiori. Come tante altre volte aveva accompagnato la zia a fare la spesa, e quello che entrambi avevano sempre temuto era successo: in un momento di distrazione le loro mani si erano perse e non si erano più ritrovate. In preda all'agitazione il bambino correva ora tra i banchi del mercato in cerca della zia senza riuscire a trovarla. Si fermò un istante a prender fiato quando vide dinanzi a sé quattro ragazzi. Erano seduti in alto, sui gradoni del monumento a Giordano Bruno, intenti a divorare grosse fette di anguria. Saltavano agli occhi l'aspetto trasandato e i vestiti sdruciti. Uno di loro si lisciava il capo rasato con un sorriso indolente. Quello che sembrava il più grande squadrò Francesco dalla testa ai piedi. Aveva i capelli rossi e l'aria furba.

«Vuoi una fetta d'anguria?» chiese.

«No, grazie», rispose Francesco ancora ansimante per la corsa, «sto cercando mia zia, poco fa ci siamo persi di vista...

Doveva acquistare delle sogliole: sapete dove si trova il banco del pesce?»

Il rosso ebbe con i compagni uno sguardo d'intesa, balzò giù dal monumento e fece cenno a Francesco di seguirlo.

«I banchi del pesce stanno da questa parte. Vieni, ti accompagniamo noi altrimenti rischieresti di non trovarli.»

Si diressero in un angolo della piazza ed imboccarono via del Pellegrino.

«Ma i banchi del pesce non sono nella piazza?» chiese Francesco insospettito.

«Ma no...» rispose uno dei ragazzi, «comunque siamo quasi arrivati. Non senti il tanfo del pesce?»

Voltarono entro un arco buio che li condusse in una piazzetta deserta. Non v'erano venditori di pesce e neppure altre vie d'uscita. Francesco avvertì una forte voglia di scappare. Si girò di scatto ma trovò il ghigno del rosso che aveva previsto la mossa. Il cuore gli batteva forte nel petto. Con un colpetto alla nuca uno dei ragazzi gli fece volare il berretto che venne afferrato al volo da un compagno.

«Tieni, riprenditelo, si scherzava soltanto...» disse il ragazzo agitando il berretto davanti a Francesco. Ma il bambino non mosse un muscolo.

«Non c'è gusto con questo allocco», lamentò il ragazzo piantandosi in testa il berretto di Francesco. «Non se la merita una bella stira?»

«Stira!» concordarono tutti avventandosi su Francesco e riducendolo all'immobilità in pochi secondi. Presero quindi a sfilargli gli indumenti mentre il malcapitato si divincolava disperatamente. Tolte a fatica anche le mutande, Francesco avvampò di vergogna e prese a sputare addosso ai suoi aggressori centrando il rosso sulla fronte. Infuriato, questi gli assestò un ceffone che gli procurò un dolore lancinante all'orecchio. Un fischio acuto gli attraversò la testa come una spada e di colpo gli parve come se le grida dei ragazzi provenissero da lontano. Li vide scrutarlo tra le gambe sghignazzando sguaiatamente. Lanciò un urlo di rabbia mista a paura e tentò ancora una volta di liberarsi, ma trovò polsi e caviglie saldamente bloccati. Un pianto convulso lo vinse e prese a scuotergli il corpo con violenza. Abbassò il capo per nascondere le lacrime e la visione del proprio corpo inerme gli ricordò quella del Cristo sulla croce.

«Aiutami Gesù...» disse fra sé mentre il sole illuminava impietosamente il suo corpo.

«Allora che dite, glielo stiriamo o no il pisellino?» propose uno dei ragazzi sfregandosi le mani.

«Sarà difficile, è scomparso dalla paura!» esclamò quello con il capo rasato suscitando una fragorosa risata.

«Lasciamo perdere va, passiamo alla conta...» disse il rosso piazzando in testa a Francesco il suo berretto da sole.

Lo rizzarono in piedi e lo voltarono contro un muro. «Chiudi gli occhi e conta fino a cento, poi potrai cercare i tuoi vestiti.»

Francesco ubbidì diligentemente. Mentre contava li udì allontanarsi dalla piazzetta. Quando finalmente si voltò non vide più nessuno. Senz'altro i ribaldi lo attendevano non lontano per continuare il loro sadico gioco, pensò. Si guardò attorno e scorse un portoncino socchiuso dove si nascose. Avrebbe voluto chiedere aiuto bussando a qualche porta ma lo frenò il pensiero di apparire nudo come un verme. Poco dopo udì le quattro canaglie tornare a cercarlo.

«Qualcuno deve averlo fatto entrare in casa», disse il rosso a voce bassa. «Meglio svignarcela, il gioco è bello quando dura poco.»

Francesco li udì allontanarsi di nuovo ma lasciò passare qualche minuto prima di affacciarsi dal portone. Nella piazzetta aveva notato un grosso secchio per i rifiuti. Vi frugò dentro cercando qualcosa per coprirsi ma trovò solo immondizia.

«Sei tu il figlio di Gina?» chiese una voce femminile alle sue spalle.

Si ripiegò imbarazzato su se stesso coprendo i genitali con il berretto. Quando girò il capo vide una giovane e robusta fruttivendola.

«Sono suo nipote», precisò con voce ancora tremante.

«Ma cosa ti è successo? Tua zia è disperata, ti ha cercato dappertutto...» disse la donna. «Si è anche sentita male poverina... Vieni, ti accompagno da lei così si tranquillizzerà.»

La donna si slacciò il grembiale e lo porse a Francesco.

«Chissà dove sono finiti i tuoi vestiti... infilati questo, almeno potrai coprirti davanti. Me lo restituirai più tardi.»

Appena rientrarono nella piazza si diffuse tra i banchi un gran vociare. Alla vista del bambino, accompagnato per mano dalla fruttivendola come un trofeo, molti presero a ridere e a commentare senza risparmiare battute di spirito. Francesco avvampò per l'imbarazzo. La parannanza della donna gli lasciava il sedere scoperto e ogni volta che l'aria fredda gli accarezzava le natiche le guance gli ribollivano dalla vergogna.

La fruttivendola lo condusse nel bar più grande della piazza. La zia era seduta al centro di un capannello di persone intente a tranquillizzarla.

«Eccolo!» esclamò la venditrice entrando con Francesco.

«Ma sei nudo!» esclamò la donna.

«Mi sa che gli hanno fatto la *stira*...» biascicò l'uomo dietro al banco.

«La *stira*? E che diavolo è?»

Un signore piuttosto distinto si avvicinò lentamente appoggiando una mano sul capo di Francesco e sollevando con l'altra il grembiale che lo copriva davanti.

«Stia tranquilla, al bambino non è successo nulla...» disse dopo aver dato un'occhiata.

«Perché, cos'altro doveva succedergli?» chiese Gina preoccupata.

«Beh, se si chiama *stira*, è perché in genere viene "stirato" qualcosa!» rispose l'uomo divertito suscitando qualche risata tra i presenti.

«Dovevano essere quattro mocciosi...» aggiunse cercando di sdrammatizzare. «Gli hanno soltanto nascosto i vestiti per divertirsi a burlarlo mentre cercava di ritrovarli...»

«È stata una vera canagliata, altroché!» protestò la donna indispettita mentre liberava il nipote dal grembiale per avvolgerlo nel suo soprabito. Si guardò quindi attorno squadrando i presenti indignata, quasi fossero dei complici in quello sciagurato scherzo.

«Questa piazza e la sua marmaglia non mi sono mai piaciute!» sentenziò uscendo dal locale con il bimbo per mano.

Il mattino seguente Francesco indugiò a letto più del solito impegnato a ripassare l'accaduto.

Aveva fatto conoscenza nientemeno che con i famigerati bulli di Campo dei Fiori, di cui udiva narrare le mitiche malefatte dai suoi compagni di scuola. Non li aveva immaginati così giovani. Forse si trattava soltanto dei figli dei veri bulli, quei foschi personaggi noti per i furti d'auto e di motorini, per i duelli con il coltello, per le cifre da capogiro che scommettevano al biliardo. Quando non erano in bisca a giocare, oziavano seduti ai tavoli all'aperto in qualche bar di Campo dei Fiori. Se gli capitava di passare di lì con la zia, Francesco volgeva lo sguardo altrove. A scuola aveva sentito dire che i veri bulli avevano lo stesso potere dei cani: sapevano fiutare la paura.

Era stata proprio la paura a portarlo a chiedere aiuto a Gesù, ma s'avvide d'averlo fatto senza alcuna convinzione. Del resto non riusciva a immaginare cosa sarebbe dovuto accadere a seguito di quella supplica. Perché la zia si ostinava a ripetergli che Gesù lo ascoltava e gli sorrideva?

10

Il treno era ormai prossimo a Roma e allo sguardo di Anita cominciarono ad apparire paesaggi familiari che aveva pensato di non rivedere più.

Poco più tardi, quando uscì dalla stazione Termini e salì su un taxi, sentì il proprio cuore esultare. Quante volte aveva immaginato quel momento come si pensa ai sogni, alle cose impossibili? E invece ora, in barba alla sua incredulità, era nella sua città, tornava alla sua vita, a suo figlio.

Quando la vettura si infilò per le vecchie vie del centro la sua emozione s'accrebbe. Una nuvola scura, tuttavia, gettava la sua ombra su quella gioia. Sapeva che durante i suoi anni di assenza Francesco era cresciuto sotto le cure di Gina e di Giorgio. Immaginava che avrebbe dovuto fare i conti con dei legami affettivi ormai consolidati. Per molti versi si sentiva un'estranea, e sapeva bene che portava con sé una porzione di dolore per ciascuno. Ma aveva un piano.

Quando si trovò di fronte alla porta di sua sorella indugiò un istante prima di suonare. Una moltitudine di pensieri le faceva ressa nella mente. Si rivide su quel pianerottolo assieme a Rafael, abbracciare e salutare tutti, convinti di essere di ritorno entro un paio di settimane. Non era andata così, ma pensarci non le avrebbe restituito suo marito o cancellato il calvario che aveva vissuto. Aveva dei progetti per il futuro, un futuro che era già un regalo della sorte.

Cercò di mettere in ordine il suo aspetto e i suoi pensieri prima di suonare. Trovò ad aprirle sua sorella e si strinsero forte in un silenzioso abbraccio. Poco più dietro, il bambino la osservava accigliato, afferrato saldamente ai pantaloni dello zio.

11

Sin dal mattino un cielo scuro aveva alternato leggeri spruzzi a forti rovesci. Nella casa regnava un silenzio insolito, quasi fosse deserta. Giorgio uscì dal suo studio e trovò Gina in salotto davanti alla finestra, presa ad osservare la pioggia. La abbracciò delicatamente alle spalle sfiorandole la nuca con le labbra.

«Anche per me è assai difficile», disse l'uomo parlandole piano all'orecchio con la sua voce roca. «Quando ci penso sento torcersi lo stomaco. Francesco mi ricordava me stesso da bambino; le sue continue domande mi facevano sentire vivo, utile. Non riesco neppure a immaginare le mie passeggiate senza di lui, senza la sua curiosità, i suoi stupori.»

«E lo vieni a dire a me?» esclamò Gina girandosi di scatto con gli occhi velati dalle lacrime.

«Prima che Anita partisse mi ero fatta una ragione di quello che il destino aveva deciso per me. È stata dura abituarmi all'idea che la voce di un bambino non sarebbe mai risuonata tra queste mura. E adesso sarà ancora più doloroso tornare a quella situazione, perché ora so cosa ho perduto, cosa mi è stato negato. Che gran brutto scherzo! È ingiusto, ingiusto!»

Giorgio sedette sul divano e accese la pipa. Conosceva sua moglie e sapeva che avrebbe peggiorato le cose sia se avesse tentato di consolarla che se fosse andato via.

Poco dopo Gina gli sedette accanto prendendogli la mano.

«Perdonami», disse con voce calma. «Sono felicissima del ritorno di Anita. Si è trattato soltanto di uno sfogo egoista.»

«Anche il mio lo era», rispose Giorgio, «ma nessuno ci ha ascoltato e resterà tra noi», concluse ammiccando.

«Pian piano ritroveremo il nostro equilibrio di sempre», sorrise Gina stringendogli le mani. «E penso che in questo Anita stessa intenda esserci di aiuto. Se ha voluto che per ora Francesco vada da lei solo di domenica credo lo abbia fatto anche per noi...»

Trascorso qualche minuto Giorgio si alzo, indossò l'impermeabile e afferrò due ombrelli.

«Tra mezz'ora Francesco esce di scuola», disse. «Facciamo in modo che non si accorga di nulla. Anche per lui accettare certe novità non sarà facile. Si troverà di colpo in una nuova casa, con una donna che praticamente non conosce, e senza una figura paterna.»

«Hai ragione», annuì Gina. «Vai pure. Al vostro ritorno mi troverete con l'umore di sempre.»

La pioggia era cessata e Giorgio decise di costeggiare il Tevere. Aveva bisogno di allargare lo sguardo in spazi più ampi delle strette vie del centro.

Lungo il fiume, tra i platani semispogli, soffiava un vento fresco che l'uomo respirò a pieni polmoni per contrastare il senso di oppressione che avvertiva in petto. Avrebbe voluto che quell'aria gli salisse su, fino al cervello, dove i pensieri gli ribollivano.

Il crepitio delle foglie secche sotto i passi lo avvertì che stava camminando in fretta senza ragione. Un'occhiata all'orologio gli mostrò d'essere ampiamente in anticipo. Si affacciò quindi alla spalletta dell'argine e attizzò la pipa, prendendo a seguire il movimento dei gabbiani lungo il fiume.

Solo il cielo sapeva quanto fosse felice di rivedere Anita, ma il pensiero di perdere Francesco lo atterriva. Quel bambino era ormai parte della sua vita, alla quale aveva apportato profondi cambiamenti.

Anche il professor Morini era stato un bambino curioso e assetato di conoscenza come Francesco. Una spiccata inclinazione, che evolutasi brillantemente in età adulta, l'aveva portato a laurearsi con successo alla facoltà di Lettere e Filosofia, quella stessa facoltà dove avrebbe insegnato per decenni. Appena laureato, aveva iniziato a farsi conoscere tramite articoli su riviste specializzate, e in seguito con la pubblicazione di fortunati saggi che gli avevano procurato apprezzamento e notorietà non solo nel mondo accademico, ma attraverso delle versioni divulgative, anche presso il grande pubblico.

Il giovane filosofo apparteneva a quella schiera di studiosi uniti da una visione luminosa sul futuro della società. Secondo tale visione la solidità delle conoscenze scientifiche, che procedevano ormai inarrestabili, avrebbe mantenuto ancorata sul piano reale la ricerca filosofica, che per sua natura rischiava di volare astratta dalla condizione concreta delle cose. Una tale filosofia, di contro, avrebbe suggerito linee guida per le infinite applicazioni tecnologiche consentite dal continuo progresso scientifico.

Ma una tale visione, già offuscata dalle atrocità della prima guerra mondiale, era destinata a entrare in crisi con lo scoppio del secondo conflitto, che vide operare il genocidio sistematico e l'irrompere sulla scena delle armi nucleari.

Gli orrori della guerra e gli abissi di stupidità in cui era precipitata gran parte dell'umanità restituì voce a chi aveva considerato la visione dei vari professor Morini nient'altro che un'ingenua utopia. Le forze che avevano portato l'umanità nel più grande conflitto bellico della storia erano state ancora una volta l'ego, la cupidigia, l'ignoranza. Certo, la filosofia, i principi morali, non erano mancati, ma erano stati opportunamente adattati alle ideologie del momento.

Terminata la guerra e trascorsi i faticosi anni della ricostruzione, ebbe finalmente inizio un periodo di benessere economico, almeno per buona parte del mondo occidentale. I nuovi stili di vita e il diffondersi del consumismo convinsero definitivamente Giorgio che la filosofia non aveva, e forse non aveva mai avuto, un ruolo vitale nella storia dell'uomo. Più si guardava attorno più si convinceva che il sapere non serviva più. Quello che occorreva ora era il *saper fare*. E il *saper fare* era divenuto l'unico sapere che valesse la pena di possedere.

Messosi da parte in un mondo in cui non si riconosceva più, si rinchiuse nel suo studio col ruolo di semplice osservatore. Col tempo riprese a dedicarsi a piccoli lavori: per guadagnare danaro, per sentirsi ancora vivo, e perché non poteva rinunciare, lui che sapeva farlo in modo squisito, a chiudere il becco a chi di tanto in tanto propugnava altre bestialità. Ma la passione lo aveva abbandonato e tutto gli suonava terribilmente monotono.

Fu in quel periodo che Anita accettò di accompagnare Rafael nel suo viaggio in Sud America, lasciando Francesco a sua sorella per quella che avrebbe dovuto essere un'assenza di pochi giorni.

Il professor Giorgio ebbe così occasione di conoscere meglio suo nipote, e presto ebbe l'impressione di trovarsi di fronte ad un nuovo piccolo Giorgio, col bernoccolo della conoscenza e il primato della curiosità.

Il principale destinatario delle domande del piccolo era proprio lui, e spesso sperimentava la strana sensazione di dover rispondere a se stesso. In fondo, molti dei quesiti che si affacciano a quell'età erano rimasti senza risposta anche per lui.

Ma le cose non erano cominciate nel migliore dei modi. Quando quel mocciosetto era arrivato in casa, Giorgio aveva temuto d'aver perso la sua pace, così nelle sue ore di lavoro la porta dello studio era chiusa a chiave. A volte percepiva la presenza silenziosa del bambino al di là della porta e non riusciva più a concentrarsi sul suo lavoro.

«Ma che fa lì impalato?» si chiedeva infastidito.

Talvolta lo faceva entrare e gli forniva dei volumi illustrati che Francesco sfogliava tranquillo seduto sul tappeto. Spesso sentiva il suo sguardo puntato su di lui, ma lo ignorava accuratamente mantenendo la testa china sul suo lavoro. Sapeva bene che una sola parola avrebbe dato la stura alle mille domande che quella testolina aveva accumulato guardandosi attorno in quella stanza piena di libri e di oggetti misteriosi.

L'anziano professore di filosofia, autore di pubblicazioni sugli argomenti più astrusi, trovava difficoltà a rispondere ai "perché" dei bambini, ma non lo giudicava affatto disonorevole. Tutte quelle domande strampalate lo seccavano terribilmente e se l'era sempre cavata con spiegazioni frettolose, talora persino ingannatorie.

Un giorno, messo alle corde su argomenti insidiosi, aveva tentato di raggirare quell'anima innocente con risposte fumose, improvvisate al solo scopo di chiudergli il becco. Ma se ne era pentito subito. Un'ombra scura era scesa sul viso di Francesco spegnendo nei suoi occhi ogni vivacità. Era seguito un silenzio imbarazzante. Non v'era dubbio: Francesco aveva avvertito la disonestà della sua risposta. Giorgio aveva distolto lo sguardo: era la prima volta che si sentiva imbarazzato di fronte a una creatura di otto anni.

Da allora le domande del bambino, anche quelle in apparenza più bislacche, ottennero dallo zio risposte ben ponderate. Il professore scoprì che il marmocchio non solo possedeva un fiuto speciale per pizzicare le risposte fasulle, ma manifestava un naturale rifiuto verso tutto ciò che agli adulti appariva ovvio e scontato.

Inoltre le domande di Francesco erano come le ciliegie: una tirava l'altra, e immancabilmente, anche le domande più semplici finivano per scivolare sulle questioni ultime dell'esistenza, sul senso della vita e della morte, in quelle zone buie dell'animo umano di cui nessuno ha mai esplorato il fondo ma sulle quali i bambini formulano domande con la massima disinvoltura.

Fronteggiare un tale inquisitore imponeva serie riflessioni prima di sventolare certezze, le quali finivano spesso per rivelarsi nient'altro che comuni convenzioni, presto spazzate via dalla logica candida e inesorabile di Francesco. Lo zio dovette così abituarsi, prima di azzardare risposte, a verificare le sue parole alla luce di quella logica. Col tempo questo continuo auto esame non solo prese a divertirlo come se si trattasse di un gioco, ma svecchiò il suo modo di pensare e di vedere le cose, con ripercussioni salutari sulla sua stessa personalità.

Scoprì che cercare risposta alle domande dei bambini era un'occasione per re-imparare a vedere il mondo senza il condizionamento della cultura acquisita e dell'occhio torbido dell'io adulto. Lo sguardo di quel bambino, che si apriva su scenari inediti e non scontati, era divenuto la linfa delle sue riflessioni. E l'intelligenza e la curiosità di Francesco erano contagiose, impagabili, insostituibili.

Ora tutto finiva. Il silenzio sarebbe tornato a raggelare la casa, il senso d'inutilità l'avrebbe di nuovo agguantato. L'aspettava un futuro fatto di giornate tutte uguali, di passeggiate tutte uguali, di letture tutte uguali. Si vide seduto tra i palchetti della sua biblioteca, circondato dal fumo della pipa e da libri che non aveva più voglia di leggere. E Gina? La sua malinconia, pensò, avrebbe avvelenato entrambi.

L'andirivieni dei gabbiani attirò il suo sguardo. Si lasciavano trasportare per un tratto dalla corrente del fiume per poi tornare in volo al punto di partenza. Quindi si lasciavano di nuovo sospingere dall'acqua e via di seguito, avanti e indietro.

"La vita non consente di questi giochi", pensò. "Il tempo scorre impietoso, come l'acqua di questo fiume che verrà inghiottita dal mare. A che serve, dunque, continuare a scorrere tomi, accumulare conoscenza, appuntire sempre più la matita fino a ridurla a un inutile moncherino di legno?"

Quest'ultimo pensiero lo lasciò impietrito: di colpo sentì d'essere lui, quello stupido mozzicone di legno.

Tornò con la mente a quando si chiudeva a chiave nello studio per tenere lontano Francesco. Aveva ragione Gina a imprecare contro il destino beffardo. Lei tuttavia aveva la fede a consolarla, ma lui? Anche lui avrebbe voluto qualcuno con cui protestare, ma sapeva che non c'era nessuno.

Per un attimo maledì il ritorno di Anita e subito se ne vergognò. Con quel sentimento ignobile, sentì d'aver toccato il fondo.

"Beh, ora non posso che risalire", gli suggerì il suo temperamento logico.

Poco dopo era in via dei Giubbonari davanti all'uscita della scuola. La pioggia aveva ripreso a venir giù con forza e i bambini si accalcavano sulla soglia del vecchio portone ostruendo il passaggio. Giorgio si alzò sulle punte dei piedi riuscendo a scorgere nella ressa il volto di Francesco.

Il bambino gli lanciò subito un sorriso.

12

Il mercante posò il bicchiere vuoto sul tavolo e schiacciò con accanimento il mozzicone di sigaretta nel portacenere. Francesco lo aveva osservato per tutto il tempo e il suo tono amichevole gli suonava falso.

«Beh, credo di averti fornito indicazioni sufficienti» concluse l'uomo. «Tutto sommato il mercato dell'arte qui a Roma non è molto cambiato da quando sei partita. Insisto comunque sulle dimensioni. I quadri troppo grandi sono difficili da vendere. La gente vive in appartamenti con pareti non più alte di tre metri. Fanno eccezione solo i quadri astratti, che acquistano importanza solo a una discreta grandezza. Ecco, ad esempio questo è troppo piccolo», disse indicando un olio sul tavolo, «e non sarebbe facile sistemarlo anche se ha dei bei colori.»

«E invece quello è già venduto», disse Anita quasi con dispetto.

«Venduto? A chi? E da chi?» chiese il mercante.

«Quel dipinto è di Francesco. Lo ha terminato proprio oggi e ho intenzione di acquistarlo. E poi non è un soggetto astratto ma un paesaggio con colline alberate. Forse sei tu a essere un po' "astratto", oggi...» disse la donna strizzando l'occhio a Francesco.

«Ma certo!» rimediò il mercante chinandosi sulla tela. «Da vicino si vede benissimo. Ecco qui gli alberi, le colline...

che deliziosa composizione... Complimenti! D'altronde abbiamo un figlio d'arte e si vede...»

Francesco arrossì e rafforzò dentro di sé l'idea che da grande avrebbe fatto il pittore come Anita. Le parole dell'uomo gli erano parse sincere e lo osservava ora con meno diffidenza.

«Comunque», riprese il mercante tornando alle sue raccomandazioni, «tieni presente che anche la richiesta di nature morte e paesaggi urbani è in calo. La gente vuole il colore in casa. Paesaggi fioriti e marine vanno via che è una bellezza. E poi i soliti cavalli al galoppo, immersi nel polverone sollevato dagli zoccoli. Sono un soggetto che hai sempre rifiutato ma i cavalli hanno un pubblico fedele, è come avere una piccola rendita...»

Nell'udire la vecchia solfa dei cavalli Anita sbottò innervosita: «Santo cielo Marcello! Quando ti vedo mi passa la voglia di lavorare! Terrò presente le tue indicazioni ma lasciamo un po' di spazio anche alla fantasia!»

L'uomo scosse la testa: «Ah, avessi il tuo talento, saprei ben io come farlo fruttare invece di accontentarmi di briciole!»

«Tu non faresti fruttare proprio nulla», replicò Anita, «dipingere significa anche lavorare, sporcarsi le mani, cose che non rientrano nelle tue abitudini... il tuo talento è tutto nella lingua.»

«E ti pare poco?» replicò il mercante, «prova a piazzarti le tele da sola, poi vedrai se non è un talento anche il mio.»

L'uomo afferrò il soprabito e strinse la mano ad Anita.

«Bentornata», disse serio.

«Ciao figliolo», aggiunse mentre usciva, «ricorda alla mamma di non fare troppi ritratti che alla gente piace poco attaccarsi al muro facce di estranei.»

«Al diavolo te e il tuo mercato!» furono le ultime parole di Anita mentre Marcello era già per le scale.

La donna chiuse la porta con un sospiro di sollievo e si volse quindi al bambino: «Allora, signor Francesco, a che prezzo vende il suo paesaggio ad olio?»

«Nulla...» rispose Francesco imbarazzato. «Te lo regalo.»

«Niente affatto! Se io regalassi i miei quadri starei fresca! Intendo pagarlo, sempre che tu mi faccia un buon prezzo...»

«Beh... ecco... volevo farlo vedere prima allo zio...»

«Ma certo», sorrise Anita, «Non è escluso che gli piaccia e decida di appenderlo nel suo studio, magari al posto di quel ritratto arcigno della tua bisnonna.»

Francesco proruppe in una sonora risata: «La zia non lo permetterebbe mai», farfugliò tra le risa, «è affezionatissima a sua nonna e quando spolvera il ritratto le parla anche!»

«Beh, allora non interrompiamo le conversazioni della zia.» concluse Anita dirigendosi verso il citofono che aveva suonato.

«Lupus in fabula! Gina è venuta a prenderti e ti aspetta al portone», disse Anita piegandosi sulle gambe sino a raggiungere l'altezza di Francesco.

«Posso avere un bacio di saluto da quest'ometto?»

Francesco sfiorò delicatamente con le labbra il viso della mamma scoprendo un piacevole profumo tra i capelli.

Infilato il cappotto, il bambino ebbe un attimo di esitazione sulla porta, quindi volse lo sguardo ad Anita: «quando finirà la scuola potrò venire due giorni a settimana invece che uno? Così avrò più tempo per imparare a dipingere...»

Alla donna si aprì il cuore: «Ma certo! Potresti venire per il weekend. Parlane con gli zii e vediamo cosa ne pensano. Ora vai, non fare attendere Gina.»

Francesco volò giù per le scale esultante per come si stavano mettendo le cose. Il grande studio della mamma, pieno di tele e di colori, era stata una scoperta eccitante che aveva spalancato un mondo tutto nuovo alla sua immaginazione.

Sognava ora di lavorare assieme ad Anita e dipingere quadri sempre più grandi e più belli. Un giorno il mercante avrebbe portato nelle gallerie anche le sue tele e la gente le avrebbe acquistate per appenderle in casa.

13

La luce del mattino filtrava dalle persiane chiuse rischiarando debolmente la stanza da letto di Anita. Quando Francesco aprì gli occhi, per qualche istante si guardò attorno smarrito prima di rendersi conto che si trovava in casa della mamma. Nel grande letto la donna sembrava dormire profondamente, il capo affondato nel cuscino, i capelli sparsi all'intorno.

I capelli della zia sono più lunghi, pensò. Ma da tempo aveva notato che Anita non li nascondeva dietro la nuca.

Le scuole erano terminate e quello era il primo weekend che Francesco trascorreva in casa della mamma. La sera prima, dopo cena, si era affacciato nella stanza di Anita e alla vista del grande letto matrimoniale era trasalito: avrebbe dovuto dormire con la mamma! A questo non aveva pensato quando si era auto-invitato per i weekend.

La donna gli era alle spalle e aveva indovinato i suoi pensieri. Lo spinse delicatamente dentro la stanza ed ecco che dietro al grande letto spuntò un letto più piccolo sistemato nell'angolo.

«Sai di chi è questo lettino?» chiese Anita.

«No, di chi è?»

«È il tuo, mammalucco! Ci hai dormito per oltre due anni!

Prova a distenderti e vediamo se c'entri ancora, altrimenti dormirai con la mamma.»

Francesco si sistemò sul lettino raggomitolandosi di fianco.

«Ci sto benissimo!» esclamò.

«Prova a distenderti», suggerì divertita la donna.

«Ma io dormo sempre così...»

«Prova lo stesso...»

Il bambino allungò le gambe, e come aveva temuto sentì il vuoto sotto la punta dei piedi.

«Ci sto benissimo», ripeté preoccupato.

«Bene», disse Anita, «allora dormirai nel tuo vecchio lettino. Chissà che non ti rinfreschi la memoria...»

Il sole disegnava ora sul muro una striscia luminosa che cadeva vicino al volto di Anita. Forse quel chiarore l'avrebbe svegliata, pensò Francesco. Ancora intorpidito dal sonno, chiuse gli occhi e si girò di fianco contro il muro.

«Dunque questo era il mio letto», pensò passando le dita sulla parete mentre cercava qualche traccia nella memoria. Ma per quanto andasse indietro con la mente ogni ricordo gli appariva legato alle figure degli zii.

Tuttavia il suono della parola "mamma" gli evocava un ricordo nebbioso che abitava nel fondo buio della memoria, là dove i ricordi si fanno deboli e indistinti fino a scomparire. Non era il ricordo di un'immagine ma di una sensazione fisica: quella di sentirsi circondato da una presenza indistinta, calda e avvolgente, mentre un tintinnio leggero, quasi una voce, pareva raggiungerlo da lontananze inarrivabili.

Ma quel ricordo confuso, perduta l'emozione che gli era collegata, era come un'etichetta su una scatola vuota. E quel vuoto aveva generato nell'animo del bambino una sottile inquietudine della quale neppure si rendeva conto. Un malessere sordo e continuo che si era compenetrato nel suo stesso essere, che influiva silenziosamente nei suoi pensieri, sul suo sentimento del mondo e di se stesso.

Si girò di nuovo nel letto e trovò ad accoglierlo gli occhi assonnati di Anita che gli sorridevano.

«Hai visto che i tuoi piedi sporgono fuori dal letto?»

Francesco ritrasse istintivamente le gambe mentre la mamma ridacchiava.

«È tardi...» sussurrò Anita stiracchiandosi languidamente con un sospiro di soddisfazione. «Ci alziamo o poltriamo ancora un poco?»

A Francesco venne in mente la figura concitata della zia che ogni mattina lo sollecitava ad alzarsi, con l'eterno timore di essere in ritardo.

«Poltriamo ancora!» rispose.

«Allora, poltriamo assieme...» propose Anita mentre apriva le lenzuola per accoglierlo.

Preso alla sprovvista, Francesco avvampò trovandosi a seguire come un automa l'invito della mamma. Per nascondere il rossore scivolò completamente sotto le lenzuola, ma Anita fece altrettanto e si ritrovarono faccia a faccia sotto le coperte.

«Posso darle il benvenuto nel mio letto con un bacetto?» chiese la donna sorridendo. «Tanto qui sotto non ci vede nessuno...» aggiunse con fare da complice.

«Gesù ci vede», replicò serio Francesco, al quale parve che per la prima volta Gesù gli venisse in aiuto davvero.

«Gesù? E perché dovrebbe stare a guardare proprio noi?»

«La zia dice che anche se noi non lo vediamo, Gesù ci vede sempre, perfino se ci nascondiamo nell'armadio o sotto le coperte.»

«Credo che Gesù abbia cose più importanti da fare che stare a osservare noi due», commentò Anita. «E anche se fosse, non vedrebbe che una mamma che bacia il suo piccolo e sarebbe certamente contento. Anche lui è stato bambino e amava molto stare tra le braccia di sua madre. Non hai mai visto il dipinto che gli zii tengono appeso nella camera da letto proprio sopra le loro teste?»

Anita lo accarezzò delicatamente e rimase senza parole nell'accorgersi di quanto quel corpicino fosse teso.

«Santo cielo, sei un pezzo di legno!» esclamò tirando fuori la testa dalle coperte. «Torna nel tuo letto amore, la mamma non voleva affatto costringerti...»

Ma Francesco non si mosse. Nel suo cuore si era scatenata una tempesta di sentimenti che lottavano furiosamente tra loro. Avrebbe voluto schizzar fuori da quel letto e da quella casa per precipitarsi tra le braccia dello zio Giorgio, ma una forza sconosciuta lo spingeva contro il corpo caldo di Anita.

Il cuore prese a martellargli le orecchie. D'improvviso ebbe l'impressione che il suo corpo avesse deciso per lui: le sue braccia si protesero e abbracciarono stretta la mamma.

Quel contatto quasi lo stordì. La donna rispose all'abbraccio con forza stringendo quella testolina contro il seno. Francesco udì i palpiti del cuore di Anita confondersi con i suoi. Fu in quell'istante che il ricordo nebbioso di sua madre ritrovò l'emozione che gli apparteneva.

Un pianto violento risalì dalle profondità più nascoste dell'anima. Fu come se un torrente a lungo trattenuto avesse rotto gli argini e si riversasse fuori con forza. Sospinta da quel flusso impetuoso, la sua piagata solitudine, che la mente aveva nascosto come un male incurabile, affiorava ora con il suo volto scuro. Ma su quella piaga si effondeva come un potente balsamo l'amore di Anita che lo stringeva forte baciandolo senza posa.

Stordito in quel calore avvolgente, Francesco ritrovò il sentimento ancestrale di appartenere a sua madre. Quando riemerse dalle lenzuola gli parve che negli occhi di Anita si riflettesse l'anima del mondo. Si guardò attorno e tutto gli sembrò diverso, come se il suo stesso sguardo fosse nuovo, come se fosse nato in quel momento.

14

1955

Nell'arco di due anni la situazione si era capovolta: Francesco viveva ormai in casa della mamma e solo alcune domeniche si recava con lei a visitare gli zii.

L'appartamento di Anita si trovava all'ultimo piano di un vecchio palazzo che si affacciava su piazza Farnese, non molto distante dal negozio di sua sorella. Ampi tendaggi bianchi diffondevano la luce del sole che penetrava dalle vetrate dello studio per gran parte della giornata. L'odore dei colori e dei solventi si diffondeva in ogni angolo della casa e Gina si chiedeva come fosse possibile vivere tra quelle esalazioni pestilenziali. Francesco era invece affezionato a quell'odore che permeava tutti i suoi sogni sul suo futuro di artista.

La giornata del fanciullo si divideva tra lo studio e la pittura, mostrando un'evidente predilezione per quest'ultima. L'influenza dello stile di Anita aveva agito gradualmente su un talento innato, che insolitamente per quell'età, trovava diletto soprattutto nelle forme astratte.

«Finalmente potrò andare in pensione, tanto ci sei tu!» diceva spesso la mamma. Ma sebbene la donna scherzasse, Francesco andava fiero di quelle parole, che sapeva derivare da un autentico apprezzamento per le sue capacità.

Non di rado, assorbiti entrambi nel lavoro, dimenticavano persino di mangiare. Altre volte, a sera, scoprivano affamati che il frigo era vuoto e scendevano a rifocillarsi in una delle piccole trattorie di cui il quartiere abbondava. D'uscita dal locale, nelle serate estive allungavano la giornata facendo due passi nei dintorni e Francesco, ogni volta che se ne presentava l'occasione, illustrava alla mamma i segreti della città appresi nelle lunghe passeggiate con lo zio Giorgio.

Spesso al mattino veniva svegliato da una luce improvvisa.

«Sveglia marmocchio, sono le nove e il frigo è vuoto!» esclamava Anita spalancando le persiane. Al vedere la mamma in gran forma Francesco balzava giù dal letto esultante. Dopo una rapida colazione al bar della piazza si dirigevano verso il mercato di Campo dei Fiori per la spesa. Le urla assordanti dei fruttivendoli, che tanto urtavano Gina, divertivano invece la mamma, perfino quando trasaliva investita da qualche urlo troppo vicino.

Ormai dodicenne, Francesco vedeva il mondo assai diverso da come gli era apparso prima dell'arrivo della mamma.

Il mondo conosciuto prima del ritorno di Anita gli appariva ora grigio e opprimente, costellato di ansie e sensi di colpa, di continue preghiere perché Gesù lo proteggesse dai mille pericoli della vita. Era giunto a desiderare di restar bambino, a rifiutarsi di crescere, per non vedersi rubare le giornate da un lavoro noioso come quello di cui si lamentava Gina.

Ora sapeva cosa avrebbe fatto da grande. Non vedeva l'ora di crescere abbastanza da poter vedere le sue opere esposte nelle prestigiose gallerie del centro assieme a quelle di Anita. Il futuro gli si apriva innanzi come uno spazio luminoso che la vita gli metteva a disposizione per realizzare i suoi desideri.

Il mondo delle chiese era un lontano ricordo offuscato dal tempo, dimenticato come tutte le cose che non servono più.

Non aveva nulla da chiedere a Gesù perché gli pareva di avere già tutto. Né afflizione alcuna lo portava a implorare protezione dall'alto.

Anita non parlava mai di Dio. La parola chiave della donna era "integrità". Un concetto chiaro, di cui Francesco aveva semplificato la sostanza: significava semplicemente vivere nel rispetto degli altri e di se stessi. Anzi, la mamma metteva al primo posto il rispetto verso se stessi, senza il quale, precisava, le cose vanno storte, e spesso si rischia di perdere anche il rispetto per gli altri.

Col passare del tempo il talento pittorico di Francesco emerse prepotentemente. Prima ancora che le burrasche dell'adolescenza arrivassero con i loro sconvolgimenti, il fanciullo aveva sviluppato un proprio stile sempre più indipendente da quello della mamma, sia nei soggetti che nelle tecniche utilizzate. Anita, invece, si era inspiegabilmente rassegnata a seguire le indicazioni di Marcello. Il mercante aveva in effetti buon naso nel suggerire i soggetti giusti e le vendite avevano registrato un discreto aumento.

«Mi hai fatto sudare sette camicie per convincerti», le aveva detto un giorno Marcello. «Se mi avessi dato retta dall'inizio ora saresti ricca da far invidia!»

Un pomeriggio Francesco si era avvicinato alla mamma e aveva osservato il suo lavoro. Sulla tela un gruppo di cavalli galoppava sfrenato, immerso nel polverone sollevato dagli zoccoli, come aveva detto Marcello.

«Non è mai soddisfatto», disse Anita riferendosi al mercante. «Si lamenta sempre che non corrono abbastanza, che devono galoppare più forte... dev'essere una fissazione...»

Francesco era irritato dalle continue raccomandazioni di Marcello, il quale approfittava spudoratamente del carattere accondiscendente di Anita. L'aveva martellata per anni finché era riuscito ad addomesticare il suo talento, a piegare la sua ispirazione ai suoi interessi economici.

«Chissà poi dove galopperanno così in fretta...» Commentò il bambino con una punta di rabbia nei confronti del mercante.

«A volte i cavalli corrono per la semplice gioia di correre», replicò Anita continuando a dipingere. «Non fanno altro che quello che fai tu a piazza Navona con la bici. Giri e rigiri attorno la piazza senza meta, solo perché ti eccita la velocità, il vento in faccia...»

Francesco continuò a osservare il pennello della mamma muoversi rapido sulla tela tracciando forme in movimento. Un pensiero gli era affiorato nitido nella mente: la mamma aveva perduto la voglia di correre. E forse non era colpa del mercante.

Una nuvola scura infatti, come una nota stonata, gettava spesso la sua ombra su quelle giornate. A volte lo studio era vuoto e Francesco trovava il lavoro di Anita interrotto, i pennelli e la tavolozza ancora carichi di colore, come se la mamma fosse stata colta da un improvviso disinteresse nei confronti di quello che stava facendo. In quei momenti sapeva dove trovarla. Era sul suo letto, distesa di fianco, lo sguardo fuori la finestra. A volte si assopiva leggermente, altre volte rimaneva a fissare oltre i vetri la facciata di Palazzo Farnese, uno degli edifici rinascimentali più belli della città.

Anita aveva cercato di tranquillizzare suo figlio in quelle occasioni. Aveva spiegato di aver sempre sofferto di quegli attacchi di debolezza che passavano semplicemente con un riposino, assicurava. Ma a lui non era sfuggito quel velo di malinconia che le oscurava il viso.

In quei momenti Francesco si adagiava silenziosamente al suo fianco senza neppure sfiorarla e aspettava che si riprendesse. Era un'attesa paziente, senza inquietudine, come quella di chi resta al buio per un ammanco di corrente elettrica e, dopo un primo disappunto, si rassegna ad aspettare il ritorno dell'energia. Nel frattempo studiava i quadri di Anita appesi alle pareti e sfogliava i propri pensieri sul futuro.

15

Come già per Gina e in seguito per lo zio Giorgio, anche Anita si trovò a trascorrere diversi pomeriggi a piazza Navona. Stretta amicizia con alcuni coetanei, Francesco si cimentava in gare di velocità che spesso superavano i limiti della piazza per estendersi alle vie d'intorno. Anita sedeva su una delle panchine di pietra leggendo il suo romanzo. Era d'accordo con suo figlio che di tanto in tanto avrebbe dovuto gettare un'occhiata alla panchina e farsi subito vivo nel caso avesse notato qualche seccatore attorno alla donna. Il sistema funzionava: anche i corteggiatori più importuni desistevano nel vedere accanto alla loro preda un figliolo già grandicello.

Era trascorso uno splendido mattino di primavera. Il sole pomeridiano scaldava piacevolmente la piazza e il cinguettio delle rondini era assordante. Come già altre volte, Francesco vide un uomo seduto a fianco di Anita e si precipitò con la sua bici. Frenò a un passo dalla panchina e aspettò che la mamma facesse la sua parte in quella commedia ormai ben collaudata. Ma la sorpresa fu grande appena Anita aprì bocca.

«Questa è la mia guardia del corpo», disse allo sconosciuto in tono amichevole, «mio figlio Francesco.»

Si volse quindi al bambino e aggiunse: «lui è Luigi.»

«Ciao!» sorrise l'uomo allungando la mano.

Francesco interrogò Anita con lo sguardo.

«Puoi stringergli la mano tranquillamente», assicurò Anita sorridendo, «il signore è un gentiluomo.»

Francesco colse negli occhi della mamma uno sguardo che non aveva mai visto e lo afferrò un brutto presentimento.

Purtroppo Luigi era davvero un gentiluomo. Non bello ma affascinante, aveva modi signorili e semplici al tempo stesso. La dolcezza del suo sguardo e il carattere affabile non rimasero indifferenti neppure a Francesco, il quale non seppe se doveva rallegrarsene o meno. Non poteva evitare di vedere nel nuovo arrivato un pericoloso rivale nel godere delle attenzioni di Anita.

L'uomo si appropriò subito del ruolo di guardia del corpo svolto fino a quel momento dal bambino. Sedeva ogni giorno accanto alla mamma su quella panchina di pietra che era divenuta il loro luogo di appuntamento.

Era la prima volta che Anita mostrava interesse per un uomo e la novità aveva cancellato dalla testa di Francesco ogni altro pensiero. Aveva smesso di gareggiare con la bici assieme agli altri bambini e pedalava meccanicamente attorno alla piazza spiando di continuo i due, quasi sempre impegnati a conversare.

Trascorsero i giorni e ne arrivò uno senza sole. Il cielo appariva plumbeo e Francesco chiese alla mamma se fosse il caso di recarsi a piazza Navona con quel tempo incerto.

«Ormai Luigi ci aspetta», fu la risposta di Anita.

Al loro arrivo l'uomo era infatti seduto sulla panchina galeotta e Francesco vide brillare gli occhi di Anita.

Il velo grigio che nascondeva il cielo andava sfaldandosi in minuscole nubi che il Ponentino spazzava via, e Francesco osservò con disappunto la luce del sole rallegrare la piazza.

Decise che quel giorno, con la bici, non avrebbe corso in tondo per tutto il tempo come un idiota. Uscì dalla piazza e s'immerse nei vicoli del quartiere. Pedalò e pedalò senza meta finché si accorse di trovarsi in luoghi che non aveva mai veduto. Avvertì allora uno strano disagio e desiderò tornare indietro, anche se non sapeva come.

Chiese indicazioni a un vecchio seduto sulla soglia di un portone. Il tizio si alzò lentamente con l'aria di chi si prepara ad assolvere un compito impegnativo e iniziò a spiegare dettagliatamente il percorso, sottolineando ogni svolta con movimenti delle mani e del corpo. Quando ebbe finito, Francesco si accorse di non averlo ascoltato affatto. Aveva osservato ogni gesto dell'uomo ma la sua testa era stata altrove. Ringraziò e riprese a pedalare ma il vecchio l'inchiodò con un grido:

«Ho detto di là!» urlò indicando nella direzione opposta. Il bambino girò la bici e dopo aver nuovamente ringraziato ripartì. Non fece che qualche decina di metri quando si trovò di fronte a un bivio. Sentiva ancora addosso gli occhi del vecchio e appena si dispose per voltare a sinistra l'urlo dell'uomo gli arrivò come una frustata alle spalle. Voltò quindi a destra e proseguì a naso.

Appena fu di nuovo nella piazza allungò lo sguardo verso la panchina e quello che vide lo portò a frenare di colpo. L'uomo abbracciava stretta la mamma, le labbra incollate alle sue. Le teneva la nuca nella mano e con l'altro braccio la stringeva a sé come se la mamma fosse una cosa di sua proprietà. Tale era la passione dell'uomo che sembrava aver dimenticato d'essere sulla panchina pubblica di una piazza. Ma Anita non lo aveva dimenticato, e inoltre temeva di essere vista da suo figlio. D'un tratto si liberò con fermezza da quell'abbraccio e si ricompose velocemente. Prese quindi a guardarsi attorno cercando il bambino.

Francesco era nascosto dietro la Fontana dei Fiumi. Seduto sulla balaustra che circonda il bacino, era travolto dal turbinio dei sentimenti. In un primo momento la sua rabbia si era diretta verso quell'uomo che gli stava rubando Anita sotto gli occhi. Poi aveva invertito marcia e si era diretta verso se stesso e la sua stupidità. Come poteva aver creduto che la mamma non avrebbe desiderato, come ogni giovane donna, di avere un uomo accanto? Aveva forse pensato che si sarebbe accontentata di un bambino? No, Anita non lo aveva tradito. L'errore era il suo, nell'aver coltivato illusioni tanto sciocche.

Questo gli diceva il buon senso, ma non riusciva a cancellare il dolore che lo attanagliava allo stomaco. Anzi, quella rabbia non consumata, spostata ora qui e ora là, per qualche strana alchimia si era trasformata in un'ansia misteriosa che in pochi istanti era cresciuta a tal punto da fargli apparire insignificante perfino la visione che l'aveva sconvolto qualche minuto prima.

Non aveva mai sperimentato quella strana paura. Tutto cominciò ad apparirgli inspiegabilmente diverso dal solito. Si osservò attorno, quasi implorando la sua amata piazza di tornare ad essere quella di prima, quella di sempre, ma ogni cosa sembrava muta e indifferente. La paura continuò a montargli dentro finché ebbe l'impressione di non riuscire più a respirare. Il panico lo afferrò alla gola e gli parve di morire. Si precipitò dalla mamma, ma sulla panchina trovò un'anziana signora con un cane al guinzaglio. Rimase impietrito senza sapere che fare, mentre l'animale aveva preso ad annusarlo ovunque.

«Ti senti bene figliolo?» chiese la donna, cui non era sfuggita l'agitazione del bambino.

«Non trovo la mamma...» riuscì appena a biascicare.

«Accidentaccio... e dove abiti?»

«A piazza Farnese», rispose indicando la direzione.

«Ah... qui vicino. Allora piuttosto che aspettare fai prima a tornare a casa. Se vuoi posso accompagnarti...»

Il bambino annuì e i due s'incamminarono. Ma non fecero che pochi passi quando udirono alle loro spalle la voce di Anita: «Francesco! Dove stai andando?»

«Oh, bene...» disse la signora voltandosi, «il bambino non vedendola si era spaventato. Lo stavo accompagnando a casa.»

«Santo cielo», esclamò Anita, «ci siamo allontanati appena due minuti per comprare il gelato!»

«Beh, meglio così...» concluse la signora salutando e riprendendo la sua strada.

Luigi aveva in mano due coni gelato e ne porse uno a Francesco. «Questo è tuo», disse sorridendo, «con i gusti che piacciono a te.»

Francesco afferrò il cono ma dall'agitazione frantumò la cialda e il gelato cadde in terra.

«Non fa nulla, tieni questo», disse Anita porgendo il proprio gelato.

«Non mi va, grazie», rispose il bambino senza alzare il capo.

Anita passò il suo gelato nelle mani di Luigi, quindi si chinò e abbracciò il figlio che scoprì tremante e affannato.

«Ci vediamo domani... ti telefono», disse la donna a Luigi il quale, tornato ad avere due gelati fra le mani, salutò il bambino con un sorriso.

Francesco non seppe spiegare alla mamma il motivo della strana paura che l'aveva afferrato. Forse gli era stata persino d'aiuto. Aveva domato la sua rabbia, rendendo accettabile quello che gli era parso inaccettabile. Sfinito dalle emozioni, si avviava ora verso casa, rassegnato a dividere Anita con il nuovo venuto.

16

Era trascorso un anno, un tempo che la passione di Anita e Luigi aveva bruciato in un lampo, ma che era avanzato a passo di lumaca per Francesco, alla cui età il tempo scorreva silenzioso, quasi furtivamente. Il bambino iniziava tuttavia a osservare il mondo con gli occhi di un adolescente e sentiva affacciarsi nuove emozioni.

Luigi non aveva risparmiato sforzi per conquistarsi la sua amicizia, e il suo carattere generoso l'aveva spuntata. La sua vicinanza aveva anzi riempito un vuoto nel mondo affettivo del bambino, il quale non aveva mai conosciuto la presenza di una giovane figura paterna.

I momenti bui di Anita non cessavano di tormentarla. Quando non riusciva a far altro che restare distesa nel suo letto, Luigi le restava accanto. Secondo un tacito accordo, l'uomo aveva sostituito Francesco in quelle occasioni, perché la mamma con lui parlava di più, e parlare le impediva di chiudersi nei suoi pensieri.

A nulla erano valse le insistenze di Luigi perché Anita si consultasse con un medico.

«So bene quello che ho e non vi dovete preoccupare. Ormai dovreste saperlo che mi riprendo presto», ripeteva per rassicurarli. Ma quei momenti divenivano col tempo sempre più lunghi e frequenti.

17

«È un semplice raffreddore», disse Anita.

«Speriamo, ma hai una discreta febbre e il medico ti ha raccomandato di restare a letto.»

Luigi le sedette vicino e il volto sudato della donna gli parve di una bellezza struggente.

«Passerà presto, vedrai», sussurrò asciugandole la fronte.

Anita fissò pensosa il viso dell'uomo, poi, come se avesse preso una decisione, iniziò a parlare.

«Rafael aveva un carattere simile al tuo», disse prendendo ad arrotolare il bordo del lenzuolo con le dita, «era sincero, generoso... mi sembrò un colpo di fortuna averlo incontrato. E trovarmi corrisposta nei miei sentimenti mi parve una fortuna ancora più grande. Ma la nostra fortuna finì lì.»

«Perché?» chiese Luigi cercando di capire cosa potesse aver evocato in Anita quel ricordo. Si era sempre rifiutata di parlare di suo marito, e quell'improvvisa apertura su un argomento intoccabile lo sorprese. Forse stava finalmente per scoprire cosa si nascondeva dietro il continuo malessere della donna, si disse.

«Rafael era nato in Sud America», continuò Anita, «ma dopo il nostro matrimonio pensò di stabilirsi definitivamente a Roma, dove aveva studiato e lavorato per qualche anno. Un giorno una telefonata lo avvertì che sua madre era malata e le restavano poche settimane di vita. Rafael decise di tornare immediatamente nel suo paese e mi chiese di accompagnarlo. Desiderava mostrarmi i luoghi dove era nato e cresciuto, diceva. Non volli deluderlo e affidai Francesco agli zii. Doveva trattarsi di un viaggio di pochi giorni.»

Anita ebbe un attimo di esitazione, poi tirò un lungo respiro e riprese a parlare. Ora il suo viso era scuro.

«Quell'aereo… non ci trasportò semplicemente da un continente a un altro, ma dalla luce al buio, dalla nostra vita a un'altra vita che non avrei saputo neppure immaginare. Di fatto, la vita vissuta sino a quel giorno ebbe termine quando l'apparecchio si staccò dal suolo.

Non erano trascorsi due giorni dalla nostra partenza quando mi trovai rinchiusa in un carcere della polizia segreta. In una cella sudicia e maleodorante erano con me altre due donne. Non sapevo nulla di Rafael. Probabilmente anche lui doveva trovarsi nelle stesse condizioni. Tutto era accaduto in un lampo dopo il controllo dei documenti in aeroporto. Solo in seguito ne conobbi la ragione.

Prima di recarsi in Europa, Rafael aveva lavorato come vice redattore presso un giornale inviso al governo. Durante la sua permanenza a Roma il quotidiano era stato chiuso dalle autorità e gran parte delle persone che vi avevano lavorato erano ricercate dalla polizia segreta come nemici del regime. Rafael, che dall'estero continuava a fare la sua parte inviando articoli per alcuni giornali clandestini, era nella lista nera. E io ero sua moglie.

Allora non sapevo nulla dell'attività segreta di mio marito. Rafael aveva tenuto tutto ben nascosto ed ero lontana da qualsiasi sospetto. Per questo non riuscivo a rassegnarmi all'idea di essere prigioniera fra quelle mura. Più volte presi a dare pugni alla porta, a urlare che ci doveva essere un errore, che ero italiana, che non avevo fatto nulla per finire in prigione.

Una delle donne mi disse di interrompere quel baccano, altrimenti i sorveglianti sarebbero intervenuti finendo per picchiare anche loro.

Il giorno seguente la donna più giovane attaccò con un lamento senza fine. Era assai pallida e gli occhi neri spiccavano paurosamente sul viso smagrito. Rosa, così si chiamava la donna più anziana, prese a carezzarla e a parlarle con tenerezza. La invitò a sollevarsi e l'accompagnò nel bagno della cella. Poco dopo udii la giovane urlare come se la stessero accoltellando. Quando riapparve era ridotta uno straccio e crollò sfinita sul suo letto.

Quelle urla mi avevano raggelato. Ora osservavo Rosa domandando con gli occhi una spiegazione. La donna si avvicinò lentamente sforzandosi di sorridere.

"Sei una straniera", disse poggiandomi una mano sulla spalla, "vedrai che ti risparmieranno il trattamento e ti lasceranno andare."»

Anita si girò di colpo come se volesse cacciare un brutto ricordo. Quindi si schiarì la voce con un colpo di tosse, decisa ad andare avanti.

«Il giorno seguente, quando mi ritrovai nuda su un letto di ferro bagnato dalle mie urine, seppi cos'era il *trattamento* di cui aveva parlato Rosa. Non so per quante volte il mio corpo aveva sussultato in preda alle convulsioni. Ormai non rispondeva più alla mia volontà ma a quella di un uomo che giocava con una manopola. Quando l'applicazione cessò ebbi l'impressione che la mia mente impiegasse un tempo interminabile a ritrovare di nuovo il mio corpo.

Essere attraversati dalla corrente elettrica è una sensazione che non si può descrivere. Assieme alla carne brucia qualcos'altro dentro di te, in profondità, lì dove percepisci il tuo stesso essere... Quando mi vedete scura in viso e le forze mi abbandonano, è perché quel senso di vuoto affiora di nuovo... Oh Luigi, la nostra passione mi ha fatto trascinare dentro anche te... speravo che, insomma, credevo... Perdonami amore. Sono stata un'egoista.»

L'uomo l'afferrò per le spalle e la voltò verso di lui.

«Cos'è questa storia, Anita? perché non ne hai parlato prima? Perché solo adesso?»

La donna abbassò lo sguardo.

«Non sono stata soltanto una vittima, Luigi.»

«Cosa intendi dire?»

«Quello che ho detto...» rispose Anita coprendosi il volto con le mani come per sottrarsi alle immagini che le scorrevano impietose davanti agli occhi.

«Quel letto di ferro mi aspettava ogni mattina e cominciai a vivere nel terrore. La notte mi svegliavo di colpo e correvo con gli occhi alla piccola finestra in alto nel timore che il cielo cominciasse a rischiararsi. L'alba, un momento che avevo sempre amato, era divenuta la mia peggior nemica. Col passare dei giorni cominciai ad avvertire un tremore addosso, una sorta di vibrazione interna che non mi abbandonava mai, come se un residuo della corrente elettrica fosse rimasto imprigionato lungo i nervi. Quel continuo tremore esacerbava la paura che già mi tormentava e iniziai a chiedermi quanto avrei resistito senza parlare...»

«Parlare?» sbottò Luigi, «ma non hai detto che eri all'oscuro dell'attività di Rafael? Cosa diavolo volevano da te quei bastardi?»

«Nomi: ecco cosa volevano. I nomi degli amici di mio marito, tra i quali speravano di trovare qualche pezzo grosso dell'opposizione. Quei nomi che Rafael non gli avrebbe mai fornito a costo di farsi ammazzare. Ma io non avevo nomi da dare. Eccetto uno.

Prima di sposarci avevo incontrato diversi amici di Rafael ma si trattava quasi sempre di gente di passaggio. Soltanto Alfonso, un vecchio compagno d'università di Rafael, continuò a frequentarci anche dopo il matrimonio. Sua moglie Isabella, una donna intelligente e piena di vita, divenne presto una mia cara amica. Aveva cresciuto due bambini adorabili e mi fu assai vicino quando nacque Francesco.

Spesso si andava assieme a visitare le gallerie del centro dove esponevano alcuni artisti che amavo particolarmente. Talvolta, tuttavia, temevo che si annoiasse e che lo nascondesse conoscendo il mio amore per la pittura. La sua passione era invece la lettura e spendeva una fortuna per acquistare libri. Ma i suoi entusiasmi erano assai mutevoli: spesso saltava da un volume all'altro senza terminarne nessuno e nella sua casa era praticamente impossibile poggiare la mano da qualche parte senza trovarsi un libro tra le dita.

Non di rado, nel pomeriggio, veniva a trovarmi nello studio e mentre dipingevo mi raccontava l'ultimo romanzo che l'aveva appassionata. Sapeva essere assai avvincente e più d'una volta misi da parte i pennelli per seguire meglio il suo racconto. Ero convinta che lei stessa sarebbe stata un'ottima scrittrice di novelle, ma di questo lei sorrideva.

Le nostre cene durante i weekend erano caratterizzate da un clima assai vivace. Alfonso e Rafael facevano a gara per apparire l'uno più brillante dell'altro. Si prendevano in giro tra loro ricordando buffe vicende dei tempi dell'università e senza risparmiare colpi bassi.

"Guardate che ci avete già conquistato e sposato!" aveva esclamato una sera Isabella, "non c'è più bisogno che vi scalmaniate tanto!"

In cella, durante le notti insonni, mi tornarono alla mente alcuni eventi cui non avevo dato peso, piccoli dettagli, frammenti di conversazioni udite per caso tra mio marito e il suo amico. Andavo convincendomi sempre più che anche Alfonso doveva essere coinvolto nella lotta contro il regime autoritario del suo paese. Ma di certo Isabella, come me, doveva essere completamente all'oscuro dell'attività politica di suo marito.»

18

«Mi ripresi con la testa completamente vuota. Avevo polsi e caviglie liberi, quindi non ero sul lettino di ferro, ma neppure in quello della mia cella. Sopra di me una grossa lampada pendeva dal soffitto carico di crepe. Dove mi trovavo? L'angoscia che sentivo in petto mi diceva che qualcosa di terribile doveva essere accaduto, ma per quanto mi sforzassi non riuscivo a ricordare.

Alzai il capo per dare un'occhiata attorno: un armadietto di vetro con qualche medicinale e un paio di letti vuoti mi fecero pensare a una sorta di infermeria.

"Non ti preoccupare, sei solo svenuta..." disse l'uomo con il camice verde. "E non a causa della corrente elettrica", aggiunse in tono sarcastico.

Era in piedi presso uno schedario di metallo con una cartella tra le mani e pensai fosse un medico. Finito di scrivere ripose la cartella e chiuse il cassetto con un colpo di gomito.

"Non hai perso i sensi durante le applicazioni di corrente ma sei svenuta come una pera cotta durante l'interrogatorio. Non sei la prima persona cui accade. Chissà, forse la speranza di aver chiuso con la corrente elettrica vi fa rilasciare i nervi..."

Quando si avvicinò colsi nel suo sguardo una vena di disprezzo.

"Forse ti parrà strano, visto che lavoro qui dentro, ma non mi piacciono quelli che parlano..." disse mentre mi alzava

una palpebra col pollice per controllare l'interno dell'occhio.
"Stai benone", aggiunse aprendo la porta e invitandomi con un cenno del capo ad alzarmi. Due uomini aspettavano fuori, probabilmente per ricondurmi nella mia cella.
"Non ho parlato", dissi infastidita da quell'atteggiamento sprezzante. "Anche perché non ho nulla da dire."
"Ah sì? E questo Alfonso da dove è uscito fuori? Un uomo interessante a giudicare dalle tue descrizioni..."
I due nel corridoio presero a ridacchiare e il medico richiuse bruscamente la porta con il piede.
"Sono insopportabili questi idioti, vero?"
Alfonso... Nell'udire quel nome il ricordo di quanto accaduto mi tornò alla mente di colpo. Era vero, avevo parlato. La mia mano aveva bussato sul piano di metallo, il segnale convenuto di chi si arrendeva, poi era iniziato l'interrogatorio. Attonita, avevo ascoltato la mia voce rispondere docilmente ad ogni domanda. Oh, quella voce... risuonava irreale nella stanza, quasi appartenesse a un'altra persona...»

Luigi accarezzò con dolcezza la mano della donna.
«Chiunque avrebbe parlato, Anita. Nessuno può resistere a quella tortura. Io stesso mi sarei arreso il primo giorno...»
«Forse nessuno conosce il momento in cui cederà», replicò Anita. «Quel momento l'avevo sentito più volte avvicinarsi e allontanarsi, girarmi attorno sempre più minaccioso. Poi è arrivato. Mi ripetevo che non ero stata io a parlare ma un animale ferito a morte, stordito dal dolore, ma sapevo bene che altri si erano lasciati uccidere senza dire una parola. Avevo vergogna di me stessa, lo sguardo di quel medico mi umiliava, avrei voluto sparire per sempre. E quanto aggiunse quell'uomo non mi fu certo d'aiuto.
"Sei una stupida", disse. "Tutto quello che hai ottenuto è di scaraventare su uno di quei letti di ferro un altro disgraziato.

E non illuderti che quei maiali ti lasceranno andare, ora che sanno di poter contare su di te. È raro che qualcuno esca di qui. Non vivo, almeno. Ma forse la tua buona stella non è tramontata... domani ritorna Britto, e se il mio fiuto non sbaglia, credo che in qualche modo te la caverai..."

Nel silenzio della cella il pensiero di quanto accaduto acquistò una lucidità sempre più dolorosa. Non era solo un brutto sogno. Avevo venduto la vita di un uomo innocente per aver salva la mia, distruggendo una famiglia felice, privando del loro padre dei bambini in tenera età.

L'immagine di Alfonso devastato dalla corrente elettrica non mi abbandonava un istante. Era tutto talmente orribile e non si poteva tornare indietro! Ora odiavo me stessa con tutte le mie forze. Oh, avessi potuto addormentarmi su quel letto e non svegliarmi più!

Il mattino successivo la porta della cella si aprì e apparvero due guardie. Il medico aveva ragione: il trattamento continuava. Assieme a loro c'era un uomo alto e robusto, vestito elegantemente, i capelli lucidi di brillantina. Mi indicò con un gesto della mano e scomparve. Le guardie mi afferrarono e mi trascinarono fuori dalla cella. All'idea di quello che mi aspettava iniziai a urlare e a divincolarmi con forza, finché una delle guardie mi zittì con un paio di sberle che quasi mi stordirono.

Poco dopo ero seduta di fronte a una scrivania coperta da pile di cartelle. Ai miei lati erano ritte le due guardie.

Di colpo irruppe nella stanza l'uomo che avevo intravisto poco prima. Afferrò per la cravatta la guardia che mi aveva colpito e prese a schiaffeggiarla violentemente continuando anche dopo che era caduta in ginocchio. L'altra guardia lo trattenne timidamente per una spalla: "Ha dovuto farlo signor

Britto! La donna sembrava impazzita, poteva scappare e finire per farsi del male. Non sarebbe stata la prima volta...”

L'uomo lo osservò un istante, poi mollò la cravatta.

“Fuori!”, tuonò con rabbia.

Sedette quindi dietro la scrivania.

“Mi dispiace. Sono delle bestie”, disse riportando indietro i capelli lucidi.

“Mi chiamo Ricardo Britto”, aggiunse sistemandosi comodamente sulla poltrona. “Sono il direttore di questa unità.”

Stringendogli la mano rimasi sorpresa di quanto fosse grande.

“Dov'è mio marito?” chiesi seccamente.

Mi squadrò serio, poi accennò appena un sorriso.

“Anita... Posso chiamarti così, vero?”

“Potrei forse impedirglielo?”

“Bene, vedo che ci intendiamo e questo faciliterà ogni cosa. Conosci la mia lingua, vero?”

“Abbastanza per capire”, risposi.

“E io comprendo la tua. Vedrai che non ci saranno problemi se collaborerai.”

Mi chiesi cosa intendesse per ‘collaborare’ ma non avrei dovuto aspettare molto per saperlo. Era già tutto nelle brevi frasi che seguirono.

“Non amo i giri di parole...”, disse fissandomi dritto negli occhi. Quindi formulò le sue condizioni.

“Se starai tranquilla, potrai dimenticare quella brutta stanza con la graticola, e se ti mostrerai collaborativa, non verrà torto un capello a tuo marito. Se infine sarai carina col sottoscritto, un giorno potrete tornare assieme in Italia. Come ti suona?”

“Ho forse qualche alternativa?”

L'uomo si rizzò sulla schiena e rispose quasi ringhiando: “Non sei qui per mia volontà, ma per mia volontà puoi uscirne.

Forse non ti rendi conto della possibilità che ti sto offrendo. Le cose sarebbero andate assai diversamente per te se non mi fossi interessato personalmente."

Mentre abbassavo lo sguardo fui colta da un brutto presentimento.

"Voglio vedere Rafael", dissi con voce ferma. "Nulla mi assicura che sia ancora vivo. Poi farò quello che vuole."

Mi fissò a lungo mentre cercavo di mantenere la mia espressione decisa, anche se dentro stavo tremando. Temevo che l'uomo esplodesse in uno dei suoi attacchi d'ira.

"È rigorosamente vietato far comunicare prigionieri di unità diverse", rispose.

Concluse poi in tono perentorio: "trenta secondi, per telefono, dopodichè non dovrai più avanzare richieste del genere né nominare più tuo marito. Mai più." Ripeté marcando le parole.

Mentre rispondevo con un cenno del capo un pensiero mi attraversò la mente: forse potevo ancora salvare Alfonso, proprio grazie a quell'uomo che avevo di fronte. Non era lui il capo là dentro?

"Che altro c'è ancora?" chiese intuendo qualcosa.

"Ecco... ieri, mi è sfuggito il nome di una persona che non ha nulla a che fare con l'opposizione al regime... è stato soltanto un momento di debolezza che..."

"Che nome?" tagliò corto Britto.

"Alfonso... Alfonso García Ramírez..."

L'uomo aprì una delle cartelle che erano sul tavolo e prese a sfogliarne le pagine. Poco dopo ne estrasse un foglio e ne lesse qualche rigo, quindi lo strappò e lo gettò nel cestino.

"Non ho mai sentito quel nome", disse.

Mi parve tutto troppo facile. Forse ero stata una stupida a fare quella richiesta. Quella struttura era stata messa in piedi per cavare di bocca alla gente dei nomi, e Britto la dirigeva.

“Il tuo Alfonso sarà lasciato in pace”, assicurò l’uomo leggendo la diffidenza nei miei occhi. “Ti do la mia parola.”

Quella promessa non mi rassicurò affatto, ma mi resi conto che non potevo pretendere di più. L’apprensione per la sorte dell’uomo che avevo denunciato continuò così a tormentarmi.

Quella stessa sera potei parlare con Rafael. Appena udii la sua voce scoppiai a piangere. Mi assicurò di stare bene e di non aver subito maltrattamenti. Prese poi a chiedermi di perdonarlo, dicendo che la colpa per ciò che era accaduto era soltanto sua. Cercai di dissuaderlo da quell’idea ma continuò a supplicarmi di perdonarlo per quello che aveva fatto e percepii una grande sofferenza nella sua voce.

“Non hai fatto nulla!” esclamai, “non è colpa di nessuno...”

Di colpo la comunicazione s’interruppe.

“Avete parlato un minuto: il doppio del pattuito”, disse Ricardo.»

19

«La Mercedes attraversò il grande cancello sorvegliato da un'auto con due guardie in borghese. Percorse il viale alberato e raggiunse l'ingresso della villa, ai lati del quale erano seduti altri due uomini intenti a giocare con dei grossi cani.

L'autista mi aprì la portiera con un leggero inchino e il gesto mi suonò assurdo. I cani presero ad annusarmi ovunque ma l'autista li cacciò a pedate.

Non avevamo viaggiato a lungo. La villa era appena fuori città, immersa in un parco con grandi alberi e una piscina, il tutto circondato da alte mura.

Ricardo mi accompagnò in una delle camere al piano superiore.

"Questa è la tua stanza", disse. "Togliti quella roba e mettiti qualcosa di decente. Nel guardaroba troverai tutto quel che ti serve. Forse per ora è meglio che indossi semplicemente una vestaglia, più tardi verrà il dottore a visitarti. E fai una bella doccia, hai un odore insopportabile."

Prima di uscire si fermò un istante sulla porta.

"Getta via quell'anello, non voglio più vederlo finché sarai qui. Te ne regalerò un altro più bello."

Ero finalmente sola con me stessa. Rimasi per una mezz'ora seduta sul letto a osservarmi attorno senza riuscire a mettere un pensiero in fila all'altro. Man mano che prendevo coscienza della mia situazione sentivo tornare la paura e capii subito che dovevo padroneggiare le mie emozioni o sarei stata perduta. Mi dissi che potevo osservare la situazione in diversi modi e che dovevo scegliere quello giusto. Sono viva, Rafael è vivo e un giorno torneremo in Italia, mi dissi ripetendo le promesse di Ricardo. Ma quando sarebbe arrivato quel giorno? E cosa sarebbe stato di noi nel frattempo? E Alfonso? Britto avrebbe mantenuto la sua parola? Sentii stringersi il cuore e capii subito che erano proprio queste le cose a cui non dovevo pensare. Dovevo pensare invece a Rafael, la cui salvezza dipendeva soltanto da me, e a mio figlio che mi aspettava. Avrei pensato a loro, e a nient'altro.

Quella sera venne il medico accompagnato da una donna. Era lo stesso che avevo incontrato nell'infermeria e non si mostrò affatto sorpreso di ritrovarmi lì. Quando si chinò su di me strizzò l'occhio e sussurrò: "Visto? Il mio fiuto non si sbagliava..."

Mi esaminò dalla radice dei capelli fino alle unghie dei piedi quindi fece chiamare Ricardo.

"Tutto bene", riferì. "A parte lo shock, ci sono da curare delle ustioni interne. Con le prossime visite potrò essere più preciso, ma posso dirti sin d'ora che prima di un paio di mesi non si potrà neppure pensare a dei rapporti."

Ricardo lo afferrò per un braccio tirandolo da parte.

"Voglio vederla rimessa a nuovo come se non fosse mai stata trattata. Non mi importa del tempo. Non ho nessuna fretta."

"Va bene", replicò il medico liberandosi dalla stretta. "Ora lasciami lavorare. A distruggere ci vuole un attimo, ma rimettere le cose a posto è tutt'altra cosa."

La donna mi praticò una lieve anestesia che mi stordì

appena. Vidi l'uomo infilare un camice bianco e iniziare il suo lavoro. Il dolore delle bruciature era tale che in alcuni momenti ebbi l'impressione di trovarmi ancora su quella graticola. Credo di aver perso i sensi. Quando riaprii gli occhi il medico si era tolto il camice e la donna era sparita. Mi disse che dall'indomani avrei avuto un'infermiera fissa per le medicazioni. Lasciò sul tavolo accanto al letto un paio di sonniferi e di analgesici.

"Non posso lasciargliene di più... Tuttavia se ne avrà bisogno potrà chiedere all'infermiera."

Prima di andarsene l'uomo si avvicinò per sussurrarmi qualcosa: "Sei una donna fortunata, Anita. È un vero miracolo che tu sia qui. Cerca di apprezzare il lato buono di quanto accaduto..."

La mia guarigione prese più tempo del previsto e non fu indolore. Alla sofferenza fisica si aggiungevano momenti di riflessione che faticai molto a gestire.

La medicazione delle ustioni veniva rinnovata ogni giorno ed era un vero supplizio. Mentre il dolore mi mordeva dentro avevo davanti agli occhi la giovane donna rimasta in cella. La immaginavo mentre urlava senza che nessuno la ascoltasse e mi vergognavo delle cure e delle attenzioni di cui beneficiavo. Avevo sempre saputo che la giustizia era un lusso per pochi, ma questo pensiero mi era ora insopportabile. Mi sembrava di vedere anime sventurate in ogni angolo del mondo abbandonate impotenti ai capricci dei loro aguzzini. Mi esplodeva allora in petto una rabbia feroce che urlavo fuori assieme al dolore delle medicazioni.»

20

«Erano trascorse soltanto un paio di settimane dalla mia partenza da Roma e mi apparivano un secolo. Mi chiedevo se sarei stata capace di tornare alla mia esistenza abituale ora che avevo scoperto tali orrori. Oh, certo, anche prima credevo di conoscere i mali del mondo, ma ora sapevo trattarsi di una semplice illusione. Essere informati di una cosa non significa conoscere la sua verità. Così come apprendere da un notiziario che alcuni prigionieri politici sono stati torturati nelle prigioni segrete di qualche regime oppressivo non è lo stesso che trovarsi a sussultare con degli elettrodi nelle carni.

Non avevo risposte, nulla che giustificasse quello che avevo visto e vissuto. Sarei stata capace di insabbiare tutto e tornare alla mia vita di sempre? No, mi dissi: anche se Britto mi avesse lasciata andare, non sarei stata in grado di ritornare alla mia vita, perché io stessa non ero più quella di prima, e forse non lo sarei più tornata.

Ricardo si faceva vivo soltanto la sera, quando rientrava. Dopo aver cenato d'abbasso, saliva per sedersi presso il mio letto e s'informava del mio stato. Dopodiché fiutava un po' di cocaina ed era capace di restare muto a osservarmi per ore se non avessi parlato. Rimaneva finché il mio sonnifero avesse avuto effetto e poi scompariva silenziosamente. Un mattino mi svegliai con la netta impressione di aver intravisto durante la notte la sua sagoma immobile sulla poltrona. Cosa faceva al buio? A cosa pensava tutto quel tempo? O avevo sognato?

Appena le mie condizioni migliorarono l'uomo cominciò a condurmi per brevi passeggiate nel parco della villa. Mi circondava di premure mostrando una sensibilità che mi scombinava dentro. Non potevo dimenticare che Britto era il direttore di una delle famigerate 'case dell'orrore' e che mi teneva legata a sé trattenendo in ostaggio mio marito.

Spesso la mia preoccupazione per la sorte di Alfonso mi portava a fare domande che temevo lo irritassero. Ma la risposta dell'uomo era calma, sempre la stessa, non senza un filo di ironia: "Ma chi è questo Alfonso? Non ne ho mai sentito parlare..."

Trascorsero due mesi, e cadde il divieto del medico che finora mi aveva protetto. Cominciai a vivere nell'incubo di veder scivolare quell'energumeno nel mio letto, ma non lo fece, neppure nei mesi che seguirono.

Quando fui completamente rimessa, Ricardo cominciò a portarmi a cena fuori, perennemente scortati dalle guardie del corpo. Amava poi portarmi a teatro o in qualche night club. Il signor Britto voleva al suo fianco una donna elegante e mi donava gioielli assai costosi e raffinati. Seppi in seguito che il consigliere per quegli acquisti era una delle sue precedenti amanti che evidentemente possedeva buon gusto.

"Perché me?", gli chiesi una sera al tavolo di un ristorante trovando il coraggio nell'alcol che avevo mandato giù.

Esitò parecchio prima di rispondere, tanto che pensai che non l'avrebbe fatto. L'uomo non si faceva problemi a evadere le domande, mie o di chicchessia. Sapeva restare spudoratamente in silenzio lasciando che fossero gli altri a sentirsi in imbarazzo. Accese una sigaretta e mi guardò attraverso la nube di fumo che aveva creato.

“Ti ho desiderato dal momento che ti ho vista. Cos’altro vuoi che ti dica?”

“Hai certamente avuto altre donne. Cosa ne fai quando ti stanchi di loro?”

“Tu non sei come le altre.”

“E cosa avrei di speciale?”

Volse lo sguardo altrove, come infastidito dalla domanda.

“Qualcosa ci accomuna”, disse dopo un attimo di silenzio.

“Spero proprio di no”, risposi. “E cosa sarebbe?”

“Lo scoprirai tu stessa...”

Tornò a fissarmi con un’intensità che mi imbarazzò.

“Gli uomini sono per lo più degli sciocchi”, disse, “intenti a vivere delle vite da sciocchi. Si accorgono di cosa sia la vita soltanto quando la sofferenza li precipita nell’abisso e li costringe a guardare ciò che si rifiutavano di vedere e che li lascia inorriditi. Nella mia unità ho visto credenti perdere la fede, idealisti rinnegare le proprie idee, vecchi padri denunciare i loro stessi figli. Ecco, in quel momento hanno conosciuto se stessi. La gente sa vivere solo finché tutto fila liscio. Solo chi ha toccato il fondo conosce se stesso e inizia a vivere senza maschera. Quelli che vivono con una maschera mi annoiano a morte. Quando li osservo ridere nella loro beata ignoranza gli farei ingoiare i denti.”

“Le rare persone che escono vive dalla tua unità, Ricardo, non hanno conosciuto la verità di se stessi ma l’hanno perduta, non sono più persone ma meccanismi rotti che non funzionano più. Come puoi stravolgere tutto in questo modo? A questo punto non voglio neppure sapere cosa tu possa trovare di interessante in me, temo possa spaventarmi.”

“Tu non mi dai l’impressione di portare una maschera”, rispose. “Comunque, non posso spiegarti quello che non so bene neanch’io. So solo che dal momento che ti ho vista ho subito desiderato che tu entrassi nella mia vita. Quando mi sei accanto mi sento più vivo e il pensiero che la sera ti troverò a casa mi aiuta a sopportare il peso del mio lavoro. Sei nella mia testa in ogni momento, Anita."

Nessuno si era mai rivolto a me in quel modo. Neppure Rafael. Rimasi incredula a osservarlo mentre vuotava con calma il suo bicchiere. Senz'altro quelle parole erano effetto dell'alcol che aveva mandato giù, pensai.

"Andiamo", disse alzandosi improvvisamente come se fosse pentito di quanto aveva detto.

In fondo al piazzale del ristorante si accedeva a un ampio belvedere alberato. Sotto di noi la città si estendeva a perdita d'occhio con le sue migliaia di luci. Un pensiero aveva iniziato a girarmi nella testa e quello mi parve il momento giusto per parlarne a Ricardo.

"A cosa stai pensando?" mi precedette.

"Beh, ecco... volevo chiederti un favore."

"Di che si tratta?"

"Una volta mi hai permesso di parlare al telefono con mio marito... e te ne sono ancora grata..."

"Ebbene?"

"Insomma, volevo chiederti la stessa cosa per Alfonso. Poter parlare con lui, anche per pochi istanti..."

Ricardo lasciò cadere la cicca a terra, quindi la calpestò con la punta del piede. Mi accorsi in quel momento che l'alcol ingerito gli rallentava i movimenti.

"Proprio non riesci a fidarti di me, vero?"

Il tono risentito di Ricardo era di quelli che annunciavano una tempesta. Mi dissi che era meglio troncare lì la questione, ma il pensiero di Alfonso mi perseguitava, era divenuto un'ossessione.

"Non è una questione di fiducia", spiegai. "È che ascoltando la sua voce..."

"... avresti quella certezza che le mie parole non riescono a darti, vero?" ringhiò Ricardo.

"Ebbene sì!" mi trovai ad urlare, sorpresa io stessa della mia reazione. Mi accorsi di non riuscire più a padroneggiare i miei nervi. Forse la corrente elettrica aveva lasciato il suo segno. Ora tremavo dalla rabbia e dalla paura.

"So cosa provi", disse Ricardo con un'improvvisa calma che mi disorientò. "Quello che ti tormenta non è l'apprensione per la sorte di questo Alfonso ma l'aver venduto la vita di un innocente, l'odio per te stessa, il senso di colpa... Ma se pensi di riacquistare la stima di te stessa semplicemente assicurandoti della buona salute di quell'uomo ti sbagli. Il gesto resta, la colpa resta..."

"Sì, è vero!" urlai ancora, "sono un verme e non posso pensare a me stessa senza provare schifo! Ma la sorte di Alfonso mi sta a cuore lo stesso perché è una persona che amo, un sentimento che tu non puoi capire, che non trova posto dentro uno come te!"

"La vita dispensa già abbastanza dolore per dovercene procurare dell'altro con le nostre mani", rispose Ricardo per nulla toccato dalle mie parole. "Devi accettare di essere quello che sei, di essere più debole di quello che pensavi, come chiunque, come tutti quelli che ti hanno preceduto in questa spiacevole scoperta. Perché dovresti essere diversa dagli altri? Dammi retta, ho una certa esperienza in queste cose..."

Le parole di Britto non mi consolarono affatto, al contrario, sentii l'animo farsi nero. Avvertii le lacrime salire verso gli occhi e mi voltai verso il muretto di cinta per nasconderle. Nel buio, oltre quel muro, intravidi il dirupo che precipitava a valle verso la città. Pensai che sarebbe stato facile fuggire da quell'inferno in un attimo, tacitare per sempre quel dolore tagliente, quelle voci terribili..."

"Non pensare solo a te stessa..." disse Ricardo mentre si allontanava verso il parcheggio, "un giorno ti lascerò andare e c'è più di una persona che ti aspetta..."

Mentre osservavo le luci della città tremolare sotto i miei occhi, sentii il morso di quella prigionia stringermi alla gola. Rafael e mio figlio, loro due, erano i miei veri carcerieri.»

21

Seduta sul letto, Anita sorseggiava il tè a occhi chiusi stringendo il bicchiere caldo tra le mani. Luigi era rimasto inchiodato alla poltrona, sbigottito da quella storia incredibile che gli era piovuta addosso inaspettatamente. Mai avrebbe immaginato che la donna nascondesse quel terribile passato. Osservava ora quel volto stremato dalla febbre e dall'aver rivissuto quelle drammatiche vicende.

«Basta Anita, sei spossata. Mi racconterai il resto domani.»

Le sfilò il bicchiere vuoto dalle mani e l'abbracciò forte baciandole la fronte. Mentre la stringeva a sé la donna riprese a parlare, come se quel bacio le avesse risvegliato la memoria.

«Era il primo giorno dell'anno, ed erano già due anni che vivevo in quella casa. Per Ricardo le feste non esistevano, non le sopportava. Odiava osservare la gente ridere e divertirsi. Ma quella sera rientrò con un umore diverso dal solito e notai sul suo volto un'eccitazione che non avevo mai visto.

Non era solo. Aveva portato con sé una coppia più giovane di lui, vestita assai elegantemente. L'uomo era piuttosto attraente e mostrava un carattere affabile e pronto al sorriso. Mi chiesi cosa avesse da spartire un tipo del genere con Britto. La donna, stretta in un vestito blu, era piuttosto silenziosa, e tranne rare occasioni intervenne soltanto per rispondere alle domande del suo compagno.

"Questi sono Jessica e Manuel, dei carissimi amici", disse Ricardo con un tono di voce che mi suonò falso.

Durante la cena Ricardo si assentò un istante e l'uomo ne approfittò per far scivolare la sua mano sulla mia. La donna in blu rimase impassibile. Trasalii al pensiero di cosa sarebbe accaduto se Ricardo fosse rientrato in quel momento. L'uomo prese a scrutarmi con uno sguardo mellifluo.

"Non sai che rischio stai correndo" dissi piano.

"Amo correre certi rischi... Anita. Ti chiami così, vero?"

Cercai di liberare la mano ma il giovane strinse la presa quasi sino a farmi male. Portò poi le mie dita alle labbra e prese a baciarle una ad una. In quel momento vidi Ricardo rientrare con un paio di bottiglie.

Istintivamente mi alzai dal tavolo ma l'uomo non mi lasciò, mi tirò anzi a sé portandomi a cadere sulle sue ginocchia.

"Complimenti Ricardo!" esclamò Manuel stringendomi alla vita. "Vista da vicino è ancora più bella! Non la lascerai andare via sul serio, spero!"

Il volto di Ricardo si fece scuro.

"Tu non capisci mai nulla, Manuel. Ho sbagliato a invitarti qui stasera", disse mentre poggiava sul tavolo le bottiglie.

"Adesso lasciala andare e vattene assieme alla tua donna."

"E va bene!" esclamò l'uomo stizzito lasciandomi scivolare dalle sue ginocchia sul pavimento. "Ecco fatto!"

Ricardo lo afferrò per la giacca e gli sferrò un pugno che quasi lo tramortì. Lo scaraventò poi fuori dalla porta.

"Accompagnateli alla loro auto", urlò agli uomini di guardia nel portico.

Ma la donna non era ancora uscita. Per farlo avrebbe dovuto passare vicino a Ricardo e aveva paura.

"Io non c'entro nulla!", esclamò, "glielo avevo detto di non prendere niente prima di venire, ma Manuel è il solito testardo! Lo sapevo che avrebbe combinato qualcosa!"

Ricardo si scostò dalla porta e la donna sgusciò via velocemente. Quindi si avvicinò cercando di sollevarmi dal pavimento, ma mi ritrassi con ribrezzo appena sentii le sue mani addosso.

"Mi fai schifo!" urlai disgustata, "tu e la feccia di cui ti circondi! Tu vuoi camminare con i tuoi scarponi sulla mia anima, vuoi cancellare del tutto la mia persona, ma non te lo permetterò! Al diavolo i nostri patti! Puoi uccidere Rafael, puoi uccidere anche me, ma non ti sfiorerò mai neppure con un dito perché mi fai schifo!"

Ricardo mi ascoltò senza muovere un muscolo. Tornò a cercare di alzarmi ma urlai ancora. Credo si sia accorto in quel momento che ero pronta a tutto. Si recò nel suo studio e ne uscì con una valigetta nera, quindi andò via sbattendo la porta. Udii il motore della sua auto che si allontanava veloce.

Ricardo rimase lontano per diverso tempo. Probabilmente era nel suo appartamento in città. Ero pentita del mio scoppio d'ira. Temevo che quell'uomo imprevedibile potesse sfogarsi su Rafael.

I giorni passavano e si accresceva la mia angoscia. Cominciai a bere per stordirmi, poi trovai la cocaina che Ricardo teneva nella sua stanza da letto. Al mattino mi svegliavo con rabbia al pensiero d'essere ancora viva. Essere, il semplice essere, era divenuto come un tappeto irto di spilli.

Quella fu la seconda tortura che Ricardo mi inflisse. In quelle giornate lunghissime il senso di vuoto che avvertivo dentro si riempì di paura. Neppure sapevo di cosa avessi paura esattamente, e questo la rendeva più insopportabile. Quando la cocaina finì ero ormai un animale rabbioso e dolorante. Avrei sacrificato cento Rafael per avere ancora un po' di quella polvere. Continuai a intontirmi con l'alcol, di cui fortunatamente la cantina era ben provvista. Ho sempre pensato che i domestici tenessero informato Britto della mia situazione. Ne deducevo che egli ritenesse giusto ripagare la mia ribellione con quella silenziosa tortura.

Quando Ricardo fece ritorno trovò un'altra donna. Ero abbrutita dall'alcol e senza più volontà. Non mi interessava più della sorte di Rafael né di me stessa. Soprattutto non obbedivo ai suoi ordini in quanto non avevo più timore delle sue rappresaglie. L'energumeno si ritrovò così con le unghie smussate e con un ostaggio che non serviva più a niente.

Cercò di correre ai ripari cominciando col far sparire la chiave della cantina e chiamando il medico, il quale disse subito che chiudermi di colpo il rubinetto mi avrebbe fatto più male che bene. Tornò un'infermiera fissa alla quale fu assegnato anche il compito di amministrare l'alcol badando a che non mi ubriacassi.

"Povero bestione", pensavo. "Hai tirato troppo la corda e hai perso tutto. Ora continui ad affannarti ottusamente perché non riesci a capire che qualcosa si è spezzato dentro di me e non si può più riparare. Dicevi che toccare il fondo conducesse alla vera conoscenza di se stessi... Bene allora, vieni pure a vedere con chi ho fatto conoscenza..."

Il giorno seguente si presentarono alla porta due donne sulla trentina, assai graziose ed eleganti.

"Siamo amiche del signor Britto e desideravamo conoscerla", gorgheggiò quella più bassa con fare da oca.

"Dite al signor Britto che non ho voglia di conoscere nessuno", risposi seccamente.

Feci per chiudere la porta quando la donna riprese con tono quasi supplichevole: "Signora Anita, ci ha mandato

Ricardo per farle compagnia e se gli diremo che non siamo riuscite neppure a entrare si sfogherà con noi! La prego, ci faccia stare almeno qualche minuto, tanto per poter dire che abbiamo parlato un poco!"

Aprii la porta e le feci accomodare nel salotto. Mi ringraziarono più volte dicendo di chiamarsi Irene e Jacinta. Sedetti con loro e le feci versare da bere.

"Così siete amiche di Ricardo", dissi.

"Beh, anche più che amiche!", esclamò la donna con la voce da oca, subito guardata dall'altra con aria di rimprovero.

"Penso sia meglio presentarci in modo più conveniente..." disse Irene.

Annuii e la donna proseguì.

"Io sono la seconda moglie di Ricardo. Dopo la morte della sua prima moglie abbiamo vissuto assieme quattro anni, finché lui non mi ha lasciato per Jacinta. Dopo due anni ha lasciato anche lei e in quel momento da avversarie siamo divenute amiche. Al contrario di Ricardo, non siamo di famiglia ricca, e viviamo grazie al suo aiuto economico. Ricardo è sempre stato generoso con le donne che hanno attraversato la sua vita. Ora ci ha chiesto di venire a trovarla e saremmo ben liete di farle compagnia."

"Beh, mi dispiace che Ricardo vi abbia fatto carico di questa incombenza. Io non sono di molta compagnia."

"Oh, ma cosa crede che noi si faccia in genere? Passiamo il pomeriggio sedute a qualche tavolo all'aperto nei caffè del centro. Così, a fare conversazione."

"Beh, magari ci si diverte anche a osservare la gente che passa...", aggiunse Jacinta. "Perché qualche volta non viene anche lei, per svagarsi un po'?"

"Vedo che Ricardo non vi ha messo al corrente di tutto. Uscire da questa villa mi è proibito. Vi sono rinchiusa da anni contro la mia volontà e posso uscire solo assieme a lui."

Le due donne si guardarono con aria seria. La più giovane fece per dire qualcosa ma l'altra donna la fulminò con lo sguardo.

"Noi faremo finta di non aver udito le sue parole, signora Anita. Se Ricardo non ci ha messo al corrente di queste cose significa che non vuole che noi si sappia. Lei capisce, quell'uomo sa essere anche violento quando si arrabbia..."

"Conosco bene di cosa è capace Ricardo. Potete contare sul mio silenzio. Comunque, mi è stato d'aiuto parlare con qualcuno e ve ne sono grata. Tornate pure quando volete."

"Anche a noi ha fatto piacere incontrarla", disse Jacinta. "Torneremo volentieri a farle compagnia, specialmente ora che sappiamo che le è vietato uscire."

"Voi non sapete niente", dissi portando l'indice sulle labbra. "Non dimenticatelo."

Le due donne non si fecero attendere e tornarono l'indomani stesso. Ormai si comportavano come se fossimo vecchie amiche. Appena fummo sole Irene estrasse dalla borsa una piccola bottiglia di brandy e me la porse con aria complice.

"Ho visto ieri che il domestico non le versava mai da bere", sussurrò, "e ho pensato che... ho fatto male?"

"Niente affatto", risposi aprendo la bottiglia e tracannandone un buon quarto.

"Ormai i domestici per me non mettono più neppure il bicchiere", lamentai asciugando le labbra con il dorso della mano. Mi sentii subito meglio e nascosi la bottiglia nel ripiano sotto il tavolo.

"Posso contare su questo vostro sostegno con una certa regolarità?" chiesi sorridendo.

Jacinta arrossì: "beh... basta che non si venga a sapere..."

"Con una bottiglia di queste dimensioni non riuscirò certo

a sbronzarmi, quindi non c'è pericolo che la cosa venga scoperta."

Le donne annuirono entrambe, come divertite dalla cosa. Irene si fece poi seria e prese fiato come se intendesse affrontare una questione delicata.

"Vorrei parlarti di Ricardo, se vuoi", disse scrutandomi negli occhi per vedere la mia reazione.

"Fai pure", risposi allargando le braccia per mostrare che l'argomento non mi entusiasmava granché.

"Ricardo non è stato sempre come lo vedi ora. Anche lui sapeva ridere e scherzare. Ma da tempo non lo fa più. Lo hai forse visto ridere qualche volta?"

"No, e non ci tengo a vederlo, anche perché non c'è nulla da ridere. Vi posso comunque assicurare che è assai bravo nel far piangere."

"È vero, ora è così. E nessuno gli vuole bene, tranne noi due, che non possiamo dimenticare il Ricardo che abbiamo conosciuto prima del suo arresto."

"Quale arresto?", chiesi incuriosita.

Le due donne si scambiarono uno sguardo d'intesa.

"Ricardo", proseguì Irene, "era uno dei principali esponenti dei gruppi di opposizione al regime. Fu catturato grazie alle informazioni estorte sotto tortura a sua moglie, che in seguito a quelle sevizie perse la vita. L'arresto di Britto fu un grande successo per le forze governative. Grazie al suo ruolo direttivo era a conoscenza di un'infinità di nomi e di informazioni chiave per attuare la repressione. Rimase in carcere per mesi e venne più volte torturato con sistemi diversi, ma non riuscirono a cavargli una parola di bocca.

"Oh, se avessi conosciuto il Ricardo d'allora! Era giovane, vivo: dentro e fuori. Possedeva una coscienza limpida, idee forti, sapeva d'essere dalla parte giusta. Ma anche lui aveva sottovalutato l'effetto che la corrente elettrica produceva nell'animo. Fu durante uno di quei trattamenti che perse la possibilità di avere rapporti sessuali e anche di avere figli. Usavano spesso applicare gli elettrodi alle parti più sensibili del corpo, come i genitali, e quella volta probabilmente esagerarono. Credo sia stato dopo quell'episodio che avvenne un profondo cambiamento in lui.

D'improvviso le forze di polizia operarono un gran numero di arresti e divenne chiaro a tutti che Britto aveva parlato. Ma la sorpresa fu ancora più grande quando si seppe che era divenuto direttore della stessa unità carceraria dove era stato prigioniero per mesi. Si parlò di tradimento e di un accordo segreto fra lui e il governo. Ora collaborava con le forze di polizia e si muoveva perennemente sotto scorta per timore di una vendetta da parte dei compagni traditi.

Questo è il Britto che hai conosciuto tu, Anita. Un uomo che è solo l'ombra di sé stesso, pieno di rimorsi e di rabbia, che il dolore ha reso spietato e insensibile. È come se avesse in odio la razza umana e soffrisse dentro di sé di farne parte.

Capisco come possa essere difficile immaginare che in passato sia stato un uomo generoso, capace di donare la vita per una causa giusta. Lui stesso deve averlo dimenticato."

Mentre parlava, Irene aveva gli occhi lucidi. Doveva aver amato quell'uomo con tutta se stessa, e probabilmente lo amava ancora.

"So che quello che ha fatto ti porta a vedere in lui un mostro di egoismo, Anita. Ho voluto soltanto mostrarti una diversa prospettiva da cui guardare a Britto. Puoi farne quello che vuoi. Pensavo fosse giusto farlo."

Tirai fuori la bottiglia da sotto il tavolo e ne bevvi una lunga sorsata.

"È Ricardo che vi ha inviato a raccontarmi i suoi affari privati? Come mai non avete timore che venga a saperlo e che la cosa non gli piaccia affatto?"

Le donne non nascosero un moto di sorpresa.

"Beh… ieri ci hai promesso di essere una tomba. E il tuo viso ci ha ispirato fiducia", fu la risposta della donna.

"Tutto ciò che ha raccontato Irene è vero", proseguì Jacinta. "Non ho mai incontrato un uomo buono e generoso come Ricardo è stato con me. Sai, io ho un mio metro per scoprire il carattere di un uomo. Lo si vede a letto, se si preoccupa soltanto del proprio piacere o se mostra di essere felice di stare con te. Gli uomini, così come sono a letto sono nella vita. Fra le braccia di Ricardo ti sentivi una regina! Mostrava una tale felicità nel mirarti e rimirarti che ti sentivi felice per il semplice fatto di esistere. Ripeteva sempre che lo spettacolo più bello della natura era vedere una donna che ama e…"

"Care signore", la interruppi, "se in passato Ricardo sia stato un santo non mi riguarda. Io ho conosciuto un mostro che non si è fermato di fronte a nulla per ottenere quel che voleva. Sono stata anch'io sul letto di ferro, anche i miei genitali sono stati a lungo piagati, ha ridotto la mia persona a brandelli attraverso una tortura psicologica che dura da anni riducendomi a una cocainomane alcolizzata. Certo, ho pena per quel che gli è successo, ma devo avere pena anche per me stessa, perché lui non ne ha avuta alcuna."

"Mi dispiace molto…" disse Irene.

"Non avremmo mai immaginato che Ricardo potesse giungere a tanto. Abbiamo capito sin dall'inizio che doveva avere un'altra donna, ma credevamo che fosse corrisposto nei suoi sentimenti. Invece la situazione che abbiamo conosciuto ci sconcerta e ci preoccupa. Credo che Ricardo provi un sentimento nuovo di cui ignorava l'esistenza, un sentimento che non ha certo sperimentato nel rapporto con noi. Per questo giunge a tali bassezze pur di non perderti. Davvero non so come finirà... Forse neppure lui, perché ha perso le redini di se stesso e non sa cosa fare."

Irene aveva ragione. Come sarebbe finita?

Salutai le due donne dicendo loro che avevo la testa pesante e volevo riposare. Era vero. Detti fondo alla bottiglia di brandy e mi rifugiai nella mia stanza.

Mi svegliò il ritorno di Ricardo. Mi accorsi di guardarlo con occhi diversi. Era una vittima anche lui. Ma aveva scelto il modo peggiore di reagire. Era divenuto un carnefice.»

22

«Trascorsero altri mesi che mi videro soffrire meno ma spegnermi sempre più. Quando la ribellione muore e ci si rassegna, anche la sofferenza perde il pungiglione. A forza di essere trattata come un oggetto, ero divenuta quell'oggetto. Ora ero docile e obbediente, anche se Ricardo non mi chiedeva più nulla. Avevo dimenticato cosa fosse un'emozione, ero come di pietra. Per questo quando Ricardo mi disse "domani torni a Roma", non battei ciglio. Avevo la testa intontita dall'alcol e lo osservai estrarre un libretto scuro.

"Questo è un passaporto con la tua foto", disse, "ti servirà soltanto per il viaggio. All'aeroporto hanno una lista di nomi in cui probabilmente c'è anche il tuo. Ma non hanno una tua fotografia, quindi puoi andare tranquilla."

"E Rafael?" chiesi.

"Ti raggiungerà in seguito. In queste faccende bisogna andare cauti. L'aereo parte domani verso mezzogiorno. Devi essere pronta ad uscire per le dieci.

Quella sera non riuscii ad addormentarmi. Mi ripetevo che dovevo essere felice per quello che aveva detto Ricardo, invece ero colma d'apprensione. Cercavo di immaginare Francesco che mi correva incontro per abbracciarmi, ma le sue mani tese erano mani che chiedevano, mi spaventavano, perché non avevo più nulla da dare. Non ero più capace di essere una madre, non ero più capace di nulla, e Roma mi soffocava con tutte le sue aspettative. Ero sola. Come Ricardo. Alla fine era riuscito a rendermi come lui.

Mi alzai e mi recai nella sua stanza. Nella penombra vidi brillare i suoi occhi fissi sul soffitto. Sedetti sul bordo del letto.

"Sono andata troppo in fondo, vero Britto? E questo non l'avevi previsto. Per questo ora ti liberi di me..."

Ricardo mi fissò con i suoi grandi occhi neri e percepii nel suo sguardo una grande lontananza. Vi traspariva una strana calma, come se fosse rassegnato al fluire degli eventi qualunque essi fossero, stanco di cercare di dominarli ad ogni costo.

"Ho sempre amato il tuo sguardo, Anita. V'è qualcosa di puro dentro, come una promessa luminosa che non ho sopportato fosse diretta a qualcun altro... Perdonami."

"Io ti ho perdonato, Ricardo. Non sei che una vittima, come me, come tanti... Ma lascia che resti con te, ti prego, non ho alcuna voglia di tornare a Roma."

"Perdonami Anita... perdonami..." ripeté Ricardo.

Mi accarezzò la testa delicatamente, poi mi baciò sulla fronte come se fossi una cosa fragilissima e preziosa. Aveva ragione Jacinta a dire che il suo modo di fare ti faceva sentire una regina. Ogni tensione mi abbandonò, e senza accorgermene mi addormentai come una bambina al suo fianco.

Verso le tre squillò il telefono. Ricardo alzò il ricevitore ma restò in silenzio ad ascoltare. Quindi riattaccò e mi disse di vestirmi in fretta. Provai ad accendere la luce ma la lampada rimase spenta.

"Cosa sta succedendo?" chiesi.

"Manca la corrente elettrica", disse armeggiando con una torcia.

"Forse è un guasto, forse no. Meglio essere pronti."

"Pronti a cosa?" chiesi ancora intontita dal sonno.

"Non ti agitare. Vestiti ma resta qui. Io scendo di sotto a controllare l'interruttore generale."

"Non voglio restare sola", dissi infilando una vestaglia e scendendo dietro di lui.

Ma Ricardo non andò a controllare l'interruttore generale, aprì invece la porta di casa come se già sapesse cosa avrebbe trovato. Compresi in quell'attimo il motivo di quel suo sguardo distante da tutto.

I fari di un'auto ferma sul viale ci abbagliarono. Davanti a quella luce apparvero diverse sagome scure: erano elementi della resistenza armata, circa una dozzina. I due uomini di guardia all'ingresso giacevano a terra in una pozza di sangue. Ricardo mi spinse dentro: "stai al riparo, è me che vogliono."

"Ehi Britto! È andata via la corrente elettrica, adesso come fai a lavorare?", gridò uno degli uomini scatenando una risata generale.

"Ti aspettavo per domani sera", rispose Ricardo, "cosa vi ha fatto anticipare?"

"La cosa non ti riguarda. Piuttosto come facevi a sapere di domani sera?"

"Conosco ogni vostra mossa da tempo, Carlo. O forse pensavi che i tuoi successi fossero tutto merito tuo?"

L'uomo rimase un istante interdetto, quindi ritrovò il tono di prima: "Avete inteso ragazzi? Adesso dobbiamo anche ringraziarlo!"

"Dovresti", replicò Ricardo. "Non hai notato che le squadre di sequestratori della mia unità ammuffiscono in caserma da un pezzo? Io lavoro soltanto con i prigionieri che mi inviano dalle carceri governative o da altre unità. Ti ho sempre lasciato agire in tutta tranquillità, anche quando ero a conoscenza dei vostri piani."

L'uomo si avvicinò puntando rabbiosamente la lama del coltello alla gola di Ricardo.

"E quell'ondata di arresti avvenuta quando divenisti direttore della tua unità? Chi ha fornito nomi e informazioni?"

"Ho fornito qualche nome non vitale per l'organizzazione. Sentivo che stavo per cedere ai loro trattamenti, e in quel caso sarebbe stato assai peggio. E tu lo sai."

"Chi ha paura non si mette a fare il nostro mestiere" ringhiò l'uomo premendo la lama.

"Sei rimasto il solito idiota, Carlo. Non sapevo di avere paura, finché non me la sono sentita addosso. Adesso finiscila e affonda quel coltello. Hai sempre avuto il difetto di parlare troppo."

"Mi dispiace Ricardo, ma devi pagare il conto. Decine di vittime lo reclamano."

"Le ascolto da anni, Carlo. Coraggio, falle tacere. Ti ho aspettato per questo. O pensi che anche la mia eliminazione sia un tuo successo? Potevo benissimo sparire prima del vostro arrivo."

L'uomo fissò a lungo Ricardo negli occhi, poi ripose il coltello e si avviò verso l'auto.

"Tocca a voi", disse ai suoi uomini, "fate come stabilito e senza troppo chiasso."

Ricardo fu legato saldamente a una delle colonne del portico. In un silenzio carico di tensione gli uomini gli si fecero attorno. Ognuno aveva un conto in sospeso con il direttore dell'unità carceraria, ognuno serrava un coltello nella mano e un nome tra le labbra.

"Ma cosa volete fare? Siete pazzi? Le cose non stanno come immaginate!" gridai strattonando uno degli uomini.

Quello si rivoltò: "Cosa fa Anita, difende il suo carceriere? Non sa che ha fatto uccidere decine dei nostri fratelli? Pensi piuttosto a suo marito! Oggi anche lui sarà vendicato!"

"Portatela dentro", ordinò il capo, "avevo detto di non fare chiasso. Potrebbe passare un'auto di pattuglia e sarebbero guai seri."

Promisi di tacere ma mi costrinsero a entrare nella villa. Rimasi tuttavia presso la porta e pregai l'uomo incaricato di sorvegliarmi di lasciarla socchiusa. Mi chiesi perché apprendere della morte di Rafael mi lasciasse indifferente mentre ero invece terrorizzata per quanto accadeva all'uomo legato nel portico. Non fu difficile rispondermi. Dentro di me Rafael era già morto da un pezzo assieme a tutto il resto, ma sentivo che la fine del mio aguzzino mi avrebbe precipitato in una solitudine senza fondo.

Ricardo taceva, lo sguardo immobile, come se nulla lo riguardasse più. Quando la lama lo penetrò nel basso ventre tentò istintivamente di piegarsi in avanti ma le corde lo trattennero fermamente contro la colonna.

"Questo è per Marisa!", ringhiò il giovane estraendo il coltello rosso di sangue.

Ricardo alzò a fatica il capo incontrando lo sguardo avvelenato del ragazzo.

"Quanta rabbia, Jose..." biascicò a stento. "Se tua madre fosse morta in un terremoto chi avresti accoltellato, il Padreterno?"

"Che diavolo vai cianciando bastardo? Mia madre è morta su uno dei tuoi letti di ferro! Se non fosse per gli ordini del capo ti sbudellerei come un maiale!"

"Ehi, ci siamo anche noi", protestò una voce dal gruppo, "fatti da parte prima che muoia dissanguato!"

Dietro gli alberi scuri la luna seguitava impassibile il suo viaggio notturno. L'uomo che avevo odiato con tutta me stessa stava espiando i suoi delitti. Quella furia collettiva era dunque la mano della giustizia? E dov'era quella giustizia mentre il suo corpo sussultava sotto le scariche elettriche?

No, non scorgevo alcuna giustizia ma solo rabbia, vendetta, dolore; quel dolore che la vita elargisce con noncuranza e che spegne il sorriso dal volto degli uomini. Quel dolore che frantuma i loro sogni incauti piantando i suoi chiodi aguzzi nei loro cuori increduli. Quella notte celebrava la sua perfida opera nell'oscurità di quel portico, contraeva nella stessa smorfia il volto di chi moriva e quello di chi uccideva, rigurgitava dagli occhi di quegli uomini impazziti come il sangue dal ventre di Ricardo.

"Amanda, lurido porco... hai dimenticato Amanda?"

Altri nomi furono scagliati contro Ricardo, altri colpi vibrati su un corpo che sembrava aver perduto la propria anima da tempo.

Quando quel macabro rituale ebbe termine, sul pavimento del portico era disegnata una ragnatela di sangue. Qualcuno appese al petto di Ricardo un cartello con una scritta, quindi presero a sputargli addosso.

"Anita..."

La voce di Ricardo parve provenire dall'Inferno.

Mi precipitai nel portico sfuggendo all'uomo che mi sorvegliava e caddi in ginocchio davanti a quel corpo martoriato.

"Anita..." ripetè Ricardo con un filo di voce.

"Sono qui..." risposi afferrandogli le mani.

"A Roma non troverai Alfonso, Anita... ho fatto di tutto per proteggerlo ma non ci sono riuscito... Quanto a tuo marito..."

Uno degli uomini mi tirò bruscamente da parte e si avventò su Ricardo tagliandogli la gola di netto.

"Aveva la buccia dura il bastardo..." commentò.

Avvertii dentro di me una solitudine infinita e scoppiai a piangere. Ora capivo cosa Ricardo aveva implorato da me per cinque anni. Ora ero io a sentirmi sola e incapace di vivere con gli altri e come gli altri.

Uno degli uomini mi condusse nella casa. Avevo il vestito inzuppato di sangue e mi chiese di andare a cambiarmi. La corrente elettrica era stata ripristinata e potei salire nella mia stanza. Osservai quelle pareti dove ero stata chiusa per tanto tempo e una folla di pensieri mi riempì la mente. Non era stato un brutto sogno. Ora il mondo mi faceva paura e non avevo nessun desiderio di tornarci.

Viaggiavo in una delle auto degli assassini di Ricardo. Mi avrebbero lasciato a poca distanza dall'ambasciata italiana, poi avrei dovuto proseguire da sola. Rafael era morto di infarto. Forse era debole di cuore perché le scariche elettriche lo avevano stroncato quasi subito.

"Almeno non ha sofferto a lungo", aveva commentato qualcuno.

Il tizio che mi sedeva accanto prese a parlarmi e chiese di perdonarlo. Disse di essere un vecchio amico di Rafael e che era stato lui a convincerlo di portare con sé anche sua moglie.

"Una coppia dà meno nell'occhio", gli aveva suggerito.

Questo era il vero motivo per cui Rafael aveva voluto portarmi con sé, incurante del grave pericolo cui mi avrebbe esposto. Non era vero che sua madre stesse morendo. Rafael tornava nel suo paese per poter affondare anche lui una lama nel corpo di Britto. Sua madre era morta sul lettino di ferro, senza parlare, e andava vendicata. La telefonata che era giunta a Roma era la comunicazione della data per l'agguato a Britto, poi più volte rimandato.

Non so perché mio marito mi avesse tenuto all'oscuro di tutto. Forse temeva che gli impedissi di rischiare la propria vita. Di certo l'avrei fatto. Gli volevo bene, più di quanto lui ne volesse a me.»

23

«È una storia terribile», disse Luigi.

«Grazie al cielo hai trovato la forza per riprenderti. Quando ti ho incontrato, Anita, ho conosciuto una donna forte e piena di vita.»

«Quella donna non esiste più, Luigi. Devi fartene una ragione. Ci ho creduto anch'io per un po', poi tutto è tornato come prima. Quindici mesi di cura non sono serviti a nulla...»

«Quali quindici mesi?» chiese l'uomo.

«Di ritorno dal Sud America non sono venuta a Roma. Prima che partissi, all'ambasciata italiana mi avevano fornito l'indirizzo di un centro speciale dove si praticava la riabilitazione psicofisica dei reduci di guerra, da forti shock o da altre situazioni invalidanti. Ero assistita quotidianamente da medici, psichiatri, psicologi. Alcuni giorni si presentava anche un prete. Era forse la persona che gradivo di più. Tutto quello che diceva mi suonava come una bella fiaba che ascoltavo rapita, immaginando come sarebbe stato bello se fosse stato tutto vero. Ripeteva che la mia sensibilità era solo addormentata e che presto si sarebbe risvegliata.

Quel giorno parve arrivare quando mi furono messi davanti dei pennelli e dei colori. Fu quella la via giusta che mi portò pian piano a lasciarmi coinvolgere nuovamente dalle cose. Mi immersi nella pittura quasi furiosamente, concentrandovi un'energia che stupì me stessa. Il direttore della struttura mi aiutò ad allestire una mostra nella sala conferenze della clinica e i miei quadri furono venduti tutti.

Quell'evento mi fece sentire di nuovo viva: attraverso le mie opere avevo ristabilito un rapporto con gli altri e col mondo.»

«Gina conosce di questa tua permanenza in quel centro?» chiese Luigi.

«Certamente. Mi telefonava spesso ed è venuta a trovarmi più di una volta, anche se inizialmente glielo avevo proibito. Fu proprio lei che a un certo momento fece pressione perché tornassi a Roma. Mi considerava ormai guarita e pronta per rientrare nella vita ma io tentennavo ancora. Un giorno mi disse che Isabella si era sposata di nuovo con un imprenditore di Milano e si era trasferita al nord. Furono quelle parole a convincermi a tornare. Ero sola, e mio figlio non mi desiderava. Ma con molta pazienza sono riuscita a farmi accettare e ha avuto inizio uno dei periodi più belli della mia vita.

«Ma un giorno, un giorno come gli altri, quel vuoto angoscioso che avevo quasi dimenticato mi afferrò di nuovo. Ero nello studio e stavo dipingendo. Di colpo la tela che avevo di fronte diventò insignificante, i colori persero voce, sentii ogni forza abbandonarmi. Dovetti distendermi sul letto, dove mi vedi ora.

Conoscevo bene quei sintomi e vidi il futuro farsi nero. Col tempo quelli che erano soltanto dei brutti momenti tornarono a riempire le mie giornate, ad essere il mio stato abituale. Anche questa casa è divenuta da tempo una prigione.»

«Una prigione?»

«È una prigione per il mio animo, Luigi. Devo fingere continuamente di essere un'altra per non preoccupare te e Francesco... Non ne posso più. Non so cosa darei per poter restare sola. Io ho imparato a convivere con i miei problemi, ma so che per voi sarebbe difficile...»

Appena terminate quelle parole, Anita udì chiudere la porta di casa.

«Dev'essere Francesco che rientra dalla scuola. Parliamo d'altro», sussurrò la donna.

Trascorse qualche secondo ma di Francesco non si udirono neppure i passi e in Anita affiorò un terribile presentimento.

«Francesco!» gridò, ma non ebbe risposta. Balzò fuori dal letto e aprì la finestra.

«Francesco!» urlò più volte. Ma il bambino neppure si voltò e scomparve dalla piazza.

Scoppiò a piangere nervosamente, mentre Luigi chiudeva la finestra e la riaccompagnava a letto.

«Non ti agitare», disse l'uomo, «vedrai che tra un po' si farà vivo. Devi dargli il tempo di assorbire l'emozione.»

«Deve aver sentito tutto», esclamò Anita, «chissà da quanto tempo era rientrato... Gina mi aveva avvertito che prendeva a origliare quando fiutava qualcosa nell'aria, e ho detto delle cose orribili proprio poco prima che se ne andasse!»

«Cerca di calmarti Anita», disse Luigi porgendole una compressa con dell'acqua che la donna mandò giù senza neppure accorgersene.

«Nel giro di dieci minuti te lo riporto. So dove trovarlo.»

«Ti prego, fai presto», disse Anita mentre l'uomo usciva in tutta fretta.

Francesco sedeva sulla panchina di piazza Navona dove era solita sedersi la mamma, il cuore in subbuglio.

«Ha detto che sono un peso, che non ne può più...», si diceva ripetendo le parole di Anita. Come era possibile? Dov'era finita la mamma che lo adorava?

Luigi gli sedette accanto.

«La mamma ci ha sfrattato entrambi!» disse sorridendo.

«Perché? cosa abbiamo fatto?»

«Non abbiamo fatto nulla, Francesco. Il fatto è che questo periodo la mamma è giù di umore e non vuole farsi vedere perché teme di rattristarci. Ora noi torniamo a casa e la convinciamo che può avere l'umore che vuole, tanto noi le vogliamo bene lo stesso e non ci rattristiamo. Non è vero?»

«Perché la mamma è triste?» chiese Francesco.

«La tristezza fa parte della vita quanto la gioia, bambino mio. Ora viene l'una, ora l'altra, non bisogna preoccuparsi più di tanto. L'importante è restare uniti e aiutarci nei momenti di debolezza. Ed è proprio quello che faremo con la mamma finché non la vedremo tornare a sorridere.»

Francesco strinse le braccia attorno all'uomo e liberò le lacrime che aveva sinora trattenuto. Luigi si alzò dalla panchina e camminò per un poco con il bambino abbracciato al collo. Quelle braccia esili che lo stringevano lo riempivano di gioia. Sentiva di amare Francesco come se fosse suo figlio, per quella misteriosa forza che ci porta ad amare qualunque cosa appartenga alla persona che adoriamo.

A pochi passi da piazza Farnese un'autoambulanza li superò velocemente voltando nella piazza. Un presentimento afferrò Luigi alla gola.

«Avevo dimenticato che stasera siamo invitati dagli zii», disse a Francesco nascondendo a fatica l'agitazione che lo aveva colto. «Siamo in ritardo... vai tu nel frattempo, non vorrei che Gina fosse in pensiero. Io e Anita vi raggiungiamo subito.»

Il bambino lo fissò silenziosamente, poi si avviò.

Luigi percorse l'ultimo tratto di strada e voltò nella piazza. Un folto gruppo di persone si accalcava attorno a due agenti di polizia che cercavano a fatica di mantenerle a una certa distanza mentre l'autoambulanza stava facendo manovra per parcheggiare.

L'uomo si fece largo tra la gente finché vide un corpo sul pavimento coperto da un lenzuolo bianco. Si sentì mancare e barcollò un istante, subito sorretto da uno degli uomini in divisa.

«È un parente?» chiese la guardia.

L'uomo annuì.

L'agente lo lasciò avvicinare e Luigi si inginocchiò su quel corpo immobile scoprendone appena il viso. Non si era sbagliato. Gli occhi chiari di Anita non gli avrebbero più sorriso e la vita gli parve di colpo un deserto.

«È lei Ricardo?» chiese la guardia.

L'uomo scosse il capo senza voltarsi, quindi scoppiò in singhiozzi.

24

1962

Padre Taddei, il vecchio parroco della Chiesa di San Carlo ai Catinari, dopo quasi mezzo secolo di servizio aveva deciso di aver lavorato abbastanza e se ne era andato seraficamente, come accade ai giusti, mentre dormiva nel suo letto.

Forse non gli era neppure dispiaciuto troppo cambiar vita. Aveva la coscienza a posto di chi ha lavorato sodo e a lungo. Ma soprattutto, il mondo attorno a lui stava prendendo una piega che non gli piaceva affatto, e un sentimento d'impotenza aveva cominciato a serpeggiargli dentro. Lasciava la patata bollente a chi lo avrebbe sostituito, senz'altro più giovane di lui e con più energie da spendere con quel gregge sempre più esiguo e distratto.

Già nelle sue ultime prediche, con quel poco fiato che aveva ancora in corpo, il parroco aveva cominciato a rimproverare aspramente i fedeli di essere sempre meno fedeli e soprattutto di essere diminuiti di numero. Buona metà dei banchi della chiesa erano ormai perennemente vuoti e perfino Urbano, il barbone che chiedeva l'elemosina seduto all'ingresso della chiesa, aveva notato un calo preoccupante nelle sue entrate.

Nelle parole del vecchio parroco, quello che tutti chiamavano "boom economico" prendeva spesso le sembianze di un nuovo Belzebù.

«Non lasciatevi sedurre da tutte queste diavolerie moderne che paiono promettervi la felicità. La vera felicità si trova solo nelle cose di Dio», ammoniva con la sua voce rauca rimproverando con lo sguardo le persone sedute nei primi banchi.

«Come mai con l'arrivo di questo cosiddetto benessere si sono svuotati i templi di Dio? Si direbbe che l'unico motivo per cui la gente veniva in chiesa fosse quello di pregare per le proprie condizioni economiche, visto che con l'aumento del benessere generale i luoghi del Signore vengono ora disertati!»

Aveva poi assunto un tono quasi minaccioso: «Forse, questa è una prova inviata da Dio per vedere se le sue genti lo amano ancora o ripongono il loro cuore nelle cose terrene soltanto perché quest'ultime sono divenute più seducenti e a portata di mano. Ma attenti! Attenti che acquistando a rate queste diavolerie non siano esse a catturarvi il cuore tutto in una volta!»

25

«Domenica mattina ci sarà la prima messa celebrata da padre Michele, il nuovo parroco. Verrai?» chiese Matteo.

«Ne parli come se si trattasse di uno spettacolo», rispose Francesco.

«Non fare lo scemo. Dopo cinquant'anni cambia il parroco e non sei curioso di vedere il nuovo arrivato? È un evento storico!»

«Ci sarò, ci sarò...» mugugnò Francesco. «Mia zia mi ha già chiesto di accompagnarla, figurati se potevo rifiutarmi. Mah... di buono c'è che almeno, in un colpo solo, accontenterò due bigotti.»

«Se ti sente tua zia ti disereda. Chissà perché, poi, voi miscredenti pensate che chiunque creda in Dio sia per forza un bigotto.»

«Scherzavo... mia zia non è affatto bigotta.»

Il tempo non fu clemente con padre Michele. Quella domenica ebbe inizio con una pioggia torrenziale e un vento fortissimo di quelli che rovesciano gli ombrelli. Tuttavia, nonostante quel diluvio una folla di fedeli e di curiosi riempì la chiesa ricordando i tempi migliori di padre Taddei, quando in occasione delle festività più importanti le persone in piedi arrivavano fino alla porta d'ingresso. Ma la grande navata era scura per via del tempo e le poche lampade elettriche, come in tutte le chiese romane, non rischiaravano granché.

In un angolo sedeva Urbano, ansioso di vedere il nuovo prete. Sapeva bene che dipendeva dall'autorità del parroco tollerare la presenza di mendicanti all'ingresso della chiesa, e aspettava di poter osservare in faccia il nuovo venuto per indovinare il futuro che lo aspettava.

La curiosità aveva spinto Gina nei primi banchi e suo nipote era subito dietro assieme a Matteo.

Quando il nuovo parroco era apparso si era levato nella chiesa un lungo mormorio. Tutti aspettavano un giovane prete ma il sacerdote che avevano davanti sembrava addirittura un ragazzo. Il volto serio e scavato pareva indicare un temperamento introverso e tutti corsero col pensiero al viso giocondo del vecchio Taddei. Ma quell'impressione scomparve al primo sorriso del prete, che regalò a tutti un sospiro di sollievo. Due grandi occhi scuri erano apparsi illuminando uno sguardo fermo e affettuoso al tempo stesso. La voce limpida e forte, così diversa da quella del vecchio parroco, pareva più adatta ai nuovi tempi.

Durante la funzione il cielo prese lentamente a schiarirsi e piccoli varchi iniziarono ad aprirsi tra le nubi. Dalle finestre della navata penetrò un intenso fascio di luce che andò a cadere proprio sulla figura del nuovo sacerdote sollevando un mormorio di stupore.

«Sembra che il suo esordio abbia ottenuto la benedizione dal Cielo», disse Matteo sorridendo.

Ma Francesco era preso altrove. Da un'altra vetrata un altro fascio di luce era caduto tra i banchi illuminando quello che gli era sembrato già luminoso di per sé. Come ipnotizzato, il giovane non spostava gli occhi di un millimetro. Matteo seguì lo sguardo dell'amico e vide che andava a cadere su una giovane ragazza vestita di bianco. Aveva un piccolo fiore tra i capelli, cosa che nessuno faceva più da tempo, e questo, se da un lato mostrava indipendenza di spirito, dall'altro suscitava tenerezza.

«Scansati», sbuffò Francesco, «non mi fai vedere...»

«Solo un attimo...», replicò Matteo proteso in avanti.

Francesco reagì con stizza.

«Non eri venuto per vedere in faccia il nuovo parroco? Non ti interessa più l'evento storico?»

Gina li fulminò con lo sguardo invitandoli a fare silenzio.

Terminata la celebrazione la folla si affrettò verso l'uscita, ansiosa di dare la stura ai commenti sul giovane parroco. Francesco cercò di non perdere d'occhio la ragazza in bianco ma una volta all'aperto non la vide più. Continuò a cercare freneticamente gettando un'occhiata alle vie d'intorno ma senza risultato. La gente si era ormai dispersa e della ragazza neppure l'ombra.

Quando Matteo gli si avvicinò lo trovò assai avvilito.

«Accipicchia! Ma qui si tratta di un vero colpo di fulmine!»

«Vai al diavolo!» gridò Francesco sedendo sui gradini della chiesa. «Tu non puoi capire...»

«Eh già… io sono lo scemo del villaggio...»

Durante il discorso ai fedeli il nuovo parroco, con ardore giovanile, aveva chiarito i suoi progetti su come gestire il compito che il Signore gli aveva affidato. Su un punto aveva particolarmente insistito perché fosse chiaro a tutti:

«Se qualcuno è convinto che in questa vita l'unica via per raggiungere la felicità sia attraverso le parole di Gesù, penseremo senz'altro che sia un buon cristiano... Non è vero?»

Qualcuno nei primi banchi aveva annuito silenziosamente come se la cosa fosse ovvia.

«Ebbene non è detto!» li aveva sorpresi il sacerdote alzando di colpo il tono della voce, «Non basta! Per questa persona la cosa più importante continua ad essere questa vita terrena, e nella religione cerca soltanto l'aiuto divino perché tutto fili liscio!»

«Ma che vuole questo prete?» aveva borbottato un signore accanto a Francesco piuttosto irritato dal tono del parroco. «Ancora non conosce il suo gregge e già lo rimprovera?»

«Perché, pensa che dopo averlo conosciuto non troverebbe motivi per rimproverarlo?» commentò Francesco divertito. Matteo gli assestò subito un colpo di gomito: «Per carità, stai buono...» sussurrò, «quel tipo faceva già impazzire il vecchio Taddei...»

Attratto dal vociare Padre Michele guardò nella loro direzione intuendo qualche protesta.

«No! Non basta!» ribadì seccamente con un no dell'indice.

«Ma è inammissibile!» sbottò il signore di prima, «con chi crede di parlare?!»

Si fece dunque largo attraverso il banco e si diresse verso l'uscita. A metà strada altre due persone gli si affiancarono, anch'esse col volto scuro dall'indignazione.

Padre Michele tacque finché non furono usciti lasciando che il rumore dei loro passi risuonasse nel silenzio della navata. Quindi riprese con tono più mite, quasi implorando i fedeli.

«Amici, dobbiamo assolutamente capovolgere questa visione! Dobbiamo vedere in questa vita terrena soltanto una palestra spirituale dove acquisire quelle virtù che ci prepareranno per un'altra vita, una vita eterna! Privi di questo anelito, di questo sguardo verso l'alto, saremo sopraffatti dalle amarezze di questa breve esistenza e la religione, ridotta da itinerario verso Dio a una sorta di talismano, ci sarà di ben poco aiuto.»

«Io ho moglie e tre figli», aveva commentato a bassa voce qualcuno alle spalle di Francesco, «se me ne vado in palestra chi ci va a lavorare?»

Una risatina era subito corsa tra i banchi.

«Perdona i semplici...» sospirò Matteo.

«Semplici? Quello era sarcasmo bell'e buono...» replicò Francesco. «Il tizio di prima non aveva tutti i torti. Questo nuovo parroco prima di preparare i suoi sermoni dovrebbe studiarsi meglio il proprio gregge...»

Di nuovo Padre Michele fu attratto dalle loro voci e parve fissare proprio Francesco.

«La vera felicità non è sotto questo cielo incerto», continuò, «ma nel futuro luminoso che Gesù ci ha promesso. E la morte stessa, che tanto ci spaventa, non è che una porta aperta verso questo futuro, un mondo eterno di pace e di gioia. Dunque cerchiamo la nostra via nei vangeli... Essi non sono un semplice manuale d'istruzioni su come adoperare questa vita, ma ci insegnano a conoscere noi stessi e il nostro alto destino.»

«Proprio a questo scopo» continuò il parroco, «come vi sarete già accorti dai cartelli esposti all'ingresso della chiesa, ogni giovedì pomeriggio si terranno nella sala della nostra parrocchia dei circoli di dialogo a cui potrà partecipare chiunque. La condivisione e la solidarietà consentono di mettere in comune i nostri tesori personali e divenire tutti più ricchi.»

Padre Michele aveva mirato alto e senza usare mezzi termini. La morte è una porta aperta verso un mondo di gioia eterna, aveva detto. Ma già dalla fine della guerra le persone desideravano dimenticare quella parola, e solo accennarvi era divenuto tabù in quel periodo di spensieratezza e benessere quale la gente non aveva mai conosciuto. Padre Taddei, che aveva più esperienza e conosceva meglio le sue pecorelle, sarebbe stato più diplomatico. Per carità, era pur vero che questa vita dev'essere al servizio di Dio e non viceversa, ma non bisogna togliere dalle mani di un bambino il suo giocattolo, non prima di avergliene mostrato uno più grande e più bello, altrimenti si metterà a strepitare e non lo mollerà.

Ma dov'era quel giocattolo più grande e più bello? Appariva soltanto di domenica mattina sulla bocca del sacerdote, ma nonostante quelle lunghe dissertazioni restava avvolto in una fitta nebbia. E nella nebbia, specie se fitta, nessuno ama avventurarsi, resta anzi fermamente aggrappato dove si trova.

Nei pressi della parrocchia, un grande negozio di elettrodomestici esponeva in vetrina un televisore perennemente acceso e la gente, incollata sul marciapiede, guardava come ipnotizzata quella scatola magica, sognando di poterla vedere un giorno nel proprio salotto. Chissà, forse anche le parole di padre Michele, se fosse apparso all'interno di quella scatola, sarebbero suonate più attraenti. Sicuramente più attuali.

26

La domenica successiva Francesco aveva assistito a tutte le messe celebrate nella giornata senza che la ragazza in bianco si fosse fatta viva. Ora sedeva avvilito sui gradini della chiesa, a debita distanza dal barbone.

Il volto di quella donna con il fiore tra i capelli aveva fatto terra bruciata intorno a sé. Per quanti secondi l'aveva osservata? Cosa aveva visto in quell'attimo da stravolgerlo? Com'era possibile che il suo unico desiderio fosse ora quello di avere davanti agli occhi quegli occhi? Quella settimana non aveva neppure sfiorato il pennello.

Desiderava piangere, ma solo qualche goccia si era fermata indecisa sulle ciglia. Avrebbe voluto invece che un diluvio di lacrime lavasse via la pena che gli gonfiava il cuore.

Si asciugò gli occhi con le dita e si accorse che era la prima volta che faceva quel gesto da quando Anita era morta. Anche allora non aveva pianto granché. Certe afflizioni ammutoliscono anche gli occhi e chiudono il cuore in un silenzio di pietra. Aveva murato dentro di sé quel dolore convivendoci per anni, fino a non accorgersi più che viveva solo a metà. Poi aveva incontrato Matteo, con il suo spirito pratico e la sua prepotente voglia di vivere. L'amico aveva preso a tormentarlo perché riprendesse a dipingere, e alla fine l'aveva spuntata. Doveva a lui se aveva fatto pace col mondo.

«Allora andiamo?» disse Matteo giungendo in quel momento. «Il film inizia alle sette e il cinema non è qui dietro...»

Francesco si alzò senza troppo entusiasmo, ma fatti pochi passi Matteo si fermò dandosi una pacca sulla fronte.

«Oh, dimenticavo Urbano... scusa un attimo.»

Francesco osservò l'amico avvicinarsi al barbone e inserirgli nel piattino un paio di banconote di piccolo taglio. Incuriosito da quel gesto si avvicinò anche lui.

«Ora sono al verde» gli sussurrò Matteo. «Tanto hai detto che il cinema lo paghi tu, no?»

«Certo. Ma dimmi: come mai questa improvvisa generosità, oggi?»

«Ha detto il parroco che Urbano ha bisogno di medicine piuttosto costose ed è in corso un passaparola per incrementare quello che si lascia nel piattino, almeno per qualche giorno.»

«Ah... e perché non hai messo al corrente anche me?»

La domanda colse Matteo alla sprovvista. Si accorse che non poteva dire la verità. Stava cercando una risposta sensata quando l'amico lo precedette:

«Non fare quella faccia! Scherzavo... È ovvio che non vedendomi mai inserire un centesimo nel piattino di Urbano tu non mi abbia detto nulla. Mi sembra ragionevole.»

Nonostante quella rassicurazione, Matteo avvertì che qualcosa aveva infastidito il suo amico, e le parole che seguirono parvero confermarlo.

«Comunque», proseguì Francesco, «visto che sarò io a pagare il cinema, credo che il merito della tua azione caritatevole spetti per metà al sottoscritto. In altre parole, se avessi dovuto acquistarti il biglietto d'ingresso con i tuoi soldi, non ti sarebbe stato possibile donarli al barbone. O sbaglio?»

«Sbagli! Mi ero proposto di dare quei soldi a Urbano e l'avrei fatto anche a costo di rinunciare al cinema!»

«Ah, ecco allora perché mi hai escluso dal passaparola... Per avere capra e cavoli: fare la buona azione senza rinunciare al cinema, che avrei pagato io...»

«Senti Francesco, so benissimo che non mi ritieni capace di certi calcoli. Mi spieghi allora perché queste inutili ciance?»

«Mah, non so bene neanch'io... vediamo un po'... Certo, è vero che il pensiero di dare tutti quei soldi a Urbano non mi avrebbe mai sfiorato, ma mi rode lo stesso essere stato escluso a priori dal vostro passaparola... Beh, credo che ora, per sentirmi in pace con me stesso, anche se può apparire ridicolo, dovrò fare la stessa cosa che hai fatto tu. Anche se significherà rinunciare al cinema.»

«Nessun problema», replicò Matteo. «Non ci tengo affatto ad andare al cinema. Anzi, sono più contento così. Faremo due passi a piazza Navona e magari mi offrirai un più economico gelato.»

«Scusate se mi intrometto», intervenne Urbano cui tutte quelle chiacchiere non erano sfuggite. «Ma che film avevate deciso di vedere?»

Superato un primo momento di sorpresa, Francesco riferì il titolo del film. Il barbone abbozzò una smorfia scuotendo la testa: «ti conviene fare una buona azione, figliolo. Quel film è una lagna e checché ne dica la critica non ha incassato un centesimo.»

I due rimasero a bocca aperta.

«Ma... tu vai al cinema?» chiese Francesco.

Il barbone scoppiò in una risata sgangherata: «pensi che mi lascerebbero entrare in un cinema?» farfugliò tra le risa.

«E allora come fai a dire certe cose con tanta sicurezza?»

«Le leggo qui», rispose Urbano mostrando un quotidiano tutto spiegazzato, «nella pagina di cultura e spettacolo».

Sapete, anche questo giornale è il frutto di una buona azione. Da anni un tizio viene tutte le mattine per la messa delle undici col suo quotidiano ben ripiegato in tasca. Se lo legge in chiesa e all'uscita me lo lascia accanto al piattino.»

«Beh, non la definirei proprio una buona azione», osservò Francesco. «Una volta letto, per quel tizio il giornale non vale più nulla, lo avrebbe comunque infilato nel primo cestino per le immondizie.»

«Sì, ma Urbano ha ricevuto comunque qualcosa che gli ha fatto piacere. Per lui quel giornale aveva valore e come», precisò Matteo.

«Ma che buona azione è, quella che non ti costa nulla?» replicò Francesco.

«Per carità ragazzi...» li interruppe il barbone, «non imbarcatevi in altre discussioni che già prima mi avete fatto venire il mal di testa! E poi ascoltate un esperto: in vita mia di buone azioni ne ho fatte poche, ma sono specializzato nel riceverne, e so ben riconoscerle e valutarle.»

«Siamo tutt'orecchi», rispose Matteo incuriosito.

«Viviamo nell'era della Relatività ragazzi, e anche le buone azioni sono qualcosa che cambia aspetto a seconda dell'osservatore», iniziò Urbano.

«Il destinatario dell'azione caritatevole, nella fattispecie il sottoscritto, tende a valutarla veramente tale quando ne resta appagato. Ma questo è, come dicevo, uno soltanto dei punti di vista. Magari il donatore non è per nulla soddisfatto di sé. Forse gli sembrava giusto dare di più, ma all'ultimo momento l'avarizia l'ha trattenuto, sicché sente d'aver fatto una buona azione soltanto a metà. E le buone azioni a metà, non sono mai buone azioni...»

«Sapete», continuò Urbano, «con gli anni ho imparato a rubare i pensieri dalla testa della gente che mi passa davanti. Ormai mi basta uno sguardo per riconoscere quello che si nasconde dietro un semplice gesto. E il modo stesso in cui quel gesto viene eseguito è anch'esso assai eloquente.

«C'è gente che getta dall'alto la sua moneta perché tintinni forte quando cade nel piatto: oltre ad essere ben udito da tutti, quel suono è per loro un'appagante conferma della loro bontà. Altre persone, invece, si curvano a depositare i loro soldi nel piattino proprio per evitare quel tintinnio che li imbarazzerebbe, e mentre si chinano arrossiscono pure!

«Vi sono poi quelli che ti squadrano a fondo per vedere se ti manca un arto o un occhio. Poi cercano di calcolare la tua età e pensano dentro di loro: «ma va a lavorare, parassita!» Gente dal cuore di pietra, che non capisce che esistono anche i problemi psicologici a bloccare una persona, senza bloccarne la fame, però.

«Peggio di loro, tuttavia, sono quelli che ti guardano nel piattino e si mettono a fare i conti per indovinare il tuo incasso giornaliero che naturalmente sopravvaluteranno spropositatamente. Non riescono a digerire l'idea che standomene stravaccato tutto il giorno possa guadagnare come e più di loro! Il che naturalmente non è affatto vero.

«Va detto, comunque, che una vera manna per noi mendicanti è il senso di colpa. Non c'è molla più forte nello spingere la gente a fare buone azioni. Come se quella miseria che gettano nel piatto avesse il potere di assolvere i peccati! Ricordate il delitto di via dei Barbieri? Una giovane donna venne uccisa a coltellate e il colpevole non fu mai trovato. I giornali ne parlarono a lungo, ma forse voi siete troppo giovani per ricordarlo. Beh, dal giorno del delitto un uomo che abitava nella stessa via prese a venire tutti i giorni a messa e mi lasciava delle cifre spropositate, tanto che dovevo farle sparire immediatamente dal piatto altrimenti la gente chissà cosa avrebbe pensato. Credevo che mi sarei arricchito in breve tempo ma un mese dopo il tizio si suicidò senza lasciare neppure una riga. Era sicuramente l'autore di quel delitto.

L'uomo fece una breve pausa, si mise comodo con la schiena e lasciò lo sguardo vagare lontano.

«Eh... è difficile individuare un'autentica buona azione... Può apparire tale all'occhio non allenato, ma il mio ormai è troppo smaliziato... Tra i donatori fissi, ad esempio, c'è un'anziana vedova che non dimentica mai la sua monetina e mi sorride sempre chiedendomi come sto. Beh, quella sembrerebbe una buona azione esemplare, ma io col tempo sono divenuto difficile, sopra le cose ci ragiono, tanto il tempo non mi manca. Insomma, secondo me quella signora vede specchiata in me la propria solitudine e attraverso la mia figura riesce a sperimentare quella pietà che non si permette di sentire nei suoi stessi confronti. In altre parole, nel fare la carità a me, fa una coccola a se stessa. Mai immaginerebbe che la solitudine, che per lei è una tragedia, per me è stata una liberazione!

«Potrei continuare fino a domani, ma voglio concludere con una categoria a sé stante: sono quelli che non fanno un centesimo di carità perché loro, i mendicanti, non li vedono e non li vogliono vedere. Per loro i poveri disgraziati non esistono proprio. Rappresentano una realtà incompatibile con l'immagine della vita che si sono creati nella mente. Chissà quali angosce andiamo a scomodare nelle loro teste... In fondo mi fanno una gran pena, poveracci...»

Con quell'ultima osservazione l'uomo parve aver concluso quella sua singolare rassegna e prese a sbadigliare a lungo come se quello sforzo, piuttosto insolito in una bocca avvezza al silenzio, l'avesse spossato. Sia Francesco che il suo amico, frastornati da quel torrente di parole, avevano ora la netta impressione di vedere in quegli stracci un nuovo Urbano. Chissà quali eventi avevano condotto un uomo così acuto e sensibile a diventare un mendicante.

Francesco depose nel piattino le sue due banconote mettendosi in pari con Matteo.

«Di certo sei stato più interessante di quel film!» esclamò.

L'uomo sorrise soddisfatto, più per le parole che per il danaro.

Giunti ai piedi della scalinata, Francesco si voltò per vedere se anche Urbano fosse andato via. La figura si confondeva ormai nel buio della notte, ma gli parve sorridesse ancora. Come due spilli appuntati in quello scuro ammasso di stracci, i suoi occhi parevano lampeggiare di contentezza.

27

Quando entrarono nella sala della parrocchia, le sedie che padre Michele aveva disposto in cerchio erano vuote, tranne alcune occupate da due anziane signore sedute come guardie del corpo ai lati di un vecchio imbronciato, il quale aveva tutta l'aria di essere stato trascinato a forza in quel luogo.

Padre Michele non c'era, ma mancava ancora qualche minuto all'ora stabilita. I due amici sedettero di fronte al trio di vecchietti che sorrise rincuorato alla vista di due giovani. Improvvisamente un fetore insopportabile invase la sala e tutti si guardarono attorno imbarazzati.

«Buongiorno a tutti!» esclamò Urbano entrando con un grosso sorriso.

«Che ne dite se apro un poco la finestra?» chiese Francesco. Tutti annuirono e il giovane, tornando a sedersi, ne approfittò per allontanarsi dal barbone, subito seguito da Matteo.

«Ben trovati!» esclamò padre Michele entrando da una porta secondaria. Spingeva un carrello con delle bibite disposte attorno a un vaso pieno di margherite. Sistemato il carrello al centro del circolo iniziò a servire ai presenti dei bicchieri che riempì poi con un secondo giro.

Una ragazza apparve trafelata dalla porta. Aveva un piccolo fiore tra i capelli.

«Oh, mi dispiace, dovevo farlo io… scusami Michele per il ritardo…»

«Signori, questa è mia sorella Giulia... ritardataria per vocazione», disse il parroco.

Francesco ebbe un tuffo al cuore.

«Sfido che all'uscita della chiesa tu non l'abbia trovata», bisbigliò Matteo, «la cercavi fuori e invece con ogni probabilità la ragazza aveva raggiunto il fratello in sagrestia.»

«Vorrei anzitutto esprimervi la mia felicità per vedervi qui riuniti», esordì padre Michele rivolgendosi ai presenti. «Anche se vedete molte sedie vuote, confesso che mi aspettavo di peggio! Forse addirittura nessuno. Non mi faccio illusioni, so che la gente è presa dal proprio lavoro e dalle proprie preoccupazioni. Spero tuttavia che questo piccolo gruppo trovi giovamento da questo incontro e che in futuro possa ingrandirsi.»

Gettò quindi uno sguardo attorno sorridendo: «qualcuno desidera iniziare?»

Una delle anziane signore si alzò in piedi puntando il dito verso il vecchio che le sedeva accanto.

«Mio marito...»

«Può parlare stando seduta signora», intervenne il parroco, «non siamo obbligati ad alzarci. Inoltre prima di parlare sarebbe bene dire il nostro nome in modo da presentarci agli amici.»

«Mi chiamo Adelaide e preferisco parlare in piedi, se non è di disturbo», riprese la signora un po' colorita dall'emozione. Aveva mantenuto il dito puntato sul vecchio e quello sembrava essere il suo argomento.

«Mio marito, come dicevo, è stato regolarmente battezzato e in vita sua ha ricevuto tutti i sacramenti. Ma ora, a ottanta anni suonati, non si vergogna minimamente a dire che lui non ama affatto Gesù né nostro Signore. E ha la faccia tosta di ritenersi lo stesso un buon cristiano!»

«Cara signora», intervenne padre Michele, «questo è un circolo di conversazione e non un tribunale. La regola è che ognuno parli solo delle proprie cose e non di quelle degli altri. Quello cui lei ha accennato è una questione che riguarda suo marito e solo lui può decidere se affrontarla qui o meno.»

La signora Adelaide decise di rispettare le regole e sedette silenziosa. Quindi sollecitò suo marito con un persuasivo colpo di gomito perché prendesse in mano il discorso.

«Mi chiamo Giuseppe», esordì l'uomo. «Recentemente mia moglie ha cominciato a guardarmi come un eretico solo perché le ho detto che l'amore che ho per lei e per i nostri figli non è lo stesso che provo per Gesù. Io non ci trovo nulla di strano, e in questo non mi sento diverso dagli altri.

«Nessuno ama Gesù allo stesso modo di come ama, ad esempio, la donna di cui è innamorato. Siamo onesti! Come si fa ad amare qualcuno che neppure si vede? Questo non toglie che chi crede in Gesù segua i suoi insegnamenti, difatti nella mia vita penso di essere stato un buon cristiano. Non credo che amore e fede siano la stessa cosa. Glielo dica lei, padre, che quando la gente dice di amare Gesù intende dire semplicemente che ha fede nelle sue parole.»

Quando il vecchio tacque seguì un breve silenzio nella sala. Padre Michele sapeva bene che era stata toccata una questione delicata e non voleva cavarsela con una risposta convenzionale che rischiava di suonare astratta.

«Non sbaglia Giuseppe quando dice che seguire la parola del Cristo per puro amore non è cosa comune. Difatti talvolta lo si segue per semplice tradizione o per uniformarsi con l'educazione ricevuta. Quanto all'amore che possiamo provare per i nostri cari, è ovvio che esso sia diverso dall'amore per Gesù. Quest'ultimo è un amore misterioso per la nostra ragione e indescrivibile a parole.»

«Allora come si può essere certi che il proprio amore per Gesù sia autentico?» chiese incuriosita Adelaide.

«Beh, se vogliamo stare alle parole del Vangelo», rispose il parroco, «ce ne accorgiamo dal nostro amore per gli altri. Si dice che chi non ama il prossimo non ami neppure Gesù.»

«Hai udito, ignobile misantropo?» bisbigliò Matteo all'amico.

«Non sono mica sordo, brutto beghino.»

«Perché non condividete con noi le vostre osservazioni?» chiese padre Michele attratto dal mormorio dei due giovani.

«Veramente», disse Francesco, «credo sia giusto chiarire il motivo della mia presenza. Non sono un credente, e sono venuto qui solo per accontentare il mio amico. Però, ora... credo giusto che io vada.»

«E perché?» rispose il giovane prete, «questo circolo è aperto a tutti e la tua opinione può esserci utile. Anche noi credenti, come vedi, abbiamo qualche incertezza...»

«Non credo di poter arricchire molto questo dialogo. Il prossimo non mi entusiasma, come mi ricordava poco fa il mio amico. Non che lo detesti, mi è semplicemente indifferente. E non credo di essere il solo. Il comportamento degli uomini, nella vita di ogni giorno, mi mostra che questa è la realtà. D'altronde, "amore" è una parola grossa, e non mi sembra questo il sentimento che lega gli uomini tra loro, ma ben altre motivazioni...»

«Sono perfettamente d'accordo», disse padre Michele come se la cosa fosse ovvia. «Non si possono amare gli uomini così come sono. Con tutti i loro difetti, sono alquanto deludenti, e diciamolo pure, decisamente poco amabili.»

La signora Adelaide trasecolò. Il vecchio Taddei non si sarebbe mai sognato di fare affermazioni di quel genere, pensò. Ma era curiosa di vedere cosa aveva in testa quel giovane prete.

«Tuttavia, il Vangelo ci dice una cosa misteriosa. Afferma che chi ama Gesù si troverà ad amare anche il prossimo, in quanto nel suo volto vi scorgerà il volto stesso di Gesù. Come è possibile? Vediamo se un esempio pratico può chiarire l'arcano…»

Padre Michele sfilò la margherita dai capelli di Giulia e la porse a Francesco, il quale si trovò quel fiore sul palmo della mano mentre il cuore gli batteva all'impazzata.

«Ti è indifferente quel fiorellino?» chiese il parroco con un sorriso sornione.

Francesco osservò la margherita che tremava assieme alla sua mano. Decise di essere sincero. Nel contempo, pensò, avrebbe inviato un chiaro messaggio alla ragazza.

«No, non mi è indifferente»

«E perché?» chiese il prete.

Matteo voltò il viso d'un lato fingendo interesse per una cartina geografica appesa al muro.

«Non mi è indifferente perché… questo fiore è stato tra i capelli di Giulia», disse Francesco avvampando mentre il terzetto degli anziani sorrideva divertito.

«Bene», disse il prete. Estrasse quindi una margherita dal vaso che era sul tavolo e le recise il gambo per pareggiarla in lunghezza con quella di Giulia.

«Ci sono delle differenze tra i due fiori?» chiese ponendo la nuova margherita a fianco dell'altra nelle mani di Francesco.

Il ragazzo rimase un attimo perplesso.

«Si», rispose, «ci sono.»

Il parroco prese i due fiori e li mostrò ai signori di fronte: «vedete differenze, voi, tra queste due margherite?»

«No… sono pressoché uguali», rispose per tutti Adelaide.

«Eccoci ora alla prova conclusiva», disse padre Michele nascondendo i fiori dietro la schiena e scambiandoli più volte di mano.

«E adesso, ci sono ancora differenze?» chiese ponendo nuovamente i fiori nelle mani di Francesco.

«Beh, adesso non più.»

«Bene. Invito tutti a meditare su quanto avete visto e metterlo in relazione al nostro argomento, ovvero il segreto che lega il nostro amore per Gesù all'amore per il prossimo», concluse padre Michele.

«Il tuo parroco somiglia più a un prestigiatore che a un prete», disse Francesco mentre uscivano dal portone della parrocchia.

«Ha un cervello fino... altrochè...», replicò Matteo.

«Ah certo... ed è anche piuttosto esigente.»

«Che vuoi dire?»

«Hai già dimenticato la sua prima predica? Non gli basta che la gente osservi i precetti religiosi, vuole che faccia della propria vita una "palestra spirituale". Per lui quest'esistenza ha solo una funzione preparatoria per un'ipotetica vita a venire. Ma non si è accorto che certi discorsi non attaccano più? Che la gente ascolta distratta le sue prediche solo perché fanno parte di un rituale legato alla tradizione? Ah... che ingenuità, voler cambiare il mondo togliendogli ogni valore!»

«Quello che non riesce a entrarti in testa», rispose Matteo, «è che se Gesù ci chiede qualche rinuncia è perché vuole donarci una vita infinitamente più grande di questa...»

Francesco lo interruppe senza nascondere un moto di stizza: «A me è bastato conoscere questa, di vita, per aver voglia di viverne un'altra! Se l'architetto è lo stesso me la posso già figurare... Comunque in questa vita ormai mi ci trovo e nulla mi convincerà a rinunciare ai pochi piaceri che offre in nome di vaghe promesse...»

«Ma padre Michele non ha chiesto di rinunciare a niente!» replicò Matteo, «Ha detto semplicemente di mettere Dio al primo posto...»

«Ma questo lo faccia lui, che in questo Dio ci crede!» lo interruppe di nuovo Francesco. «Perché deve costringere il prossimo a fare lo stesso? E poi è una richiesta assurda! Anche volendo, chi ha potere sui propri desideri? Nel mio cuore in questo momento c'è solo Giulia mentre le parole del tuo parroco non mi sfiorano neppure!»

«Ah sì? E cosa ne sarebbe del tuo cuoricino se Giulia non ricambiasse affatto il tuo sentimento? Ebbene, te lo dico io: andrebbe in mille pezzi! Questa vita, Francesco, non garantisce alcuna felicità. Al contrario, più ci si illude, più si rischiano afflizioni e amarezze. È una follia affidare le proprie speranze ad una realtà così precaria!»

Quelle parole, ma soprattutto quell'accenno a Giulia, lo indispettirono non poco.

«Mentre parli mi ricordi padre Taddei... anche lui quando non funzionava con la carota attaccava col bastone. Già che ci sei, perché non mi rammenti anche della povertà, delle malattie, della morte? La paura è un pungolo insostituibile per spingere la gente in chiesa...»

Matteo si accorse che aver accennato alla ragazza non era stata una buona idea.

«Lasciamo perdere Francesco, oggi ti vedo maldisposto. E poi a che serve parlare con chi fa il finto sordo? Tu non sei come vuoi far credere...»

Francesco era per replicare quando udì alle spalle la voce di Giulia. La ragazza fece cenno a entrambi di aspettare.

«Vi volevo ringraziare per essere venuti. Mio fratello ne è stato molto felice. Spero che tornerete.»

«Certo che sì!» rispose Matteo. «È stata una conversazione assai interessante. Lui ne è rimasto impressionato...»

«Spero non dimenticherete queste...» disse la giovane porgendo le due margherite.

«Oh, grazie!», esclamò Francesco, «ma qual è quella... magica?»

«Ormai non si può più sapere...» rispose Giulia sorridendo imbarazzata. «Suggerisco di prenderne una ciascuno, da buoni amici.»

«Già, con il rischio che quella magica finisca a lui... E va bene, correrò questo rischio», concluse Francesco.

Mentre attraversavano i giardini, Matteo prese a odorare la sua margherita: «humm... che delizia... deve essermi capitata quella magica...»

«Risparmiami le tue cretinate», borbottò Francesco.

28

Trascorsa la mattinata nel labirinto dei vecchi rioni, Francesco condusse infine Giulia a piazza Navona, presso la Fontana dei Fiumi, dove Matteo li avrebbe raggiunti.

«Che guida fantastica!» esclamò Giulia, «i luoghi rivivono con le tue descrizioni. Dove hai appreso tutte quelle notizie?»

«Beh, gli aneddoti più curiosi me li ha rivelati mio zio. Lui è davvero un pozzo di sapere, e non solo su Roma.»

Giulia osservò la grande scogliera animata da statue ciclopiche e si soffermò su una grande palma scossa dal vento che a stento si sarebbe detta di pietra. Tra le aperture nella roccia e sul pelo dell'acqua belve feroci, delfini e altre creature animavano un paesaggio selvaggio ravvivato da cascate d'acqua. Su tutto si innalzava un alto obelisco ricoperto di geroglifici.

«Penso che l'elemento più antico della piazza sia proprio quell'obelisco egizio, vero?»

«In verità non è egizio ma romano», precisò Francesco. «Lo fece eseguire Domiziano copiando i geroglifici da veri obelischi egizi e commettendo anche qualche errore di grammatica! Ma lo perdono volentieri, perché senza saperlo ha contribuito anche lui a creare la fontana più bella del mondo! Da bambino la consideravo un colossale giocattolo. Conservo ancora i disegni che realizzai dei sette animali, anche se mio zio insisteva nel dire che erano otto...»

«E qual era l'ottavo animale?»

«Non l'ho mai trovato, per quanto abbia scrutato in ogni fessura della roccia. Sai, spesso a mio zio piaceva scherzare... Però rammento una sua frase sibillina sul fantomatico animale. Mi augurò di trovarlo dentro di me… o qualcosa del genere. Ricordo ancora il suo sorriso sornione... chissà cosa aveva in testa.»

Matteo sopraggiunse in quell'istante con un'aria fresca e riposata: «Bene ragazzi, dove si va?»

«Ti stavamo aspettando per il gelato», disse Francesco indicando il Bar dei Tre Scalini. «Dobbiamo far assaporare a Giulia il gelato al cioccolato più buono della città!»

«Accidenti che coda!» esclamò Matteo alla vista della fila di persone davanti alla cassa.»

«Non ci vorrà più di qualche minuto», assicurò Francesco. «Mi occupo io di prendere i gelati. Voi nel frattempo tornate pure alla fontana. Matteo ne racconterà i numerosi aneddoti che sono assai divertenti.»

In poco meno di dieci minuti Francesco era fuori dal bar con in mano i tre coni gelato. Gettò uno sguardo presso la fontana ma non vide i suoi amici. Guardò attorno e li scoprì seduti su una panchina a conversare. Il cuore gli sobbalzò. Un tempo su quella panchina aveva sorpreso la mamma e Luigi in un atteggiamento che l'aveva sconvolto. Che il destino avesse in serbo un altro dei suoi scherzi beffardi? Quel giorno lontano, anche Luigi si era presentato con tre coni gelato nelle mani, come lui adesso.

Osservò Matteo intento a scrivere qualcosa su un foglio di carta. Nel frattempo, Giulia ne spiava attentamente il profilo. Terminato di scrivere Matteo passò il foglietto alla ragazza la quale, prima di iniziare a leggere, gettò uno sguardo all'intorno come per assicurarsi di non essere vista.

Francesco si affrettò alla panchina. A costo di fare la figura del ficcanaso doveva assolutamente sapere cosa conteneva quel foglietto prima che sparisse nelle tasche di uno dei due.

«Questo è per te!» esclamò Giulia appena lo vide porgendogli il foglietto con aria divertita. Dopo un attimo di perplessità, Francesco distribuì i gelati e afferrò il pezzo di carta.

«È un indovinello improvvisato da Matteo per aiutarti a scoprire l'ottavo animale della Fontana dei Fiumi», disse Giulia. «Vediamo come te la cavi...»

Francesco tirò un respiro di sollievo.

«Avete scoperto l'animale mancante?!» esclamò sorpreso.

«Veramente non manca nulla», rispose Matteo, «sei tu che devi ancora scoprirlo. D'altronde, poverino, hai avuto solo una ventina d'anni per cercarlo...»

Francesco trovò sul foglietto solo due righe:

Oltre le antiche menzogne,
Una bocca muta condanna la guerra.

Non era la prima volta che si trovava a che fare con gli indovinelli di Matteo, ma stavolta l'intoppo era già all'inizio: cosa diavolo erano quelle antiche menzogne? Prese a osservare attentamente la fontana ma il timore di fare brutta figura davanti a Giulia gli impediva di concentrarsi.

«Serve un aiutino?» infierì Matteo.

«Lasciami riflettere», rispose stizzito.

Squadrò con attenzione la fontana. Era lì da tre secoli ma non si poteva certo definire antica alla stregua delle vestigia romane. L'obelisco era l'unico elemento veramente antico del monumento. Dunque le "menzogne" dovevano essere nell'obelisco.

«Ma certo!» esultò, «i geroglifici! Sono dei falsi copiati dai veri obelischi egizi... ne stava giusto parlando con Giulia!»

Oltre le antiche menzogne, recitava l'indovinello.

«Ma oltre l'obelisco non c'è nulla», pensò. Poi ricordò che proprio sulla punta era collocata una colomba di bronzo che stringeva nel becco un ramoscello d'olivo. Non c'erano dubbi, era lei la *bocca muta che condanna la guerra*. Sapeva della presenza di quella colomba sin da bambino, ma era lassù, così distante da essere appena visibile, e l'aveva quasi dimenticata. Ora doveva trovare il modo di salvare la faccia con quei due che lo stavano fissando dalla panchina.

«Ti sta gocciolando il gelato dalle mani», lo avvertì Matteo.

«Bene ragazzi», disse Francesco leccandosi il cioccolato dalle dita, «sappiamo tutti che l'ottavo animale è la colomba in cima all'obelisco...»

«Bravo!» esclamò Giulia con un gran sorriso.

«Non è questione di essere bravi o meno», puntualizzò Francesco, «è che la colomba, là in cima, l'avevo addirittura dimenticata. Quando mio zio parlò di un altro animale ho pensato solo a quelli che abitano nella scogliera, perché quelli sono a portata d'occhio e quelli avevo disegnato. Non sono mai andato a cercare in alto...»

«Quello è sempre stato il tuo problema», ironizzò Matteo.

«Smettila di parlare come un prete!» rispose indispettito Francesco.

«Perché, come parlano i preti?» chiese Giulia mentre Matteo faticava a trattenere le risa.

«Oh... il tuo Michele eccellentemente...» cercò di rimediare Francesco. «Matteo invece sa fare solo il bacchettone e dovrebbe imparare qualcosa proprio da tuo fratello.»

«Non è facile essere un prete oggi», disse Giulia con voce seria. «La gente ti ascolta con la stessa attenzione con cui ascolta le proprie preghiere. Nessuno riconosce la peculiarità del tuo ruolo che è differente da quello di ogni altro. Tutto sembra omologato: c'è il medico che dispensa farmaci, il vigile che dirige il traffico, e il prete che celebra la messa... E forse quest'ultimo è ritenuto quello meno indispensabile. Solo una forte vocazione può trattenere chi ha intrapreso questa via dall'arrendersi contro il muro d'indifferenza che trova davanti a sé. Mio fratello sentiva Gesù dentro di sé sin da bambino e nella vita non ha mai interrotto questo intimo dialogo che è la fonte della sua forza. Ed è con questa forza che ha aiutato altri compagni che avevano perduto la fede lungo il cammino o che il mondo d'oggi aveva raffreddato interiormente. Io non ho certo la passione di Michele, ma non trovo il mondo d'oggi così seducente da farmi derubare della mia interiorità.»

«Ben detto!» esclamò Matteo, «era proprio quello che cercavo di spiegare l'altro giorno a questo testone!»

«E tu Francesco, cosa ne pensi di questi poveri preti?» chiese la ragazza.

«Conosci i miei pensieri, Giulia. Cosa vuoi che dica? Credo che il concetto stesso di Dio abbia fatto il suo tempo e che la gente, dentro di sé, non ci creda più da un pezzo. Quanto resta è pura tradizione, paura di sentirsi soli. La colpa non è della Chiesa, e non si può neppure parlare di colpa. È che i tempi si evolvono e la religione è sempre più assente negli stili di vita odierni. In questo il mondo è decisamente cambiato. Per fortuna, aggiungerei...»

Giulia sfiorò amorevolmente con le dita il volto di Francesco: «mi chiedo come si possa essere arrabbiati con chi non esiste!» disse sorridendo.

«Non capisco...» replicò Francesco scombussolato da quell'inaspettata carezza.

«Quando dici di non credere, assumi un'aria corrucciata che fa tenerezza... nel tuo sguardo affiorano vecchi rancori... forse per questo tuo zio ti augurò di trovare la pace dentro di te. Doveva vederti tormentato già da bambino!»

«Mio zio?»

«Sì... fu lui a farti notare che nella Fontana dei Fiumi c'era un animale che dovevi ancora scoprire e ti augurò di riuscire a trovarlo nel tuo cuore... Non hai detto così?»

«È vero, ora non ci pensavo... Comunque potrei portarti mille argomenti a sostegno della mia convinzione, Giulia. Non si tratta di una scelta emotiva come vorresti far pensare.»

«Oh... anch'io potrei portare mille argomenti per dimostrare il contrario ma sarebbe tempo sprecato. È quello che ci fa la vita, a rivoluzionare i nostri sentimenti, non i discorsi. Perché la fede è innanzitutto un sentimento, Francesco.»

«Appunto, Giulia, e quel sentimento o ce l'hai o non ce l'hai. Ma oggi lasciamo da parte questi discorsi e riprendiamo il nostro itinerario, che ci dice di recarci al Pantheon. Era un tempio romano dedicato a tutti gli dei, come dice il nome stesso, ma dopo la caduta dell'impero è divenuto una chiesa dedicata alla Madonna.»

«Beh, come vedi anche i monumenti cambiano idea...» disse Giulia sorridendo.

29

Trascorse le diciannove, la chiesa aveva serrato il suo massiccio portone scuro.
Urbano aveva già scaricato il suo mucchio di monetine alla cassa del bar cambiandolo in più pratiche banconote. Nei giardini presso la chiesa la sua panchina lo aspettava. Un basso platano la riparava dalla luce del lampione lasciandola quasi al buio. Questo garantiva al barbone una certa intimità e lo proteggeva dagli occhi di qualche vigile troppo zelante.

In quell'oscurità, l'uomo divorava in silenzio la sua *ciriola* imbottita e sorseggiava il suo vino rosso che gli propiziava il sonno. Appena la testa diveniva pesante, Urbano si sdraiava utilizzando la sua borsa come cuscino. Mentre si addormentava osservava le immagini che gli passavano nella mente. Privo di desideri, progetti o responsabilità, aveva abbandonato da un pezzo le redini dei suoi pensieri, i quali si avvicendavano secondo misteriose combinazioni che lui seguiva placido come si trattasse di un film.

Urbano era in pace col mondo, con Dio e con gli uomini. Una sola cosa aveva in inimicizia e teneva alla larga: i suoi ricordi.

Poco distante, i due giovani attendevano da oltre mezz'ora che Giulia uscisse dalla parrocchia.

«Suo fratello ha detto che è ritardataria per vocazione...» ricordò Francesco.

«Io direi di entrare», propose Matteo. «Anche se lei non c'è, Michele saprà dirci se è sorto qualche contrattempo.»

«Preferisco non farmi notare da Michele», disse Francesco. «Ci vede sempre addosso a sua sorella e penserà che le stiamo facendo la corte.»

«Credi che non ci abbia già pensato, dopo mesi che ci vede ronzarle attorno?»

«Va bene, entriamo va...»

Percorso un corridoio appena illuminato e un paio di stanze vuote, i due si ritrovarono nell'ampia sagrestia della chiesa. Sulle pareti alti mobili scuri sprigionavano un forte odore di legno antico misto a cera. Dietro gli sportelli di vetro brillavano numerosi calici, pissidi e ostensori di varia forma.

«Chissà cosa si prova con addosso un abito come quello...» disse Francesco osservando il paramento liturgico con cui Michele celebrava la messa.

«Quante volte sono stato in questa chiesa con mia zia... ma non avevo mai visto la sagrestia.»

«Io invece la conosco bene», disse Matteo. «Pensa, in quella stanza ci sono i registri parrocchiali dove sono annotati da secoli tutti i battesimi, i matrimoni...» aggiunse indicando una grande porta aperta.

Francesco immaginò Anita e Rafael, venti anni addietro, apporre le loro firme su quei registri. Fece per entrare nell'archivio ma l'interruttore della luce scattò a vuoto.

«Dev'essersi fulminata la lampadina», disse.

Era lì per rinunciare quando vide su una parete della stanza un cerchio di luce assai debole ma distinto.

«E questa luce da dove viene?»

«È proiettata dal foro che sta sulla parete di fronte», rispose Matteo. «Vedi? È una piccola finestrella circolare dove il sacerdote può vedere in chiesa. È presente in molte sagrestie e viene utilizzata soprattutto per capire quando è il momento di fare l'ingresso per la messa.»

Incuriosito, Francesco diede un'occhiata attraverso il foro e vide la grande navata immersa nell'ombra. Solo la luce dell'abside rischiarava debolmente l'ambiente. Sui bracieri davanti agli altari languivano le ultime candele accese dai fedeli.

«Andiamo», disse Matteo, «forse Giulia è arrivata e ci sta aspettando in strada.»

Fu lì per staccarsi dal foro quando il suo sguardo venne attratto da qualcosa di scuro sul pavimento che si era mosso leggermente. Trasalì quando si accorse che si trattava di padre Michele. Era inginocchiato proprio davanti ai suoi occhi, la fronte quasi a terra poggiata sui pugni chiusi, il corpo scosso da leggeri fremiti. Forse stava pregando e la commozione l'aveva colto, pensò. Giulia aveva detto che suo fratello manteneva un dialogo interiore con Gesù sin dall'infanzia... Improvvisamente Michele alzò il viso verso l'alto come se stesse implorando qualcuno e la fiamma delle candele brillò nei suoi occhi. Il volto appariva come trasfigurato da una passione intensa che sembrava consumarlo nell'intimo.

«Andiamo o no?» ripeté Matteo, «sei rimasto incollato a quel foro?»

Francesco si chiese se a scivolare su quel volto fossero lacrime di gioia o di dolore. Fissò gli occhi di padre Michele e l'intensità di quello sguardo gli arrivò dritta al cuore come una lama. Di colpo una gioia indicibile lo penetrò in ogni fibra scuotendolo fino alle lacrime. Dolore e gioia potevano ben mescolarsi: come poteva averlo dimenticato? Avrebbe voluto che quella passione struggente bruciasse dentro di lui per sempre ma sapeva bene che presto sarebbe scivolata via lasciandogli dentro un vuoto penoso.

«Non te ne andare...» balbettò singhiozzando mentre si piegava su se stesso come per trattenere quello che sentiva dentro, «ti prego... non andare via...»

Matteo entrò nella stanza e sebbene al buio tentò di rialzare l'amico.

«Ma che succede? Ti senti male?»

«Non è nulla ... ora passa, non ti preoccupare... non è nulla...»

«Ma cosa fate al buio?» esclamò Giulia sulla porta.

«Niente», rispose Matteo, «ho mostrato a Francesco il foro che dà sulla chiesa ma forse a causa del buio deve essersi fatto male da qualche parte; si lamenta...»

«Ho detto che non è niente...» ripeté Francesco sgusciando via velocemente attraverso la sagrestia e scomparendo nel corridoio d'ingresso.

«Ma che gli è preso? Mi è sembrato che piangesse...»

«Ne so quanto te Giulia. Stava benone prima di sbirciare da quel foro.»

Giulia si avvicinò alla parete e osservò attraverso la finestrella circolare.

«Ma cosa può aver visto? È quasi buio, si vede a malapena qualche candela accesa... Mah... andiamo fuori a vedere come sta.»

Nell'uscire Matteo urtò contro un tavolino e si udì qualcosa cadere a terra frantumandosi.

«Accidenti!» esclamò Giulia, «chissà cosa abbiamo rotto. Lascia pure tutto com'è e usciamo. Domani mattina con la luce del giorno vedrò di che si tratta.»

Francesco non era fuori. I due si recarono a piazza Farnese per vedere se fosse rincasato ma le finestre erano buie e al citofono non rispose nessuno. Decisero di aspettare seduti sulla panchina di Palazzo Farnese.

«Hai fame?» chiese Matteo, «è ora di cena.»

«No… sono preoccupata per Francesco.»

«Non è il caso, Giulia. Francesco ha un temperamento assai emotivo e non è la prima volta che accadono episodi del genere. A preoccuparsi ogni volta, si fa la fine di sua zia che ormai vive perennemente in ansia per suo nipote.»

Trascorsero un paio d'ore ma Francesco non si fece vivo.

«Devo rientrare, non vorrei che Michele si preoccupasse.»

«Vai pure Giulia e fai sogni tranquilli. Resto io finché il furfante non si fa vivo.»

Francesco rientrò parecchio tardi. Aveva un'aria stanca e corrucciata come se qualcuno l'avesse bastonato.

«Facciamo le ore piccole, vedo», esclamò Matteo.

«Cosa fai qui a quest'ora? E Giulia?»

«Ha aspettato a lungo ma poi è dovuta andare. Ti ha visto dileguarti senza alcuna ragione ed era preoccupata. Cosa diavolo ti è successo?»

«Scusami Matteo ma sono molto stanco. Ti dispiace se ne parliamo un'altra volta? Sono dispiaciuto di aver guastato la serata. Cercherò di farmi perdonare in qualche modo...»

«Beh, accennami almeno di che si tratta… ti ho visto piangere…»

«Oh, non c'è alcun motivo di preoccuparsi, credimi. Però sono davvero esausto… Andiamocene a letto… Un giorno ti spiegherò tutto…»

«Figuriamoci… è da un pezzo che parli di quel giorno… Comunque, volevo solo accertarmi che fossi ancora tutto d'un pezzo e ora che ti ho visto mi sento più tranquillo. Sogni d'oro, amico mio…»

30

Com'era solito fare per staccarsi qualche istante dal lavoro, sedeva sul davanzale della finestra seguendo giù nella piazza la partita di calcetto tra i ragazzi del rione. Quando vide la donna sbucare da vicolo dei Venti e dirigersi verso il suo portone il cuore gli balzò in petto.

Giulia: il semplice suono di quel nome era un richiamo impetuoso cui il suo sangue reagiva con veemenza.

Rimase alcuni istanti a osservare il passo leggero e l'ondeggiare morbido dei capelli che ne seguiva il ritmo. Quanto ancora avrebbe trattenuto in petto il suo sentimento? Cento volte era stato a un soffio dall'aprirle il cuore, ma aveva stretto i denti e taciuto. Scoprire di non essere corrisposto era un'eventualità che lo atterriva e da mesi si tormentava nell'indecisione.

Appressandosi alla porta si vide riflesso nello specchio dell'ingresso: Gina gli ripeteva che era un bel ragazzo, il ritratto di sua madre, ma che doveva togliersi di dosso quell'espressione cupa se intendeva trovar moglie. Lui sentiva che la zia aveva ragione ma quel pensiero lo rabbuiava ulteriormente. Poteva una ragazza bella e solare come Giulia essere attratta da quel volto scuro e introverso?

Si aggiustò i capelli e abbozzò un sorriso. Lo specchio gli disse che non avrebbe ottenuto di più. Udì il passo di Giulia lungo le scale e poco dopo trillò il campanello.

«Passavo da queste parti e ho pensato di farti una visitina. Si dice così, no?» esordì la ragazza con un sorriso angelico.

«Precisamente» rispose Francesco. «Sei la benvenuta, anche se troverai parecchio disordine.»

«A dire il vero, ero proprio curiosa di scoprire la tua tana!»

«Beh, in effetti questo luogo è anche il mio rifugio», rispose Francesco introducendo Giulia nel suo studio.

In quel disordine pieno di luce, alla donna parve di cogliere una parte di Francesco che non conosceva. Quei dipinti astratti che affollavano le pareti le comunicavano un senso di purezza, di un'armonia tutta interiore, esprimevano una sensibilità che le fece considerare con occhi diversi quel carattere chiuso e un po' musone.

Forse l'uomo era un po' come i suoi quadri, pensò. Quelle forme, mute per la ragione, parlavano però all'animo di una bellezza interiore, di una verità segreta che giaceva in fondo al cuore del loro autore, forse a sua stessa insaputa.

Abbassò lo sguardo su Francesco, preso a far sparire gli stracci sporchi di colore dal tavolo. Cosa significava per lei quell'uomo? Perché era lì?

Cosa la attraesse di Matteo le era chiaro: era un ragazzo forte e gentile, aveva la testa in cielo ma i piedi saldamente in terra. Vicino a lui si sentiva protetta e immaginava un futuro senza brutte sorprese. Invece sentiva Francesco inaffidabile, introverso, impulsivo. Con lui, di sorprese, il futuro ne avrebbe portate anche troppe. Tuttavia, anche un futuro privo di sorprese non la attraeva granché.

Michele non le era stato affatto di aiuto a destreggiarsi in quella scomoda situazione. Si aspettava da suo fratello una decisa preferenza verso Matteo, invece il prete, pur amando entrambi, mostrava una particolare simpatia per Francesco.

Fuggì via da quei pensieri. Quel continuo tentennare la lasciava ogni volta smarrita e imbarazzata con se stessa.

«Non ti viene mai voglia di dipingere, che so… un campo fiorito, un volto, un paesaggio?» improvvisò. «Vedo dipinti astratti dappertutto...»

«Accumulati alla rinfusa non fanno certo una buona impressione, ma ti assicuro che disposti opportunamente avrebbero un effetto diverso. Le tele dialogano tra loro… »

«Questo, però, non è un soggetto astratto...» disse Giulia mostrando un dipinto con dei cavalli al galoppo.

«Quello, assieme al gruppo di tele da dove l'hai preso, è uno dei vecchi dipinti di mia madre.»

«Vedo che a differenza di te, amava il genere figurativo.»

«Ti sbagli... quei cavalli sono un soggetto che realizzava su richiesta e non le piaceva affatto. In quel periodo mia madre doveva aver perso la capacità di dire di no...»

«Beh, questo cavallino non galoppa, ma ha una sua malinconica bellezza», disse Giulia mostrando un dipinto di piccole dimensioni.

Francesco raccolse la tela dalle mani della ragazza e la osservò silenzioso. Non la vedeva da tempo e forse aveva voluto dimenticarla. Raffigurava una pianura vasta e spoglia sotto un cielo carico di pioggia. Una sottile catena di monti chiudeva lontano l'orizzonte. Nel mezzo un cavallino nero appariva innervosito dal temporale che si preannunciava. Il dipinto era stato abbozzato rapidamente con tinte sporche, come se Anita avesse utilizzato i colori avanzati sulla tavolozza. Non aveva mai cambiato pennello, neppure per i dettagli più fini. Perché aveva buttato giù in tutta fretta quella scena plumbea? Non certo per il mercante, che alla vista di quei colori sarebbe inorridito. Forse aveva dato sfogo a un presentimento, pensò. Era sola, come quel cavallo, e la tempesta si avvicinava.

Sentì un nodo alla gola e si affrettò a riporre la tela nel mucchio, contro il muro, dietro a tutte le altre.

«Non mi hai mai raccontato di tua madre…» disse Giulia.
«Oh, un'altra volta... Adesso è ora di pranzo, vuoi mangiare qualcosa con me nella trattoria qui sotto?»
La ragazza sorrise.

La trattoria in vicolo del Gallo, il modesto locale che Francesco aveva frequentato a suo tempo con Anita, durante la bella stagione disponeva i suoi tavoli nella piazza riparandoli dal sole con grandi ombrelloni bianchi.
«Preferisci mangiare fuori o dentro?» chiese Francesco.
«È una bella giornata, vada per fuori.»
Dopo aver ordinato, Francesco si rivolse a Giulia con uno sguardo vagamente inquisitorio.
«Non sei venuta soltanto per vedere la mia tana, vero? Scommetto che c'è dell'altro che vorresti conoscere, forse qualcosa che riguarda l'altra sera in sagrestia… o sbaglio?»
«Non sbagli» rispose Giulia. «ero curiosa di sapere cosa ti ha preso per farti scappare via improvvisamente. Ho avuto l'impressione che stessi piangendo…»
Il giovane si fece di colpo serio.
«Non sei obbligato a parlarmene Francesco. So rispettare i segreti degli altri...»
«Nessun segreto, Giulia... è che quanto accaduto l'altra sera in sagrestia è qualcosa assai difficile da descrivere a parole. Chi ascolta rischia di intendere cose che sono solo frutto della sua immaginazione.»
«Capisco, ma così mi rendi ancora più curiosa! Non vuoi neanche tentare?»
Mentre versava dell'acqua nei bicchieri il giovane valutò l'opportunità di aprirsi o meno su quell'argomento. Poi parve decidersi.

«La prima volta che da bambino vidi il mare, o almeno la prima volta che ricordo, sperimentai un'emozione che non aveva nulla a che fare con i comuni sentimenti. Il sole era lì per tramontare e il mio sguardo fu attratto dallo scintillare dei raggi sull'acqua. Quella striscia luminosa giungeva da così lontano e saltellando sulle onde finiva quasi sotto i miei piedi. Mi parve come una mano amorevole protesa verso di me. Appena questo pensiero mi attraversò, una gioia indicibile mi scosse fino alle lacrime. Uso la parola «gioia» perché è quella più vicina al sentimento che provai, ma in realtà si tratta di qualcosa di più profondo. Non so come spiegarti. Con quella gioia nel cuore mi sembrava di percepire la verità di ogni cosa, ma sarebbe vero anche il contrario, dire cioè che la visione della verità suscitava nell'animo quella grande gioia. In realtà, in quel sentimento, gioia e verità erano una cosa sola. Ma non chiedermi cos'era quella verità, perché non saprei risponderti.»

Francesco osservò la ragazza sconfortato.

«Mentre parlo, Giulia, mi rendo conto di non fornire la più pallida idea della realtà che ho vissuto.»

«Non importa, prosegui, ti prego.»

«Quell'esperienza si è ripetuta ancora nella mia vita, forse cinque, sei volte. Ma non vi è stato più bisogno di trovarmi di fronte a grandi scenari. Una volta ero sdraiato su un prato osservando delle formiche. Un'altra volta ero a scuola. Ieri l'altro, in sagrestia, è accaduto appena ho visto il volto di tuo fratello mentre pregava. Stavo osservando attraverso il foro nella parete che mi aveva mostrato Matteo, quando mi sono accorto che proprio davanti ai miei occhi era inginocchiato Michele. Aveva il volto solcato da lacrime e pareva supplicare ardentemente qualcuno. A quella vista si è risvegliato dentro di me quel sentimento che ti ho descritto. Sono scappato via perché non volevo farmi vedere in quello stato.»

Il giovane fece una pausa osservando la reazione di Giulia.

«Forse non ti rendi conto, Francesco, ma quello che mi hai appena raccontato è qualcosa di meraviglioso!»

«Aspetta a dirlo», la frenò il giovane, «c'è anche un rovescio della medaglia. Quei momenti di cui ho parlato sono accompagnati anche da altre emozioni. Avverti in te una felicità immensa che ti fa sentire invulnerabile. Hai la sensazione di essere forte, potente, e i problemi della vita paiono piccoli ostacoli messi lì giusto per darti il piacere di superarli. Scorgi davanti a te un destino luminoso che conferisce all'esistenza un senso profondo. Piangi allora come un bambino che ha ritrovato la strada di casa.

«Ma tutto questo si esaurisce in pochi istanti. Quel senso di verità scompare assieme alla gioia, e mentre il corpo sembra diventare di nuovo pesante, ti guardi attorno e tutto è tornato come sempre, con la differenza che ora ti è insopportabile. Hai visto troppa luce per tornare a strisciare nel buio. Ma presto ti assale il dubbio che la tua esperienza non sia stata che semplice suggestione. Poi, in breve tempo, torni a imbrancarti con le cose di sempre, ma con la sensazione di vivere nell'oscurità. Così, quando quella presenza misteriosa tornerà a farsi viva dentro di te, le tue lacrime non saranno solo di gioia ma anche di dolore, perché sai che presto scivolerà via e tornerai di nuovo alla desolazione di una vita insignificante.»

Giulia aveva ascoltato attentamente senza neppure sfiorare il piatto. Ora rotolava il bicchiere tra le mani scrutandovi dentro come per cercare le parole.

«Non credo affatto che possa trattarsi di semplice suggestione, Francesco, sicché metterei subito da parte questa ipotesi. Piuttosto, gli episodi che hai descritto somigliano alle illuminazioni e agli stati d'estasi descritti da vari mistici in diverse epoche e culture. I molti punti in comune non lascerebbero dubbi. Michele mi ha parlato spesso delle esperienze dei mistici. Se vuoi posso fornirti qualche testo che ne parla, vedresti tu stesso che…»

«No grazie, Giulia», si affrettò a rispondere Francesco.

La donna aggrottò la fronte: «La verità, amico mio, è che tu non sai che farne di queste tue esperienze che non sai neppure come definire. Mantieni nei loro confronti un atteggiamento completamente passivo, sprecando tutto.»

Francesco prese tempo mangiucchiando un po', e Giulia ne approfittò per continuare.

«Io sono credente, Francesco, e quindi non posso che darti una risposta da credente. Poi, naturalmente, puoi farne quello che vuoi. Le tue esperienze sembrano proprio una sorta di irruzione del divino nel tuo animo. Non saprei certo perché, né perché proprio te. So, però, che al tuo posto non starei lì ad aspettare la volta successiva, ma mi sforzerei di comprendere il vero significato di queste improvvise illuminazioni, cercherei di andargli incontro, di fare la mia parte. La coscienza che hai sperimentato in quei brevi istanti merita di essere meditata. Dipende anche da te svelarne il contenuto. L'alternativa è continuare a vivere con questa lacerazione nel cuore, Francesco. Da un lato quei momenti di gioia ineffabile che ti fanno assaporare per un attimo in cosa può trasformarsi la vita, e dall'altro la tua rabbia segreta, che ti porta a rifiutare qualsiasi realtà superiore. Lasciate così, le cose non portano da nessuna parte.»

«Rifletterò sulle tue parole, Giulia. Ora mangiamo un po'. Finora non hai toccato cibo e ti si sta raffreddando.»

«Hai ragione», disse Giulia. «La tua testa si è riscaldata e il mio piatto si è raffreddato. Non è certo un buon risultato…»

I due ripresero a mangiare in silenzio. A tratti Giulia spiava il viso del ragazzo e lo trovava a masticare cibo e pensieri con aria accigliata.

«E questi cosa sono?» chiese Francesco prendendo uno dei kiwi dal vassoio della frutta che il cameriere aveva appena lasciato sul tavolo.

«È un frutto esotico. Si chiama kiwi ed è ricco di vitamine. Non l'avevi mai visto?»

«Sembra l'escremento di una vacca», disse Francesco con una smorfia di disgusto.

«Spesso l'apparenza inganna», disse Giulia tagliando il frutto a metà e mostrando la bellezza del disegno interno.

«Beh, non si sarebbe certo detto osservando la buccia!» disse Francesco sorpreso.

«Ne conosci il sapore?»

«Non ne ho mai mangiati di kiwi...»

«Prova a immaginare...» disse Giulia.

«Che sciocchezza! Non si può immaginare un sapore!»

«Giusto, se vuoi conoscere il sapore di questo frutto devi affondarci i denti. Non può essere descritto a parole. Come non puoi descrivere a parole l'angoscia che ti ha procurato un incubo, o spiegare cosa significa innamorarsi a qualcuno che non si è mai innamorato. Non tutto passa attraverso le parole. A volte viaggiano vuote. Non dicevi qualcosa del genere poco fa, prima di raccontarmi delle tue esperienze?»

«E allora?» replicò Francesco curioso di vedere dove la donna voleva arrivare.

«E allora affonda denti e unghie nella vita, invece di ripeterti domande che non hanno risposta, non almeno quella che vorresti tu. La risposta è nelle esperienze che mi hai raccontato. Quello che hai vissuto non parlava il linguaggio delle parole ma quello dell'anima. Somiglia al linguaggio usato da tua madre per dipingere quel cavallo solitario...»

La mente del ragazzo tornò a quel dipinto inquietante.

«Ti prego Francesco, non fare del tuo dolore una prigione per te stesso. Lo so, il destino riserva a volte sofferenze orribili, e tu ne hai tratto le tue conclusioni sulla vita. E di queste convinzioni ne hai fatto una roccaforte invalicabile contro qualsiasi nuovo pensiero. Niente e nessuno supererà le tue mura di Troia, vero? Ma un uomo chiuso alle novità, che non mette più in discussione i propri pensieri, che crede di aver misurato ogni cosa in lungo e in largo e pensa ormai di conoscere tutto, beh, questo è un uomo che ha cessato di trarre beneficio dalla vita.»

«Ah sì? Perché tu, invece, metti in discussione le tue convinzioni?» replicò Francesco.

31

Padre Michele aveva deciso di tornare a Venezia. Dopo una lunga malattia suo padre era passato a miglior vita e non voleva che sua madre restasse sola. Giulia sarebbe rimasta a Roma, almeno sino al conseguimento della laurea, poi avrebbe deciso cosa fare.

Forse l'eccessivo affaticamento, forse la tensione per i nuovi eventi o entrambe le cose, avevano portato padre Michele a un esaurimento fisico che si era manifestato con una discreta febbre ed estrema stanchezza. Il dottore aveva raccomandato una settimana di riposo ma il prete si era opposto strenuamente e solo l'insistenza di Giulia era riuscita a convincerlo.

La settimana non era tuttavia terminata che padre Michele sembrava già in ottime condizioni e pronto a riprendere le sue mansioni. Ma Giulia era stata categorica.

«Visto che ti sei rimesso prima del tempo, userai questi due giorni per fare quello che da quando sei in questa città non hai mai fatto, ossia visitarla! Vorresti tornare dalla mamma senza aver dato un'occhiata neppure al Colosseo? Cosa le racconterai? In questi due giorni verrai con noi a fare il turista in giro per Roma. Francesco è un'ottima guida e metterà a punto un itinerario appositamente per te.»

Michele non aveva opposto molta resistenza all'idea di sua sorella. Magari aveva anche pensato di meritarli quei due giorni di vacanza, dopo un anno di intenso lavoro.

«Devi dire a Francesco, però», precisò il prete, «che non tracci un itinerario fatto solo di chiese pensando di farmi piacere. Anche San Pietro in Vaticano può essere benissimo ignorata visto che l'ho visitata la scorsa Pasqua. Mi piacerebbe, invece, visitare le grandi piazze barocche, e soprattutto le testimonianze dell'Antichità. Di certo, quelle non le troverò a Venezia.»

Il primo giorno di quel weekend fu dedicato alle piazze, alle fontane, alle grandi scenografie barocche. La sera si cenò in una trattoria all'aperto in piazza Campo dei Fiori, dove il prete riconobbe diversi dei suoi parrocchiani.

Gioia e amarezza gli si mescolavano nel cuore. Era ancora eccitato per le tante emozioni vissute nei luoghi straordinari che aveva veduto, ma lo attraversava una vena di tristezza al pensiero che avrebbe abbandonato le sue pecorelle a cui si era ormai affezionato. Che ne sarebbe stato del suo circolo del giovedì che contava ormai diverse persone?

Era stata una giornata frenetica. Aveva la testa piena di immagini e la fotocamera carica di fotografie che avrebbe mostrato a sua madre. L'indomani lo attendevano le antiche testimonianze dell'impero romano, quelle rovine imponenti che raccontavano della caducità delle cose e delle illusioni degli uomini.

L'itinerario di Francesco era stato studiato perché avesse termine verso il tramonto sul colle Capitolino, dal quale si poteva godere dall'alto la vallata del Foro Romano, una celebre veduta immortalata da secoli in migliaia di incisioni, litografie, dipinti. Il sole ormai basso accendeva le tante rovine con una luce calda e radente che le faceva risaltare contro la vegetazione più scura.

Il giovane descrisse per grandi linee i vari monumenti che affollavano quello spazio carico di memorie.

«Per apprezzare la suggestione che questa veduta può offrire», suggerì, «dovete guardare a questa congerie di ruderi con un po' di immaginazione, cercando di farla rivivere sotto i vostri occhi. Tenere presente che questa vallata ha palpitato di vita per oltre un millennio. Qui sorgevano templi, basiliche, archi trionfali, dimore patrizie, sedi di ambasciatori e il Senato stesso. Roma era il cuore dell'impero e il Foro era il cuore di Roma. In questa metropoli cosmopolita convergevano genti da ogni parte del mondo e questo luogo rappresentava il loro principale punto d'incontro. La piazza e le vie d'intorno pullulavano di personaggi d'ogni genere: avvocati, banchieri, intermediari, negozianti, prostitute, vagabondi, gente appena arrivata in cerca di fortuna e gente che di fortuna ne aveva trovata poca e mendicava agli angoli delle vie...»

«Che impressione...» disse Giulia pensosa.

«A cosa ti riferisci?» chiese Francesco.

«Beh, immaginare lo scenario pieno di vita che descrivi e davanti a sé non vedere che rovine... è desolante, fa pensare a tutta quella gente inghiottita dal tempo...»

«Ah, ma non devi preoccuparti per quella gente! Basta spostarci un poco e nel resto della città ritroverai le stesse persone. L'avvocato, il banchiere, i negozianti, le prostitute, i vagabondi... Ti assicuro, Giulia, che certe cose in duemila anni non sono cambiate granché. Anzi, per i cristiani sono migliorate sostanzialmente.»

«E cioè?»

«Come cioè? Oggi, chi crede, ha un Dio vero ad ascoltarlo. Vuoi mettere? Quei poveri pagani hanno pregato per secoli delle divinità che non esistevano! Pensa quanto invocare e supplicare a vuoto mentre non c'era nessuno ad ascoltare! Eppure, sono convinto che le loro preghiere non siano state molto diverse dalle nostre. Vedi quanti templi pagani esistevano nel Foro e tutt'intorno? Quello è il tempio della dea Giuturna, quello è il tempio di Saturno, lì in fondo abbiamo quello dedicato alla Dea Roma, e potremmo continuare a lungo. Tutti santuari dedicati al nulla, alle proprie fantasie...»

«Capisco la tua perplessità Francesco, e anche il tuo spirito provocatorio. È vero, Gesù è apparso solo in un determinato momento, ma egli esisteva da sempre presso suo Padre. Io credo che le preghiere di quella gente siano state sempre ascoltate. Non riesco a immaginare un Dio che lascia sole le sue creature.»

«Neanch'io», rispose Francesco. «Per questo non credo.»

«Ehi ragazzi», esclamò Matteo, «vi ricordo che oggi è un giorno di vacanza per padre Michele, quindi mettiamo da parte le grandi questioni e concludiamo la descrizione del Foro prima che faccia notte!»

«È bell'e finita», replicò Francesco. «Sapete, nel Medioevo la terra qui aveva già ricoperto tutto, e il luogo che era stato il centro del mondo era ridotto a un pascolo per le pecore. Penso che nulla come la visione dei resti dell'Antichità mostri la precarietà delle vicende umane. Ma questo non mi rattrista, diciamo che è nell'ordine delle cose.»

«Bel modo di concludere la giornata!» esclamò Matteo, «ma non c'era un posto più allegro?»

«Ad essere sinceri», disse padre Michele, «tra i luoghi che abbiamo visitato questo non è certo il più bello nel senso comune della parola, ma è sicuramente uno dei più suggestivi e anche a me ha suscitato diverse riflessioni. Ora però vorrei dirvi qualcosa e questo mi sembra un luogo adatto per farlo.»

Il prete tirò fuori di tasca un pacchetto e prese a togliervi la carta.

«Innanzitutto vorrei ringraziarvi per questi due splendidi giorni che non dimenticherò mai, non solo per i luoghi incantevoli che abbiamo visitato, ma anche per la vostra brillante compagnia. In verità, sono molto felice della vostra amicizia che ha reso assai più lieta la mia permanenza a Roma. Porterò questa amicizia nel cuore e spero che un giorno veniate a trovarmi nella mia città, certo assai diversa da Roma, ma anch'essa celebre e affascinante. Sarò felice di ospitarvi e farvi da guida!»

Aperto il pacchetto, Michele ne estrasse tre piccole medaglie di identica grandezza.

«Qualche giorno fa, nell'archivio della sagrestia, ho trovato sul pavimento i frammenti di un vecchio cammeo, un dono di mia madre. Raffigurava un'aquila bianca con le ali spiegate su un fondo scuro. Il destino ha voluto che cadendo il cammeo si sia frammentato in un modo assai singolare.»

Lo sguardo dei ragazzi si appuntò su Matteo che subito avvampò.

«Cosa c'è?» sorrise il prete, «il destino ha forse il volto di uno di voi?»

«Beh, ecco, la stanza era al buio per via della lampadina fulminata e ho urtato involontariamente il tavolino dov'era la pietra», confessò Matteo. «Giulia mi aveva detto che...»

«Tutto questo ha poca importanza», lo interruppe il prete. «Come stavo dicendo, quello che volevo farvi notare è il modo particolarissimo in cui la pietra si è spezzata. Sono certo che se avessi mille cammei identici a questo e li scagliassi tutti in terra non riuscirei ad ottenere questo tipo di frammentazione una seconda volta! Osservate voi stessi», disse Michele mostrando le tre medaglie sul palmo delle mani.

«Incredibile!» esclamò Matteo, «neppure con un seghetto si sarebbe riusciti ad essere così precisi.»

«Fai vedere anche a me...» disse la ragazza incuriosita.

«È vero! Tre frammenti, due con un'ala ciascuno, e il terzo con il corpo dell'uccello!»

«Come Giulia sa bene», riprese Michele, «questo cammeo è molto antico. Potevo farlo riparare, ma ho preferito far incastonare i tre frammenti separatamente. Desidero regalarvene uno ciascuno, affinché vi ricordiate sempre l'uno dell'altro e anche del sottoscritto, nonché di questo meraviglioso anno trascorso assieme.»

Michele distribuì le tre medaglie, riservando quella con il corpo dell'aquila a sua sorella.

I due giovani si scambiarono uno sguardo interrogativo chiedendosi quale criterio avesse guidato il prete in quella scelta. Come se gli avesse letto nel pensiero, Michele aggiunse subito: «ho pensato di dare i frammenti con le ali a voi due perché ogni volta che vi incontro vi trovo ai lati di Giulia come due guardie del corpo... un ruolo che spero continuerete a svolgere anche dopo che sarò partito...»

«Puoi contarci!» esclamò Matteo, subito guardato malamente dall'amico.

«Che bella idea che hai avuto Michele, sei così tenero!» esclamò Giulia abbracciando suo fratello.

Trascinati dallo slancio della ragazza, Francesco e l'amico si unirono a quell'abbraccio. Quindi i tre giovani si afferrarono per le mani e le alzarono unite al cielo improvvisando un girotondo attorno al prete.

«Giuriamo solennemente», esclamò Matteo, «che i tre pegni che hai riposto in noi daranno grandi frutti. Presto vedrai tre aquilotti sorvolare la laguna e posarsi sul davanzale della tua finestra!»

Un paio di lampi fotografici rivelarono un gruppo di turisti che, attratti da quello schiamazzo, osservavano divertiti l'insolito spettacolo che la città eterna offriva loro.

Imbarazzato in mezzo a quel girotondo il prete sorrise, e mai come in quel momento sentì il dolore di dover lasciare quella città.

32

Come già altre volte, Gina aveva invitato Giulia e Matteo a trascorrere il weekend nella sua casa di Soriano. Le visite degli zii nella loro villetta di campagna erano le uniche occasioni in cui la vecchia auto del professor Morini rivedeva la luce. Grazie alla sua veneranda età, la vettura attirava le occhiate della gente che scivolava con lo sguardo lungo quella carrozzeria d'epoca tirata a lucido. L'andatura tranquilla di Giorgio, inoltre, conferiva all'incedere della vettura una certa solennità.

Giunsero alla villa per l'ora di pranzo e sistemati i bagagli si recarono nella loro abituale trattoria. Matteo li avrebbe raggiunti il giorno seguente con la sua nuova auto e assieme avrebbero visitato la foresta di faggi sulla vetta del Cimino.

Il locale era gestito direttamente dai proprietari di una vicina fattoria che servivano in tavola i prodotti della loro terra. Si trattava di modesti imprenditori agricoli legati agli zii da un rapporto di amicizia vecchio di decenni.

Grazie alla posizione elevata, lo spiazzo alberato antistante la trattoria offriva una veduta a perdita d'occhio sulla pianura sottostante. Terminato il pranzo, Gina chiese a Francesco di condurre Giulia ad ammirare il panorama. Lo zio abbozzò un sorrisetto di cui Gina indovinò subito il significato. Una volta usciti i ragazzi la donna si rivolse subito al marito.

«C'è poco da ridere. Dove trova Francesco un'altra ragazza come Giulia? È bella, colta, devota e di buona famiglia... per giunta ha un carattere d'oro. Ho l'impressione che il nostro ragazzo non le dispiaccia, ma lui non mi sembra abbastanza intraprendente... è sempre immusonito...»

«Forse Giulia non gli piace.», replicò Giorgio continuando a rosicchiare la pipa spenta.

«Io credo invece che gli piaccia troppo, e lui è timido... Voi uomini non capite nulla di certe cose, e tu in particolare», borbottò Gina. «Sarai pure un genio nel tuo campo, ma nelle faccende sentimentali sei una capra. Ringrazia il cielo che hai trovato me...»

«Preferisco ringraziare te direttamente», replicò Giorgio.

«Voglia il Signore che Francesco non si lasci sfuggire questa occasione...» supplicò Gina incrociando le mani.

Presso il muretto che delimitava lo spiazzo, si aprì allo sguardo di Giulia una veduta fiabesca. La vegetazione in primo piano incorniciava una vasta pianura variopinta che si perdeva lontano nell'entroterra appenninico. Proprio sotto i suoi occhi, tra lecci e castagneti secolari, si ergeva un alto colle di forma conica sulla cui cima era raccolto il paese di Soriano. Le case di pietra si stringevano attorno al castello medievale le cui torri massicce dominavano il paesaggio.

«Che veduta incantevole!» esclamò Giulia. «Osserva la pianura: è suddivisa in centinaia di minuscole tessere colorate, ognuna coltivata in modo diverso... È un mosaico di colori che fa pensare alla laboriosità dell'uomo.»

Tirò quindi un lungo respiro tonificata da quella visione. Tuttavia il silenzio di Francesco la incuriosì e lo scoprì assorto nei suoi pensieri.

«Cosa stai rimuginando?» chiese.

«Oh, nulla. Per un attimo ho avuto la strana sensazione di

aver già vissuto questo momento, ma mi ero confuso con un episodio accaduto a mia madre.»

«È qualcosa che mi puoi raccontare?»

Il giovane abbassò lo sguardo, incerto su cosa rispondere.

«Francesco, ti prego, quando assumi quell'espressione mi fai pentire d'aver parlato. Pensavo che fossimo abbastanza amici per... ma evidentemente non è così.»

«Non è una questione di amicizia, Giulia. Quella di mia madre, come sai, non è una bella storia, e non volevo rovinare questo momento con dei brutti ricordi...»

La ragazza fissò Francesco indispettita.

«Quello che mi fa veramente male è vedere che ti tieni le cose dentro. Credi che quando siamo divenuti amici non mi sia accorta che qualcosa ti tormentava? Ma io ti ho accettato come sei, questo devi mettertelo bene in testa.»

«Va bene Giulia, ti racconterò in breve l'episodio cui avevo accennato, a patto che tu non mi chieda oltre. Un giorno ti racconterò tutto, ma questo non mi sembra il momento adatto.»

«Come vuoi», replicò la ragazza.

«Per diversi anni mia madre è stata segregata nella casa del direttore di un carcere segreto di un governo sudamericano. Il tizio aveva perso la testa per lei, ma poiché non ne era corrisposto, la teneva prigioniera trattenendo in ostaggio mio padre.

«Mia madre raccontò che una volta, all'uscita di un ristorante, si erano soffermati su uno spiazzo alberato come questo, di fronte a un vasto panorama dall'alto della città. Fu in quel momento, osservando il dirupo che precipitava a valle, che in mia madre affiorò per la prima volta l'idea di togliersi la vita. Mentre la torturavano con la corrente elettrica aveva tradito un suo caro amico e non riusciva a perdonarselo. Ma Britto, così si chiamava l'uomo che la teneva prigioniera, le ricordò che oltre a suo marito aveva un figlio piccolo che l'aspettava. Mia madre si accorse allora che il suo vero carceriere ero io...»

Francesco si interruppe. Aveva la voce rotta dall'emozione e gli occhi lucidi.

«Ma è una storia terribile!» disse Giulia prendendogli la mano. «Perdonami Francesco... In passato mi sei sembrato un po' brusco nel tuo comportamento e dentro di me ti ho rimproverato perché non sapevo del dolore che era in te... Ma ti supplico: non fare del tuo passato una prigione per te stesso. Questo grumo di dolore impedisce alla tua vita di scorrere libera, di farti sperimentare emozioni nuove...»

«Le cose stanno diversamente, Giulia. È vero, il dolore non mi ha risparmiato. Ma la vicenda di mia madre è stata solo l'evento che mi ha aperto gli occhi. Mentre mi leccavo le ferite, mi accorgevo che la sofferenza era ovunque, sempre, sotto mille forme. Basta guardare fuori dal proprio guscio per scoprire che ognuno ha la sua pena, la sua piaga nascosta. Il dolore è impastato con la vita stessa, Giulia. Quando sei felice resti comunque alla sua portata, e quella pace non è che una tregua. Anche quando non c'è sofferenza, c'è comunque paura che si faccia viva, il che è già una sofferenza sottile.»

Si accorse che quelle sue parole suonavano terribilmente stonate sotto quel cielo azzurro. Osservò lo sguardo serio di Giulia e temette d'averla rattristata.

«Beh, naturalmente non sempre vedo le cose in questo modo», aggiunse. «Diciamo che dipende un po' dall'umore, come tutti, credo. Anch'io, grazie al cielo, so vedere questo panorama con gli stessi occhi con cui lo vedi tu, e anch'io provo allora la tua stessa emozione.»

La donna parve ignorare quelle ultime parole e il suo sguardo si fece quasi inquisitorio.

«E quando vedi il bicchiere mezzo vuoto anziché mezzo

pieno, cosa diventa questo panorama ai tuoi occhi?»

«Mah... direi di lasciar perdere.»

«La vuoi smettere di trattarmi come una bambola di vetro? Sei insopportabile!»

«Va bene, Giulia. Ma non te la prendere. Tanto per cominciare, questa pianura divisa in campicelli coltivati, questo mosaico di colori che ti evoca la laboriosità dell'uomo, come dicevi prima, potrebbe suggerire anche altri pensieri...»

«Ad esempio?»

«Beh, tutti quei segni di recinzione, quei paletti col filo spinato, mi ricordano l'egoismo umano. La storia abbonda di guerre combattute per allargare i propri confini a scapito del vicino. È stato un continuo balletto dove gli steccati venivano spostati ora di qua e ora di là a seguito di guerre furiose consumate in un mare di odio e di dolore.

«Quanto ai graziosi paesini medievali arroccati sulle alture, la verità è che la gente era costretta a rifugiarsi in posizioni elevate per difendersi dalle continue battaglie tra un abitato e l'altro, dalle mire espansionistiche delle grandi città, quando non doveva sfuggire agli eserciti invasori che calavano dal nord. E ogni volta erano carneficine, violenze, stupri e altri orrori che non voglio neppure immaginare.

«Oggi guardiamo alle cose con occhi diversi. Quelle merlature che ingentiliscono le torri, ad esempio, non avevano certo una funzione decorativa. I merli sono stati inventati per poter uccidere senza venire uccisi. Quanti di questi pittoreschi castelli hanno patito interminabili assedi? Gente ridotta allo stremo, consumata dalla fame e dalle malattie, si è trovata a decidere se morire di stenti o consegnarsi al nemico furente che accumulava odio da mesi.

«Nella storia dell'uomo non c'è pagina che non sia sporca di sangue. Noi giovani occidentali che non conosciamo la guerra, abbiamo una percezione falsata della vita. Ma basta chiedere ai nostri nonni per avere un'idea. Ma poi quell'idea la gettiamo in un angolo perché non ci interessa granché, anche noi abbiamo i nostri problemi.

«Per finire, comunque, ecco un'ultima nota stonata nel tuo paesaggio incantato, ma te la sei cercata tu. Quel suggestivo castello che domina su tutto, e che gli abitanti di Soriano chiamano la Rocca, è un manicomio criminale. Un piccolo inferno dove vivono confinate follia e criminalità. Il luogo ideale per Britto, si direbbe... Beh, vuoi che prosegua nella mia descrizione del bicchiere mezzo vuoto?»

«Tutto quello che hai detto è vero», replicò Giulia senza perdersi d'animo, «ma non devi dimenticare che la vita è fatta anche dell'altra metà del bicchiere. Quella piena. Evidentemente l'uomo ci trova dentro abbastanza cose buone da fargli decidere di sopportare il resto. E per cose buone non intendo semplicemente l'assenza di quelle cattive...»

«Forse hai ragione Giulia, ma ora basta. È una bella giornata e certe riflessioni, ammesso che non diano fastidio a te, cominciano a dare fastidio a me.»

«Hai ragione», disse Giulia sorridendo. «Se oggi riesci ad accorgerti che il cielo è blu, non sarò certo io a rischiare di farlo diventare grigio! E poi non credo che certi discorsi piacciano a tua zia... eccola che arriva...»

«Hai visto che bel panorama?» domandò Gina.

«Magnifico!» esclamò la ragazza. «E le descrizioni di Francesco l'hanno reso ancora più suggestivo…»

«Venite con noi alla fattoria?» chiese la donna. «Non è molto distante... giusto una passeggiata.»

«Certo», rispose Giulia.

«Che si fa alla fattoria?» sussurrò la giovane a Francesco una volta incamminati.

«Beh, questa visita è parte del pacchetto di attrazioni

offerte dai weekend della zia, sempre che ti piacciano gli animali. Si tratta della fattoria gestita dai proprietari del ristorante dove abbiamo mangiato. Gli zii acquistano diversa roba da loro...»

«Perché non entri?» chiese Giulia una volta di fronte al grande cancello.

«Questo posto mi annoia, l'avrò visitato cento volte. Tu vai pure, io ho voglia di fare due passi. Ci ritroviamo qui tra una mezz'ora.»

Giulia scrutò Francesco negli occhi: «Non m'incanti... Cos'ha questo posto che non va? Cosa c'è in una fattoria che non ti piace?»

«Beh, intanto non mi piace come trattano gli animali. Questo posto sembra un lager. Guarda quelle oche, ad esempio.»

«Cos'è che non va in quelle oche? Ti riferisci al fatto che hanno un laccio al piede? Forse temono che scappino. Anche il cane è alla catena.»

Francesco raccolse una minuscola pietra e la lanciò contro una delle oche più giovani. Spaventatosi, l'animale tentò di volare via ma raggiunto un paio di metri di altezza il laccio lo bloccò di colpo rigettandolo al suolo. Sentendosi trattenuto, l'uccello continuò a starnazzare e ad agitare istericamente le ali sollevando un gran polverone. Quando si fu calmato Francesco si avvicinò e mostrò a Giulia la zampa martoriata dai continui strappi.

«Non sono legate per timore che scappino», disse. «Questi animali sono sovralimentati forzatamente e gli si impedisce il movimento affinché ingrassino prima e di più. Col tempo la lunghezza della corda viene ridotta fin quasi a immobilizzarli. L'impossibilità di bruciare le calorie che ingurgitano gonfia il loro fegato rendendolo particolarmente appetitoso per il palato dell'uomo. Non hai mai gustato il famoso patè di fegato d'oca?»

«Ma è orribile!» esclamò Giulia.

Francesco raccolse un'altra pietruzza e la scagliò contro un'oca assai più grande della prima. L'animale quasi non reagì, limitandosi a zampettare poco più in là.

«Osserva la zampa di quest'oca», disse Francesco. «Non ha nulla. Questo perché l'uccello non cerca più di fuggire. A differenza di quello più giovane, ha imparato che tentare servirebbe soltanto a massacrargli la zampa. Il dolore l'ha convinto a rinunciare a volare, e a differenza di quello più giovane, non soffre più. Forse si è dimenticato pure di avere le ali, di avere un cielo sopra la testa.»

Giulia tornò al cancello d'ingresso soffiandosi il naso con un fazzoletto. «Hai ragione a odiare questo posto», disse. «Andiamo via.»

Presero a risalire verso il belvedere. Gli alberi allungavano la loro ombra sulla strada preannunciando la fine del giorno. Il pulviscolo dorato che galleggiava nell'aria si agitava al loro passaggio mentre procedevano assorti nei loro pensieri.

«Sai, a ben pensarci la vita degli uomini non è molto diversa da quella di queste oche», osservò Giulia.

«Anche loro hanno dimenticato di avere un cielo sopra la testa, e anche loro hanno qualcosa che li trattiene curvi sulle loro vite, che fa male quando tentano di sollevarsi. Per questo non tentano neppure più... Forse non vedono nemmeno un motivo per cui tentare ancora...»

Francesco la tirò a sé senza rispondere e le strinse delicatamente la testa fra le mani. Improvvisamente sentì che il suo cuore era stanco, troppo stanco per combattere ancora con se stesso, e si ritrovò a baciarle le labbra. Dapprima irrigidita dalla sorpresa, la giovane rispose presto con passione.

«Oh, Francesco... Perché hai atteso tanto?»

A quelle parole il giovane ebbe la netta impressione che il destino, nel suo balordo trafficare con le cose degli uomini, avesse tracciato di colpo una sorta di spartiacque. La vita di prima trovava in quel momento la sua conclusione e una nuova vita, illuminata dall'amore di Giulia, si apriva verso il futuro. Detestava sentirsi una marionetta, ma stavolta chi manovrava i fili aveva assecondato il suo cuore, e per la prima volta acconsentì senza riserve a quella mano infida che sapeva anche pugnalare alle spalle. Appena si arrese e ogni pensiero tacque, l'ondata di felicità lo travolse.

«Dunque è questo l'amore di cui fantasticano gli uomini», pensò mentre assaporava quella gioia intensa mai sperimentata prima.

Davanti a sé la figura della donna, scolpita dalla luce del tramonto, gli parve un sole radioso. Cadde istintivamente in ginocchio e l'abbracciò alle gambe.

«Ehi, io non voglio essere adorata come un totem!»

«Ma io ti adoro sul serio...»

«Non dire sciocchezze!» esclamò Giulia tentando di divincolarsi dalla stretta e finendo per cadere sull'erba.

«Alziamoci, ti prego, pensa se appaiono i tuoi zii...»

«È la prima volta che provo un sentimento del genere, Giulia. Sono sopraffatto... Ora capisco cosa intendevi quando parlavi del bicchiere mezzo pieno...»

«No Francesco, neppure io avevo mai provato nulla di simile... solo che non faccio tante storie come te.»

33

Il mattino seguente Matteo si era presentato con la sua nuova utilitaria e un gran mazzo di fiori per Gina. Il programma prevedeva la visita alla faggeta sul Monte Cimino, ma gli zii avrebbero trascorso la giornata in un paese vicino, presso dei loro vecchi amici.

«Guarda come divora la salita!» esclamò Matteo aggrappato al volante della sua nuova auto. «È usata ma il vecchio proprietario la teneva come una reliquia nel garage. Un vero colpo di fortuna, considerato anche il prezzo.»

Francesco ascoltava distrattamente osservando dal finestrino gli antichi castagneti e la fitta vegetazione che si annidava nelle ombre scure del sottobosco. Quello era il primo giorno della sua nuova vita e tutto gli appariva insolitamente attraente. Quante volte aveva percorso quei tornanti nell'auto degli zii immerso nella noia? Solo ora si accorgeva di quanto fosse bello un albero, specialmente quando il sole lo illuminava in controluce accendendo ogni foglia.

Giunsero quasi in cima alla montagna e fermarono l'auto al limite della faggeta.

«E quella cos'è?» chiese Giulia indicando una borsa di cuoio che Matteo portava a tracolla.

«Oh, è un vecchio binocolo. È molto potente ma anche molto pesante, per questo è rimasto per anni in un cassetto. Oggi ho pensato che l'avrei finalmente utilizzato...»

Le fitte chiome degli alberi si sfioravano appena formando un tetto uniforme che immergeva la foresta nella penombra. Soltanto qua e là sottili fasci luminosi creavano macchie di luce sul terreno carico di foglie.

«Ma cosa ha messo Gina in questo canestro? È pesantissimo!» protestò Matteo.

«Questa sarebbe la tua gratitudine per chi ci ha cucinato il pranzo?» replicò Francesco. «Dai a me, lo porto io.»

«Ma no... semmai porta il binocolo, così cammino più libero.»

Giunsero ai piedi della torre che sorgeva presso la vetta. La porta, come sempre, era aperta.

«Ragazzi!» disse Francesco, «dalla torre si gode un magnifico panorama ma per giungere in cima bisogna arrampicarsi per una scala a chiocciola piuttosto faticosa. Ci sono salito non so quante volte. Andate voi mentre io cerco un angolino adatto per il pranzo. Quando tornerete giù non sarò lontano e troverete già apparecchiato.»

«Splendida idea!» rispose Matteo. «Allora ti lascio i viveri.»

Una brezza leggera sollevava le foglie dal terreno creando piccoli vortici d'aria. Francesco dovette cercare non poco per trovare un angolo riparato e finì per allontanarsi dalla torre più di quanto avesse previsto. Si fermò infine presso un rialzo del terreno che prometteva un certo riparo dal vento.

Soltanto quando posò a terra il portavivande si rese conto di avere con sé il binocolo di Matteo. Gli parve di vedere l'amico, giunto ansimante in cima alla torre, scoprire attorno quello splendido panorama e accorgersi di aver dimenticato il suo potente binocolo. Quell'arnese sarebbe tornato ad ammuffire nel cassetto per qualche altro anno, pensò.

Decise che era meglio non apparecchiare finché non si fossero riuniti. V'era rischio di colpi di vento, formiche, e se il canestro conteneva qualcosa di caldo si sarebbe raffreddato. Nell'attesa si sdraiò sulla schiena incrociando le mani dietro la testa. Il soffitto di foglie gli riempì lo sguardo e l'occhio prese a seguire meccanicamente il disegno nervoso dei rami.

Una pace gioiosa gli era penetrata nell'animo. Sentiva la mente sgombra d'ogni pensiero, come se pensare fosse divenuto inutile. A tratti il volto di Giulia vi sgusciava dentro senza che neppure se ne accorgesse. Scivolava col pensiero lungo quelle linee affabili e quell'andirivieni gli cullava il cuore. Socchiuse gli occhi e gli sembrò di assopirsi.

Trascorso qualche minuto si scosse di colpo chiedendosi quanto tempo fosse passato. Guardò l'orologio e si chiese come mai i due non fossero ancora di ritorno. Si stirò a lungo per sgranchirsi la schiena, quindi rimase seduto senza sapere che fare. In lontananza poteva scorgere la torre ma dei due nessuna traccia.

Gli venne in mente di avere con sé il binocolo. Lo estrasse dalla borsa di cuoio e lo puntò verso la torre. Aveva ragione Matteo a esaltare la potenza di quello strumento. Una volta messa a fuoco, la terrazza della torre gli parve così vicina da poterla quasi toccare.

I due ragazzi erano ancora là in cima ma parevano discutere animatamente anziché osservare il panorama. Non li aveva mai visti parlarsi in quel modo concitato. Cosa diavolo stava accadendo su quella torre? Peraltro, quei gesti rivelavano un'intimità che a Francesco suonò del tutto nuova. Matteo sembrava reclamare qualcosa con veemenza mentre la donna replicava con estrema fermezza a giudicare da come drizzava la schiena. Continuò a osservarli imbambolato mentre dentro di sé cominciò a prendere forma un presentimento orribile. Abbassò istintivamente il binocolo per paura di trovarvi dentro una conferma, ma era tardi. Il cuore gli batteva furiosamente in petto e una voce gli urlava che era stato un povero sciocco a pensare che un angelo come Giulia avrebbe potuto amare quel coacervo di rancori e di contraddizioni che sentiva d'essere, quando accanto a lui v'era un Matteo sempre pronto al sorriso, forte e sereno.

Guardò di nuovo, e vide che la vita l'aveva raggirato ancora una volta. Osservò incredulo il suo migliore amico mentre baciava la donna con passione, uno di quegli abbracci struggenti con cui ci si ritrova dopo essersi dilaniati con le parole. Abbassò lo sguardo e osservò il binocolo che aveva in mano, come se la scena cui aveva assistito non fosse che uno scherzo di quell'arnese. Poi, come una trafittura, lo colse il pensiero d'essere solo. In un istante aveva perduto la donna che amava e il suo unico amico. Si guardò attorno smarrito e nel silenzio della foresta gli parve di percepire tutta l'indifferenza e l'ineluttabilità del dolore.

Trascorso qualche istante puntò di nuovo il binocolo sulla terrazza ma la trovò deserta. Poco dopo i due apparvero ai piedi della torre e presero a guardarsi attorno per cercarlo. Appena lo videro si incamminarono subito verso di lui.

Aveva pochi attimi per decidere come avrebbe reagito. Sapeva che quando avrebbe messo bene a fuoco l'accaduto, la rabbia e la disperazione sarebbero esplose, e non voleva assolutamente che questo avvenisse davanti ai loro occhi. Se gli fosse riuscito, pensò, avrebbe fatto finta di nulla. Loro non immaginavano lontanamente d'essere stati visti e questo lo avvantaggiava. L'importante era tornare a casa con il suo fagotto di dolore ancora ben annodato. Poi se la sarebbe vista con se stesso.

Durante il pranzo e la passeggiata nel bosco, sia Giulia che Matteo furono troppo presi a nascondere i loro pensieri per accorgersi dello stato d'animo di Francesco. Presto furono di ritorno alla villa degli zii, i quali erano appena rientrati. Nonostante le insistenze di Gina perché anche lui restasse per la cena, Matteo ripartì quasi subito per Roma adducendo dei motivi di lavoro che lo costringevano a rincasare presto. Francesco lo abbracciò per salutarlo come se nulla fosse accaduto.

«Non dimenticare questo», disse porgendogli il binocolo.

Durante il ritorno Francesco mantenne lo sguardo fuori dal finestrino. Quando girò la testa per sgranchirsi il collo incontrò il sorriso di Giulia che gli strinse la mano. Il giovane si liberò bruscamente voltandosi di nuovo verso il vetro.

Poco dopo videro un vecchio con un piccolo carico di legna che chiedeva un passaggio a valle.

«Facciamolo salire, poverino...» suggerì Francesco.

«A quest'ora, di gente che ritorna dopo aver fatto legna ne incontreremo parecchia», disse Giorgio, «ma se nessuno ha nulla in contrario...»

Lo zio accostò al bordo della strada. Francesco scese dall'auto e sistemata la legna nel portabagagli fece accomodare l'uomo tra lui e Giulia, quindi ripartirono. La ragazza sorrise al vecchio boscaiolo, chiedendosi il motivo di quello strano comportamento di Francesco.

Si affrettò verso casa come un animale ferito che si rifugia nella tana. Per tutto il viaggio di ritorno quell'angosciosa incredulità gli aveva stretto il cuore impedendogli quasi di respirare. Rivedeva gli occhi di Giulia mentre lo fissavano pieni d'amore. E Matteo? L'incredibile, l'impossibile era accaduto.

Si recò in salotto e si lasciò andare sul divano. Appena incrociò le mani dietro la testa si accorse che non erano trascorse che alcune ore da quando nella faggeta aveva compiuto lo stesso gesto. Sotto quel soffitto di foglie aveva concluso il suo primo e ultimo giorno della sua nuova vita. Ora il dolore l'aveva di nuovo svuotato di tutto per riempirlo di sé. Lo aveva già fatto dopo la scomparsa di Anita, lasciandolo mezzo morto per anni. Proprio Matteo l'aveva sottratto a quell'abulia, ma quel Matteo non c'era più.

34

Era giorno fatto e doveva aver dormito a lungo. Il campanello della porta trillò di nuovo facendolo sobbalzare. Quando aprì vide Giorgio salutarlo con un viso scuro. Si stropicciò gli occhi soffocando uno sbadiglio.

«Scusa zio, ma ero ancora a letto. Ieri sera mi sono addormentato tardi», disse pensando che l'aria seria dello zio dipendesse dal fatto di aver dovuto aspettare a lungo fuori la porta. Poi gli sovvenne che lo zio non era mai venuto da solo a trovarlo.

«E Gina?» chiese.

«Devo darti una brutta notizia, figliolo», esordì Giorgio facendo prendere alla sua espressione tutt'altro significato.

«Matteo ha avuto un incidente con la sua auto.»

«E... come sta adesso?» balbettò il giovane mentre lo stomaco gli si attorcigliava.

«È morto, Francesco. È morto sul colpo, senza soffrire.»

«Come...?» chiese Francesco mentre cercava di dare un senso a quell'affermazione assurda.

«Mentre scendeva dal Cimino, un camion carico di legname ha invaso la sua corsia durante una curva. Matteo l'ha evitato per un soffio ma non è riuscito a rientrare in carreggiata ed è precipitato nel dirupo.»

Francesco sedette sul divano senza dire una parola. Lo zio si avvicinò e lo accarezzò sulla testa delicatamente.

«Sfogati figliolo, non tenerti tutto dentro.»

«Sento mancarmi il respiro...» biascicò a stento. «Mi sento male...»

Si alzò quindi di scatto prendendo a camminare avanti e indietro per la stanza.

«Non riesco a respirare…» ripeté.

Giorgio lo afferrò per le spalle e lo schiaffeggiò energicamente. Il nipote lo fissò attonito, quindi scoppiò in un pianto irrefrenabile singhiozzando come un bambino.

«Vorrei vederlo…» disse appena riuscì a parlare di nuovo.

«C'è poco da vedere, purtroppo. L'auto è precipitata per più tornanti e infine si è incendiata. Il corpo è rimasto carbonizzato ed è irriconoscibile. Hanno potuto accertare la sua identità soltanto tramite la targa.»

Francesco prese a singhiozzare di nuovo scuotendo la testa per l'incapacità di credere a quelle parole.

«Tua zia è molto preoccupata per te, credo che per qualche giorno dovrai venire a stare da noi finché non si sarà rassicurata.»

«Rassicurata su cosa?» chiese Francesco.

«Conosci Gina...» replicò Giorgio abbassando lo sguardo. «È apprensiva… Dopo la vicenda di Anita vede tragedie dappertutto...»

«Va bene, dammi solo il tempo di prendere qualcosa.»

«Porta con te uno dei tuoi blocchi di carta», aggiunse lo zio, «lavorare un po' ti aiuterà a non pensare.»

35

Al funerale di Matteo, con gran sorpresa di tutti, Francesco evitò accuratamente di incontrarsi con Giulia. Tale atteggiamento continuò durante la sua permanenza in casa degli zii, i quali pur non comprendendone la ragione rispettarono silenziosamente la decisione del nipote.

Tornato nella sua casa, continuò in quel rifiuto finché un giorno apparve alla sua porta padre Michele. I due si abbracciarono a lungo in silenzio. Nella mente di Francesco affiorò il ricordo della serata al Foro Romano, del loro girotondo attorno al prete, e un nodo gli serrò la gola.

«La tua aquila non volerà più, Michele. Avrei preferito fosse scomparsa l'altra ala, che non era utile a nessuno. Ma la sorte si diverte a sparare nel mazzo, senza badare a chi abbatte.»

«Oh, sono certo che Matteo sia ora un uccello libero e felice che vola ben più alto delle nostre metafore», rispose il prete.

«Vorrei poterlo pensare anch'io», disse Francesco. «Deve essere confortante.»

«A proposito della nostra aquila, se ben ricordo aveva anche un corpo e una testa, oltre alle ali. Cosa mi dici al riguardo?»

«Penso che tu ne sappia più di me, Michele.»

«Può darsi... Quello che non so, perdona la franchezza, è il motivo del tuo comportamento nei confronti di Giulia.

Potrei arguire qualcosa, ma perché perdersi in fantasie quando unendo le nostre informazioni possiamo certamente arrivare alla verità e pacificare il cuore di tutti?»

«Non sono cose che si possono sistemare con le parole, purtroppo. Quello che ho visto non può essere cancellato.»

«È qualcosa che mi puoi riferire?» chiese il prete.

Con gli occhi velati di tristezza, Francesco narrò quello che aveva visto sulla torre del Cimino.

Michele ascoltò con attenzione senza interromperlo e quando il ragazzo ebbe terminato si aggiustò sulla poltrona e tirò un gran respiro.

«Bene, mai come in questo caso si può dire che le apparenze ingannino. Tu hai visto ma non udito. Io ho udito la storia da mia sorella, ma non ho visto. In ogni caso penso sia meglio partire dall'inizio. Spero mi consentirai un linguaggio esplicito, anche se si tratta di questioni personali. Se non altro per evitare inutili giri di parole ed essere brevi.»

Francesco annuì con evidente curiosità.

«Dunque. Un anno fa i tuoi occhi incontrano quelli di Giulia e se ne innamorano subito, com'è nel tuo carattere. Ma nel tuo carattere ci sono anche altri aspetti meno fulminei che ti portano a rimandare all'infinito il momento di dichiarare il tuo sentimento. Quando finalmente ti apri, scopri di essere ricambiato, immagino con gioia. Matteo invece impiega assai più tempo ad accorgersi di essere innamorato di Giulia, e quando ne prende coscienza viene a trovarsi in una posizione assai difficile, visto che non è certo il tipo da soffiare la donna al suo migliore amico. Tuttavia è difficile anche per lui reprimere un sentimento del genere.

«A complicare le cose si aggiunge Giulia stessa che col tempo finisce per innamorarsi di entrambi. Tuttavia, a differenza di te, Matteo parla apertamente a Giulia. Non lo fa certo per precederti, ma per esprimere la sua intenzione di lasciare Roma. Ha deciso di farsi da parte, ma sente che continuare a incontrare la donna che ama sarebbe un supplizio. Giulia si oppone, detesta il fatto che per causa sua qualcuno sia costretto ad abbandonare la propria città, la casa, gli amici... ma Matteo sembra piuttosto deciso.

«La vicenda trova il suo epilogo proprio su quella benedetta torre del Cimino. Entrambi i ragazzi hanno preso una decisione, e Matteo inizia a parlare per primo. Dice che gli è stato offerto un lavoro al nord e che presto lascerà Roma. Giulia pensa a una scusa, odia le bugie, e ne segue uno scambio di battute un po' vivace, probabilmente quello che osservasti al binocolo. Alla fine, tuttavia, si convince della sincerità di Matteo.

«La decisione che mia sorella ha da comunicare, invece, è che aveva scelto te, Francesco. Quel povero ragazzo, con sua stessa sorpresa, non riesce a trattenere le lacrime. Conosci Giulia, e come reagisce alla sofferenza altrui. Per questo lo abbraccia, e Matteo si trova a baciarla. Non si tratta di un gesto arrogante. Forse desidera portare con sé un ricordo che sia più significativo di una stretta di mano... Comunque sia, ecco come sono andate le cose, ragazzo mio.»

Frastornato da quella rivelazione, Francesco ebbe come l'impressione di risvegliarsi da un lungo sonno. Come poteva essergli sfuggito per tanto tempo che il suo amico era innamorato di Giulia e perfino ricambiato? Dov'era in quei momenti? Era stato talmente assorbito dai suoi rovelli da non accorgersi di nulla.

«Michele, non so come farmi perdonare il comportamento vergognoso che ho avuto con tua sorella. Per giunta in un momento in cui era addolorata per la scomparsa di Matteo. Sono mortificato. Non so se potrà mai perdonarmi...»

«Non hai che da chiederglielo, Francesco.»

«Credi che vorrà ancora incontrarmi?»

«Anche questo, devi chiederlo a lei.»

«Ora che so la verità, vorrei tanto rivederla...»

«Non dovrai fare molta strada...» rispose Michele sorridendo mentre osservava fuori dalla finestra.

Francesco rimase di sale: la risposta del prete gli suonava assurda ma esplicita. Si affrettò alla finestra e guardò giù nella piazza. Vi erano i soliti bambini che giocavano a pallone e poco oltre, seduta sulla panchina di Palazzo Farnese, Giulia sembrava seguire quella partita tra ragazzi.

«Vado da lei», disse a Michele che subito annuì.

Si precipitò per le scale, uscì di corsa dal portone passando tra i ragazzi che giocavano, si trovò fra i piedi la loro palla e la scaraventò lontano con un calcio scatenando un furore di proteste. Giulia non fece in tempo ad alzarsi che Francesco si inginocchiò ai suoi piedi farfugliando richieste di perdono. La ragazza gli strinse il capo ricoprendolo di baci.

«Ma è una mania quella di inginocchiarti Francesco! Dai, alzati, quei bambini hanno preso a guardarci... C'è anche mio fratello alla finestra... la gente si volta, mi vergogno... dai...».

«Non mi alzo se non mi perdoni», insisté Francesco.

«Va bene, ti perdono, ma alzati...»

Finalmente il giovane si sollevò e sedette spossato accanto a Giulia.

Di fronte a sé padre Michele, affacciato alla finestra con i gomiti sul davanzale, osservava con una punta di malinconia i luoghi della sua avventura romana.

36

«Una chiesa ci ha fatto incontrare, e una chiesa ci unirà per sempre», aveva sentenziato Giulia in un tono scherzoso che esprimeva però una precisa intenzione. La passione di Francesco non si sarebbe certo arrestata di fronte a quella difficoltà, sicché, vinta ogni riluttanza, si decise ad accontentare la sua compagna. I loro nomi entrarono così in quello stesso archivio, su quegli stessi registri che ospitavano quelli di Anita e di suo marito.

Il giorno delle loro nozze, all'invito del sacerdote, infilò l'anello alla mano di Giulia. Sebbene detestasse ritualità e cerimonie, quel gesto, semplice e solenne al tempo stesso, non gli dispiacque affatto. Sapeva bene che Giulia considerava quell'atto come una promessa sacra e inviolabile, e questo lo rassicurava su una realtà che gli appariva ancora troppo bella per essere vera.

Forse per questo la gente è affezionata a riti e tradizioni, pensò. Quei gesti solenni, tutta quella liturgia, servivano a suggellare la trasformazione dei desideri in realtà tangibili e durature. Così gli era parso, quando un senso di pace lo aveva invaso dolcemente. Poi, senza apparente motivo, qualcosa dentro di sé gli si voltò contro. Quando se ne accorse, la gioia era già svanita, lasciando posto a un oscuro disagio. Come uno che si muove a tastoni nel buio cercando qualcosa per orientarsi ma al tempo stesso teme di urtare contro qualche spigolo, così il giovane brancolava alla ricerca di una ragione che giustificasse quell'improvviso mutamento, ma era anche in apprensione per quello che avrebbe potuto trovare. Gli sembrò tuttavia di annaspare nel vuoto, mentre il disagio aumentava estraniandolo dalla cerimonia. Faceva fatica a seguire le parole del sacerdote, e quando Giulia fece per infilargli l'anello porse la mano sbagliata. Quando infine, stanco di rovistarsi dentro, si arrese a quella pena senza nome, ecco risuonargli nella testa il brandello di un discorso:

«C'è ben poco da vedere, purtroppo.»

Sembrava uno degli indovinelli di Matteo. Se l'era cavata sempre bene nel risolverli, e anche questa volta non impiegò molto tempo. Erano parole di suo zio, e presto gli sovvenne il resto:

«L'auto è precipitata per più tornanti e infine si è incendiata.»

Come aveva temuto, ora che quel disagio gli era chiaro divenne anche più doloroso. Era tutto così orribilmente semplice: due giovani si erano innamorati della stessa donna, e mentre uno le aveva appena infilato l'anello al dito, l'altro giaceva carbonizzato in una fossa. E non finiva qui. Quello morto arrostito era il migliore fra i due, aveva persino rinunciato alla donna che amava per non essere di ostacolo al suo amico troppo fragile ma poco generoso, al quale il pensiero di un sacrificio del genere non l'avrebbe neppure sfiorato. Ecco, ora il sentimento che l'aveva assalito era bene a fuoco: si chiamava senso di colpa.

Qualcosa tuttavia, dentro di sé, si ribellò. Non ci poteva fare nulla, si disse, lui non era Matteo e non poteva diventarlo. Come Matteo si nasce, non si diventa. In fondo, era Giulia che aveva deciso di sposare lui, anche nel caso Matteo avesse deciso di restare. No, non doveva permettere a quel sentimento inutile di avvelenarlo. Neppure il suo amico l'avrebbe voluto, e comunque quel senso di colpa non sarebbe servito a riportarlo in vita. Questo pensò forte. Così forte da spazzare via l'angoscia che l'aveva afferrato e riportarlo con la testa dov'era, accanto a Giulia, in quella chiesa piena di fiori.

Ma ormai aveva l'umore guasto. Si era convinto della propria innocenza, ma non riusciva a togliersi dalla mente la terribile ingiustizia patita da Matteo, la feroce indifferenza con cui la vita l'aveva buttato via.

Cominciò a vedere tutto con occhi diversi. I gesti del sacerdote, quelle parole altisonanti, gli parvero improvvisamente vuoti e ampollosi. Come erano patetici quei rituali regolati da norme minuziose e codificate, come se la realtà che pretendevano di gestire fosse in qualche modo addomesticabile! Di quale Dio stava celebrando il culto l'uomo che aveva di fronte con addosso quell'abito sgargiante di colori? C'era qualche differenza con i rituali delle tribù primitive che quei colori vivaci se li dipingevano sui corpi seminudi? Non gli sembrò, in quel momento. Gli parve anzi che sempre e ovunque, quella fragile creatura che è l'uomo, inerme di fronte ai capricci del fato, fosse stato costretto a inventarsi qualcuno più potente del fato stesso, qualcuno del quale potersi conquistare la benevolenza. Solo in quel modo avrebbe tenuto a bada la paura, sua eterna compagna, e sentito su di sé una mano amica che lo avrebbe protetto dalle mille avversità dell'esistenza.

Certo c'era un prezzo da pagare, e molti l'avrebbero pagato, alcuni di buon grado, altri assai meno. Francesco, però, non intendeva pagare un bel nulla. Non sentiva nessuna mano amica sopra di sé, nessuno che avesse a cuore la sua felicità o quella del prossimo. Si chiedeva anzi come fosse possibile continuare a nutrire certe speranze quando, da sempre, l'uomo veniva beffato e svillaneggiato dalla vita in tutti i modi.

Osservò Giulia sorridergli e si accorse che era giunto il momento del tradizionale bacio tra gli sposi. Tratto di colpo dai suoi pensieri, reagì prontamente come ubbidendo a un ordine. Quando sentì le labbra calde di Giulia premere contro le sue gli parve che ogni pensiero si dileguasse e un senso di calma scese finalmente sul suo cuore. Era stanco di pensare. Forse in quel calore non c'erano grandi verità, ma era sicuramente una dolcissima ubriacatura.

37

La speranza di una maternità, puntualmente frustrata, fu l'unica nota scura in quel cielo sgombro d'ogni nuvola che illuminò quella passione per vent'anni.

Per Francesco la vita con Giulia era un miracolo che si rinnovava ogni giorno. Il giovane non aveva mai dato per scontato che quell'angelo con una margherita tra i capelli, emerso dalla penombra di una chiesa grazie a un raggio di sole, avesse scelto di vivere la propria vita proprio con lui.

Mille volte si era domandato cosa potesse trovare Giulia in un individuo così introverso, con quella punta di misantropia che lo rendeva spesso insofferente e scorbutico. Eppure proprio questa sua cronica incredulità aveva instillato in ogni giorno della sua vita con Giulia quell'ombra di incertezza che rendeva l'amore della donna ancora più prezioso. Ogni mattino, ad ogni risveglio, il sorriso di Giulia gli annunciava che quel miracolo si rinnovava.

Lentamente, con circospezione, Francesco iniziava a guardare alla vita con occhi diversi. Il carattere luminoso della donna, la forza serena con cui affrontava ogni ostacolo, quell'apertura incondizionata verso il prossimo, gli dicevano che la sorte poteva anche essere amica con chi sapeva creare un rapporto armonioso con la vita.

Forse la sua cattiva stella era tramontata, si diceva, e appuntava lo sguardo sulla donna per trovarne conferma.

A tarda sera, quando Giulia si assopiva, lui metteva da parte il suo libro e prendeva a spiarne il volto. Col tempo aveva individuato deliziose assonanze tra le qualità interiori della donna e la sua bellezza fisica. Così, osservando il morbido disegno delle labbra gli sovveniva, per un'arcana associazione, l'innata generosità di Giulia; e il segreto della sua imperturbabile pace non riluceva forse nella profondità del suo sguardo? La sua capacità, così rara, di trovare del buono in chiunque, brillava invece nel suo sorriso, un sorriso radioso che aveva un effetto prodigioso sul suo stesso umore. Così, ogni giorno il giovane contemplava la sua bella e virtuosa Giulia, immaginando chissà quali altre delizie avrebbe scoperto col tempo.

In quegli anni aveva dipinto figure per la sua donna. Lei adorava i campi fioriti e i cieli turchini con solenni nuvole bianche e rosa, le case di pietra abbarbicate nei paesaggi rocciosi e le nature morte che raccontavano la vita segreta delle cose; e lui aveva dipinto tutto, affiancando al suo genere astratto una nuova vena di carattere figurativo. Quelle nuove tele erano piaciute anche al mercante ma Giulia gliele aveva strappate di mano perché non le portasse via per venderle, e ne aveva riempito ogni angolo della casa. Le considerava come pagine della loro storia e non se ne sarebbe privata per nulla al mondo.

La donna era riuscita persino laddove Matteo aveva dovuto arrendersi, allontanando dalla testa di Francesco l'immagine di quel Dio malinconico e oppressivo mutuato dalla zia. Non era riuscita a sostituirlo, tuttavia, con l'immagine di un Dio buono e presente, che attende solo il consenso delle sue creature per riempirle dei suoi doni. Questo si era rivelato lo zoccolo duro di Francesco. Per lui l'esistenza del dolore non poteva accompagnarsi con l'idea di un Dio buono; era una contraddizione insormontabile, e su quel rifiuto ci si era impantanati. Contro di lei giocava anche quel fatalismo zeppo di rancore nato in Francesco con la morte di Anita, che lo aveva portato a vedere nell'uomo una semplice marionetta manovrata da forze oscure e crudeli.

Non era solo quel conflitto insanabile, del resto, a far puntare i piedi a Francesco. Forse, proprio nel cuore di Giulia si nascondeva un elemento anch'esso responsabile di quell'impasse. Quante volte Francesco si era domandato cosa trovasse Giulia in un tipo come lui, senza mai ottenere una risposta soddisfacente? Ma la risposta non la conosceva per intero neppure Giulia: era nascosta nel profondo del suo animo, laddove la coscienza non arrivava a pescare nulla.

Il castello di certezze su cui poggiava la fede di Giulia non era stato costruito con le sue stesse mani, ma ereditato bell'è pronto dalla sua devota famiglia e rafforzato dalla luminosa vocazione di Michele. Di certo la ragazza aveva elaborato l'educazione ricevuta secondo la propria sensibilità, tuttavia, sotto sotto, nascondeva una sorta di attrazione per chi aveva saputo rifiutare la tradizione tramandata, non importa per quale motivo. Quello che più l'attraeva, e che occupava il centro dei suoi desideri segreti, era la libertà di scegliere. Lei non aveva scelto, ma acconsentito, anche se in armonia con i propri sentimenti. Ma l'immagine di Francesco che si era ribellato al dolore buttando all'aria tutto, aveva esercitato su di lei una inconsapevole attrazione. Così, se nel segreto del cuore questa libertà di ribellarsi la affascinava, la sua mente si prodigava per ricondurre Francesco sulla buona via, ma una via lastricata di idee convenzionali anche se animate da una fede autentica.

38

Il fuoco dell'amore, così come la stretta del dolore, hanno in comune qualcosa di infido e ingannevole. Entrambi cercano, sia che ci facciano vedere tutto rosa o tutto grigio, di convincerci che quell'occhiale che ci hanno messo sul naso consenta finalmente di vedere il mondo per quello che è, sia insomma una garanzia di verità.

Vi è chi rifugge da questa illusione credendola, appunto, frutto dell'ambiguità della vita e dell'ingenuità del cuore, ma vi è anche chi non ha dubbi che felicità e afflizione siano momenti rivelatori sulla realtà delle cose. Francesco vedeva in questi sentimenti opposti due facce della stessa moneta. Ma non gli piaceva affatto che qualcuno si divertisse a lanciare quella moneta in aria per decidere della sorte di ognuno. Questo, non gli era mai andato giù.

Certo: quando la moneta era caduta sul lato giusto era stato al gioco. Ma quel qualcuno aveva deciso di lanciare quella moneta di nuovo, e stavolta era caduta sul lato sbagliato.

Uno di quei mali infami che gli uomini evitano persino di pronunciare, già da tempo lavorava segretamente per sottrargli la sua donna. Quando fu chiaro che non v'era più rimedio, Francesco si sentì beffato ancora una volta: se in quegli anni felici la sorte lo aveva sollevato dai suoi tormenti, era solo per farlo cadere di nuovo e da una maggiore altezza.

Ora che osservava il volto della donna consumato dal male si rendeva conto di quanto avesse amato l'animo di Giulia assai più della sua bellezza fisica.

«Guarda che dentro sono sempre la stessa...» gli aveva sussurrato un giorno con un filo di voce. Lui le aveva sollevato le mani magre, le aveva premute forte contro le labbra, e gli era parso che assieme a Giulia il destino gli stesse strappando l'anima.

In quei giorni difficili, Giulia aveva mostrato di che pasta era fatta. La fede che l'aveva sempre sostenuta non l'aveva certo abbandonata, anzi, proprio in quell'evento drammatico emersero appieno la sua forza e il suo carattere gioioso.

Tutto il suo dolore era per Francesco, al quale ancora un volta una sorte belluina portava via la donna che amava. Temeva che l'uomo si sarebbe racchiuso di nuovo nel suo bozzolo di dolore isolandosi dal mondo, e non riusciva a darsi pace.

Un giorno, fuori dall'orario di visita, si presentò all'ospedale un uomo che Giulia non conosceva. Aveva un'aria affabile e cortese che ebbe l'effetto di calmare l'animo della donna. Le parlò a lungo e prima di accomiatarsi la baciò sulla fronte. Fu un gesto carico d'affetto che la sorprese. Da quel giorno la donna, tranne qualche rara volta, non pianse più per suo marito, come se quella visita l'avesse rassicurata.

Intanto, Francesco accumulava rabbia su rabbia per il giorno in cui, ormai solo, l'avrebbe lasciata esplodere. Quando una domenica si presentò all'ospedale e seppe che Giulia era spirata pochi minuti prima del suo arrivo, il dolore ammutolì ogni pensiero. Fu solo quando vide calare la bara nella fossa che di nuovo si ribellò. Per un istante aveva guardato in quell'abisso e qualcosa dentro di lui era scattato: gli uomini erano delle marionette, a dispetto dell'opinione di Giulia. Ma stavolta non si sarebbe lasciato manovrare.

39

1984

Quel goffo tentativo di suicidio con la busta di plastica era fallito, ma aveva l'impressione di essere rientrato nella vita solo con un piede. Aveva salutato questo mondo, si era congedato da ogni cosa avviandosi verso l'ignoto, e invece grazie al suo inquilino era lì di nuovo. Ma si sentiva lontano da tutto, né aveva voglia di riannodare quei legami che aveva appena tagliato. Qualcosa, tuttavia, era cambiato dentro di lui: sapeva che non avrebbe tentato di nuovo.

Su quell'inversione di rotta ci aveva pensato e ripensato e le ragioni gli erano parse essenzialmente due. Mentre era a un soffio dalla morte gli era apparsa Giulia sorridente, sì, ma anche respingente, visto che in qualche modo gli aveva impedito di procedere oltre. Di fatto, aveva avuto la netta sensazione di essere spedito indietro da dove era venuto. Se esisteva un aldilà, allora Giulia si opponeva certamente alla sua morte e quello era stato il modo in cui aveva inteso comunicarglielo. Molto probabilmente, pensava, non c'era nessun aldilà. Ma quella sensazione restava.

L'altro motivo che l'aveva portato a mettere da parte quell'idea era proprio la convinzione d'essere stato salvato dall'inquilino. Con quel gesto infatti, Leonardo aveva come confermato una strana convinzione che da tempo aveva preso sempre più consistenza nella mente di Francesco.

Nulla di preciso cui poter dare un nome, solo una vaga sensazione, un presentimento, che quell'uomo avrebbe giocato un ruolo determinante nella sua vita, chissà come, chissà quando. Ma ora quell'impressione era divenuta quasi una certezza che lo intrigava, lo riportava in mezzo alla vita.

Ora la sua maggiore preoccupazione sembrava essere proprio quella di cosa raccontare al suo inquilino.

Quel mattino, già nel dormiveglia, aveva cambiato idea rispetto alla sera precedente. Si meravigliò, anzi, di come avesse potuto prendere una simile decisione che ora gli suonava ridicola. Cosa avrebbe voluto fare? Dire all'inquilino «mi scusi, è stato lei a lacerare la busta nella quale avevo infilato la testa per morire soffocato?»

Decise che la cosa migliore fosse il silenzio. Certo, soppesare ogni sguardo di Leonardo nel timore di scoprirvi qualche riferimento all'accaduto, sentirsi oggetto di compassione o di semplice curiosità, sarebbe stato come dormire con un ramo d'ortica nel letto. Ma quella situazione era insanabile come un vetro rotto, e non scorgeva vie d'uscita da qualunque angolazione la guardasse.

«Accidenti all'inquilino e a Gina che me lo ha messo in casa!» imprecò.

Ma da dove era sbucato fuori quell'uomo misterioso? Tutto era cominciato grazie a un annuncio di Gina pubblicato su diversi quotidiani locali.

Nella sua eterna apprensione, la zia non aveva voluto che dopo la morte di Giulia suo nipote vivesse da solo. Come già altre volte, l'aveva pregato di stabilirsi a casa sua per un certo periodo, giusto il tempo di abituarsi a quella nuova situazione, ma Francesco aveva risposto che l'unica cosa che riusciva a distoglierlo dai brutti pensieri era il lavoro, quindi aveva bisogno di restare nel suo studio. Gina aveva annuito con aria pensierosa, intenta già a figurarsi qualche altra soluzione.

E la soluzione della zia suonò alla porta di Francesco soltanto tre giorni dopo il funerale di Giulia. Doveva essere davvero consumata dall'ansia se era giunta a immaginare qualcosa come quello che di lì a poco avrebbe mandato il nipote su tutte le furie.

Aveva iniziato col fargli notare che la sua giornata si svolgeva di fatto tra lo studio, la stanza da letto e la trattoria sotto casa e che quindi il salotto, la stanza degli ospiti e la stanza rossa – così detta per via del colore pompeiano alle pareti – per lui era come se non esistessero. Per non parlare dei doppi servizi e dell'ampia cucina che non serviva più a nulla, visto che lui mangiava ogni giorno in trattoria. Perché tenere tutto quello spazio, che equivaleva a un comodo appartamentino, del tutto inutilizzato? A quel punto Francesco aveva intuito dove il discorso andava a parare, ma non trovò sufficiente determinazione per arginare la carica di Gina, più che mai convinta della sua idea.

Una compagnia... aveva azzardato all'inizio. Una buona compagnia che non l'avrebbe lasciato solo con i brutti ricordi. Una persona colta e interessante con cui scambiare qualche parola e tenere la mente in movimento. Solo dopo aver lungamente elencato gli aspetti positivi di quell'eventualità, aveva iniziato a usare termini più pratici come inquilino, affitto, contratto, ecc.

A quelle parole Francesco, che fino a quel momento era rimasto in silenzio ad ascoltare quella che gli appariva come una semplice assurdità, sbottò stizzito: «ma come puoi pensare che mi faccia piacere mettermi un estraneo in casa? Non sarei affatto a mio agio! Non se ne parla neppure. Mi chiedo da dove ti vengano certe idee balzane!»

Esaurita la sua sfuriata, si accorse che la zia era come pietrificata. Non aveva mai alzato la voce con lei, e a ben pensarci, non ve ne sarebbe stato alcun bisogno. Gina sapeva rinunciare quando era il caso.

Ora gli aveva chiesto un bicchiere d'acqua e lui era maledettamente pentito, perché quando la zia chiedeva dell'acqua era perché qualcosa l'aveva messa a disagio. Adesso era dritto impalato in cucina, col bicchiere in mano davanti al lavandino, cercando un'idea per salvare capra e cavoli. Aprì il rubinetto più del necessario, come se quel fragore avesse potuto nascondere alla zia i suoi pensieri. Ma presto si accorse che l'acqua stava schizzando dappertutto. Gli parve di sentire la voce di Giulia quando lo rimproverava proprio perché aveva l'abitudine di aprire troppo i rubinetti bagnando tutt'intorno. E quel ricordo fu determinante per risolvere la questione dell'inquilino, perché una volta iniziato a parlare, Giulia volle dire la sua anche sulla proposta avanzata dalla zia. E lo fece con un tono che portò suo marito a vergognarsi per il suo cuore di pietra.

«Sai benissimo che Gina è stata per te come una madre» iniziò, «e non ci vuole molto a capire che la sua ansia non è che l'altra faccia del suo amore. Attento Francesco, che il tuo dolore non ti renda insensibile a quello degli altri. Se non farai nulla per tranquillizzare tua zia, le sue giornate saranno agitate da brutti pensieri. Credi che lo meriti? Quanti discorsi abbiamo fatto sull'amore… Ricordi? Ma quando si tratta di fare sacrifici…»

Francesco tornò in salotto e porse il bicchiere a sua zia.

«Cosa hai fatto ai pantaloni?» chiese Gina, «sono fradici...»

«Oh, niente» rispose il giovane. «Il rubinetto schizza…»

«E questo?»

«Questo cosa?»

«Il bicchiere, Francesco. È quasi vuoto...»

40

Francesco acconsentì ad accogliere in casa un inquilino ma solo per qualche mese, giusto il tempo necessario per convincere sua zia d'essersi abituato alla mancanza di Giulia. Gina accettò, occupandosi lei stessa di cercare l'uomo giusto.

«È necessario studiare con cura una persona prima di mettersela in casa», aveva precisato, «e poi deve avere un carattere allegro e positivo, altrimenti che compagnia è?»

Esaurite le possibilità offerte dalle conoscenze dirette e indirette, Gina iniziò a inserire annunci sui maggiori quotidiani. Intendeva eseguire una prima selezione e sottoporre poi a Francesco una ristretta rosa di candidati per la scelta finale.

Un mattino di lunedì la zia telefonò di buonora e dal tono della voce Francesco capì che la donna aveva finalmente fra le mani la "compagnia giusta" per lui.

«Sai, per essere sinceri, si tratta di una persona che in un primo momento avevamo scartato», confessò Gina, «ma io e lo zio ci siamo ricreduti. Si tratta di un uomo assai garbato, signorile, un temperamento positivo che sono certa ti piacerà. Inoltre deve avere più o meno la tua età e questo penso sia un elemento a favore, non credi?»

Francesco ignorò la domanda della zia. Un'altra cosa l'aveva incuriosito.

«Ma se questa persona è così amabile perché l'avevate scartata?» chiese.

«Beh, confesso che avevamo dato troppo peso all'aspetto, ad alcune imperfezioni estetiche, ripensando alle quali mi rendo conto che si trattava di sciocchezze. In fondo mica te lo devi sposare! Comunque oggi pomeriggio, quando lo vedrai, non commettere il nostro stesso errore. Poi farai quel che credi naturalmente. Nessuno ti vuole imporre nulla.»

«Ah sì? Veramente avevi parlato di una "rosa di candidati"...» rispose il giovane, «invece ne arriva uno solo e pure malridotto...».

Quel pomeriggio, alla vista dell'uomo, Francesco rimase sconcertato anche se cercò di nasconderlo. Leonardo, così si chiamava, oltre a zoppicare vistosamente, aveva la metà sinistra del volto stiracchiata verso l'orecchio, senz'altro in conseguenza di un intervento di chirurgia plastica eseguito per rabberciare chissà quale devastazione. A causa di quella forzatura dei lineamenti, l'occhio sinistro aveva assunto un aspetto vagamente orientale e appariva leggermente più chiuso rispetto all'altro. Forse quell'occhio vedeva pure malamente, considerato che non si muoveva in sincronia col compagno.

Anche le labbra, sempre per via di quello stiramento dei tessuti, disegnavano sul lato sinistro una specie di sorriso assolutamente inespressivo. Infatti, quando l'uomo sorrideva sul serio, era soprattutto l'altra metà della bocca a modificarsi, conferendo al quel volto una vivacità e un calore insospettati.

Ma la nota più sinistra in quell'individuo era il timbro metallico della voce. Chissà quale disgrazia doveva aver compromesso al poveruomo perfino le corde vocali, visto che per farsi udire aveva bisogno di un amplificatore che cercava di mascherare con i vestiti. Indossava infatti una sorta di collarino, celato dalla folta barba, che aveva lo scopo di mantenere aderente alla gola un minuscolo microfono. Quest'ultimo era collegato via radio a un piccolo altoparlante dal quale usciva quella voce robotica. Era grande quanto una scatola di fiammiferi e Leonardo lo portava fissato come un fiore sul risvolto della giacca.

Fu con quella voce che si presentò, stringendo calorosamente la mano a Francesco, il quale notò che anche il polso dell'uomo mostrava segni di cicatrici che proseguivano sotto la camicia.

Poco dopo, mentre Leonardo era preso a conversare con lo zio, il giovane fece cenno a Gina di raggiungerlo in cucina.

«E quelle sarebbero "lievi imperfezioni"?» sbottò sforzandosi di mantenere basso il volume della voce. «Mi spieghi perché diavolo dovrei convivere con questo Frankenstein?»

41

Gli zii non si erano sbagliati sull'ingegner Leonardo. Dietro quel viso malmesso si celava una vera pasta d'uomo, un carattere generoso, dotato inoltre di un eloquio accattivante. Francesco non tardò molto ad apprezzarne l'indole gaia e serena che, come ebbe modo di scoprire presto, sapeva essere amabilmente contagiosa.

A volte, mentre l'inquilino era immerso nelle sue letture, Francesco lo osservava a lungo di nascosto chiedendosi quale fosse il fondamento di quella pace profonda, di quell'aria sempre appagata. Quell'uomo lo incuriosiva come se nascondesse chissà quale segreto. Se Gina aveva sperato di distrarre suo nipote dai brutti pensieri poteva sentirsi soddisfatta.

Una quiete imperturbabile sembrava regnare nell'animo di Leonardo. I problemi della vita, quelli che ossessionano tutti, sembrava non lo sfiorassero neppure. Non si trattava di semplice indifferenza, come aveva ben notato Francesco, ma del possesso di un dono raro quanto prezioso: quello di saper guardare alle cose con distacco, senza quella frenesia che tormenta gli uomini alle prese con la vita e con gli altri uomini.

«Prova a sedere sulla Luna», diceva talvolta l'uomo a Francesco riferendosi a qualche problema che era stato sollevato. La buffa metafora era un invito a osservare le cose da lontano, ad alzare lo sguardo oltre il muro della propria visione, viziata quasi sempre da una prospettiva troppo corta.

Tra i due si instaurò presto un rapporto amichevole nel quale a Francesco sembrò di ritrovare un po' di quel calore che aveva perduto con la morte di Matteo.

Non mancavano tuttavia nel nuovo venuto aspetti singolari che lasciavano alquanto perplesso il padrone di casa. Aveva detto di essere uno specialista in informatica e in scienze della comunicazione, ma si recava al lavoro un paio di volte a settimana e spesso soltanto per mezza giornata. Le sue attività preferite erano essenzialmente due: abbronzarsi al sole e leggere, leggere di tutto, con una voracità che faceva pensare a un extraterrestre appena arrivato da chissà dove e bramoso di conoscere a fondo tutto ciò che riguardava il pianeta Terra e i suoi abitanti.

La maggior parte del suo tempo l'inquilino lo trascorreva nella stanza rossa. Lì aveva trovato un'ampia scrivania e due alte librerie che aveva colmato con i suoi volumi. Si trasferiva in salotto soltanto per guardare il televisore e incontrarsi con Francesco. A volte, dopo cena, osservavano assieme la televisione ma immancabilmente, prendendo spunto da qualche commento ai programmi, finivano per abbassare il volume dell'apparecchio avviando lunghe conversazioni sugli argomenti più diversi. Ma mentre con le sue massicce letture l'inquilino mostrava una curiosità onnivora, nel dialogo si limitava quasi sempre a rispondere sui temi sollevati da Francesco.

L'ingegner Leonardo rivelava una particolare loquacità quando ci si recava nella trattoria sottocasa. Mangiare in strada tra i rumori della sera, su quei tavoli traballanti a causa del selciato sconnesso, gli metteva addosso un umore frizzante. Nei caldi crepuscoli estivi, mentre il venticello di ponente agitava i capelli e le tovaglie di carta, tornava sul viso dell'uomo un'espressione fanciullesca che si concentrava soprattutto in quel sorriso metà vero e metà finto, un sorriso pronto ad accendersi per un nonnulla, come se ogni cosa, anche la più semplice, lo divertisse un mondo. Quando qualche brutto ricordo rannuvolava il suo commensale, sapeva subito indovinare i suoi pensieri e quasi sempre, in un modo che aveva del prodigioso agli occhi di Francesco stesso, riusciva a far tornare il sole sul suo viso.

Quell'uomo sapeva toccare sapientemente le più intime corde dell'animo umano, una capacità che Francesco aveva imparato ad apprezzare non poco. Aveva preso ormai l'abitudine, quando si sentiva oppresso da pensieri cupi, di cercare subito la compagnia di Leonardo fidando nel potere quasi taumaturgico delle sue parole.

In quella piccola trattoria, Francesco venne a conoscenza di diverse cose sul passato del suo inquilino.

Anche Leonardo era nato a Roma, ma ancora giovane si era trasferito negli Stati Uniti dove aveva studiato e lavorato per diversi anni. Da tempo prestava consulenza per la gestione informatica di aziende attive in vari settori, e questo gli comportava continui spostamenti. Ora stava operando presso una catena alberghiera della capitale e ne avrebbe avuto per diversi mesi, per questo aveva cercato una sistemazione temporanea come quella trovata in casa di Francesco.

Durante una di quelle cene in trattoria, complice un clima più confidenziale del solito, Francesco fece appello a tutta la sua accortezza per porre all'amico una domanda che serbava da tempo e che riguardava il suo aspetto fisico. Leonardo, per nulla imbarazzato, lo accontentò con estrema disinvoltura:

si era trattato di un incidente stradale verificatosi parecchi anni addietro presso San Francisco. Il pulmino della ditta per cui stava lavorando era uscito di strada precipitando lungo una ripida scarpata e si era infine incendiato.

Francesco rimase colpito dalla somiglianza con l'incidente di Matteo, ma non volle interrompere il racconto dell'inquilino.

Erano in sei persone nel mezzo, aveva proseguito Leonardo, e lui era l'unico sopravvissuto. Così doveva ritenersi fortunato, anche se aveva il volto sfregiato, il corpo ustionato per metà, un occhio quasi inservibile e le corde vocali danneggiate irreparabilmente; per non contare le fratture multiple alla gamba sinistra che l'avrebbero lasciato claudicante per tutta la vita. Per recuperare il recuperabile aveva impiegato oltre tre anni, trascorsi tra interventi, trapianti di tessuti, riabilitazioni e terapie varie che l'avevano prosciugato d'ogni quattrino. Aveva dovuto ricominciare da capo sorridendo con mezza faccia, ma il suo ingegno e il possesso di alcuni brevetti lo avevano rimesso presto in carreggiata.

Anche le lunghe esposizioni al sole avevano a che fare con quell'incidente. Da allora il pover'uomo era costretto ad assumere un farmaco che agiva sul tessuto delle cellule ossee. Poiché il processo remineralizzante era favorito dalle irradiazioni solari, Leonardo era divenuto come una pianta che aveva bisogno della sua dose quotidiana di sole.

In un paio di mesi, grazie ai colloqui in trattoria, Francesco aveva esplorato quasi ogni angolo del passato di Leonardo. Eppure qualcosa, sentiva, restava ancora oscuro nel suo inquilino. A volte pensava si trattasse di una sua fissazione. Altre volte, invece, aveva la netta impressione che la persona che aveva di fronte celasse un segreto. Un segreto, ne era certo, che lo avrebbe lasciato di stucco.

42

Fu il mercante d'arte a introdurre nella testa di Gina un nuovo tarlo. Da amico di vecchia data qual era, come aveva rammentato al telefono, era suo dovere far presente che la produzione di Francesco era assai diminuita. Aveva precisato di essere preoccupato non tanto per se stesso quanto per il giovane, che aveva visto ridursi non poco le sue entrate finanziarie.

L'uomo non si sbagliava. Ancor prima della scomparsa di Giulia l'ispirazione del giovane era andata misteriosamente spegnendosi. Nel tempo la sua pittura aveva seguito un'evoluzione personale, per nulla influenzata dalle tendenze del mercato. Non aveva dimenticato le parole di Anita: «vendi pure meno tele, Francesco, ma non vendere mai te stesso.»

Ma le cose erano cambiate. Ora aveva l'impressione che la sua parabola artistica fosse conclusa e non avesse più altro da dire. Come già sua madre, aveva preso a dipingere svogliatamente seguendo i consigli del mercante. Un giorno si era confidato con Leonardo e quest'ultimo se n'era uscito fuori con il concetto del "male minore". Sarebbe stato certo un errore, diceva, asservire il proprio talento ai gusti della massa, ma errore ancor più grave era quello di smettere di lavorare. Al di là delle necessità economiche, v'era l'esigenza di mantenere vivo il "mestiere", non far trovare la porta chiusa all'ispirazione quando fosse tornata, e inoltre lavorare era la miglior medicina contro la malinconia. Consigli ovvi, pensò Francesco, ai quali doveva aver già pensato da solo. Ma usciti dalla bocca di Leonardo sembravano acquisire una maggiore dose di verità e divenire più convincenti su quello che promettevano. Dunque avrebbe dato ascolto al mercante, si disse.

Nel frattempo il nuovo tarlo di Gina aveva prodotto riflessioni a catena. La donna aveva fatto del tutto per affiancare al nipote una sorta di custode a tempo pieno, ma ora le parole del mercante le indicavano che il problema andava affrontato alla radice. Francesco non riusciva più a lavorare come una volta in quanto depresso, era chiaro. E quell'umore non era certo quello giusto per riprendere a frequentare la gente. Dove avrebbe trovato una nuova compagna stando tutto il tempo rintanato in casa assieme al suo garbatissimo inquilino?

La parola "depressione" nella testa di Gina venne subito associata alla figura di Enrico, un lontano cugino col quale aveva rari ma cordiali rapporti. Era psichiatra e psicoterapeuta, forse anche neurologo o qualcos'altro che al momento non ricordava, ma aveva ancora davanti agli occhi le pareti del suo studio affollate di attestati e specializzazioni varie che mostravano come l'uomo svolgesse il suo lavoro con la passione di chi desidera sempre migliorarsi.

Tornato da Milano da oltre due anni, il dottore si era stabilito definitivamente nella sua città natale e sicuramente Francesco avrebbe considerato un elemento a favore il fatto di non mettersi in cura presso un qualunque sconosciuto.

La convinzione di Gina che suo nipote fosse depresso fu rafforzata proprio dalla facilità con cui quest'ultimo accettò di recarsi dallo psicologo per un incontro. Si era preparata a lottare per convincerlo, e invece aveva trovato una porta aperta. Francesco aveva chiesto un paio di giorni per riflettere, ma poi aveva acconsentito senza storie.

In verità, in quei due giorni, per nulla entusiasta dell'ultima trovata di sua zia, Francesco si era consultato con il suo inquilino. Questi giudicava la psicologia una scienza ancor giovane, ma sapeva di diverse persone che vi avevano tratto qualche beneficio. Era tuttavia importante, aveva precisato, affrontare una terapia del genere senza illudersi di guarire con la stessa rapidità con cui un antibiotico elimina un'infezione batterica. Quando è in ballo la testa, il concetto stesso di guarigione va riveduto, aveva aggiunto. In ogni caso un colloquio con Enrico non sarebbe stato certo vincolante e gli avrebbe fornito più elementi per prendere una decisione.

V'è persino chi continua con la psicoanalisi semplicemente per conoscere meglio se stesso, aveva proseguito. Si desidera conoscere le ragioni profonde che stanno dietro al nostro comportamento, o comprendere meglio il criterio con cui si è creata la propria scaletta di priorità nella vita. Molte persone mirano a integrare armoniosamente la propria personalità cosciente con quella più nascosta, altre temono invece di vivere come semplici marionette manovrate dai fili del proprio inconscio, e la cosa non gli piace affatto.

Alla parola "marionette" Francesco aveva drizzato le orecchie. Da sempre avvertiva sopra di lui una forza invisibile che muoveva i destini degli uomini a suo piacimento, indifferente ai loro desideri e alle loro afflizioni. Ora, a sentire Leonardo, una delle postazioni da cui quella presenza misteriosa muoveva i fili degli uomini si nascondeva proprio nelle profondità della loro mente. Il gioco era dunque più cinico e beffardo di quanto avesse immaginato. Di colpo vide con occhi diversi il suggerimento della zia.

43

Costellata di botteghe di orefici, antiquari e artigiani, l'antica via del Pellegrino derivava forse il suo nome dal flusso di fedeli che l'aveva attraversata per secoli, diretto alla basilica di San Pietro in Vaticano. Lo studio di Enrico era situato ai piani alti di un antico palazzo che aveva la fortuna di sorgere davanti a un edificio affrescato esternamente. Sicché, dalle finestre dello studio si potevano ammirare gli affreschi rinascimentali che decoravano la facciata del palazzo di fronte. Sebbene consumati dal tempo, i dipinti mostravano ancora chiaramente i soggetti raffigurati, tra i quali spiccavano due nudi femminili che nelle loro procaci fattezze ricordavano le sibille michelangiolesche della Cappella Sistina.

Francesco tirò un lungo respiro e sistemò i capelli specchiandosi nella targa lucida affissa sulla porta di Enrico. *Studio Psicoterapeutico e Psicoanalitico*, era inciso sotto il nome del dottore. Quella targa, quasi minacciosa, lo intimorì. Perchè diavolo aveva preso sul serio le fissazioni di sua zia?

Sul muro, al centro di un grosso piatto concavo, anch'esso in ottone lucido come la targa, il pulsante del campanello sembrava fissarlo. Doveva pensarci bene, si disse, prima di entrare nel novero delle persone che suonavano a quella porta. Quel suono poteva dare avvio a qualcosa che sarebbe durato mesi, forse anni. Per tranquillizzarsi ripensò alle parole di Leonardo: «un semplice colloquio non è certo vincolante», aveva detto.

Era immerso in quei pensieri quando la porta si aprì improvvisamente per lasciar uscire una giovane donna che aveva appena salutato Enrico. Si fece subito da parte imbarazzato, come se avesse dipinti in faccia i pensieri che lo turbavano. La donna scivolò via rapidamente lanciandogli un'occhiata obliqua.

«Francesco!» esclamò il dottore col suo sorriso caramelloso.

L'uomo gli parve identico a come lo ricordava. Era sempre un omaccione alto e robusto, anche lo spirito vivace e la cordialità sembravano gli stessi.

Enrico lo condusse attraverso un corridoio fiancheggiato da credenzoni scuri zeppi di volumi di psicologia e psichiatria inframmezzati a mastodontici libri d'arte. Anche lo studio era arredato con mobili antichi e lungo le pareti numerose stampe d'epoca erano disposte a gruppi romboidali.

Dietro la scrivania si apriva un'ampia finestra che inquadrava gli affreschi sulla facciata del palazzo di fronte. Delle due prosperose donne ignude che si fronteggiavano sedute, quella di sinistra pareva guardare curiosa dentro lo studio. Quell'impressione era rafforzata dal gesto della donna che con la mano si riparava gli occhi dal sole per vedere meglio.

Appena l'occhio di Francesco cadde sul classico lettino psicoanalitico il giovane sentì nuovamente d'essere nel posto sbagliato.

«Giace lì quasi inutilizzato», disse Enrico accennando con gli occhi al lettino di pelle. «Lo usa soltanto un paziente che soffre di mal di schiena. Gli altri preferiscono la poltrona...»

Francesco notò che l'uomo si era subito accorto del suo disagio e la cosa non gli piacque. Il mestiere gli aveva affinato certe capacità, si chiese, o era la propria faccia ad apparire come un libro aperto?

«Accogli tutti i tuoi pazienti con quel gran sorriso?» chiese infastidito da quell'espressione zuccherosa dove avvertiva una vena di compassione che lo umiliava.

Enrico lo squadrò un istante, quindi senza smettere di sorridere replicò: «questo è il mio sorriso, Francesco. Non ho un sorriso speciale per i miei pazienti.»

Quindi tacque brevemente, senza smettere di scrutarlo in un modo che a Francesco diede l'impressione di essere frugato nei pensieri più nascosti. E quanto l'uomo aggiunse non fece che rafforzargli quell'impressione.

«Soprattutto non vuole essere un sorriso compassionevole. Non saresti il primo a interpretarlo in quel modo.»

Il giovane rimase di stucco: ancora una volta quell'uomo aveva indovinato i suoi pensieri. Gli sovvennero le parole di Gina quando da bambino gli ripeteva che Gesù ci vede sempre, ovunque ci si nasconda. Per evitare lo sguardo di Enrico scivolò con gli occhi fuori dalla finestra dove incontrò lo sguardo della donna ignuda dipinta sul palazzo di fronte che lo scrutava anch'essa strizzando le palpebre.

Sentì che doveva replicare a Enrico con qualcosa di sensato ma il desiderio di scappar via l'aveva afferrato di nuovo ingarbugliandogli le idee. Ricorse allora a quella che stava diventando una pratica frequente quando si trovava incerto su qualcosa. Dapprima iniziava a pensare intensamente a Leonardo fino ad averlo quasi davanti agli occhi. Quindi gli metteva in testa i propri pensieri verificando di volta in volta quale pensiero si accordasse meglio con l'espressione del suo inquilino. Non di rado quest'ultimo se ne usciva fuori anche con qualche pensiero di suo e presto, nelle parole autorevoli di Leonardo, si delineava la decisione giusta. Anche questa volta il suo amico non si smentì:

«Se il tuo analista ha la facoltà di leggere nel pensiero, ben venga», osservò divertito. «Considerato il motivo per cui lo incontri, si tratta certamente di un elemento a tuo favore. Preferivi forse un analista miope?»

«Già...» pensò Francesco, «dovrei rallegrarmi del fiuto di Enrico. Che scemo che sono...»

«Bene ragazzo», disse Enrico col tono di chi inizia a fare sul serio. «Che succede?»

«Sono certo che mia zia ti abbia già fornito la sua versione», replicò Francesco.

«Se è per questo, mi dovrebbe il costo di una seduta, visto che mi ha trattenuto al telefono un'oretta buona! Comunque, vorrei ascoltare la tua di versione.»

«La mia versione non la conosco bene neppure io», esordì Francesco prendendo a giocare con una clessidra trovata sulla scrivania.

«So solo che da quando Giulia non c'è più vado riflettendo sulla mia vita con occhi nuovi, e mi sembra di vedere cose che non avevo mai notato.»

«Ad esempio?» chiese Enrico iniziando a prendere appunti su un blocco di fogli. Anche questa novità piacque poco a Francesco, che immaginò i suoi fatti privati racchiusi in quel blocco che avrebbe potuto essere letto anche dalla donna delle pulizie. Ma doveva digerire la cosa, si disse, e smetterla di fare il difficile se voleva andare avanti.

«Mi sembra di prendere coscienza solo ora», continuò, «di come la mia vita sia stata attraversata da una continua vena di tristezza, di disagio... non so bene come spiegarlo... come una sensazione di inadeguatezza alla vita stessa. Non ricordo un momento preciso in cui sia affiorato questo malessere, è come se fosse nato con me, se facesse parte integrante del mio sentimento della vita e di me stesso. Tuttavia, grazie al cielo, vi sono stati due periodi di tempo, ben distinti tra loro e dal resto, nei quali questo malessere è come svanito nel nulla, e ho potuto apprezzare cosa significasse vivere con il cuore libero da quell'ombra scura. Mi riferisco agli anni vissuti con mia madre, e poi, dopo parecchio tempo, di quelli vissuti con Giulia.»

«Si direbbe che una donna accanto ti giovi parecchio», osservò Enrico mentre continuava a scrivere.

«Sì, ma questa donna non c'è più, e comunque vorrei poter vivere anche da solo senza che quel perpetuo disagio mi avveleni l'esistenza. È questo il motivo principale per cui oggi sono qui, e non certo, come pensa Gina, per tirarmi fuori dalla depressione seguita alla morte di Giulia. Che diamine! Mi sembra naturale che si soffra avendo perduto la compagna con cui si è vissuto per vent'anni. E poi detesto il termine "depressione", col quale si vorrebbe rendere un caso clinico ogni afflizione, come se il dolore non facesse parte della vita!»

Conclusa la sua tirata sul diritto al dolore, Francesco lasciò andare la clessidra sulla scrivania e abbandonò la schiena sulla poltrona. Aveva assunto una posizione rilassata ma dentro di sé non lo era affatto. Enrico terminò di scrivere, quindi lo guardò al di sopra delle sue mezze lenti.

«C'è sicuramente del vero in quello che dici, Francesco, ma se dovessimo affrontare la questione che hai sollevato non ne usciremmo più, e tutto sommato non credo ci sarebbe granché utile. Quello che ci interessa ora è capire qualcosa attorno al disagio di cui hai parlato e vedere se possa trarre beneficio da una qualche terapia.»

«Che genere di terapia, a proposito? Sai, io ne so meno di mia zia al riguardo...»

«Oh, la psicoterapia è un pianeta vasto e complesso», rispose Enrico prendendo a tracciare sul blocchetto minuscoli scarabocchi.

«Oggi vi sono orientamenti diversi e in continua evoluzione. Di fronte allo stesso disturbo, ogni scuola applica criteri e metodi propri, e anche all'interno della stessa scuola puoi riscontrare approcci diversi da terapeuta a terapeuta...»

«Ah, e tu...»

«Io? A dire il vero non mi identifico del tutto in nessuna scuola. Ovviamente i miei studi hanno seguito un percorso, come mostrano i diplomi e gli attestati appesi sulla parete alle tue spalle. Nella pratica, però, io attingo ovunque trovi qualcosa che possa aiutare me e il mio paziente. Penso che ogni scuola abbia avuto le sue brave intuizioni, e nella misura in cui i diversi criteri mi appaiono compatibili, ne approfitto senza fare discriminazioni. Questo non significa fare un gran minestrone, ma difendersi dall'ottusità delle ortodossie. Cancella pure dalla testa la figura dell'analista silenzioso che ascolta i monologhi del suo paziente: io parlo, mi impiccio, dico la mia, e talvolta mi arrabbio pure. Quando mi chiedono se sono freudiano o junghiano, io rispondo che sono semplicemente Enrico...»

A quella battuta Francesco sorrise, ma in realtà era già in apprensione per la domanda cruciale che teneva in serbo da un pezzo.

«E quanto al disagio che ho descritto, pensi che necessiti di una psicoterapia?»,

«Sai Francesco», rispose Enrico sfoderando di nuovo il suo sorriso terapeutico, «ho l'impressione che tu sia venuto a cercare un aiuto con il timore di averne bisogno. È un atteggiamento tipico delle persone a cui il termine «psicoterapia» fa un po' paura, come se ricorrere a un trattamento che ha per oggetto la mente significasse automaticamente essere matti. Non c'è ragione di sentirsi un individuo particolare solo per il fatto di ricorrere a un supporto psicoterapico. Peraltro la cosiddetta "normalità", come la si intende comunemente, è un concetto astratto e desueto. Il confine che separa una sofferenza normale da una sofferenza patologica non è affatto una linea netta ma assai sfumata. E in questa vasta area di mezzo alberga una buona fetta dell'umanità. Direi anzi che sono proprio coloro che abitano quest'area dai limiti incerti a frequentare maggiormente gli studi psicoterapici. E non sono certo dei matti. È gente che vive, ama, lavora, però soffre magari di un misterioso malessere come quello che hai descritto e ha deciso di vederci chiaro.»

«Insomma», osservò Francesco, «gente abbastanza malata da necessitare una terapia ma abbastanza sana da rendersene conto...»

«Mettila così se vuoi, ma insisto nel voler cancellare dalla tua testa termini come "sano" e "malato" che qui non dicono niente. Quanto al tuo dolore di vedovo sono pienamente d'accordo che sia più che giustificato. Certo, se questa sofferenza fosse stata tale da bloccare completamente la tua vita o ti avesse indotto a chiuderti in un convento o a gettarti dalla finestra, l'avrei guardata con occhi diversi, ma grazie a Dio non è il nostro caso. Dunque, lasciamo che faccia il suo corso naturale e, se lo vorrai, potremo occuparci invece del malessere generalizzato che ti disturba da tempo.»

Francesco prese di nuovo a tormentare la clessidra.

Il dolore non l'aveva fatto gettare dalla finestra, come aveva detto Enrico, ma lui aveva comunque cercato la morte. O se ne era dimenticato? Se in quel momento era seduto lì a preoccuparsi del suo malessere esistenziale era solo grazie a Leonardo.

Avvertì un gelo alla fronte e capì che stava impallidendo: quell'improvvisa consapevolezza l'aveva raggelato. Davanti alla porta di Enrico aveva esitato a lungo prima di suonare perché detestava mescolarsi alla gente che aveva bisogno di quel tipo di assistenza. Ma ora vedeva la propria situazione con occhi diversi. Quante delle persone che Enrico aveva in cura erano arrivate al punto di infilare la testa in una busta di plastica? Forse nessuna. Lui invece l'aveva fatto, senza chiedersi se quello era un gesto folle o meno. Il timore della follia lo afferrava invece adesso che stava compiendo un gesto assennato, quello di prendersi cura di se stesso.

Il buon senso gli diceva che avrebbe dovuto riferire tutto a Enrico, ma una sorta di pudore lo tratteneva dal confessare un'azione che gli appariva ora come un umiliante segno di debolezza. Lo avrebbe riferito al prossimo incontro, pensò.

Il campanello trillò improvviso facendolo sobbalzare.

Enrico si recò ad aprire la porta e accolse il paziente nella piccola sala d'aspetto. Tornò quindi a sedersi di fronte a Francesco fingendo di non accorgersi del suo turbamento.

«Tra qualche minuto dobbiamo salutarci», disse. «Vediamo un po'… se sei d'accordo direi di vederci ancora una volta o due per consentire a entrambi di avere elementi sufficienti per decidere cosa fare. Che ne dici?»

Francesco trovò la decisione assai saggia. Nel frattempo avrebbe avuto modo di consultarsi con Leonardo e questo lo tranquillizzò.

«Sono d'accordo» rispose. Quindi, dopo aver gettato un'occhiata all'orologio, aggiunse: «ma quanto dura in genere una seduta?»

«Quarantacinque minuti», rispose Enrico. Giusto il tempo che la clessidra che hai in mano impiega a far transitare la sabbia da un lato all'altro... La prossima volta dovrai trovarti qualcos'altro con cui giocare...»

«Oh, potevi dirmelo subito...»

«Salutami Gina...» disse il dottore mentre lo accompagnava alla porta.

44

La stanza da letto era rimasta tale e quale come l'aveva lasciata Giulia. Solo i suoi vestiti erano stati consegnati a Gina perché Francesco non poteva sopportare quel magone che lo afferrava ogni volta che apriva l'armadio. Sua zia si sarebbe occupata di farli avere ai poveri del quartiere tramite la parrocchia.

Vi erano alcune cose in quella stanza che gli parlavano della sua donna e che non avrebbe mai toccato. Il grande quadro appeso di fronte al letto, ad esempio, l'aveva dipinto solo per accontentare Giulia. Un campo di grano verde invadeva esultante l'intera tela, punteggiato da macchie di papaveri e minuscoli fiori bianchi e violetti. Tra la vegetazione si snodava un sentiero bianco che si perdeva all'orizzonte. Le spighe già alte erano raffigurate con un puntiglioso dettaglio cui lo stile di Francesco non era avvezzo, ma il giovane sapeva bene che quel vibrante realismo avrebbe catturato lo sguardo di Giulia. A ogni risveglio infatti, inondati da quel mare verde brillante, gli occhi della donna indugiavano a lungo, assorti in quel paesaggio che sapeva infonderle una segreta letizia. Come le giovani donne vestite di bianco che con i loro ombrellini si muovono nei campi ventosi e assolati di Monet, anche lei immaginava di seguire le curve di quel sentiero che, come la vita, si perdeva non si sa dove. Si vedeva avanzare in quel rigoglio di spighe e di fiori sotto un sole scintillante e le piaceva pensare che anche la loro vita avrebbe goduto di quella luminosa pienezza.

«Quel tuo dipinto mi fa camminare ancora prima di alzarmi dal letto!» gli aveva confidato un mattino arruffandogli dispettosamente i capelli.

Adesso, ad ogni risveglio, il giovane osservava a lungo il suo quadro. Immaginava che Giulia avesse percorso ogni curva di quel sentiero tra i campi sino a scomparire all'orizzonte. Chissà cosa diavolo c'era, oltre.

Altre cose erano state volute dalla donna in quella stanza. Sulla grande cassettiera bianca, alcune cornici si aprivano come piccole finestre sul passato. A volte quel ripiano, con tutte quelle fotografie, gli appariva come un minuscolo cimitero. Vi era Anita, Giulia, perfino Matteo. E poi lui stesso, assieme alla sua donna, sullo sfondo di un mare agitato. Sorridevano entrambi spensierati, e anche quel Francesco gli sembrava scomparso. A volte aveva la tentazione di riporre tutte quelle lapidi in un cassetto.

Ormai era giorno. Filtrando dalle persiane una luce morbida rischiarava tutti quegli oggetti che attendevano il risveglio dell'uomo per tornare a vivere. Nel grande letto di ottone anche il corpo di Francesco attendeva il ritorno del proprietario per animarsi. Un sogno lo tratteneva poco lontano, a piazza Navona, dove pareva stesse accadendo qualcosa di importante a giudicare dalla gran folla che si era radunata.

Da un alto palco rosso eretto presso la Fontana dei Fiumi, si affacciava compiaciuto il sindaco della città. Sull'abito scuro spiccava la fascia tricolore che indossava nelle cerimonie importanti. Con ampi gesti delle braccia esaltava a gran voce qualcosa che, a sua detta, avrebbe impreziosito con un tocco di modernità la già magnifica piazza.

«...il degno coronamento del più puro spirito barocco!» concluse facendo il segnale convenuto all'uomo alla sua destra, il quale azionò una leva posta di fronte a sé.

Per qualche istante si udì uno stridore sotterraneo come se un gigantesco meccanismo nascosto chissà dove avesse avviato i suoi ingranaggi. Poi, un silenzio carico d'attesa cadde sulla piazza. Solo dopo alcuni secondi che parvero un'eternità, lo sguardo incredulo della gente si accorse che la Fontana dei Fiumi aveva cominciato a ruotare lentamente su se stessa.

Nessuno aveva mai visto un monumento di quella mole prendere a muoversi: dapprima ammutolita, la folla proruppe in grida di meraviglia, quindi esplose in un fragoroso applauso che mise in fuga i volatili della piazza. Francesco non credeva ai suoi occhi. Mentre volteggiavano con i loro gesti ampi e solenni, le colossali statue dei Fiumi gli parvero ridicole. Attorno la scogliera, bestie e creature marine giravano in tondo come le automobiline di una giostra.

«Ma perché applaudono?» si chiese irritato. «Possibile che nessuno si accorga di quanto sia grottesco questo carosello?»

Osservò i volti della gente: tutti a bocca aperta, tutti con quell'espressione di meraviglia stampata in faccia, e si sentì immerso in un mare di stupidità. Quando al risveglio vide che si trattava solo di un sogno tirò un sospiro di sollievo.

«Questo è materiale per Enrico», si disse.

45

Lo coglieva sempre una sottile eccitazione quando aveva un sogno da portare al suo psicoterapeuta.

Ora al mattino, appena apriva gli occhi, il primo pensiero era verificare se avesse sognato. E se durante la notte si scopriva a sognare, un blocchetto per appunti era lì accanto al letto per annotare una frase, una parola, quanto bastava per mettere al sicuro quei curiosi eventi che gli apparivano sempre più come i frammenti di una seconda vita, con i suoi significati nascosti, i curiosi collegamenti con la vita reale. O meglio, con la vita diurna. Ormai si coricava con lo stesso stato d'animo di chi intraprende un viaggio che lo condurrà chissà dove.

A volte usciva dallo studio del suo terapeuta esultante. Sentiva la sua vita espandersi, sconfinare nel nuovo, accendersi di speranze.

Fino ad allora si era sentito vittima impotente di un fato capriccioso ma questo sentimento, vedeva bene adesso, non aveva prodotto che sfiducia e passività. Ora si sentiva invece una creatura in lotta per conquistare più consapevolezza, più libertà, e quindi più dignità.

Il mistero dell'esistenza, che tanto lo aveva affascinato e tormentato, non lo coglieva più volgendo lo sguardo a un cielo stellato ma guardando dentro di sé. Si chiedeva come avesse potuto vivere ignorando completamente quello che ora, grazie a Enrico, veniva affiorando dal profondo di se stesso. Che vita insulsa quella di chi ignora il vero motivo di quello che fa ogni giorno, delle sue gioie e dei suoi malumori!

Questo si diceva, vedendo come unico appagamento per l'uomo quello di conoscere e padroneggiare se stesso.

Giulia aveva rappresentato il momento più felice della sua vita, ma era stata come una stampella: prova ne era come fosse immediatamente caduto appena il destino gliel'aveva sottratta. Ora doveva imparare a camminare da solo.

Certo, non mancavano momenti bui. Vecchi fantasmi tornavano a visitarlo per convincerlo che dietro quell'ingenua illusione tutto fosse rimasto come prima, né sarebbe mai cambiato. Ora però una nuova consapevolezza gli suggeriva di non lasciarsi ingannare, che il modo in cui lo sconforto gli mostrava il mondo non era altro che un'abile menzogna, anche se raccontata in modo maledettamente convincente. Doveva resistere, combattere quella menzogna con le sue nuove, sudate verità. E più vinceva, più le incursioni di quei vecchi fantasmi si diradavano.

46

Era di nuovo davanti a Enrico e allo sguardo della donna dipinta sul palazzo di fronte.

Il dottore l'aveva ascoltato attentamente, aguzzando lo sguardo nei passaggi più curiosi di quello strano sogno. Poi aveva posto la solita domanda: «allora, che mi dici di questo sogno... tutta quella gente in piazza che applaudiva...»

E tu che ci stai a fare? È per questo che ti pago! Avrebbe voluto rispondergli in quei momenti. Ma passato quell'attimo di disappunto, si redarguiva da solo. Enrico gli aveva fatto notare da tempo che non era certo un indovino. E poi, a ben guardare, le sue parole contenevano sempre qualche suggerimento. Anche stavolta difatti, nella domanda che gli aveva appena posto v'era un chiaro invito, anche se buttato lì quasi per caso, a soffermare l'attenzione sulla gente che affollava la piazza e non, come sarebbe parso ovvio, su quello che sembrava essere il soggetto principale del sogno, ossia la fontana che ruotava su se stessa.

Quel sogno, del quale si parlò per due intere sedute, pareva essere una fotografia dell'attuale situazione di Francesco. Enrico chiamava alcuni sogni in quel modo: "fotografie". L'inconscio prendeva atto, naturalmente a modo suo, di una determinata situazione, e ne restituiva un'immagine, la fotografia appunto, ripresa dalla sua angolatura.

Cosa c'era in quella fotografia, stavolta? Saltava subito agli occhi la poca stima di Francesco per il prossimo, che nel sogno appariva stupido e insensibile, considerato com'era andato in visibilio per quella trovata idiota della fontana girevole.

«Il tuo sogno sembra dirci che l'animo della gente sia alquanto rozzo e poco sensibile all'arte...» osservò Enrico.

I due s'incontrarono con lo sguardo leggendo l'uno nell'altro lo stesso pensiero: l'autore stesso di quel sogno era un artista, per di più perso nel vuoto di una brutta crisi. Non era un dettaglio da poco e suggeriva una diversa chiave di lettura per quel sogno.

Da tempo infatti, Francesco andava covando dubbi poco incoraggianti circa i motivi che spingevano la gente, quella stupida gente che aveva soldi per acquistare quadri costosi ma nessuna capacità per apprezzarli, a mettersi in casa i suoi lavori. Lui in quei dipinti ci metteva l'anima, e quella gente li osservava chiedendosi soprattutto come si sarebbero accordati col loro arredamento.

Di fatto, nel suo lavoro, sentiva di fare qualcosa di molto simile all'esplorazione dell'inconscio. Perché l'affascinava l'astratto se non in quanto attirato dal misterioso fenomeno della bellezza? Nella sua pittura, spogliava le cose delle loro vesti ordinarie, eliminava ogni orpello di carattere estetico o culturale, cancellava ogni apparenza per cogliere l'essenziale, il dato semplice e crudo, l'esatto. Non era anche quella una ricerca di verità? Tracciava segni elementari quanto enigmatici: linee, tondi, immersi in tinte semplici e pure. Una volta individuata la giusta composizione di ogni elemento, era stupefacente come da quell'immagine assolutamente priva di rimandi alla realtà si sprigionasse tanta bellezza quanta se ne può sperimentare di fronte allo splendore di un tramonto, a un bel nudo di donna o a un paesaggio ricco di dettagli.

Altri artisti l'avevano preceduto su quella strada, e lui intendeva proseguire, andare oltre. A volte lo coglieva una sorta di ebbrezza e giocava a immaginarsi un prescelto, un vate, un sacerdote. Poi, subdolamente, si era insinuato quel tarlo: «forse la gente acquista i miei dipinti semplicemente perché ama mettersi in casa immagini vivaci, o magari perché firmati da un pittore affermato che figura sui cataloghi d'arte più diffusi...»

A quel dubbio ne era seguito un altro peggiore: che la poca stima verso il pubblico fosse solo un alibi, una copertura con se stesso? Che la vera ragione della sua crisi non dipendesse invece da un suo "scollamento", da un distacco emotivo dal suo lavoro, da un'improvvisa sparizione di quelle motivazioni che sino a ieri gli avevano fatto impugnare il pennello come uno strumento fatato? Chissà. E anche se fosse, perché quella "scollatura"? E perché proprio in quel momento della sua vita? C'era senz'altro da investigare su tutti quei perché, ma il campanello suonò perentorio come il gong in un incontro di boxe. Stavolta non gli dispiacque: aveva la testa in ebollizione e un gran bisogno di riprendere fiato.

Quel giorno, incredibile a dirsi, Enrico gli dedicò ancora un paio dei suoi preziosi minuti. Stavolta aveva da assegnargli i compiti per casa.

«Oggi abbiamo parlato molto di questo sogno» disse. «Durante questa settimana, invece di continuare a ragionarci sopra, prova semplicemente a meditare sulle emozioni che ti ha dato.»

«Meditare?» chiese Francesco perplesso. «Ognuno dà un diverso significato a questa parola. Tu cosa intendi precisamente?»

«Hai detto che il ruotare della fontana e l'euforia della gente ti hanno procurato, nel sogno, una grossa pena. Bene, lasciati sentire questa emozione, cerca di assaporarla a fondo e senza troppo rifletterci sopra. A volte ascoltare le proprie emozioni ne fa affiorare delle altre, oppure suscita ricordi, associazioni, i quali possono essere illuminanti. Spesso non succede un bel niente, ma questo non è un motivo per non tentare, non credi?»

Quella settimana Francesco seguì diligentemente le indicazioni del suo terapeuta. Al mattino e alla sera, come se eseguisse un rituale preciso, si concentrava per dieci minuti su quello sconforto sperimentato nel sogno, succhiandolo a fondo come una caramella dopo essersi sciacquato la bocca da ogni altro sapore. All'inizio era stato pieno di aspettative, anche se creare un vero vuoto mentale si era rivelata un'impresa faticosissima. Poi, visto che quegli sforzi parevano non portare a nulla, aveva cominciato a spazientirsi e a fremere finché i dieci minuti che si era imposto non fossero terminati.

Era trascorsa quasi l'intera settimana quando inaspettatamente un lontano ricordo gli sovvenne con chiarezza. Rimase perplesso perché si aspettava qualcosa che avesse un nesso con il suo lavoro, visto che in quel contesto aveva inquadrato il sogno. Invece quel ricordo si riferiva a un evento che non aveva nulla a che fare con tutto quello di cui si era parlato. Lo avrebbe comunque raccontato a Enrico, il quale, chissà, forse ne avrebbe cavato qualcosa.

47

«Devi sapere che a piazza Navona, nel periodo natalizio, oltre alle bancarelle di giocattoli e dolciumi, viene installata anche una giostra per bambini, proprio a poca distanza dalla Fontana dei Fiumi»

«Ah, dunque qualcosa che gira c'è sul serio», esclamò Enrico divertito. «Allora siamo a cavallo!»

«Diciamo un cavalluccio, a dondolo, di legno. Ma andiamo per ordine», continuò Francesco.

«Non ricordo quanti anni avessi, ma ero comunque un bambino quando una domenica lo zio Giorgio mi lasciò salire su quella giostra. Ricordo che mentre girava diffondeva una musica assordante. Devo dire, in verità, che volteggiare lì sopra come un salame non mi aveva mai attratto. Il motivo per cui chiesi a mio zio di fare un giro nascondeva ben altra ragione.

«Poco prima infatti, passeggiando nella piazza, ero stato attratto da una bambina incantevole accompagnata da suo padre. Ricordo un elegante vestito azzurro che la faceva apparire una piccola principessa. Gli occhi, dello stesso colore del vestito, erano incorniciati da una lunga chioma che le scendeva sulle spalle con due lunghe trecce infiocchettate. Quando ci incrociammo mi lanciò un'occhiata che mi lasciò senza fiato. Da quel momento non feci che trascinare lo zio dicendo che desideravo vedere questa o quella bancarella mentre in realtà miravo solo a non allontanarmi dalla fanciulla. Quando la vidi salire sulla giostra intravidi un'occasione unica. Supplicai lo zio di farmi montare su un cavallino bianco, la cui maggiore attrattiva ai miei occhi era quella di stare dietro all'automobilina scoperta dove aveva preso posto la bambina.

«Dettaglio importante: avevo in mano un palloncino colorato, o meglio, quel che ne restava. Non si trattava del solito palloncino volante trattenuto da un filo ma di un palloncino pieno d'aria fissato in cima a una cannuccia rigida poco più lunga di un metro. Non ricordo per quale motivo, ma il palloncino era esploso, e ora dalla cannuccia pendeva un lembo flaccido di gomma rossa. Tuttavia non avevo voluto disfarmi di quella canna, che ora si sarebbe rivelata assai utile.

«Appena la giostra iniziò a muoversi, infatti, mi sporsi in avanti e con quel bastoncino iniziai a stuzzicare le trecce della bambina. Vidi mio zio sbracciarsi e urlare qualcosa che la musica mi impedì di capire, ma era facile indovinare che mi stesse gridando di non sporgermi per non rischiare di cadere.

«Quell'angioletto nell'automobilina però, eccitata dal mio gioco, rispondeva con gridolini divertiti che mi invitavano a sporgermi sempre più in avanti. Quando la giostra prese velocità caddi d'un lato e rotolai fino a fermarmi sotto un piccolo aeroplano. Non mi ero neppure accorto che la giostra si era fermata quando, imbarazzato ma di nuovo in piedi, cercai di risalire in groppa al cavallo. Sentii due forti braccia afferrarmi sotto le ascelle e sollevarmi. Era il gestore della macchina che, spaventato dall'accaduto, si era affrettato a depositarmi fuori. Lo zio, pallido come un cero, controllò che fossi ancora tutto d'un pezzo. Alla mia insistente richiesta di tornare a montare il cavallo rispose con una sonora sculacciata che mi orientò verso casa.

«Lo zio non mi aveva mai sfiorato con un dito e quel gesto mi lasciò esterrefatto oltre che addolorato. Forse per questo mi sono affrettato a dimenticarlo...»

«E non sei curioso di sapere perché qualcosa dentro di te ha inteso rammentartelo?» chiese Enrico.

«Mah... a dire il vero i saggi di Freud che sto leggendo mi avrebbero ispirato una mezza idea...»

«Ah sì? Sentiamo Freud allora...»

«Quand'ero bambino», cercò di sintetizzare Francesco, «mio zio sostituì sotto ogni aspetto la figura paterna che mi era mancata. E fu senz'altro un padre dolcissimo, premuroso, per questo quell'unica sculacciata mi bruciò più nell'animo che sul sedere. Ora, l'affermazione di Freud che Dio rappresenterebbe una proiezione dell'immagine paterna, una sorta di padre ingigantito insomma, mi ha fatto parecchio riflettere...»

«Dunque?» sollecitò Enrico.

«Dunque il sogno di piazza Navona potrebbe avere a che fare con il mio rapporto con Dio. Proprio l'affiorare di questo ricordo non lascerebbe dubbi sul percorso seguito dal mio inconscio: la fontana girevole allude chiaramente alla giostra, a quel pomeriggio con lo zio, alla sculacciata paterna; e lo zio-padre che punisce, che mi procura quella dolorosa delusione, mi fa pensare al comportamento di Dio verso gli uomini.»

«Hai preso qualche ceffone dal Padreterno di recente?» chiese Enrico con un sorriso ironico. Poi, senza dare a Francesco il tempo di replicare, indicò la clessidra: «la questione potrebbe essere assai più complessa di quello che immagini e richiedere tempo. Meglio riparlarne la prossima volta in modo da...»

Lo squillo del telefono l'interruppe. Enrico durante le sedute lasciava partire la segreteria telefonica, ma questa volta si affrettò a rispondere mostrando, anzi, una certa apprensione. Quando riattaccò il suo volto s'era fatto serio.

«Ieri mia moglie si è fratturata una gamba in un incidente d'auto», disse mentre si infilava la giacca. «All'ospedale erano incerti se operarla oggi o domani ma mi hanno avvisato che lo faranno tra poco. Devo andare, Francesco. Mi dispiace...»

«Nessun problema», replicò il giovane indicando la clessidra. «Tanto avevamo quasi concluso.»

Chiusa la porta dello studio, Enrico lo salutò frettolosamente scomparendo nell'ascensore.

Francesco prese lentamente per le scale, la testa occupata a rimuginare sul suo sogno. Aveva due interpretazioni fra le mani e saltava con la mente dall'una all'altra soppesandone ogni volta l'attendibilità. La fontana girevole rimandava al suo ricordo della giostra, alla sculacciata dello zio, al Dio-Padre che punisce... un percorso associativo sul quale Enrico non s'era ancora pronunciato ma che suonava convincente. La prima lettura di quel sogno, invece, focalizzava l'attenzione sulle persone nella piazza, sulla loro insensibilità verso l'arte, un argomento che lo riportava a se stesso e al vuoto di significato in cui languiva il suo lavoro.

Ma cosa si agitava allora nel suo inconscio? La sua rabbia verso un Dio dispotico o la sua crisi artistica? Qualcosa dentro di lui, quasi malignamente, gli suggerì che con poco sforzo avrebbe trovato anche altre interpretazioni per quel sogno. In fondo bastava solo un po' di fantasia e un pizzico di logica. Chi poteva stabilire in modo inconfutabile quale fosse il vero significato di un sogno? Forse se avesse raccontato della sua fontana ruotante a dieci psicoanalisti avrebbe ottenuto dieci diverse interpretazioni.

A quei pensieri lo afferrò un senso di smarrimento come se di colpo gli fosse venuto a mancare il terreno sotto i piedi.

Avrebbe dovuto affidarsi a Enrico, si disse, e tenere a freno quella smania di fare tutto da sé soltanto per aver letto qualche libro di psicoanalisi.

Giunto all'androne, vide sulla soglia del portone una figura femminile che gli parve indecisa se entrare o meno. Era una donna minuta ma ben proporzionata, vestita in modo giovanile ed elegante. Man mano che si avvicinò si accorse della sua giovane età: non mostrava certo più di vent'anni, forse anche meno. Quando le passò accanto, la donna gli si rivolse in tono confidenziale come se lo conoscesse da sempre.

«Ma dove è andato Enrico? Mentre mi avvicinavo ho visto che andava di corsa... L'ho anche chiamato ma non mi ha sentito o ha fatto finta di non sentire... avevo la seduta dopo la tua ed ero anche in anticipo...»

«È corso in ospedale», rispose Francesco. «Stanno per operare sua moglie e voleva essere presente. Solo pochi minuti fa ha saputo che l'intervento è stato anticipato ad oggi pomeriggio, altrimenti non ti avrebbe certo dato appuntamento alla stessa ora.»

«Oggi pomeriggio?», disse la donna mostrando una certa apprensione.

«Toglimi una curiosità...» chiese Francesco. «La tua seduta in genere è il martedì a quest'ora?»

«Evidentemente...» rispose la ragazza che pareva essere stata colta da un'improvvisa fretta.

«Ma pensa... ero convinto, chissà perché, che si trattasse di un uomo. E mi stava anche antipatico perché suonava sempre in anticipo distraendomi dal lavoro!»

«E cosa ti fa pensare che ora le cose cambieranno?»

«Per carità, scherzavo... Hai tutto il diritto di suonare quando vuoi... Comunque, io mi chiamo Francesco.»

«Adriana...», rispose distrattamente la donna porgendo la

mano sottile. Approfittò quindi di quella stretta per concludere: «beh, allora ciao...»

«Ciao», replicò Francesco seguendola con lo sguardo mentre si allontanava rapidamente.

«Ma come avrà fatto a riconoscermi?» si chiese. «Enrico è sempre attento a non far incontrare i suoi pazienti: quando fa accomodare lei nella saletta d'aspetto io sono nello studio, e quando esco dall'appartamento la porta della saletta è chiusa. Mah... Comunque, che caratterino...»

48

«Si tratta soltanto di una forma influenzale», aveva assicurato il medico chiamato a visitare Leonardo.

«Si fa viva anche nei mesi caldi e può dare qualche linea di febbre, ma stando a riposo ci si rimette presto. Ignori pure le compresse che ho prescritto se il termometro non sale.»

Prima che la febbre lo precipitasse in un sonno di piombo, Leonardo aveva chiesto dell'acqua da tenere sul tavolino accanto al letto. Privato dell'apparecchio che gli amplificava la voce, aveva faticato parecchio per farsi capire. La bocca spalancata come un pesce fuor d'acqua, il viso rosso per lo sforzo, non aveva emesso che un filo di voce appena percepibile. Eppure in quel suono roco Francesco aveva riconosciuto le sfumature tipiche di una voce umana, quelle che l'apparecchio di amplificazione, con il suo timbro freddo e impersonale, eliminava del tutto. Ora aveva l'impressione di conoscere meglio il suo inquilino. In quell'attimo gli era parso d'aver colto un Leonardo segreto e forse più vulnerabile – nascosto dietro quel personaggio imperturbabile sino allora conosciuto.

Ora lo osservava immerso nel sonno, il respiro regolare e profondo. L'occhio "orientale" – così chiamava nella sua testa l'occhio sinistro dell'uomo, quello stiracchiato verso l'orecchio – non si chiudeva del tutto nel sonno, lasciando intravedere uno spicchio bianco del bulbo. Di nuovo lo afferrò la sensazione che un qualche mistero si nascondesse dietro quell'uomo. Quella stessa sensazione che aveva percepito al primo incontro e che né il tempo né la conoscenza più approfondita erano riusciti a cancellare.

Era lì per uscire dalla stanza quando fu attratto da una specie di ronzio simile a quello prodotto da una radiolina a basso volume. Durò soltanto qualche secondo, sufficiente però a indirizzare Francesco verso una cassapanca zeppa di volumi e oggetti vari. Dopo aver gettato uno sguardo a Leonardo per assicurarsi che quel rumore non l'avesse svegliato, frugò nel mobile e vi trovò una curiosa scatoletta nera poco più piccola di un pacchetto di sigarette. La parte superiore presentava un'area circolare piena di forellini dai quali con ogni probabilità, pensò, doveva essere uscito quello strano suono. Gli altri lati apparivano completamente chiusi e solo anteriormente erano allineati cinque pulsanti. Aveva deciso di rimettere l'oggetto al suo posto quando questo prese di nuovo a gracchiare. Avvicinò la scatola all'orecchio e gli parve di distinguere una voce umana parlare in chissà quale lingua. Poco dopo la scatola si azzittì, per riprendere dopo qualche secondo per un tempo più breve; quindi tacque definitivamente. Francesco si assicurò ancora una volta del sonno di Leonardo quindi uscì rapidamente dalla stanza portando con sé la scatolina. Si recò nello studio dove conservava il suo vecchio registratore audio e restò in attesa. Forse quel misterioso aggeggio avrebbe parlato ancora e stavolta intendeva registrarlo per poter riascoltare con calma quella voce misteriosa.

Non dovette attendere molto. Dopo pochi minuti la scatolina riprese a parlare per qualche secondo, poi tacque un istante, quindi riprese ancora brevemente e poi zittì. Tutto come prima, ma fu l'ultima volta. Decise di rimettere la scatola nella cassapanca, non prima di aver trafficato un po' con i cinque pulsanti senza ottenere alcunché. Probabilmente andavano premuti secondo un ordine prestabilito, pensò.

La registrazione risultava chiara e pulita, e che si trattasse di una voce umana non v'erano dubbi. Ma la lingua in cui si esprimeva non ricordava nessuna di quelle note, e per l'orecchio di Francesco poteva trattarsi di un dialetto esquimese o di qualche oscuro idioma asiatico.

Quel giorno, tuttavia, le sorprese non erano finite.

Verso sera, mentre gli infilava il termometro sotto l'ascella, Leonardo prese a lamentarsi nel sonno, probabilmente a causa della febbre che andava aumentando o di qualche sogno molesto. Francesco avvicinò l'orecchio, ma da quei suoni strozzati non riuscì a comprendere nulla. Prese allora dal tavolo il collarino di Leonardo e glielo poggiò sul petto facendo aderire il microfono alla gola. L'amplificatore, anch'esso sul tavolo, fece subito risuonare nella stanza la voce dell'uomo, senza tuttavia che se ne capisse granché visto che si trattava per lo più di lamenti e parole senza senso. Ritirato il termometro, Francesco vide la linea di mercurio prossima ai quaranta gradi.

«Altro che qualche linea di febbre!» disse fra sé ripensando alle parole del dottore. Decise di svegliare Leonardo e fargli assumere un paio delle compresse lasciate dal medico. Era lì per togliere il collarino dal petto dell'uomo quando una parola proveniente dall'amplificatore lo inchiodò. Aguzzò l'orecchio e gli parve che alcune delle parole che Leonardo bofonchiava tra i fumi della febbre fossero le stesse emesse dalla scatoletta nera. Anche altre parole, pur non trovando un'esatta corrispondenza, sembravano comunque appartenere allo stesso linguaggio che aveva registrato. Quella somiglianza lo lasciò attonito. Dunque il suo inquilino parlava chissà quale lingua a lui sconosciuta? E che nesso c'era con quella diavoleria che nascondeva nella cassapanca?

49

Sulla persona di Leonardo si erano andati accumulando abbastanza interrogativi per giustificare qualche piccola indagine. Francesco aveva tirato giù una lista di uffici culturali, accademie straniere, ambasciate e qualsiasi tipo di istituto linguistico potesse essergli d'aiuto nell'identificare la lingua in cui si esprimeva la misteriosa scatoletta nera trovata nella cassapanca. Uno ad uno aveva pazientemente depennato tutti quegli indirizzi senza cavare un ragno dal buco. Ovunque aveva riferito di aver trovato quello strano messaggio nella sua segreteria telefonica e ovunque gli era stato risposto di non aver mai udito quella lingua. Più di un esperto era giunto persino a dubitare che si trattasse di una voce umana a giudicare dalla sequenza dei suoni, piuttosto insolita per qualsiasi lingua conosciuta.

Pur non riuscendo a trovare spiegazione ai misteri del suo inquilino, Francesco riusciva in compenso a scovarne altri. In quella sorveglianza sempre più stretta, ormai ogni azione di Leonardo gli appariva sospetta. Sotto la sua lente indagatrice c'era ora il lavoro che l'uomo aveva detto di svolgere presso gli uffici di una catena alberghiera romana, dove si recava due volte a settimana. In quel clima di diffidenza, non gli fu difficile dubitare anche di quell'affermazione. Non riusciva proprio a immaginarsi il Leonardo che lui conosceva lavorare come istruttore presso l'amministrazione generale di cinque alberghi della capitale. Leonardo era apparso dal nulla, non aveva mai parlato di una sua infanzia da qualche parte; mai che ricevesse una telefonata, una lettera, che qualcuno suonasse alla porta chiedendo di lui.

Un martedì, uno dei giorni lavorativi del suo inquilino, lo seguì mentre si dirigeva al lavoro. Tenendosi a debita distanza, lo vide percorrere col suo passo zoppo e deciso diverse vie e piazzette fino a scomparire in un portone in via del Governo Vecchio. Il palazzo, antico ed elegante anche se un po' decadente, appariva un edificio residenziale, infatti all'esterno non figurava alcuna targa di società amministrative. Questo gli parve confermare i suoi sospetti. Di buono c'era l'assenza di un portiere, che di certo avrebbe reso tutto più difficile.

Attese che Leonardo prendesse l'ascensore e dalla numerazione luminosa vide che si era fermato al quinto piano: l'ultimo dell'edificio. Lasciò trascorrere qualche istante quindi lo seguì. Al piano vi erano solo due porte, una di fronte all'altra, e nessuna indicazione di uffici. Osservò le targhette sopra i pulsanti dei campanelli: una recava il nome di una famiglia mentre l'altra era vuota. Non ebbe dubbi su dove fosse entrato Leonardo. Tanto gli bastava per il momento, e girò i tacchi verso casa.

50

Ora si trattava di studiare un piano per procurarsi la chiave di quell'appartamento e visitarlo in un momento in cui Leonardo fosse occupato altrove. L'uomo teneva quelle chiavi separate da quelle della casa di Francesco, lasciandole generalmente in un cassetto della scrivania. Decise che il momento migliore per il suo sopralluogo fosse quando il suo inquilino saliva in terrazzo per i suoi bagni di sole. Non vi restava mai meno di due ore: un tempo più che sufficiente, agendo in fretta, per recarsi in via del Governo Vecchio, dare una sbirciatina all'appartamento e tornare.

Così fece. Con in tasca le chiavi prelevate dalla scrivania di Leonardo, cercò nei vicoli la via più breve. Raggiunto il palazzo entrò ansimante nel portone badando che nessuno lo notasse. Come sempre evitò l'ascensore e si avviò per le scale. Appena superato il quarto piano si imbatté in un uomo che scendeva e che lo squadrò attentamente. Francesco lo riconobbe e trasalì sentendosi a sua volta riconosciuto. Era il tizio con un grosso neo scuro sulla guancia che aveva già incrociato un paio di volte in strada qualche tempo prima. Forse non se ne sarebbe neppure ricordato se non l'avesse incontrato di nuovo seduto al Caffé Domiziano di piazza Navona mentre lo spiava nascosto dietro un giornale.

Ora quell'uomo, ne era più che sicuro, era appena uscito dall'appartamento di Leonardo. I due si conoscevano, dunque, e sicuramente Leonardo sarebbe stato informato di quell'incontro per le scale.

Fu preso dall'agitazione e in un primo tempo pensò di squagliarsela: chi gli assicurava che il tizio appena incontrato non fosse sceso solo per comprarsi le sigarette? Ma non poteva rinunciare ora che era a un passo dallo svelare quel mistero. Aprì velocemente la porta e una volta all'interno effettuò un primo giro per le stanze, i nervi tesi come corde di violino.

Gli parve un comune appartamento, arredato in stile moderno senza troppe pretese. Alcuni mobili, zeppi di volumi, lo fecero pensare a Leonardo. Le stanze da letto erano due, ognuna con un letto singolo. Forse anche l'uomo incontrato per le scale abitava lì, pensò.

Lo incuriosì una sorta di laboratorio zeppo di apparecchiature elettroniche di cui lui, assolutamente a digiuno in quel campo, ignorava totalmente la funzione. Quella congerie di materiali – schede, circuiti stampati, computer e strumentazioni di ogni tipo – era distribuita tra un grande tavolo centrale e alcuni carrelli mobili. Una selva di fili collegava le varie apparecchiature rendendo difficile persino spostarsi senza urtare qualcosa. Si sarebbe detto il regno di un amante dell'elettronica e dell'informatica; qualcuno che di certo poteva spendere diversi soldi per il suo passatempo.

Da quello che trovò nel frigo capì che si cucinava poco in quella casa e un'occhiata al cestino delle immondizie confermò come ci si accontentasse frettolosamente anche di cibi pronti. Lo incuriosì l'assenza completa di qualsiasi traccia gli indicasse con certezza che quella fosse la casa di Leonardo: non una fotografia in salotto, un album, un quadro.

Si accorse che più di una parete mostrava le impronte di quadri che dovevano essere rimasti appesi lì per parecchio tempo. Perché si era voluto rendere quell'appartamento così anonimo? Forse si trattava di quadri appartenuti al precedente inquilino? Questo lasciava intendere che l'appartamento non era stato ripulito prima di farvi ingresso, il che non quadrava affatto con la persona di Leonardo. Dunque, con ogni probabilità, quello doveva essere l'appartamento dell'uomo incrociato per le scale. Cosa Leonardo si recasse a fare in quel luogo nei giorni in cui diceva di andare al lavoro restava comunque un mistero, ma non era certo quello il momento per rifletterci sopra.

Annotò rapidamente il numero riportato sulla targhetta del telefono. Forse si sarebbe rivelato utile anche se al momento non immaginava in che modo. Avrebbe voluto frugare nei mobili alla ricerca di qualche indizio significativo, ma aveva il cuore in gola per il timore che il tizio potesse far ritorno mentre lui era ancora dentro a rovistare. Decise che era il momento di sparire.

Quando fu per uscire notò presso la porta un vecchio quadro che al momento del suo ingresso gli era sfuggito. Era uno strano luogo per appendere un quadro, infatti, come scoprì subito, era lì per nascondere il pannello elettrico.

Dietro il vetro una foto ingiallita dal tempo ritraeva due sposi all'uscita della chiesa. Attorno alla coppia, parenti e amici erano disposti in bell'ordine lungo la gradinata per la foto di gruppo. Di chi si trattava? Il taglio dei vestiti e le acconciature dei capelli riportavano indietro di qualche anno. Frugò tra i volti ma non riconobbe nessuno. La fotografia, assai malridotta, mostrava segni di ripiegature che deturpavano alcune facce rendendole irriconoscibili. Tutto lasciava pensare che qualcuno, senza alcun rispetto per la foto, l'avesse tranquillamente ripiegata in quattro per poterla infilare da qualche parte, magari in tasca. In seguito, tuttavia, l'importanza di quell'immagine doveva essere mutata se si era deciso di incorniciarla e appenderla al muro.

La curiosità gli fece dimenticare la fretta.

Nonostante la facciata della chiesa si intravedesse appena, qualcosa in quell'immagine gli suonava familiare. Una figura scura seduta sullo sfondo attrasse la sua attenzione. Di certo non apparteneva al gruppo degli sposi. L'aspetto trasandato, la barba incolta e i capelli lunghi arruffati attorno al volto non lasciavano dubbi: si trattava di Urbano, il barbone eternamente seduto all'ingresso di San Carlo ai Catinari. Dunque l'immagine era stata ripresa almeno quindici anni addietro: più o meno quello era il tempo trascorso da quando Urbano era scomparso.

Osservò attentamente la coppia di sposi che sorrideva da dietro il vetro. Il volto dell'uomo era immacolato, dunque non si trattava del tizio col grosso neo incontrato per le scale. L'idea che potesse trattarsi di Leonardo stesso prima che l'incidente gli deturpasse il viso lo emozionò. Dunque era quello il suo volto? Anche la statura sembrava corrispondere. Tuttavia il suo inquilino non aveva detto d'essere sposato. Era forse divorziato? Vedovo? Forse in quel quadro, pensò, si nascondeva la chiave per spiegare i tanti segreti di Leonardo.

Un tintinnio di chiavi proveniente dalle scale lo raggelò. Quella dannata foto l'aveva messo nei guai, imprecò tra sé. I passi sul pianerottolo lo fecero sentire un topo in trappola. Come avrebbe spiegato la sua presenza nell'appartamento? E se l'avessero scambiato per un ladro? Quando udì le chiavi entrare nella porta dell'appartamento a fianco non gli parve vero. Ancora con il cuore in gola afferrò la maniglia della porta e scivolò fuori.

Fu di ritorno a casa poco prima che Leonardo tornasse dalla terrazza, sicché ebbe tutto il tempo di rimettere le chiavi al loro posto. Si fece trovare a dipingere e Leonardo lo salutò di passaggio mentre, come sempre dopo i suoi bagni di sole, si recava a fare una doccia.

51

Era ancora frastornato da quella girandola di novità. La malattia che aveva costretto Leonardo a letto per due giorni aveva dato il via a una serie di misteriosi eventi e di rivelazioni che lo facevano guardare al suo inquilino con occhi nuovi.

Ora anche quell'appartamento in via del Governo Vecchio: se Leonardo possedeva quella casa perché viveva in affitto da lui? E chi era quel tizio col grosso neo? Ma soprattutto, perché il suo inquilino fingeva di avere un lavoro? Cosa lo spingeva a recarsi con regolarità in quell'appartamento? Forse per trafficare con tutte quelle apparecchiature? E quegli sposi nella foto?

In fondo, pensò, chi gli impediva di far accomodare Leonardo in salotto e chiedergli con la massima disinvoltura una risposta a tutti quegli interrogativi? Sapeva bene, però, che non l'avrebbe fatto: ormai era troppo compromesso. Avrebbe dovuto confessare di averlo spiato, pedinato, ammettere del furto delle chiavi, della sua intrusione nell'appartamento, di aver messo le mani sulla sua scatolina nera registrandone il contenuto e mostrandolo a non so quanta gente, col rischio che qualcuno avesse potuto scoprire gli affari privati del suo proprietario.

Ma, forse, v'era un'altra ragione a spingerlo a tacere. Se Leonardo aveva mantenuto dei segreti sulla sua vita vi era pur certo un motivo. E se il fatto di sentirsi "scoperto" lo avesse portato, per chissà quale ragione, a decidere di andarsene così com'era venuto? Solo il pensiero di quell'eventualità lo atterrì. Leonardo non era semplicemente il suo unico e insostituibile amico: era divenuto il suo punto di riferimento pressoché su tutto. Né dimenticava di dovere la vita stessa a Leonardo. Ora che avvertiva nell'aria dei cambiamenti, che grazie a Enrico iniziava a prendere coscienza dei propri problemi, ora che una nuova speranza lo riportava verso la vita, non poteva fare a meno della sua preziosa e carismatica guida, perché questo il suo inquilino rappresentava di fatto. No, certamente non avrebbe chiesto chiarimenti a Leonardo, e neppure avrebbe scavato ancora nella sua vita privata, per quanto misteriosa potesse apparire. La sola cosa che contava era che restasse il più a lungo possibile nella sua casa.

52

La candela sul tavolo rischiarava il volto di Leonardo con un effetto quasi teatrale. Quella sera i tavoli all'aperto erano affollati e il piccolo locale aveva il suo bel da fare per servire tutti.

«Dovremmo evitare di venire qui di weekend...», borbottò Francesco, «c'è troppa gente e i tempi d'attesa si allungano.»

«E chi ci corre dietro?» rispose serafico Leonardo accomodandosi sulla sedia. «Nel frattempo possiamo fare due chiacchiere... Come va la tua terapia con Enrico?»

«A proposito di Enrico», profittò Francesco, «ho notato una certa reticenza da parte tua a trattare certi argomenti, come se avessi timore di interferire sull'andamento della mia terapia. Se è così che la pensi, sappi che non ho messo né Enrico né la psicologia su di un piedistallo. Al contrario, ci tengo ad ascoltare i tuoi commenti, che non considero affatto come delle interferenze.»

Mentiva, ma l'idea che il suo amico si cucisse la bocca per non intromettersi nel lavoro di Enrico non gli piaceva affatto. Ascoltare Leonardo gli appariva anzi come un complemento essenziale. Aveva stima del suo dottore, ma nelle ultime sedute, in quella visione dell'umanità che affiorava man mano che ci si addentrava nel lavoro, cominciava ad avvertire confusamente la mancanza di qualcosa, anche se non sapeva bene cosa, e quel vuoto lo lasciava vagamente inquieto. Ne aveva accennato a Leonardo, il quale lo aveva ascoltato attentamente senza pronunciarsi.

Un giorno aveva chiesto a Enrico se fosse credente, e la risposta era stato un no rotondo.

«Ha qualche importanza?» aveva aggiunto il dottore.

«No, anzi, vedere che la pensiamo nello stesso modo non può che confortarmi.»

«Chi ti dice che la pensiamo allo stesso modo? Si può essere credenti o meno per i più disparati motivi. Comunque non penso sia un argomento essenziale per la nostra terapia. Ma se sarà il caso ne riparleremo...»

«Se sarà il caso...» aveva concluso Francesco.

Anche a Leonardo, quella sera, chiese se credesse in Dio. L'uomo esitò a rispondere, fissandolo con uno strano sorriso.

«Cosa c'è di divertente?» chiese Francesco.

«Beh, sai, chiesto da te che ritieni un'ingenuità il credere in Dio, ci si pensa un attimo prima di rispondere...»

«Finiscila... non è così. La stai tirando per le lunghe per incuriosirmi?»

In effetti, credeva di aver fatto quella domanda per pura curiosità, ma ora pendeva dalla bocca del suo amico come se quella risposta avesse il valore di una sentenza. Trepidò al pensiero che Leonardo potesse rispondergli di non credere in Dio.

L'arrivo della cena interruppe la conversazione. Leonardo prese ad avvoltolare spaghetti con grande impegno. Nel timore di schizzare del sugo sul suo altoparlante, lo staccò dal risvolto della giacca dove era fissato tramite uno spillo e lo depose sul tavolo a debita distanza dal piatto.

«Perdona, ma ho una fame da lupi. Tanto Dio non scappa.»

Quand'ebbe terminato tirò un sospiro di soddisfazione abbandonandosi sullo schienale della sedia.

«Questa piazza è un vero salotto e il suono delle fontane giova alla digestione», disse alzando lo sguardo al cielo stellato. «Ah... è tutto così suggestivo qui…»

«Sì… e lo sarebbe di più se rimettessi al suo posto la tua voce. Ho come l'impressione di parlare col tavolino...» disse Francesco.

Leonardo sorrise e appuntò di nuovo il suo altoparlante sulla giacca, quindi riprese a parlare esattamente da dove aveva lasciato.

«Sai, ho sempre pensato che la domanda "credi in Dio?" dovrebbe venire per seconda.»

«Ah sì? E quale dovrebbe essere la prima?»

«Beh, ci si potrebbe chiedere: "ma perché stiamo parlando di Dio? Come ci è venuta in testa un'idea del genere?"»

«Non capisco dove vuoi arrivare, Leonardo…»

«Pensaci bene: perché da millenni si continua a parlare di Dio se non per il fatto che, nella storia, alcuni uomini si sono levati tra gli altri dichiarandosi suoi portavoce? È accaduto in varie epoche e culture... mi riferisco alle grandi religioni nate da Gesù, Maometto, Krishna... tanto per intenderci. Se oggi si parla di Dio, è perché qualcuno ha creduto in questi profeti, e nel tempo molti altri si sono aggiunti. Quello che intendo dire è che credere in Dio, almeno all'inizio, significa credere a un uomo, un uomo che afferma di essere stato inviato dal Padreterno per comunicarci precisi insegnamenti. Io la vedo così... Anche se ovviamente... credere oggi non è certo come credere allora...»

«Che vuoi dire?»

«Immagina se domani mattina il tuo elettrauto iniziasse a predicare pubblicamente dichiarandosi ispirato da Dio e dettando nuove leggi per l'umanità! Dapprima i suoi clienti penserebbero a uno scherzo ma poi finirebbero per chiamare l'ospedale psichiatrico. Credi forse che ai suoi tempi Gesù non abbia avuto problemi del genere? Non sia stato preso per un pazzo o un impostore?

«E allora?»

«Allora immagina di essere uno dei primi a trovarti ad ascoltare le sue parole. Non hai alle tue spalle duemila anni di cristianesimo a rassicurarti, né miliardi di cristiani che ti hanno preceduto in quella scelta. Sei solo di fronte a un falegname di Nazaret che dichiara d'essere inviato da Dio. Come credergli? Come fidarsi? Certo sarebbe poco sensato giudicarlo senza aver analizzato prima il suo messaggio, ma in questo la nostra ragione non ci sarà di grande aiuto.»

«E perché?»

«Perché la ragione, per sua natura, è incapace di cogliere appieno le realtà dello spirito. Il messaggio divino, difatti, non è diretto soltanto alla nostra ragione ma soprattutto al nostro spirito. Esso rappresenta un invito a compiere un percorso di trasformazione di noi stessi, trasformazione che avviene proprio seguendo le indicazioni suggerite dal messaggero. È questo percorso di trasformazione la chiave di tutto! Il messaggero promette che lungo questo itinerario si risveglieranno in noi capacità totalmente ignorate, si rivelerà un nuovo potere intuitivo, una diversa recettività per le cose dello spirito. Sarà proprio l'apertura di questo "occhio interiore" a consentirci di scorgere una perfetta armonia laddove adesso ci sembra di vedere soltanto caos, dolore e ingiustizia.

«Insomma, la certezza che il messaggero divino dica la verità, almeno nella mia esperienza personale, è qualcosa che si consolida man mano che si procede per quella strada che lui stesso ci invita a percorrere. Inutile tergiversare senza avviarsi, è come disquisire su cose che non si conoscono, sovrapporre un'ipotesi all'altra, lavorare di fantasia...»

Leonardo si stiracchiò con un sospiro, quindi intrecciò le dita dietro la nuca alzando al cielo lo sguardo silenzioso.

Eccolo lì, pensò Francesco, sereno e rilassato come se il suo stesso fiume di parole lo avesse messo di buon umore...

Rifletté sulle parole dell'amico. Avrebbe voluto approfondire, fare domande, ma non riusciva a reprimere quell'insofferenza, quella smania di ribellione che gli imbrogliava i pensieri.

«Invidio la tua fede Leonardo, ma non riesco a farla mia. Nel mondo non vedo quell'ordine e quella giustizia che fanno pensare a un creatore amorevole. Vedo anzi l'esatto contrario. Certamente il mio "occhio interiore" è ben chiuso, ma il mio problema non è quello di non aver fede, amico mio. Viene ancora prima: è quello di non riuscire a cancellare questo disgusto.»

«Beh, meglio il disgusto che l'indifferenza», osservò Leonardo. «L'indifferenza è come la morte. Il disgusto, perfino l'odio, sono comunque dei sentimenti che indicano un rapporto vitale. Mi sbaglierò, ma ho l'impressione che dentro di te hai ancora a che fare con Dio, Francesco.

«Sono convinto, ad esempio, che quel senso di vuoto che hai iniziato a percepire nella tua terapia derivi proprio dall'impostazione atea della stessa psicologia. Non sei certo il primo a sentir freddo nell'anima sul lettino dello psicanalista. Anzi, qualcosa mi dice che tu possegga, quasi tuo malgrado, una spiccata sensibilità per le cose dello spirito. E il racconto delle tue esperienze mistiche sembrerebbe confermarlo...»

«Fai tutto da solo Leonardo... Eppure quando te ne ho parlato mi sono ben guardato dal definirle "mistiche"...»

«Se gettassi uno sguardo alle esperienze narrate dai mistici, di qualsiasi tempo e latitudine, sapresti meglio come inquadrare quei particolari momenti che hai vissuto. Sono davvero degli squarci improvvisi sul mondo dello spirito, delle autentiche risposte per l'anima.»

«Risposte? E a quali domande, di grazia?»

«Quelle che l'uomo dovrebbe imparare, prima di pretendere risposte.»

«Questo tuo Dio comincia a somigliare a te, Leonardo. Decide lui per gli altri, invia risposte a domande che nessuno si è sognato di fare… fa tutto da solo…»

«Beh, se non lo fa lui…» sorrise l'uomo divertito.

53

Pagato ch'ebbero il conto decisero di fare due passi. L'aria della sera era ricca di umori e il chiarore di Campo dei Fiori li attrasse come falene. Attraversarono lentamente la piazza e proseguirono per la via del Pellegrino, fin sotto il palazzo con l'affresco della donna ignuda che scrutava nella finestra di Enrico.

Nel vedere il suo inquilino osservare quei dipinti così legati al mondo del suo terapeuta, Francesco ebbe l'impressione che due parti di se stesso si incontrassero per la prima volta. Leonardo ed Enrico... due persone entrambe acute e penetranti al punto di essere capaci di leggergli nel pensiero. Qualcosa, tuttavia, glieli faceva apparire come due mondi quasi contrapposti. Con il suo inquilino si scopriva spesso in disaccordo, tuttavia al termine delle loro conversazioni si ritrovava con il cuore calmo e sereno. Il suo terapeuta sapeva sorprenderlo con interpretazioni rivelatrici ma di recente i loro incontri lo lasciavano con uno strano gelo addosso.

Tagliarono per i vicoli fino a fermarsi a Ponte Sisto. Francesco si affacciò dalla balaustra e immerse lo sguardo nell'acqua scura del fiume. Una brezza tiepida gli arruffava i capelli gonfiandogli a tratti la camicia.

«È vero, Leonardo. Probabilmente ho ancora a che fare con Dio. L'ho odiato con tutte le mie forze e ora scopro di avvertirne addirittura la mancanza! Enrico deve averlo fiutato. Secondo lui, se l'uomo fosse in armonia con se stesso e col mondo, non avrebbe bisogno di cercarsi un Dio. Sicché mi ritrovo spaccato in due: perché questa visione mi sembra fondata, ma allo stesso tempo mi raggela...»

Leonardo non rispose. Seguiva con lo sguardo la processione di platani che accompagnava il Tevere nel suo tortuoso corso. Si voltò alfine verso l'amico strizzando gli occhi come per mettere a fuoco un pensiero.

«Sai cosa penso Francesco? Se da un lato bisogna cercare di vivere in sintonia col proprio tempo, percepirne gli umori, le potenzialità... dall'altro non bisogna restarne prigionieri. Il nostro tempo ha anche i suoi limiti, le sue ristrettezze di pensiero, le sue problematiche irrisolte. Oggi gran parte dell'umanità è immersa nell'infelicità senza conoscerne il vero motivo. Ognuno inquadra i propri problemi nell'ambito della propria storia personale e non si rende conto che esiste una condizione generale che impedisce all'uomo di vivere secondo la propria natura, il che è la base per un'esistenza felice.»

«E quale sarebbe la vera natura dell'uomo secondo te?»

«Immagina dei topolini di campagna che vivono tranquilli nel loro ambiente naturale», rispose Leonardo. «Come gli uomini, anche questi topolini posseggono ognuno un proprio temperamento, sicché ve ne saranno alcuni di carattere bellicoso mentre altri, al contrario, saranno più timidi. Quando si incontrano, può capitare che quelli più arroganti aggrediscano i più paurosi mettendoli in fuga.

«Supponi ora che qualcuno catturi un discreto numero di queste bestioline e le imprigioni in una piccola gabbia dalle alte pareti, dove saranno costrette a vivere in poco spazio e senza poter vedere all'esterno. È risaputo che i topi ridotti in cattività in uno spazio ristretto iniziano presto a litigare, evidenziando ulteriormente le loro differenze caratteriali. Gli aggressivi diverranno assai più aggressivi e i più deboli vivranno nel continuo terrore di essere sopraffatti.

«Lasciamo quindi passare del tempo, quanto basta perché si estingua l'intera generazione di topi che conservava il ricordo della vita all'aria aperta. I nuovi nati, non avendo mai veduto l'ambiente esterno, credono che il mondo si limiti alle pareti di quella gabbia. Il loro istinto gli suggerisce l'esistenza di spazi liberi, ma non avendo mai visto nulla di simile, continuano a covare un'oscura sofferenza.

«Ora, se si chiedesse a questi infelici roditori il motivo della loro afflizione, i topi aggressori lamenterebbero il fatto di ritrovarsi sempre tra i piedi i loro fastidiosi compagni di cella; quest'ultimi, invece, vedrebbero nella costante minaccia di essere aggrediti la ragione principale della loro infelicità. Il punto è che vivono tutti in una condizione innaturale senza saperlo. A nessuno verrebbe in mente che il motivo della loro sofferenza è la loro prigionia, perché non sanno neppure di essere all'interno di una prigione e ignorano gli spazi aperti, i prati e il cielo che stanno oltre quelle pareti. Al contrario, ciascuno vede nei propri problemi l'unica causa della propria sofferenza.»

«Credo di aver capito dove vuoi arrivare, Leonardo. E quale sarebbe la prigione degli uomini? Di cosa si sarebbero dimenticati?»

«Che il loro cuore ha un cielo, Francesco. Così si sono cacciati nel carcere del materialismo, obliando del tutto la loro vera natura che è spirituale. Quella è la loro prigione. Credere che l'esistenza si concluda in questa breve vita, in questa continua lotta per una felicità che anche quando si concede lo fa come un'amante infedele. Se l'uomo potesse intravedere i reami sconfinati dello spirito si accorgerebbe con orrore della vita che conduce in uno spazio così angusto.

A cosa credi che si riferisse Gesù quando definiva gli uomini della sua epoca come ciechi, sordi o addirittura morti?»

«Capisco Leonardo, ma è difficile credere a quella che tu chiami realtà spirituale... È invisibile, astratta, mentre tutto il resto è qui che luccica sotto i nostri occhi...»

«Sicché», soggiunse Leonardo, «vorresti vedere la realtà dello spirito con questi occhi, magari in forma tridimensionale! Bah... Riusciresti a descrivere a un cieco dalla nascita cosa sono i colori? Credo proprio di no... Dei colori bisogna farne esperienza diretta tramite occhi capaci di vedere. Così è per la realtà dello spirito: non può essere descritta a parole! E i nostri occhi acquisiscono una visione spirituale quanto più si inoltrano nel sentiero tracciato per noi dai messaggeri divini. Perché mai sono stati inviati se non per consegnarci il manuale di istruzioni per usare al meglio questa vita? Osserva l'uomo d'oggi: fa soffrire se stesso, gli altri, a volte perfino le persone a cui vuole bene; fa soffrire gli animali, il pianeta stesso su cui vive, tutto gli sta sfuggendo di mano! Non è la tipica situazione di quando si maneggia qualcosa che non si conosce a fondo? Se fai attenzione, noterai che la comparsa di un nuovo messaggero divino avviene sempre quando l'umanità si trova in questo stato di degrado spirituale. Significativo, no?»

«Non credere sia facile seguirti, Leonardo. Tu dai per scontate mille cose sulle quali avrei da ridire: l'esistenza di un Dio, dell'anima, di un al di là, ecc. Ma, proprio perché sono mille e più di mille, alla fine ci rinuncio altrimenti staremmo a discutere non so per quanto tempo. Questo non significa che io rifiuti per intero il pacchetto di riflessioni che mi offri, ci rifletterò anzi a fondo perché vi trovo una coerenza che mi è nuova.»

Al rientro nel loro palazzo, l'androne riecheggiava delle urla confuse provenienti dal piccolo appartamento del portiere, dove era in corso la consueta lite notturna tra l'uomo e la sua bionda consorte. Non si riusciva a distinguere il significato di quelle parole, ma se ne percepiva tutta la violenza con cui venivano scagliate. Della donna si udivano appena brevi frasi spezzate da singhiozzi, dovevano tuttavia possedere grande efficacia nel colpire i punti più sensibili del marito, il quale dopo ogni intervento della moglie riprendeva ad urlare con accresciuto furore.

«Ogni notte vivono quest'inferno, e ogni mattina ritrovi Vittorio nella sua guardiola, gentile e sorridente come se nulla fosse accaduto», commentò Francesco.

«Ma perché si urlano in quel modo?»

«Mah, le voci di condominio dicono che abbiano entrambi ottime ragioni per covare rancore l'uno per l'altro. Si sono sposati giovani e innamoratissimi, a sentire mia zia, e la loro unione è stata a lungo serena. Forse lo sconforto di non avere figli è la miccia che ha scatenato tutto. Lei ha iniziato ad accusarlo di averle precluso la via del successo nel mondo del cinema, dove aveva già compiuto qualche timido passo grazie alla sua avvenenza fisica. Gli rimprovera soprattutto la sua sfrenata gelosia che le avrebbe impedito di fare carriera in quel mondo. Tuttavia, dando ascolto alle stesse voci, la donna non possedeva alcun talento e sarebbe rimasta una di quelle figure minori che si vedono apparire qua e là nei film più mediocri. Lui invece, anche se dei due è quello che urla di più, non le rimprovera nulla, se non il fatto di essersi lasciata andare. Non sopporta di vedere l'angelo che ha sposato trasformato in una donna depressa e alcolizzata. Lei non esce di casa ormai da anni, alla spesa provvede Vittorio, e vive sepolta nelle loro due stanze e cucina, sempre davanti al televisore. Ogni tanto, quando mi affaccio dalla cucina, la intravedo mentre stende i panni nel loro cortiletto, sempre immusonita, trasandata, l'eterna sigaretta tra le labbra...»

«Sei sempre per fare le scale a piedi?» chiese Leonardo una volta giunti davanti alla porta dell'ascensore.

«Sicuro. Fare le scale a piedi mi tiene in forma. È l'unica ginnastica che pratico!»

«Questa secondo me è claustrofobia bell'e buona...»

«E allora? Mi è venuta proprio perché questo vecchio cassone si è bloccato dentro il muro troppe volte.»

«Beh, la mia gamba matta mi costringe a correre questo rischio. Se non mi vedi arrivare sai dove trovarmi», rispose Leonardo chiamando l'ascensore.

«Mi ricordano i tuoi topi in gabbia...» disse Francesco riferendosi al portiere e sua moglie. «Ma non mi dire che la causa della loro afflizione sia il materialismo ateo...»

«Beh, penso che tu sia in grado di risponderti da solo...» rispose Leonardo.

«Insomma, secondo te i dolori e le avversità della vita ci apparirebbero assai meno drammatici e più sopportabili se vivessimo in una società libera dall'asservimento ai beni materiali e che, al contrario, mettesse al primo posto il progresso spirituale dell'individuo in vista di una vita ultra terrena? Ho riassunto bene la questione?»

«Oh, non fa una piega... e anche quel filo d'ironia non guastava...» rispose Leonardo chiudendo le porte dell'ascensore.

«Beh, la vedo assai difficile!» gridò Francesco mentre l'ascensore partiva.

Giunto al quarto piano, l'uomo trovò davanti a sé Francesco ansimante.

«Sai Leonardo, per certi aspetti sono strane conversazioni le nostre: tu mi offri castelli di certezze e io ti ricambio con un testardo scetticismo. Eppure nessuno dei due molla. Ti riconosco una pazienza olimpica, amico mio...»

«Grazie... ma chi ti assicura che la tua mente, nonostante il suo scetticismo, non archivi tutto per ogni futura evenienza? Non sono affatto convinto che le nostre riflessioni vadano perdute...»

«Sarà, ma mi trovi assai dubbioso anche su questa idea dell'archivio...»

Leonardo infilò la chiave nella toppa, quindi sostò un istante.

«A quel Dio che hai in testa tu mi ribellerei anch'io», disse voltandosi verso Francesco. «So bene cosa ti evocano le mie parole, e anch'io punterei i piedi. Ma sono certo che un giorno scoprirai altre emozioni da associare a quelle parole. Allora ti accorgerai che parlavamo di cose assai diverse, anche se le davamo lo stesso nome.»

54

Come a ogni risveglio, il suo campo di grano verde gli riempì gli occhi. Da qualche tempo quel sentiero bianco che si perdeva lontano gli rammentava il percorso spirituale di cui gli aveva parlato Leonardo.

«Bella pretesa quella di questi messaggeri divini», pensò ricordando le parole del suo inquilino. «Iniziare un cammino cosparso di sacrifici così, sulla parola! E se dopo aver scarpinato per una vita non trovassi un bel nulla a ripagarmi di tutte le rinunce?»

Non era un rischio da poco. Ma qual era l'alternativa? La vita, forse, manteneva quel che prometteva?

A ogni risveglio, come un rituale, questi pensieri gli tornavano puntuali in testa con i loro interrogativi. Entrando nel vivo della giornata, tuttavia, non trovavano nulla con cui dialogare e svanivano già con il caffè del mattino.

Quello era uno dei giorni della settimana in cui l'inquilino si recava al suo finto lavoro, e in trattoria Francesco aveva pranzato da solo pensando a cosa diavolo stesse facendo Leonardo in quelle ore. Quando rientrò vide affisso nell'atrio d'ingresso un avviso per i condomini. Di solito ignorava quella bacheca, tuttavia quel giorno, forse attratto dal titolo a grossi caratteri, o forse per lo zampino del fato, si avvicinò per dare un'occhiata.

Il foglio informava che era in corso una raccolta di firme. Lo scopo era di far cessare quell'intollerabile andirivieni di uomini che si recavano dalla signora del terzo piano. Quel continuo e indecoroso viavai, era scritto, gettava discredito sulla dignità del palazzo e offendeva la rispettabilità dei suoi inquilini. Chi intendeva aggiungere la propria firma poteva rivolgersi al portiere dello stabile.

L'avviso lo sorprese: non si era mai accorto di quel "continuo viavai" e neppure ricordava di aver visto la signora in questione la quale, come quel foglio lasciava chiaramente intendere, doveva svolgere il mestiere più antico del mondo. Certo, lui usciva solo per mangiare, e poi si faceva i fatti suoi. Soprattutto evitava di conversare con i condomini. Però, adesso che ci pensava, aveva notato il suono frequente del campanello del piano di sotto, che dal suo studio si percepiva benissimo.

Entrò in casa e si recò direttamente nello studio dove lo attendeva il dipinto lasciato prima del pranzo. Era impegnato a tracciare una linea verde e diritta quando lo colse il pensiero che tra il suo lavoro e quello della donna del piano di sotto non v'erano molte differenze: entrambi si piegavano per denaro a fare qualcosa che procurava piacere agli altri e nessun piacere a se stessi. Era assorto in quel pensiero quando il campanello trillò improvviso e il pennello si arrestò in uno sbaffo verde.

Quando aprì la porta vide una giovane donna sudata e ansimante. Poggiata con una mano alla parete d'ingresso, agitava l'altra per assicurare che la parola le sarebbe tornata di lì a poco. Era chiusa in una tuta bianca e i capelli raccolti mettevano in risalto la corporatura esile e minuta.

«Vengo dalla mia corsetta quotidiana lungo il Tevere e ho pensato di passare un istante da te prima di rientrare», cinguettò con un sorriso amabilmente studiato.

«Dovrei parlarti... Scusa l'affanno ma ho fatto di corsa anche le scale. Non prendo mai l'ascensore. Ho timore che si blocchi.»

«Oh, neppure io lo prendo. Vi sono rimasto chiuso dentro troppe volte.» rispose Francesco mentre frugava nella memoria cercando di ricordare dove aveva già visto quel volto.

«Non mi riconosci? Sono la paziente di Enrico, quella che viene nell'ora dopo la tua... Aspetta, forse così mi riconoscerai...» aggiunse sciogliendo i capelli sulle spalle.

«Ma certo! Esclamò Francesco, «ora ricordo benissimo! Sei... appunto, sei...»

Continuò a schioccare le dita ma il nome non saltò fuori.

«Se mi fai entrare ti do una mano», disse la ragazza rinfoderando il suo sorriso.

«Oh, scusa, ero distratto... entra pure...»

Sfilate rapidamente le scarpe, la giovane si sistemò sul divano del salotto avvolgendo di nuovo i capelli dietro la nuca.

«Arianna!», esultò infine Francesco. «Ce l'avevo sulla punta della lingua...»

«Non sei fisionomista, e con i nomi vai ancora peggio», disse la ragazza. «Adriana», aggiunse con una smorfia.

«Perdonami, è che oggi ho la testa piena di pensieri...»

«Beh, uno più uno meno...» disse distrattamente la ragazza sgranchendosi le dita dei piedi.

«Che significa?»

«Mi serve un favore. Saprò essertene grata.»

«Di che si tratta?» chiese Francesco un filo preoccupato.

«Hai visto quella raccolta di firme nella bacheca dell'androne?»

«Quale? Quella...»

«Si, quella. Angela mi ha detto che le firme aumentano di giorno in giorno e...»

«Chi è Angela, scusa?”

«Come chi è Angela? La moglie di Vittorio, il portiere! Ma sei nato in questo palazzo e non conosci la moglie del portiere?»

«Certo che la conosco, ma non le ho mai chiesto il nome. Ma lasciamo perdere... Dunque tu abiti giusto sotto di me se non sbaglio...»

«Da ben due anni, anche se non te ne sei mai accorto, vista l'aria svagata con cui vai in giro... Una volta eravamo perfino uno di fianco all'altra da Sergio!»

«Adesso chi è questo Sergio?»

La ragazza lo scrutò seria: «da quanto tempo vai a mangiare nella trattoria qui sotto?»

«Praticamente da sempre. Perché?»

«E non conosci il nome del proprietario?!»

Francesco arrossì: «A me basta che cucini bene e non sia troppo caro, poi può chiamarsi come vuole. Comunque, ora che ci penso, lo sapevo il nome, ma così su due piedi...»

«Ne hai parlato con Enrico di questo problema con i nomi? Enrico è il tuo psicanalista», si affrettò a precisare la donna.

«Finiamola con questa storia dei nomi e veniamo al motivo della tua visita. Dunque tu sei la donna cui fa riferimento il foglio affisso giù nell'androne... Bene, in cosa posso esserti utile? Anche se non vedo proprio...»

La donna lo fissò strizzando gli occhi come se prendesse la mira col fucile.

«Devi fare in modo che quell'avviso sparisca da quella vetrina, per sempre.»

«Cosa? Hai scelto la persona meno adatta... E poi chi ti assicura che il foglio non riappaia il giorno dopo?»

«E tu perché pensi che mi sia rivolta proprio a te?»

«Già, sarei proprio curioso di saperlo...»

«Dai... sai bene che Vittorio ha un debito con te, e non potrà certo dirti di no.»

«Un debito? Che debito?»

«Dio mio! Mi farai impazzire... Hai forse dimenticato tutto quello che Giulia ha fatto per Angela? Forse tu sì, visto che dimentichi tutto, ma Vittorio no di certo!»

Al nome di Giulia, pronunciato da una giovane appena incontrata ma che pareva conoscerla bene, Francesco drizzò le orecchie. Si avvicinò al divano e fece spazio per sedersi tirando via senza troppi riguardi i piedi della ragazza.

«Bene, abbiamo assodato che sono uno smemorato. Ora tu mi aiuti a ritrovare la memoria pezzo per pezzo, vero? E con molta pazienza, altrimenti ti puoi scordare il mio aiuto e andartene da dove sei venuta. Sono stato abbastanza chiaro?»

«Accidenti se lo sei stato...» balbettò Adriana rimasta di sasso per quel brusco mutamento. L'aria spavalda lasciò posto di colpo a un'espressione spaurita. Ritrasse le gambe stringendosi nell'angolo del divano e sciolse di nuovo i capelli come per mettere in scena un altro personaggio. Francesco assistette a quella repentina metamorfosi chiedendosi in che misura fosse studiata.

«Dunque, dicevi, cosa avrebbe fatto Giulia per la moglie del portiere?» continuò con tono serio per mostrare che quella bambina rannicchiata sul divano non lo aveva certo intenerito.

Adriana deglutì e riprese a parlare quasi sommessamente.

«Sai, Angela, che da ragazza faceva la sarta, esegue lavori occasionali per diversi condomini...»

«Buono a sapersi. E poi?»

«Beh, fu per via di un lavoro del genere che con Giulia si conobbero meglio e divennero amiche. Anzi, sarebbe più esatto dire che tua moglie divenne sua amica e prese ad occuparsi del suo umore. La spingeva a uscire dal suo guscio, a fare lunghe passeggiate e incontrarsi con nuove persone, cercando di risvegliare in lei il desiderio di tornare a vivere pienamente. Anche se Giulia sembrò avere successo, non sapremo mai come sarebbe finita perché tua moglie, purtroppo, poi si ammalò... Vittorio soffrì molto nel vedere Angela tornare a rinchiudersi in casa: non gli era sembrato vero rivedere sua moglie indossare vestiti eleganti, curare il suo aspetto, tirar fuori la sua voce argentina e quella femminilità civettuola rimaste sepolte per anni, mostrando che era ancora una gran bella donna fuori dai suoi stracci. Ma tu, come mai di tutto questo non sai nulla?»

«Ho il mio studio qui in casa, perciò esco di rado. Giulia invece era spesso fuori, si occupava di mille cose, ma non sempre mi raccontava tutto.»

«O non sempre stavi ad ascoltarla... distratto come sei...»

«Beh, vai avanti...»

«Ecco... penso che se tu chiedessi a Vittorio di stracciare quell'avviso, sono certa che in nome della generosità ricevuta da tua moglie non saprebbe rifiutarsi...»

«Non pensi che se Vittorio facesse sparire quell'avviso i condomini che l'hanno voluto protesterebbero vivamente?»

«I condomini? Quali condomini? È quel farabutto di Vittorio che ha proposto quella raccolta di firme, ne sono certa! In questo palazzo ognuno si fa i fatti suoi, figurati a chi può interessare che ogni tanto qualcuno venga a trovare me, neppure ci fanno caso! Certo che se però gli vai a mettere quel foglio sotto il naso... magari si vergognano pure a non firmarlo! Quel foglio è la sua vendetta, perché è un uomo perfido, un bruto pieno di livore! E anche un ingrato, un traditore!»

L'odio verso il portiere stava riportando in luce alla svelta l'indole impetuosa della ragazza. Aveva ripreso a raccogliere i capelli sulla testa ma senza fissarli perché il fermaglio gli occorreva per giocarci nervosamente con le dita.

«Scusa Adriana, c'è qualcosa che non capisco. Anzi più d'una. Intanto, perché mai il portiere dovrebbe accanirsi contro di te? E poi, perché lo definisci ingrato, quando solo un minuto fa hai detto che proprio in quanto riconoscente per l'opera di mia moglie avrebbe eliminato quel foglio? Insomma, vedo qualche contraddizione... Se ti calmi un po' forse ne veniamo a capo...»

La ragazza raccolse rapidamente i capelli sul capo e stavolta li fissò saldamente con il fermaglio. Decisamente il faccino sgombro si sposava meglio con l'espressione insolente che era tornata ad accenderle lo sguardo.

«Ma cosa c'entra tua moglie adesso?! Ma non capisci? Quel bifolco è un ingrato nei miei confronti! Non so quante volte sia venuto da me senza mai lasciare un quattrino! Sia ben chiaro: io non ho mai preteso nulla, figuriamoci! Tenere a bada il cane da guardia del palazzo mi sembrava la prima cosa da fare, ma un po' di riconoscenza credevo d'essermela meritata! D'altronde cosa pretendere da un essere arido, senza cuore, che ha ridotto sua moglie in quello stato?»

Francesco si figurò il portiere giacere con Adriana, immaginò le sue mani larghe e tozze carezzare quel corpo minuto di fanciulla e si accorse che qualcosa dentro di lui si ribellava a quell'idea.

«allora mi aiuti o no?» chiese la ragazza.

«C'è qualcosa che ancora non mi quadra...»

«Uffa... Cos'altro c'è ancora? Ti ho detto tutto...»

«Non credo... manca qualcosa di essenziale, invece. Non hai spiegato perché, di punto in bianco, non ti è sembrato più necessario tenere a cuccia il cane da guardia. Sbaglio?»

Adriana lo fissò un istante interdetta, quindi chinò il capo silenziosa aggrottando le sopracciglia. Francesco osservò incuriosito quell'inaspettata reazione. La vide seguire con il dito il contorno dei fiori sul divano tra chissà quali pensieri affiorati all'improvviso. Era un vero peccato, pensò osservando quel visino ben disegnato, che la vita l'avesse così smaliziata, perché quando mostrava quell'espressione smarrita appariva adorabile.

«Un giorno avevo un importante invito a cena», disse alzando lo sguardo. «Vittorio aveva preso il vestito da sera che il ragazzo della tintoria era venuto a consegnarmi, assicurando che avrebbe pensato lui a farmelo avere. Profittava di ogni occasione per imbucarsi da me e una volta dentro era un'impresa liberarsene, anche perché era piuttosto suscettibile e non di rado alzava le mani. Quando mi portò il vestito mi accorsi subito di un piccolo strappo vicino la lampo.

«"Devo tornare in guardiola. Ti mando su mia moglie che te lo rammenda in un attimo", disse lasciandomi con un bacio come se fossi io sua moglie.

«Era la prima volta che vedevo Angela. Mentre rammendava il vestito mi chiese che scuola frequentassi. Come spesso accade per via del mio aspetto, anche lei mi aveva scambiato per una liceale. Quando le dissi che avevo ventuno anni stentò a credermi e sentendo che vivevo sola iniziò a mettermi in guardia contro tutti i pericoli del rione: quali negozianti facevano i cascamorti, quali locali non frequentare, a chi non aprire la porta, e così via. Forse era l'unica persona del palazzo a non conoscere la mia storia, e questo mi diede la misura in cui viveva lontana dal mondo, chiusa tra le mura della sua casa. Sulla porta, quando salutò, mi sorprese con un sorriso dolcissimo. Mi accarezzò il viso e disse che aveva tanto desiderato una figlia come me...»

«Quando fui sola rimasi immobile presso la porta imbambolata a pensare. Avevo ancora davanti quegli occhi chiari che mi sorridevano teneramente e mi sentivo una carogna. Decisi in quel momento che non mi sarei più lasciata sfiorare da Vittorio nemmeno con un dito.

«Non puoi immaginare come reagì quell'uomo. Sapevo che era geloso: era giunto perfino ad allontanare da me quei clienti che non gli piacevano e mi spiava di continuo. Ma non avrei immaginato che dopo la sfuriata iniziale, durante la quale tuonò parole irripetibili e mi assestò un gran ceffone, quel suo vocione si sarebbe rotto in singhiozzi. Scoppiò a piangere rabbiosamente, a supplicarmi come un bambino isterico, a lamentare che senza di me non poteva più vivere, e che se lo avessi abbandonato si sarebbe tolto la vita. Disse che in casa aveva un vecchio revolver d'argento e che si sarebbe sparato con quello. Cercò di spaventarmi con quella minaccia, ringhiò che lo avrei avuto sulla coscienza per tutta la vita.

«Vedendomi irremovibile, tentò un'altra via. Minacciò di non far più entrare nel palazzo nessuno dei miei clienti fino a ridurmi sul lastrico. Questo non l'avevo previsto, e il pensiero di quell'eventualità mi terrorizzò. Gli feci presente che anche lui era un mio cliente, che era troppo compromesso e gli conveniva tenere il becco chiuso se voleva salvare la faccia, ma questo non parve impressionarlo molto. Ormai ero una vipera, si trattava di difendere il mio futuro, messo in pericolo da quell'essere insignificante. Pensai di giocare la mia ultima carta. Giurai che se avesse messo in atto quella minaccia avrei raccontato ad Angela dei nostri incontri.

«Mi accorsi subito di aver colpito nel segno. Mi fissò con uno sguardo vitreo, come se stentasse a rendersi conto che era in trappola. Per un istante mi fece persino pena. Poi si scosse e riprese a picchiarmi con maggiore impeto. Prima di uscire, con uno sguardo colmo di disprezzo, aggiunse che ero una sgualdrinella da quattro soldi e che non lo meritavo.

Che sciocco il poveruomo, accecato dalla rabbia! Come poteva pensare che avrei messo in atto quella minaccia? Stavo dando un taglio al nostro rapporto proprio per timore di far soffrire Angela, come avrei potuto andare a spifferarle tutto io stessa?»

«Un uomo in quello stato non ha la testa per fare quei calcoli», osservò Francesco. «E poi? Come si è comportato da quel giorno?»

«Grazie al cielo non mise in atto la sua minaccia di boicottare il mio lavoro, anche se da allora mi ignora del tutto e quando passo per il portone finge di non vedermi. Meglio così, mi ero detta sino a ieri mattina, quando ho visto quel foglio all'ingresso del palazzo. Alla fine, quel vigliacco non ha saputo rinunciare alla sua vendetta...»

«Già, davvero un brutto affare.»

«Tu sei la mia unica speranza Francesco, a te non potrà dire di no. Mi aiuterai?»

«Non mi è facile risponderti Adriana. Anche se Vittorio acconsentisse a strappare quel foglio non lo farebbe certo volentieri. Sono certo che andrebbe a raccontare a mia zia, che vede quasi ogni giorno, che suo nipote è intervenuto in difesa di una certa signora del terzo piano... lasciando pensare per chissà quale motivo. E questo a pochi mesi dalla morte di mia moglie. Anzi, nulla vieterebbe a mia zia di pensare che il mio rapporto con te non fosse addirittura precedente... Insomma, le cose non sono così facili come sembrano.»

La ragazza l'aveva ascoltato diventando sempre più scura in volto. Parve riflettere un istante, quindi si infilò le scarpe e saltò in piedi con finta disinvoltura.

«Ma certo, capisco, non avevo pensato a tutto questo. Fai come se non ti avessi chiesto nulla. E perdonami se ti ho fatto perdere tempo in cose che non ti riguardano affatto. In qualche modo me la caverò, non ti preoccupare.»

Francesco non fece in tempo a replicare che la ragazza era già in fondo al corridoio armeggiando con le varie leve della porta nel tentativo di aprire. Azzeccata finalmente quella giusta uscì velocemente.

«Adriana, aspetta un attimo...» esclamò Francesco con poca convinzione.

«Scusa ancora...», ripetè la ragazza chiudendo la porta.

Era certo che sarebbe uscita sbattendo la porta e invece aveva chiuso con delicatezza, aumentando così il suo disagio. La udì scendere le scale e poco dopo sbattere sonoramente la sua porta. Non si era sbagliato: doveva essere furente.

Passeggiava ora in salotto, agitato da sentimenti opposti. Si ripeteva che il suo rifiuto fosse più che giustificato. Era facile immaginare come il portiere avrebbe raccontato del suo intervento a Gina instillandole i peggiori sospetti. Tutto il palazzo avrebbe certamente malignato, qualcuno avrebbe persino insinuato l'esistenza di un tornaconto personale nel proteggere il traffico di quella ragazza. Il pittore fallito, poveraccio, era diventato uno sfruttatore, si sarebbe detto. No, non voleva avere niente a che fare con quella donna già condannata pubblicamente nella vetrina condominiale. Sperò, anzi, che nessuno l'avesse vista uscire dalla sua porta.

C'era poi l'aspetto morale della faccenda. Che al piano sottostante abitasse una donna di facili costumi non era cosa che lo riguardasse, ma aiutare Adriana significava spianare la strada ad una giovane ragazza per poter tranquillamente continuare sulla via della prostituzione! Di sicuro Giulia non avrebbe approvato.

Tuttavia, Francesco aveva ereditato dalla mamma l'incapacità a dire di no. Rifiutarsi di trarre in salvo una persona che stava affogando nei guai lo faceva sentire meschino ed egoista. Percepiva il tormento di Adriana, appena qualche metro sotto di lui, e avvertiva un peso sullo stomaco.

55

Il formicolio al braccio lo svegliò. Era riverso malamente sul divano del salotto e la pendola segnava le sei del pomeriggio. Doveva essersi appisolato senza accorgersene e aveva dormito quasi due ore. Il ricordo dell'ultimo incontro con Enrico lo assalì di nuovo: stava giusto tormentandosi con quei pensieri quando il sonno l'aveva colto.

Dal corridoio gli giunse la voce del televisore: Leonardo era in casa. Di sicuro rientrando l'aveva trovato addormentato e per non disturbarlo aveva acceso il televisore nella sua stanza.

Sedette sul divano sfregandosi il braccio addormentato e tornò con la testa alla sua psicoterapia. L'entusiasmo delle prime sedute si era andato ridimensionando: l'impresa si era mostrata assai più ardua e lunga di quanto avesse creduto. Prendere coscienza del meccanismo dei propri problemi non li disinnescava automaticamente. Sarebbe stato troppo facile. Comprendere le dinamiche psicologiche era soltanto un primo passo, senza contare che a volte emergevano elementi che lo trattenevano, generavano resistenze.

E poi quel freddo nell'anima. Vista attraverso gli occhi di Enrico, la vita gli appariva sempre più immiserita da una logica arida e fredda. L'uomo di cui parlava il suo terapeuta, quell'uomo integrato armoniosamente nelle sue parti, in pace con se stesso e col mondo, cominciava ad apparirgli un individuo vuoto e insignificante.

Il suo ultimo colloquio con Enrico, tuttavia, sembrava annunciare una svolta decisiva nel corso delle cose, anche se non esattamente nella direzione che avrebbe desiderato. Al solo ricordo di quella seduta infatti, e a quanto ne era seguito, sentì stringersi il cuore.

56

Francesco osservò il suo inquilino entrare nel salotto e sistemarsi comodamente nella sua poltrona preferita. Come spesso accadeva, quell'alone di pace che l'uomo effondeva attorno a sé gli fece percepire per contrasto tutta la sua inquietudine. Poi quella calma lo contagiò ed ebbe presto l'impressione che i suoi problemi fossero più trattabili.

«Sono tutt'orecchi», disse Leonardo, «di cosa volevi parlarmi?»

«Della mia terapia...» rispose Francesco emozionato.

«L'ultima volta che mi sono visto con Enrico ho notato sulla sua scrivania un grosso volume con la copertina blu. Ad attirare il mio sguardo era stato il disegno di un labirinto quadrato raffigurato sulla copertina. Somigliava a quelli realizzati con delle siepi che si incontrano a volte nei grandi parchi. Durante la seduta tornavo spesso con gli occhi su quel disegno intricato seguendone distrattamente le linee. Di colpo ho avuto la netta impressione che quel mio continuo osservare stesse innervosendo il mio terapeuta. Quando suonarono alla porta ed Enrico si allontanò per far accomodare il paziente nella saletta d'aspetto, portò con sé alcuni libri che ingombravano la scrivania, tra cui anche quello con la copertina blu. Lo fece con aria distratta, come quella di chi intende fare semplicemente un po' d'ordine. Fui subito certo, invece, che la sua intenzione fosse stata quella di impedirmi di osservare meglio il volume in sua assenza, e che aveva portato con se altri libri soltanto per confondermi.

«Tornando a casa ripensai a quanto accaduto e considerai il mio sospetto una semplice fantasia. Per quale ragione Enrico avrebbe dovuto nascondermi un libro, messo dapprima in bella vista sulla sua scrivania? Ma il mattino successivo mi svegliai di nuovo con quel pensiero in testa. Non vedevo alcuna ragione a sostegno del mio sospetto, ma qualcosa dentro di me continuava ad alimentarlo. Decisi di liberarmi di quel tarlo. L'unico modo era trovare una copia di quella pubblicazione per verificare se effettivamente contenesse qualcosa da giustificare i miei sospetti.

«Non sarebbe stato facile: avevo visto il volume soltanto di rovescio e l'unica parte del titolo che ero riuscito a leggere era una mezza parola: *psico*. C'era poi quel labirinto quadrato disegnato sulla copertina: di certo un po' poco per effettuare una ricerca. Difatti, dopo aver visitato tre librerie senza alcun risultato, ero ormai pronto a rinunciare quando mi trovai a passare di fronte a una libreria dell'usato presso piazza della Minerva. Decisi di tentare. In fondo chi mi assicurava che quel libro non fosse una vecchia edizione ormai introvabile nelle normali librerie?

«Quando riferii al giovane commesso che gli unici elementi che possedevo per rintracciare l'opera erano il disegno sulla copertina e un pezzetto di parola del titolo, questi scosse la testa sorridendo. Ero lì per rinunciare quando un vecchio seduto nell'angolo che non avevo neppure notato, magro come un chiodo e con una nuvola di capelli sulla nuca, fece cenno al commesso di avvicinarsi. Gli diede alcune istruzioni e il ragazzo scomparve in una scala che scendeva nel pavimento.

"Quel volume sta ammuffendo nello scaffale da diversi anni", disse l'uomo con un filo di voce. "Nessuno lo ha mai acquistato perché il vecchio proprietario lo ha riempito di sottolineature e di note vergate a penna. Mi chiedo che senso abbia sottolineare ogni rigo... tanto vale non sottolineare nulla! Non è vero?"

"Certo", risposi, "ma per me le sottolineature non sono un problema, lo prendo lo stesso."

"Bene", replicò il vecchio soddisfatto. "Allora merita un piccolo sconto aggiuntivo."

Arrampicandosi due gradini alla volta il ragazzo riemerse dal pavimento agitando orgogliosamente il volume, come se averlo trovato fosse merito suo.

"Ha visto?" disse il vecchio sorridendo, "il disegno di quel labirinto ce l'avevo qui!" esclamò assestandosi una pacca sonora sulla fronte.»

«Che titolo aveva il libro?» chiese Leonardo.

«Oh, il più generico che potessi immaginare: *Elementi di Psicopatologia Generale*. Diedi una rapida scorsa e subito mi saltò agli occhi un capitolo intitolato: *Psicopatologia della Religione. Stati alterati di Coscienza*.

«Fui assai colpito da quelle parole in quanto proprio in una delle ultime sedute avevo parlato a Enrico di quelle mie strane esperienze avute sin da bambino. Lui aveva ascoltato con attenzione, ma alla fine si era limitato a brevi considerazioni che di fatto non dicevano nulla su cosa pensasse al riguardo.

«Ora però vedo tutto diversamente», aggiunse Francesco estraendo da uno scaffale il libro in questione, «e quello che vedo non è certo confortante...»

«Posso dare un'occhiata?» disse Leonardo afferrando il libro.

L'uomo aprì il volume dove si trovava il segnalibro e diede una rapida occhiata a qualche pagina.

«Mah, la posizione della moderna psichiatria nei confronti di esperienze come quelle che mi hai descritto, è nota da tempo...»

«Forse era nota a te, non certo a me...» rispose Francesco.

Leonardo lo squadrò sorridendo.

«Ma sai che sei curioso? Sembrava che non dessi alcuna importanza a quelle tue esperienze… ti seccava persino che le definissi "mistiche"!»

«Lo so… sono sorpreso io stesso da questa mia reazione e non so come spiegarla. Mentre leggevo quelle pagine si è spalancato dentro di me un vuoto pauroso, mi sono sentito terribilmente solo… un orfano…»

«Oh, ma non è proprio il caso... questo vecchio libro non dice nulla di nuovo. Esiste da tempo un'accesa controversia al riguardo, destinata probabilmente a rimanere a lungo, come in tutti i casi in cui la ragione sta un po' da entrambe le parti. Del resto molte esperienze definite mistiche sono perfettamente spiegabili in termini psichiatrici, ma questo, per il credente, non esclude affatto l'esistenza di autentiche esperienze religiose che trascendono il sapere scientifico.

«Per certi aspetti la questione è quasi buffa», aggiunse Leonardo divertito, «il mistico si duole per coloro che non riescono a vedere le cose del cielo, lo psichiatra invece commisera lui, perché nelle sue estasi non vede altro che uno stato di alterazione psichica, spesso di carattere patologico!»

«Non ci trovo nulla di divertente, Leonardo. Quando ho appreso da quel libro cosa veramente rappresentavano quelle mie esperienze mi sono sentito morire, quasi mi avessero strappato l'anima.»

Leonardo sedette sul bracciolo della poltrona dell'amico e gli mollò un colpetto sulle spalle.

«Ma per quale motivo prendi le parole di questo libro per oro colato? È solo una delle mille voci su una vecchia diatriba.

E si tratta di un argomento così spinoso dove sarebbe difficile per chiunque dire l'ultima parola. Quindi sarei meno sbrigativo nel liquidare le tue esperienze come semplici stati di alterazione mentale...»

Quelle ultime parole accesero in Francesco una lieve speranza. Si affrettò verso lo sguardo dell'amico come ci si aggrappa a un salvagente: «ma tu stesso, Leonardo, quando definisci le mie esperienze "mistiche", lo pensi sul serio?»

L'uomo tacque brevemente. Non si aspettava quella domanda.

«Penso che su questo argomento nessuno possa rispondere con assoluta certezza, Francesco. Posso solo dirti che se certe esperienze fossero capitate a me le avrei considerate come qualcosa di assai prezioso... Ma ora guarda alla tua terapia... per il lavoro che stai portando avanti non è fondamentale conoscere la vera natura delle tue esperienze ma soprattutto ciò che tu ne hai fatto, o se preferisci cosa il tuo inconscio ne ha fatto, a partire da quando eri un bambino... e questo è lavoro per Enrico.»

«Ma tu hai già qualche idea al riguardo, vero?» chiese Francesco.

Leonardo si voltò verso la finestra guardando fuori.

«Questo è un lavoro per il tuo terapeuta», ribadì.

«Oh, sai già cosa dirà Enrico di tutto questo... era il tuo parere che desideravo conoscere. Perché vuoi lasciarmi con questo senso di vuoto?»

Leonardo continuò a guardare oltre i vetri in silenzio. La sera immergeva la piazza nelle sue ombre azzurrine che la luce dei lampioni frugava incuriosita. I finestroni di Palazzo Farnese si illuminarono uno ad uno e lo sguardo dell'uomo penetrò nei saloni affrescati.

«Penso, anzi sono certo», rispose Leonardo voltandosi verso l'amico, «che dentro di te abbiano sempre albergato due immagini di Dio assai diverse tra loro. Vi era la figura che nella tua prima infanzia si era venuta modellando sotto l'influenza di tua zia, consolidata in seguito attraverso le lezioni di catechismo. Una figura enigmatica, che sentivi di dover accettare ma con poco entusiasmo.

«L'altra immagine di Dio che avevi in testa, ma assai di più nel cuore, era quella emersa dalle tue esperienze estatiche. Perdona se insisto a definirle in questo modo ma mi pare quello migliore. Sia che si tratti di autentiche esperienze mistiche o di un mero prodotto della psiche, il termine "estatico" si riferisce alle emozioni sperimentate e non alla natura del fenomeno, sicché nessuno psichiatra reclamerà.

«Dicevo, dunque... dalle descrizioni delle tue esperienze emerge la figura di un creatore onnipotente, sì, ma assai più amorevole e affettuoso, che dona infinita gioia senza chiedere nulla. Mi hai riferito che quel sentimento d'amore ti ha fatto piangere dalla felicità... Una figura di Dio, insomma, che non sei riuscito, o forse non hai voluto sovrapporre a quella conosciuta nelle chiese.

«Alla morte di tua madre, quando hai sentito che Dio era cinico e indifferente di fronte al dolore degli uomini e gli hai negato persino il diritto di esistere, qualcuno dentro di te ha fiutato del pericolo per quel Dio buono, quel Dio della gioia e dell'amore affiorato nei tuoi momenti di grazia, e lo ha prontamente nascosto in un luogo segreto della tua mente per proteggerlo dalla tua stessa rabbia.

«Nel contempo, tutta la responsabilità per quella vita che avevi scoperto ingiusta e crudele verso gli uomini, è stata scaricata sulle spalle di quel Dio burocratico e assente che avevi pregato per anni assieme a tua zia. Così, sebbene ti dichiarassi ateo, il tuo equilibrio emotivo poggiava in gran parte sulla presenza silenziosa di quel Dio amorevole, accuratamente nascosto alla tua stessa coscienza. Poi hai cominciato a scavare assieme al tuo psicoterapeuta... ed eccoci qua. Ma credimi Francesco, chi ti era vicino percepiva in te la tensione di una interiorità non risolta, che ti gettava spesso nella confusione e ti rendeva scorbutico perfino con te stesso.

«Devi vedere il buono in quanto è accaduto. Sei entrato nello studio di Enrico per trovare la pace in te stesso, e questo non è mai un processo indolore. Ora sta a te decidere se approfondire il rapporto con quel Dio che tenevi nascosto. Grazie al tuo terapeuta, ora dovrai lavorare a carte scoperte!»

«Probabilmente sarà così, Leonardo. Le tue parole suonano maledettamente convincenti...»

«Beh, lo dici come se ti dispiacesse...»

Francesco scosse la testa in un gesto di insofferenza.

«Ma no, è che... proprio non riesco a trovare un buon rapporto con quella parola...»

«Quale parola?»

«*Dio*! E tutto il lessico di contorno come *anima*, *aldilà* e così via... Ho ben notato, non credere, che per non irritarmi tu ti limiti spesso a parlare di una generica "realtà spirituale"... ma per essere sinceri a me urta anche quella! Spunta sempre fuori per aggiustare magicamente tutto, quasi fosse l'unica chiave per aprire ogni porta! Non si può, per una volta, cercare una spiegazione rimanendo con i piedi ancorati a terra, senza dover passare per forza attraverso questa astratta sfera spirituale?»

«Certo che si può. Lo fai già due volte a settimana nello studio di Enrico... Ma lì ti lamenti invece del contrario, ossia che il mondo dello spirito sia lontano anni luce. O sbaglio?»

Francesco sorrise imbarazzato.

«No... non ti sbagli. So bene di essere contraddittorio. Ah, non so come fai a sopportarmi...»

Francesco si passò la mano sulla fronte con l'aria di chi è scampato a un pericolo. Dov'era volata la sua angoscia?

Ancora una volta il suo amico aveva compiuto il miracolo. In fondo non aveva inteso raccontargli tutto proprio con quella speranza?

«Davvero la vita non è noiosa, vero?» osservò divertito Leonardo dando un'occhiata all'orologio. Ora però devo comunicarti una cosa importante e lo faccio come vuoi tu, con i piedi ben ancorati a terra: «ho una fame da lupi! È ora di cena e se tardiamo finisce che troveremo di nuovo i tavoli in piazza affollati e dovremo mangiare in quel vicolo buio.»

«Beato te che hai appetito…»

«Mah, sarà l'aria della sera...»

57

L'isola sul Tevere era collegata alle sponde da due antichissimi ponti. In oltre duemila anni quelle arcate di pietra avevano sopportato il transito di cavalli romani, carri medievali, quindi svariati tipi di carrozze e calessini fino alle attuali automobili. Osservato da sud, l'antico complesso conservava inalterato il suo ruvido aspetto medievale con case di mattoni, torri massicce e campanili. Dopo la cena in trattoria Leonardo aveva proposto una passeggiata sul lungotevere e i due erano ora appostati nell'angolo da cui si godeva la veduta più suggestiva dell'isola Tiberina.

«Questo paesaggio è rimasto pressoché immutato da secoli», osservò Francesco. «Esattamente nel punto in cui siamo hanno sistemato il loro cavalletto pittori e paesaggisti d'ogni epoca. È la veduta del Tevere più famosa, quella che incontri in ogni negozio di stampe antiche, litografie, acquarelli...»

«Una fama ben meritata», commentò Leonardo, «in questo luogo sembra che il tempo si sia fermato...»

«Lo zio Giorgio, appassionato conoscitore di cose romane, dice che in questa città ogni pietra ha una sua voce e fin da bambino mi ha insegnato ad ascoltarla.»

«Udite anche le voci? Ma allora queste esperienze paranormali sono un vizio di famiglia! La vedo dura per il povero Enrico... approfondirsi su quel libro non gli basterà...»

«Scemo che sei… intendo dire che le antiche vestigia fanno riflettere, sempre che le si guardi con la giusta disposizione ovviamente, altrimenti non si vedranno che vecchie pietre mute.»

Leonardo sorrise, quindi si appoggiò alla ringhiera del ponte con l'aria di chi intende godersi il paesaggio. Francesco lo imitò, ma invece di osservare l'isola prese a lanciare occhiate pensose all'amico.

«A volte dai l'impressione di appartenere a un altro mondo Leonardo... Ma come fai ad essere sempre così tranquillo?»

L'uomo lo osservò per un istante cercando il perché di quell'improvvisa domanda, quindi si volse di nuovo verso il panorama.

«Non sono stato sempre così», rispose fissando la corrente del fiume.

«Ah sì? E cosa ti ha cambiato? Forse quel "percorso di trasformazione" di cui mi hai parlato?»

«Ah, vedo che non l'hai dimenticato...»

«Non dimentico nulla di quello che dici, Leonardo, neppure quello che non mi convince. Anzi, soprattutto quello.»

«Quindi quel percorso di trasformazione non deve averti convinto granché, se ancora lo ricordi…»

«Beh, si tratta di un percorso spirituale, no? Come ti ho detto, è proprio questo concetto che mi suona astratto... Ti confesso, però, che la mia mente ci gira attorno parecchio...»

«Il percorso spirituale non ha nulla di astratto, Francesco. Lo trovi già tutto nei vangeli, ad esempio. Ma le scritture non rivelano nulla al cuore restio e diffidente. È come con le tue antiche pietre: ci vuole la giusta disposizione per comprenderne la voce. Non dicevi così?

«Ma ottenere la giusta disposizione non è facile, lo so bene. A volte l'incredulità diviene come una malattia dell'animo.

Abbandonato al vuoto interiore, al dolore esistenziale, al gelo dell'indifferenza, il cuore dell'uomo può giungere a un punto dove non riesce a credere più a nulla. Allora cade in un sonno profondo, si indurisce come pietra, e vivere con quella pietra nel petto è il tormento oscuro di molte vite.»

«Conosco bene quello che dici, Leonardo. Sapessi quante volte, pensando al tuo percorso di trasformazione, mi sono detto: "Perché non tentare questo salto nel buio? In fondo quali alternative offre questa *vita reale*"? Ma non c'è verso, non riesco a incamminarmi in una direzione che non esercita su di me alcuna attrazione... ed essere attratti è importante amico mio, è essenziale... Non a caso nelle nostre conversazioni ciò che mi attrae, più delle tue parole, sono quella pace perfetta, quell'espressione appagata che hai dipinte sul volto mentre parli... Diamine! mi dico, ma allora quello che dice deve essere vero! Ma ahimé, quando mi vedo sulla soglia di quel benedetto percorso mi assalgono mille dubbi e ogni volontà si spegne... mi dico allora che avere fede è come possedere un talento... e con il talento ci si nasce – qualunque esso sia – non si acquisisce. E io quel talento non ce l'ho...»

«Storie...» rispose Leonardo, «per essere attratti dalle parole di un messaggero divino è necessario far spazio al nuovo, sgomberare la mente dalla cultura acquisita, dal peso delle tradizioni, delle passate esperienze, perché è proprio tutto questo che produce i mille dubbi di cui parli, che ci rende insensibili alla sfera del divino. Certo, può apparire difficile, ma lo è solo all'inizio...»

«Non sono i sacrifici a spaventarmi, Leonardo. Ciò che mi raffredda è l'incapacità di sentire reale qualcosa di cui non vedo nessun segno visibile. Come diavolo può nascere un desiderio in queste condizioni?»

«Dovresti cominciare a familiarizzare con le realtà invisibili, Francesco. Se neghiamo l'esistenza di tutto ciò che non cade sotto i nostri sensi dovremmo considerare inesistenti delle realtà la cui esistenza è invece indubbia...»

«A cosa ti riferisci esattamente?»

«Beh, è forse visibile la forza con cui una calamita attrae un chiodo di ferro? E lo stesso discorso vale per la forza di gravità, o la luce stessa che è una radiazione invisibile i cui effetti sono però evidenti. Anzi, ti invito a meditare sul fatto che la luce, che rende ogni cosa visibile, sia essa stessa invisibile! Vi scoprirai un'eloquente metafora dell'azione dello spirito sul mondo della creazione.»

«È vero perbacco! Noi vediamo sempre ciò che la luce illumina ma mai la luce stessa! Non c'avevo mai pensato...»

«Oh, sono infinite le situazioni in cui l'azione dello spirito è evidente... persino in noi stessi! Quando il tuo cuore è rapito da una musica toccante, chi credi che sia dentro di te a commuoversi se non il tuo spirito? I tuoi neuroni, forse? Anche l'anima dell'uomo è puro spirito... Ma chi crede che lo spirito umano sia solo frutto dell'immaginazione, interpreterà sempre ogni suo effetto come un mero prodotto del nostro cervello. Per questo le prove razionali addotte per dimostrare l'esistenza dello spirito lasciano spesso il tempo che trovano. Ma a chi si incammina sul sentiero di Dio è promesso che la sua vista interiore si schiuderà e mille prove diverranno palesi!»

«Insomma, il salto nel buio cui accennavo prima sembra proprio inevitabile...» disse Francesco mentre notava alcune gocce di pioggia cadergli sulle mani.

«Un salto nel buio, forse, non certo un salto nel vuoto. E ora togliamoci in fretta di qui, altrimenti temo che ci inzupperemo di pioggia. Il riparo più vicino mi pare quel tempio rotondo...»

58

I due fecero appena in tempo a rifugiarsi sotto il portico del tempio quando scoppiò un violento temporale accompagnato da lampi e tuoni.

«Beh, qui siamo al sicuro, anche se ho già i pantaloni mezzi fradici», sbuffò Francesco sedendo su un frammento di pietra addossato alla cella del tempio.

I due rimasero alcuni istanti in silenzio ascoltando il rumore della pioggia. Sul lato opposto della piazza, il campanile di un'antica chiesa sembrava incombere come uno spettro dietro il fitto velo di pioggia.

«È un inverno davvero rigido...» disse fra sé Leonardo osservando la facciata scura della chiesa paleocristiana.

«Inverno? A che ti riferisci visto che siamo in piena estate?»

«Pensavo alle religioni... anche loro seguono dei cicli, delle stagioni... All'inizio appaiono come una forza rivoluzionaria, producono profondi mutamenti nella società e nei cuori degli uomini, ma poi invecchiano lentamente, perdono vitalità, fino a irrigidirsi in una ortodossia dogmatica e autoritaria...»

«Allora avevi ragione, stiamo vivendo senza dubbio un inverno assai rigido», commentò Francesco. «Che fortuna nascere in questo periodo!»

«Beh, se può consolarti, è proprio quando le tenebre si fanno più fitte che appare un nuovo messaggero divino e una primavera spirituale torna a vivificare il mondo dell'esistenza. E chissà... forse quel messaggero è già venuto e andato, la primavera ha avuto inizio, ma il nostro sguardo non sa cogliere i primi bagliori...»

«Oh, il mio sguardo no di certo. E cosa accadrebbe in questa primavera? Dai, racconta, mi piace ascoltare fiabe mentre piove...»

«Fai bene a parlare di fiabe, Francesco. L'uomo d'oggi è spiritualmente deludente quanto lo era intellettualmente l'uomo delle caverne. Non solo non riesce più a credere, ma neppure a immaginare una tale rinascita... Eppure, amico mio, deve trattarsi di una trasformazione meravigliosa...»

L'uomo fissava la pioggia come se quel velo di goccioline nascondesse una visione luminosa che solo lui poteva vedere.

«Con l'arrivo della primavera spirituale la desolazione dell'inverno finalmente svanisce e la grazia divina torna ad abbracciare ogni cosa. Una nuova vita agita il mondo del pensiero, gli ideali si risvegliano e i desideri assumono un carattere spirituale. L'uomo diviene consapevole delle sue capacità di crescita interiore e la sua maggiore aspirazione diventa quella di avvicinarsi sempre più al suo Creatore. Questa primavera dell'anima raggiunge la sua maturità nella pienezza dell'estate, quando la messe dei frutti dello spirito appare in tutto il suo splendore...»

«Accidenti Leonardo! Parli come se avessi visto con i tuoi occhi quello che descrivi! Ma perché dici che non possiamo immaginare una tale rinascita? Dì piuttosto che non riusciamo a credere che possa avverarsi!»

«Amico mio, ma è proprio il gelo invernale a intorpidire i cuori e renderli increduli... Né la cosa mi stupisce, considerando questo avvicendarsi delle stagioni dello spirito.»

«Spiegati meglio...»

«C'è poco da spiegare: è fatale che allo splendore di quell'estate segua il grigiore autunnale. Ecco allora che venti malsani raggelano l'anima la quale, privata del calore divino, cessa pian piano di crescere, perde il suo anelito verso l'alto, e la visione del cuore è di nuovo offuscata dai veli dell'ego e dell'ignoranza. Il sopraggiungere dell'inverno troverà la fede dell'uomo prigioniera della propria inerzia e il suo rapporto con Dio ridotto a forme esteriori e vuote abitudini.

«In questo stato, le capacità percettive dell'anima sono assai ridotte, perché le facoltà spirituali, se giacciono a lungo inutilizzate, finiscono per atrofizzarsi. Ecco perché sono convinto che l'uomo attuale non sia assolutamente in grado di cogliere il vero significato di una primavera spirituale, e men che meno quei sentimenti di gioiosa attrazione verso il divino che ne costituiscono l'essenza.

«Ai cuori raggelati dal freddo invernale qualsiasi speranza appare un'utopia: perché non si può sperare in ciò che le nostre facoltà non riescono più a percepire. Ma sono altrettanto convinto che se, al contrario, l'uomo d'oggi riuscisse a cogliere le fragranze di quella primavera divina, si impegnerebbe con tutte le sue forze per cambiare la sua vita, sfuggire alla tirannia dell'ego, rinascere alla brezza dello spirito...»

L'uomo tacque, come se stesse contemplando lo scenario che aveva appena descritto.

Francesco proruppe in un applauso.

«Fantastico Leonardo! Mi hai quasi commosso! Quando parli in quel modo sembri davvero ispirato! Potresti dare delle lezioni al nostro parroco per le sue omelie! Tuttavia... c'è qualcosa che non mi quadra in questa tua storia delle stagioni...»

«E sarebbe?»

«Sarebbe che coloro che hanno la sfortuna di nascere nella brutta stagione è come se avessero il destino segnato! Chi nasce d'inverno, come dicevi, trova una religione che ha perso forza e sopravvive in vuote tradizioni, cresce in una società insensibile ai valori dello spirito e immersa nel materialismo. Non credi che questo poveraccio si trovi un tantino penalizzato nel suo progresso spirituale, soprattutto rispetto a chi ha la fortuna di nascere nello splendore della primavera? Chissà, forse se fosse nato d'estate, anche Ricardo Britto sarebbe rimasto quel galantuomo che era... e mia madre sarebbe ancora viva...»

«Questa vita, Francesco, considerata di per sé abbonda di ingiustizie. Ne troverai ovunque tu volga lo sguardo. Ma questo mondo è come la punta di un iceberg. Ogni cosa che vi accade è strettamente correlata con l'enorme porzione sommersa che sfugge al nostro sguardo. In altre parole, ogni evento, ogni fenomeno di questa vita terrena, nascono e si riverberano nella totalità di un mondo assai più vasto della modesta parte che riusciamo a percepire. Anche se per ora ci sfugge, vi è una giustizia unitaria, un'armonia che comprende e si giustifica nel tutto, quello che conosciamo, quello che un giorno conosceremo, e quello che forse non conosceremo mai.»

«Beh, sembra una spiegazione logica, se si vola alti fra i concetti. Se però scendiamo nel concreto della vita quotidiana, suona piuttosto astratta. Anzi, ricorda vagamente quelle dottrine religiose che la sinistra storica considerava create appositamente dalle classi sfruttatrici per consolare le masse diseredate con la speranza di un premio futuro, naturalmente posposto nell'aldilà. In pratica, Leonardo, proponi di tollerare le ingiustizie di questa vita in attesa di scoprire che non erano tali in una vita futura!»

«In una vita più grande, Francesco. Immensamente più grande di questa. Comunque io non propongo nulla amico mio, se non di incamminarti, se ne avrai desiderio, in quel sentiero di trasformazione spirituale di cui abbiamo più volte parlato. E quel sentiero è qui, ora, non devi aspettare una vita futura. Ma nessuno di noi due possiede le parole per convincere l'altro, e ciò che un giorno ti convincerà non saranno certo parole, ma la nuova consapevolezza che avrai acquisito proprio lungo quel cammino. Ma anche di questo, mi pare, abbiamo già parlato...»

«Lo so...», replicò nervosamente Francesco. «È davvero incredibile come quel tuo sentiero sia divenuto per me un'ossessione senza che vi abbia neppure messo piede!»

Leonardo sorrise: «penso che ora possiamo far ritorno asciutti, se ci sbrighiamo.»

Cessata la pioggia, dal terreno si alzava un leggero vapore assieme a un forte odore di terra bagnata. I due s'incamminarono alla svelta cercando di evitare le pozze d'acqua formatesi sul selciato.

Francesco osservò davanti a sé la figura claudicante del suo inquilino e pensò che in fondo, l'essere nato d'inverno, gli forniva una valida giustificazione per quell'insensibilità spirituale che si rimproverava spesso.

Ma altre parole di Leonardo gli risuonavano nella testa. L'idea che l'umanità avesse vissuto altre stagioni, sperimentato modi di vivere e di pensare talmente diversi da quelli attuali da essere stati del tutto obliati, era una cosa alla quale non aveva mai pensato realisticamente. L'impossibilità, da parte dell'uomo d'oggi, di comprendere, anzi solo di immaginare, come aveva precisato il suo inquilino, cosa potesse davvero rappresentare una nuova primavera per l'umanità, lo urtava e lo incuriosiva al tempo stesso.

59

«E dire che per anni ho pensato fosse un soprannome...» disse Francesco.

«Nient'affatto», ribadì Giorgio, «si chiama proprio così: Lenticchia. Professor Saverio Lenticchia. Già a scuola era bersagliato dallo scherno dei compagni per quel cognome orticolo, ma lui non se ne curava granché.»

Era una giornata fresca e pulita e l'auto di Francesco filava spedita lungo la via Aurelia. Abituata alla flemma di suo marito, Gina era piuttosto infastidita dall'andatura sostenuta di suo nipote. Si era ritirata sui sedili posteriori dove si trovava più a suo agio, ma la tensione nervosa la portava ad essere piuttosto brusca nella conversazione.

«Quando ti sei conosciuto con Saverio?» chiese Francesco allo zio.

«Oh, non ricordo di preciso... sicuramente prima del liceo, comunque. Eravamo due ragazzi...»

«Beh, dev'essere stata una forte amicizia per durare quasi mezzo secolo!»

«Già... anche se si bisticciava spesso... però c'era stima reciproca, questo sì. Poi, naturalmente, con gli anni subentra anche un legame affettivo...»

«Dio li fa e poi l'accoppia!», proruppe Gina. «Saverio e tuo zio sono due musoni, infatti non si prendono con nessuno, si trovano bene solo tra loro. E le roventi discussioni in cui si imbarcano ogni volta che si incontrano sono i loro momenti preferiti.»

«Roventi discussioni? Su che cosa?»

Giorgio sorrise: «praticamente su tutto! Saverio possiede in misura eccelsa la capacità di contraddire il prossimo, e bisogna dire che lo fa improvvisando argomentazioni rigorosamente logiche e brillanti! Già al liceo, qualunque cosa dicessi, lo trovavo sempre di parere opposto. Spesso lo faceva di proposito – diceva – per sviluppare la discussione e mettere alla prova le rispettive tesi, ma va detto che il ruolo di eterno dissenziente sembra proprio radicato nel suo carattere...»

«Uh! Quante parole per definire quello che comunemente si chiama un bastian contrario!» esclamò la zia. «Saverio doveva fare l'avvocato, non insegnare filosofia! Tuo zio...» incalzò la donna bussando sulla spalla di Francesco, «ha avuto intuizioni straordinarie che non hanno ottenuto il dovuto riconoscimento solo perché lui non ha la parlantina di Saverio, che invece sapeva ben incorniciare le sue quattro idee facendole apparire geniali!»

«Beh, adesso non esageriamo...» riprese Giorgio, «Saverio ha avuto momenti di vero genio, senza contare che è stato un ottimo insegnante: riusciva a catturare i suoi allievi grazie a una logica impeccabile, un eloquio piano e suadente. Questo gli è stato unanimemente riconosciuto e non si può certo negare.»

«Io non nego niente», replicò Gina, «l'ho appena detto che Saverio con la sua chiacchiera incantava chiunque. Aggiungo soltanto che di fronte a quell'uomo ho la netta sensazione di trovarmi davanti a tanto fumo e poco arrosto. Che ci vuoi fare? E poi, un uomo di pensiero dovrebbe essere il primo a mettere in pratica i propri principi. Invece... uno che si impegna nel descrivere la natura dei rapporti umani e poi passa da una moglie all'altra seminando ovunque sofferenza, mostra chiaramente di parlare di cose che non conosce o non sa praticare. E allora stia zitto, vivaddio! Osserva invece tuo zio: sarà pure ateo il cocciuto, ma è l'immagine esatta di quello che pensa e che dice!"

«Anche Saverio è ateo, zio?»

«Peggio!» esclamò Gina.

«Peggio? Che significa?»

«Basta sparlare degli assenti!» intervenne Giorgio con decisione.

«Io non sparlo, dico le cose come stanno, e se ti urta è perché sai che ho ragione...» replicò secca la zia.

«Ehi, signori, abbiamo percorso appena dieci chilometri e ne mancano altri trenta. Se cominciamo a battibeccare da ora stiamo freschi...»

Le parole di Francesco zittirono Gina e per un buon tratto di strada si udì soltanto il ronzio del motore.

«È pur vero che sono trascorsi diversi anni dall'ultima volta che Saverio venne a trovarci», disse Giorgio rompendo il silenzio, «ma davvero non rammenti proprio nulla di lui?»

«Nulla di preciso...» rispose Francesco.

«Tutto ciò che ricordo è una persona con i capelli brizzolati che parlava continuamente. Ricordo bene Antonia invece, era seduta sempre in disparte, non apriva mai bocca...»

«Ed è rimasta come allora», disse Gina, «in quella casa è stato sempre difficile trovare spazio per parlare...»

«Come mai Saverio ha deciso di allontanarsi da Roma?»

«Mah... Forse con l'età sentiva nostalgia della sua infanzia. È cresciuto in campagna, dove suo nonno aveva un'azienda agricola. Dapprima s'era orientato verso i Castelli Romani, ma Antonia ha ottenuto un posto di insegnante in un liceo di Civitavecchia, sicché ha deciso di stabilirsi a Cerveteri. È un bel paesotto di origini etrusche, e dista dal liceo di Antonia soltanto una trentina di chilometri.»

«Cosa insegna Antonia?»

«E non lo indovini?» rispose Gina, «Storia della filosofia! Quella ragazza è il ritratto del padre, nell'aspetto come nelle idee. Quell'uomo l'ha soggiogata con la sua autorità. Per fortuna, almeno nel carattere, ha preso della madre, una donna amabilissima anche se assai timida. D'altronde quel tiranno del marito non l'ha certo aiutata ad aprirsi... Povera Luciana... Che Dio l'abbia in gloria!»

«Sicché Antonia vive sola con suo padre... Figlia unica, vero?»

«Sì», rispose Gina, «e a trentotto anni è ancora nubile. Saverio sarà segretamente soddisfatto che resti zitella, così non si troverà solo nella sua nuova villa di campagna...»

«Proprio non capisco tutto questo malanimo, Gina! Se proprio non sopporti quell'uomo potevi restartene a casa... chi ti obbligava a venire?» borbottò Giorgio innervosito.

«Beh, ci tenevo a visitare la necropoli etrusca. E poi, pensi che t'avrei lasciato solo tra le grinfie del tuo caro amico?» replicò Gina sarcastica. «Almeno saremo in tre contro uno!»

«In tre contro due...», precisò Francesco, «Antonia non la conti?»

«Antonia? Aspetta a vederla...»

«Gina!» esclamò Saverio con un gran sorriso.

«Ma vuoi deciderti a invecchiare almeno un po'? Fortunato te Giorgio... Ma la vostra vecchia carretta che fine ha fatto?»

«Eh, stamani non ne ha voluto sapere di mettersi in moto. Anche lei comincia ad avere una certa età e..."

«Alt! Qui in campagna vigono regole diverse dalla città!» sentenziò Saverio alzando imperiosamente l'indice. «E la prima regola è proprio il divieto di parlare dell'età. Qui contano solo gli anni che uno si sente dentro!»

Gina lanciò un'occhiata significativa al nipote per rammentargli quanto aveva detto durante il viaggio circa i modi autoritari dell'uomo.

«E questo distinto giovanotto che vi faceva da autista?»

«Non riconosci mio nipote Francesco? Beh, certo sono diversi anni che non lo vedi...»

«Francesco!» esclamò l'uomo abbracciando calorosamente il giovane. «E come avrei potuto riconoscerti? Eri uno sbarbatello l'ultima volta che ti ho visto! Però, accidenti, in tutti questi anni potevi venire almeno una volta a trovare il migliore amico di tuo zio!»

«Eh, storia vecchia...» intervenne Giorgio per levare d'impaccio il nipote. «I giovani amano stare coi giovani... che ci vuoi fare? Anche noi eravamo così.»

Per impedire a Saverio di replicare Gina prese la parola salutando Antonia, rimasta sino a quel momento in disparte con un lieve sorriso stampato sul volto. Fu poi la volta di Giorgio che presentò suo nipote alla giovane donna.

Francesco si trovò a stringere una mano sottile ed esanime. Lo infastidivano le persone che porgevano la mano in quel modo, ma quella volta l'impressione che ne ricavò fu stranamente piacevole.

Esile e aggraziata, la donna possedeva una sua delicata raffinatezza nei tratti e nei modi. Francesco notò che non aveva ombra di trucco e anche il modo di vestire non mostrava alcuna ricercatezza. Gli occhiali, alquanto seriosi, le conferivano un'aria professorale e la invecchiavano, rubando sicuramente luminosità allo sguardo. Perché non curava di più il suo aspetto? Forse vivere in quel posto non la stimolava a farlo? O qualcosa aveva reso il suo spirito inerte come la sua mano? Salutandolo la donna gli sorrise e a Francesco parve di cogliere un soffio di malinconia che saliva dall'animo a velare lo sguardo.

«Bene signori! Vogliamo accomodarci nella mia modesta dimora?» esclamò Saverio invitando tutti ad entrare con un gesto ampio e cerimonioso. La casa dell'uomo era una comoda villa di campagna con quel tanto di rustico, un po' vero e un po' posticcio, per soddisfare le aspettative di chi fuggiva dalla metropoli. L'ingresso era preceduto da un profondo portico arredato con tavoli e ampie poltrone di vimini.

Dopo aver mostrato la casa ed esaltato i pregi del vivere in campagna, Saverio ricondusse il gruppetto nel portico per il pranzo.

«Niente male mangiare con questo panorama attorno...» notò Giorgio.

«Non ti nascondo che questo paesaggio è uno dei motivi principali che mi ha portato a scegliere questo luogo. Vedete quel vasto pianoro, laggiù? È proprio la necropoli etrusca che visiteremo oggi pomeriggio. In realtà la zona visitabile è solo una piccola parte dell'intera necropoli che è la più estesa nell'area mediterranea. Pensate: decine di migliaia di tombe di cui alcune risalenti a tremila anni fa! Vengono da tutto il mondo per visitarle, e questo continuo flusso di turisti conferisce al paese un respiro internazionale, ottimo rimedio contro l'asfissia che ti può cogliere nei piccoli centri.»

60

Nel primo pomeriggio, il gruppo capitanato da Saverio si avviò lungo il viale sterrato che attraversava la necropoli, immersa in una vegetazione lussureggiante dove si alzavano scuri cipressi e pini marittimi.

«Visitare questo luogo è come muoversi per le strade di un'antica città etrusca», disse Saverio. «L'interno delle tombe riproduce fedelmente quelle che erano le abitazioni reali, con tanto di ingresso, atrio, stanze e stanzette. Perfino l'arredo è riprodotto con tale dovizia di particolari che grazie a queste tombe si sono apprese diverse abitudini di questo popolo.»

«Scommetto che se l'avessi incontrata altrove non l'avresti nemmeno riconosciuta, vero?» sussurrò Gina a suo nipote riferendosi ad Antonia.

«Beh, sono trascorsi parecchi anni... Ora somiglia molto a suo padre ma solo fisicamente, per il resto sembra un tipo di poche parole… un po' introverso forse...»

«Ma no...», rispose Gina, «è semplicemente una persona riservata. Ma bisogna riconoscere che è una bella donna, colta, raffinata… Fortunato chi se la prenderà!»

Francesco si fermò di colpo e scrutò la zia, gli occhi serrati in due sottili fessure da cui trapelava un improvviso sospetto.

«Siamo certi che l'auto dello zio non partiva stamani? Comincio a pensare che la richiesta di accompagnarvi sia stata tutta una commedia per farmi incontrare Antonia…»

«Ma stai scherzando? E poi perché, non ti piace?»

Francesco alzò gli occhi al cielo.

«Diavolo, zia! Ma non ti stanchi mai di tramare? E poi stai davvero esagerando stavolta: Giulia è scomparsa solo da qualche mese e vorresti vedermi già con un'altra donna?»

«Ma che vai a pensare? L'auto di tuo zio non si metteva in moto sul serio. Tu hai troppa fantasia figliolo...»

La voce di Saverio li distrasse dalla loro discussione. L'uomo gridava come se avesse al seguito decine di persone.

«Come vedete, ai lati del viale cominciano ad apparire le cosiddette tombe a tumulo. All'interno di queste strutture circolari, come ho detto, è ricavata una fedele rappresentazione della casa dei vivi. Pensate che alcuni tumuli superano i quaranta metri di diametro! La necropoli è un vero labirinto: i tumuli sono a volte così vicini da formare tra loro sentieri stretti e ricurvi dove è facile perdersi...»

«Allora restiamo uniti...» suggerì Gina.

«Guardate attorno», esclamò Saverio, «questa è la parte più suggestiva della necropoli! Osservate il serpeggiare di queste antiche vie, questo affollamento di sepolcri immersi in una campagna selvaggia, lasciatevi penetrare dallo spirito di questo luogo unico al mondo!»

«Che teatrante... vuole essere sempre al centro dell'attenzione», commentò piano Gina.

«Guarda che ti sentono...» sussurrò Francesco. «Perché non ti rilassi e ti godi la visita invece di borbottare continuamente? Il posto è suggestivo sul serio...»

«E chi dice di no?»

«Bene», esclamò Saverio, «apprestiamoci al momento più emozionante: l'ingresso in una delle tombe, ma sarebbe più corretto dire nella casa del defunto!»

Al termine di una lunga scala che scendeva nel sottosuolo, il gruppo si ritrovò in un atrio il cui soffitto era stato scolpito in modo da simulare l'ossatura lignea di un tetto. Alcune sedie di pietra, con un ampio schienale ricurvo, erano state scolpite a ridosso delle pareti come piccoli troni. Tutt'intorno si avvicendavano letti funebri accuratamente sagomati con l'impronta dei guanciali. Di qui, tre porte immettevano in altre camere sepolcrali con due o tre letti lungo le pareti. Ovunque i segni delle scalpellature mostravano come ogni ambiente fosse stato scavato nella roccia con infinita pazienza.

«Visto che avremo da camminare parecchio, vi consiglio di approfittare di queste sedie», suggerì Saverio. «Se non bastano per tutti, sedetevi sui letti funebri. Accomodatevi insomma, fate come se foste a casa vostra.»

«Che assurdità che dice...» commentò tra sé Gina.

«Naturalmente il corredo funerario di queste tombe», continuò Saverio, «costituito in genere da oggetti d'uso quotidiano, vestiti, gioielli e armi, se non è stato trafugato da scavatori clandestini è ora esposto nei musei.»

«Corredo? Ma che senso aveva circondare il defunto con oggetti che non avrebbe mai usato?» chiese Gina incuriosita.

«Beh, sembra che questo popolo credesse nella sopravvivenza dell'individualità del defunto dopo la morte», spiegò Saverio, «anche se non è chiaro in che consistesse di preciso questa individualità. Essa continuava comunque a vivere nel luogo dove erano state deposte le spoglie mortali, ecco perché la tomba prende la forma di una casa e la si provvede delle suppellettili necessarie.»

«Vuoi dire che questi etruschi pensavano che il defunto continuasse a vivere per sempre in questo appartamentino sotterraneo? Ma è pazzesco! Sono pochi minuti che siamo qui sotto e a me già manca l'aria!»

«Questo si legge nei libri, cara Gina, ma sono convinto che la concezione etrusca dell'oltretomba resti per molti versi ancora oscura...»

«Beh, su una cosa non c'è dubbio...» disse Giorgio, seduto con le gambe accavallate su uno dei piccoli troni.

«Questa gente viveva in capanne di legno e fango ma per la vita ultraterrena si costruiva sepolcri monumentali! Insomma, pare che l'aldilà fosse tenuto in maggiore considerazione della vita stessa...»

«Sembra proprio di sì», commentò Francesco. «Ma perché quel viso scuro?"

«Mah, non so a voi, ma a me una tale visione rattrista. Non ho mai accettato l'idea di una vita svuotata di valore in nome di un'altra vita immaginaria. Puzza sempre di fregatura.»

«Scusa, zio, ma chi ti dice che l'idea dell'aldilà, comunque venisse considerato da questi etruschi, togliesse valore alla loro vita? Magari accadeva il contrario! Forse era proprio il pensiero di cosa li attendeva dopo il trapasso a dare significato alla loro esistenza!»

«Peggio per loro allora! Perdonate, ma almeno ai miei occhi, ogni sacrificio fatto in funzione di un immaginario oltretomba è tempo perso.»

«È tempo perso anche discutere con lui...» disse Saverio. «Su certe questioni tuo zio è rimasto quel cavernicolo che ho incontrato al liceo...»

Francesco squadrò incuriosito il vecchio amico di suo zio: «Perché, intendi dire che tu, invece...»

«Se credo in Dio? Ma come si fa a non credere, ragazzo mio? Giusto tuo zio può pensare che questo infinito universo governato da leggi precise si sia fatto da solo! Inoltre, figliolo, come potrebbe una realtà priva di intelligenza produrre un essere intelligente? Quindi, visto che a parte tuo zio l'uomo è un essere cosciente e intelligente, mi aspetto che il suo creatore possegga anche lui tali attributi, e ovviamente in grado superiore. Lineare, no? Forse da un professore di filosofia ti aspettavi qualcosa di più articolato di quello che ti hanno insegnato al catechismo, ma da quando in qua la complessità è divenuta un metro per misurare la verità? Il traguardo d'ogni disciplina è la semplicità, amico mio, e questo vale anche per la filosofia!»

«Non fa una grinza...» disse Francesco, «ma quando si parla di religiosità credo che giochi un certo ruolo anche il cuore... Per me, ad esempio, un grosso ostacolo verso la fede è non riuscire a conciliare l'esistenza di un Dio buono con un mondo pieno di sofferenza...»

«Questo è un vecchio ritornello, ragazzo. Il problema è che ci si ostina a pensare che Dio debba essere per forza buono...»

«Cosa pretendi?» intervenne Giorgio, «che la gente per consolarsi si inventi un Dio cattivo?»

Saverio allungò il braccio per zittirlo: «questo è un altro problema. Non mettiamo troppa carne al fuoco e atteniamoci al dilemma di tuo nipote. Dunque, ragazzo, se ti osservi attorno, quali prove vedi della bontà divina?»

Francesco esitò: messa giù in quel modo, la domanda l'aveva lasciato senza parole. Poi gli sovvennero i discorsi di Leonardo... il percorso di trasformazione...

«Forse il mio occhio è ancora incapace di vedere la bontà di Dio nelle cose», rispose.

«Sciocchezze! Il tuo occhio vede fin troppo bene! L'occhio non inganna, non mente. Se non riesci a cogliere i segni della bontà divina attorno a te, ma non ti sfuggono tutti gli orrori di questo mondo, devi avere il coraggio di trarne le dovute conclusioni. E tutto induce a pensare che Dio sia piuttosto indifferente al dolore dell'uomo, per non dire di peggio.»

«Ma cosa mi tocca sentire!» esclamò Gina indignata. «Si è proprio perduto ogni senno! Bada Saverio, bestemmiare è come sputare controvento!»

«Ecco, vedi come reagisce la gente?» replicò il vecchio puntando il dito accusatorio sulla donna.

«Quest'idea piace poco alle persone, che fin dall'infanzia hanno imparato che Dio è puro amore! Invece penso che il sentimento che muove tutto e tutti sia in realtà la paura! Il timore ancestrale di sentirsi in balia di forze superiori che non ci sono affatto amiche! Pur di mantenere viva la convinzione di un Dio buono, nonostante gli eventi mostrassero ogni volta il contrario, la teologia si è impegnata nei secoli in argomentazioni acrobatiche per conciliare l'inconciliabile, ma le parole non servono a nulla quando un terremoto o un'epidemia spezzano di colpo migliaia di destini senza distinzione alcuna: vecchi e bambini, colpevoli e innocenti, giusti e peccatori. In quei momenti, quando il senso ordinario delle cose va a farsi friggere, si resta con la dolorosa impressione che la bontà e l'amore del Creatore giacciano anch'essi sotto le macerie. Ecco allora che l'unica difesa possibile contro questi orrori è ficcare la testa nella sabbia, non vedere, non pensare, affrettarsi a ricostruire ciò che è crollato e dimenticare al più presto l'accaduto.»

«Beh, c'è senz'altro della verità in quello che dici, ma ho l'impressione che tu stia estremizzando», rispose Francesco. «Non tutto il negativo viene obliato per paura, basta aprire un libro di storia per accorgersene...»

«I libri di storia!» ripetè Saverio in tono sarcastico, «e chi li ha scritti se non quell'uomo spaventato e smarrito di cui abbiamo parlato sinora? Ma sai quante pagine mancano da quei libri? Quanti eventi sono silenziosamente ignorati?»

«Beh, non credo che...»

«Tu non credi, eh... Ascolta bene allora», disse il vecchio afferrando Francesco per il polso. Il braccio gli tremava visibilmente facendo tremare anche quello del giovane e parlava chino in avanti come se stesse rivolgendosi al pavimento.

«Mio nonno Alfredo morì nel fango di una trincea durante la Grande Guerra. Non fu una pallottola a ucciderlo, ma la cosiddetta Spagnola, che in quel momento stava falcidiando senza pietà i soldati ammassati nelle trincee. La Spagnola non era una ballerina di flamenco ma una delle più grandi epidemie che si siano mai abbattute sull'umanità. In pochi mesi fece più morti di quelli delle due guerre mondiali e senza fare tutto quel rumore! Questo l'hai trovato nei tuoi libri di storia?»

«A dire il vero», rispose Francesco, «non ne apro uno da un pezzo... comunque non ricordo questa micidiale Spagnola...»

Il vecchio liberò il polso di Francesco dalla stretta.

«Non ricordi perché non hai trovato nulla da ricordare. Quell'inferno, che non risparmiò nessun continente, venne cancellato rapidamente dalla storia ufficiale e rimosso dalla memoria collettiva. Hai mai trovato un libro, un articolo o un film dedicati a quell'immane tragedia? Persino le fotografie sono rarissime, e mostrano ospedali affollati, ammassi di cadaveri che non si faceva in tempo a seppellire...

«Però sono certo che nei libri di storia avrai trovato notizie in abbondanza sulla seconda guerra mondiale, descritta nei dettagli e con tanto di immagini. Non è vero? E quanti libri, film e documentari gli sono stati dedicati!»

«Beh, sfido io, la seconda guerra mondiale è stato il più grande conflitto bellico della storia!»

«E la Spagnola? Non è stata la più grande pandemia che abbia mai afflitto il pianeta? Perché è stato tutto inghiottito dal silenzio? Possibile che non vi venga da chiedervelo?»

«Beh, ora che ne sono a conoscenza me lo chiedo di certo. Forse, come tu prima accennavi...»

«Appunto! La seconda guerra mondiale, come ogni guerra, è frutto della perversità umana, è colpa dell'uomo insomma, non certo di Dio! In altre parole, quel disastro mondiale non mette affatto in discussione la bontà divina, che anzi in quei momenti di sconforto ci è più che mai necessaria. Ma quella terribile pandemia, come anche la "peste nera" del '300 o i più devastanti terremoti della storia, non sono certo colpa dell'uomo! La gente si chiede allora quale sia il ruolo divino in queste immani catastrofi. Se Dio non ne è responsabile, perché nella sua bontà non ha fatto qualcosa per evitarle? Ma, come ho detto, nessuno ci risponde su questo, la natura è muta, il cielo è buio e silenzioso. Allora un brivido freddo ci scivola dietro la schiena e decidiamo di non vedere, di dimenticare, di rimuovere lo spettro di un Dio malvagio.»

«Certe calamità sono inviate da Dio stesso», sentenziò Gina. A volte per purificarci, altre volte per punirci dei nostri peccati. Ricorda il diluvio universale, o la distruzione di Sodoma e Gomorra...»

Saverio tacque brevemente e quell'istante parve carico di tensione come il silenzio che intercorre tra il lampo e il tuono. «Questa è una visione religiosa che detesto!» ringhiò furente. «Che idea grossolana! Ma quale Dio giustizierebbe l'umanità intera solo a causa di alcuni peccatori, pochi o molti che siano? E gli altri? A che varrebbe ai devoti, ai pii, restare fedeli al Signore se dovessero seguire la stessa sorte dei peccatori?»

«Il disegno di Dio è spesso imperscrutabile...» aggiunse inesorabile Gina.

L'uomo si morse la mano: «Eh no... questa fede supina io non la accetto. E che? Prima si fa appello alla ragione per dimostrare razionalmente l'esistenza e la bontà di Dio – riconoscendo così alla ragione la capacità di discriminare su tali cose – poi appena quella stessa ragione ci vede poco chiaro in qualcosa, ecco spuntare questa imperscrutabilità del disegno divino? Troppo comodo...»

«Se l'uomo potesse intendere ogni progetto divino sarebbe uguale a Dio», disse Gina. «Un po' presuntuoso, non credi?»

Saverio alzò le mani. «Basta, mi arrendo. Che Dio mi fulmini se...»

Il vecchio non fece in tempo a terminare la frase che un lampo accecante illuminò l'ambiente.

«Salotto etrusco?» disse una voce femminile seguita da un risolino squillante.

Appena gli occhi si ripresero dall'abbagliamento si volsero tutti in direzione della voce. Una coppia di anziani turisti era ritta sulla soglia del sepolcro e osservava all'interno con aria assai divertita. La donna stringeva in mano la fotocamera ancora fumante.

«Passano i millenni ma i discorsi restano sempre gli stessi!» soggiunse scherzosamente la turista in un italiano stentato. Una risata generale risuonò nell'atrio del sepolcro, subito illuminato da un secondo lampo.

L'uomo si aggiustò lo zaino sulle spalle, quindi fece un cenno con le mani a significare che potevano pure riprendere i loro discorsi, loro due non avrebbero più disturbato. Salutarono graziosamente e presero a risalire la scala da dove erano discesi.

«Ve l'avevo detto che vengono da tutto il mondo a visitare questa necropoli!» disse Saverio riacquistando la consueta vitalità dopo il breve congelamento causato dal lampo.

«Ora però risaliamo anche noi. Il nostro programma prevede la visita di sei tombe e se in ognuna ci fermiamo tutto questo tempo faremo notte... Dunque si prosegue signori, coraggio!»

L'uomo prese a risalire la scala spedito, presto seguito dagli altri. Antonia, che si trovava per ultima, fu trattenuta delicatamente da Francesco.

«Come stai?» chiese piano per non farsi udire dagli altri.

La donna si voltò sorpresa. «Bene... perché?»

«Non hai detto una parola per tutto il tempo...»

«Oh, ho assistito mille volte a queste discussioni. E poi, come avrai notato, è difficile trovare spazio con mio padre...»

Francesco sorrise: «È vero, ma ho trovato i suoi argomenti assai interessanti, anche se non molto allegri...»

Antonia alzò gli occhiali sulla testa a trattenere i capelli. Senza il velo delle lenti gli occhi apparivano più espressivi e profondi, ma anche quella vena di tristezza che Francesco aveva notato gli apparve più evidente.

«Che ne dici di andare anche noi? Temo che altrimenti perderemo di vista gli altri...» suggerì Antonia.

61

Appena risaliti all'aperto furono avvolti dalla luce calda del pomeriggio e dal chiasso degli uccelli. Nella parte vecchia della necropoli una vegetazione rigogliosa prorompeva da ogniddove. Piante rampicanti si avvinghiavano tenacemente ai tronchi degli alberi e alle architetture mentre il muschio ricopriva alcuni tumuli per intero; radici sottili si insinuavano caparbiamente in ogni crepa della roccia, tra le fessure dei sepolcri, come se una natura ostinata intendesse riappropriarsi lentamente di quello che l'uomo aveva riportato con fatica alla luce.

«Hai notato?», osservò Antonia, «basta restare in un luogo buio e angusto per un certo tempo, e dopo ti colpisce quello che prima neppure notavi: l'aria, la luce, questo profumo di piante selvatiche...»

Presero a camminare a una certa distanza dagli altri e Francesco pensò che quel terreno accidentato sarebbe stato un ottimo pretesto per prendere Antonia per mano. In fondo da bambini l'avevano fatto più di una volta quando gli zii si recavano in visita da Saverio e loro due uscivano a passeggiare nei dintorni. La voce improvvisa della donna lo distolse tuttavia da quell'intento.

«Mio padre non è quello che sembra o che gli piace far credere», disse Antonia. «Tutti immaginano una persona fredda e imperturbabile che affonda la propria ragione come un bisturi laddove altri procedono incerti con infinita cautela. In effetti, leggendo i suoi scritti si ha questa percezione, ma è dovuta soprattutto al modo di affrontare gli argomenti e al suo stile asciutto. Papà possiede invece una personalità assai emotiva e spesso è turbato dai suoi stessi pensieri! È come un bambino che ha paura del buio ma allo stesso tempo è terribilmente curioso di scoprire cosa vi si nasconda. Quando era immerso nel suo lavoro dimenticava persino di mangiare, ma nel contempo accumulava una sottile inquietudine, a cui negli ultimi anni si aggiunse una profonda solitudine. La sua ultima pubblicazione, che risale ormai a qualche anno fa, fu avversata aspramente dalla stampa specializzata che giunse a parlare di "una blasfemia ridicola e fantasiosa". Critiche che papà si aspettava, ma che non digerì lo stesso.»

«Perbacco! Ma cosa aveva scritto?»

Antonia portò di nuovo gli occhiali sul naso e tirò un sospiro profondo.

«Già dai tempi dell'università papà si dibatteva tra due posizioni pressoché opposte. Condivideva con le persone religiose l'idea di un Creatore, ma dissentiva su tutto il resto. La sua insofferenza verso la teologia ufficiale lo avvicinava alle idee degli atei più convinti, ma a loro confutava proprio il nocciolo della loro fede – lui considera una fede anche l'ateismo – e cioè l'inesistenza di Dio. Insomma: quando mio padre guarda all'universo, non può fare a meno di percepire la presenza di un Creatore, ma quando osserva la vita dell'uomo, non riesce a credere che questo Creatore possegga quella bontà infinita che le religioni gli attribuiscono.»

«Beh, vivere col peso di certe convinzioni non dev'essere facile...» osservò Francesco.

«Infatti non lo è stato», continuò Antonia.

«Un giorno si confidò con mia madre, cosa poco frequente e già di per sé significativa. La mamma aveva con lui un rapporto quasi materno, e proprio in quello mio padre stava cercando rifugio. Era solo, confuso, i suoi stessi pensieri gli avevano raggelato l'animo.

«Mia madre si fece coraggio e cercò di sollevarlo da quella prostrazione. Gli rammentò che chi cerca la verità ha il dovere di non tralasciare alcuna ipotesi. E poi nella mitologia antica non erano rare figure di dei collerici che perseguitavano gli uomini. In fondo, che Dio fosse amore assoluto era una concezione maturata soprattutto col cristianesimo, perché ancora nel Vecchio Testamento era frequente la figura di un Dio irato, che punisce sodo, che detta leggi durissime, a volte raccapricciante.»

«È vero», osservò Francesco, «Il Dio di Mosè è piuttosto severo... forse per questo noi cristiani lo frequentiamo poco!»

«Le parole di mia madre, comunque, non lo consolarono granché, e col tempo il suo animo si fece sempre più cupo. La natura stessa, diceva, gli appariva concepita secondo un piano cinico e orribile, non era che una giungla spietata dove gli esseri, per sopravvivere, erano costretti a divorarsi l'un l'altro. Si poteva immaginare un disegno più perverso? Quando alla televisione trasmettevano documentari sugli animali che mostravano scene cruente, come un leone che sbranava una gazzella o un'aquila che artigliava una lepre, mio padre volgeva gli occhi altrove. Più di una volta, a tavola, l'ho sentito dire mentre tagliava della carne: "Dio ci ha reso tutti degli assassini..." Insomma, non era affatto il pensatore distaccato che altri immaginava.»

«E tu?» chiese Francesco, «come te la sei cavata crescendo in questo clima non proprio allegro? Non mi dire che la pensi come Saverio...»

«Forse i pensieri di papà mi hanno influenzato», rispose Antonia, «ma non sono stata affatto plagiata, come pensa invece tua zia. Io e mio padre abbiamo caratteri e vedute assai diversi. Professionalmente ho seguito le sue orme ma il fascino per la ricerca è scomparso già durante i primi anni d'università.

«Ora guardo alla filosofia, e la insegno anche, soprattutto dal punto di vista storico, come evoluzione del pensiero umano, ma non sono affatto attratta dalla speculazione sui problemi che il semplice fatto di esistere ci mette davanti agli occhi, anche perché, come li metti li metti, restano sempre problemi. E anche la convinzione di mio padre che l'intero universo sia sottoposto a leggi inviolabili, non mi porta affatto a pensare automaticamente a un Creatore. Povero papà, si sente solo intellettualmente, ma non posso mica mentire per farlo contento!»

«Si sente dal tono delle tue parole che sei molto affezionata a tuo padre…»

«Sì, è un uomo buono, sincero, generoso. Trattava i suoi allievi come figli e ha lavorato senza mai risparmiarsi. Ora merita di godersi la sua campagna, la sua musica, le sue letture. Quel Dio in cui ha sempre creduto non lo fulminerà di certo per non aver visto in lui un gioiello di bontà.»

Imboccarono la via dei Monti Ceriti, fiancheggiata da sepolcri di forma cubica perfettamente allineati secondo un preciso piano urbanistico.

«Perbacco!», notò Francesco, «qui pare d'essere in un vero quartiere residenziale!»

«In fondo, questa città di morti mi suscita tenerezza», disse Antonia.

«Tenerezza?»

«Sì. Mi pare di vederli questi etruschi, affannarsi a scavare nel sottosuolo, immersi nella polvere che si appiccica al sudore, senza luce, e forse anche senza troppa convinzione. In realtà è l'uomo che mi fa tenerezza, a qualsiasi epoca o religione appartenga. Checché se ne dica, non può essere certo di nulla, neppure di se stesso! Eppure, in fondo, gli basta poco per sorridere, per essere felice... Mah, siamo tutti dei piccoli orfani, Francesco...»

La donna si chinò a cogliere un fiore dal quale aspirò avidamente il profumo.

«Mi ha detto Giorgio che ora sei un artista importante…»

«Mio zio esagera… comunque la pittura è stata la grande passione della mia vita, questo è vero. Ma ora sto passando un momento di stanca… capita a tutti… passerà. E tu cosa intendi fare per il futuro?»

«Niente… cosa vuoi che faccia? Continuerò a insegnare.»

«E non desideri una famiglia, dei figli…?»

«Oh, ti prego, lascia queste domande a Gina, almeno ci sarà un po' di varietà nei nostri discorsi!»

«Ah… e a Gina cosa rispondi quando fa queste domande?»

Antonia rise di gusto: «tu non ti arrendi mai, vero?»

«Anche tu non scherzi… comunque se hai deciso di non rispondermi avrai le tue ragioni…»

«Senti Francesco: perché sposasti Giulia?»

«Che domande… perché l'amavo.»

«Appunto: quando sentirò di amare qualcuno mi sposerò anch'io, sempre che sia ricambiata. Non sono cose che si decidono a tavolino.»

«Hai ragione, è vero. Ma io mi sposai a vent'anni, mentre tu ne hai trentotto, il che porta a chiedersi come mai tu non abbia ancora avuto un incontro fortunato… Forse conduci una vita troppo solitaria, che ruota molto attorno a tuo padre, il che non favorisce certo nuovi incontri…»

«Mi sembra di ascoltare tua zia… Cosa dovrei fare? Abbandonare mio padre? Beh, questo non lo farò di certo. Forse avete ragione, ma io sono fatta così. Questo è il mio carattere…»

Tacquero entrambi, continuando a camminare ad una certa distanza dagli altri. A tratti Gina si voltava lanciando verso di loro uno sguardo furtivo, convinta che nessuno se ne accorgesse.

«Posso essere sincero?» chiese Francesco.

«Certo. Ma anche discreto...»

«Vorrei soltanto condividere una mia impressione.»

«Sono tutt'orecchi», rispose Antonia.

«Sono convinto che tu nutra un'infinita ammirazione per le indiscutibili doti di tuo padre, e che non avvertirai mai alcun interesse in un uomo che possegga anche un briciolo in meno di quelle doti. Mi sbaglio?»

«No, probabilmente non ti sbagli.»

«Forse gli uomini ti fanno tenerezza non soltanto per i motivi ai quali accennavi prima», continuò Francesco, «ma anche perché in gran parte vivono come un gregge, senza troppo pensare, e tu questo non lo sopporti. Sei abituata al coraggio di tuo padre, alla dignità di un uomo che ha cercato un significato alla propria vita senza fermarsi di fronte a nulla, né allo scherno di chi lo attaccava né all'inquietudine dei propri pensieri. Non si può condannare alla solitudine un uomo del genere per andare a vivere da qualche parte un'esistenza banale, vero?»

«Ma non avevi promesso di essere discreto?» rispose Antonia con un sorriso.

Saverio aveva insistito perché restassero a cena, ma Gina era stata irremovibile. Detestava viaggiare col buio e aveva convinto Giorgio a muoversi prima del tramonto, prendendo la strada del ritorno direttamente all'uscita della necropoli.

I due vecchi si erano salutati con un lungo abbraccio, promettendo che ci si sarebbe visti di nuovo e presto.

Ma Antonia sapeva che quella promessa non riguardava certo Francesco, che si era fatto vivo dopo vent'anni solo perché l'auto degli zii si era rifiutata di partire. Forse per rivederlo avrebbe dovuto aspettare altri vent'anni, e a quel pensiero sentì stringersi il cuore.

Quando Francesco l'abbracciò per salutarla si accorse della vera forza di quell'emozione e trasalì al pensiero che l'uomo potesse accorgersene. Quel sentimento così nuovo e travolgente mandò in frantumi la propria convinzione di saper dominare le emozioni e le instillò il dubbio di non essersi mai messa in gioco nella vita. E il gioco era quella vertigine, quel cuore che batteva così forte da spaventarla.

Di tanto in tanto Francesco distoglieva gli occhi dalla strada per osservare il volto dello zio. Il sole ormai basso penetrava dal finestrino dell'auto disegnando il profilo reclinato del vecchio. Appena partiti l'uomo si era assopito profondamente, le mani incrociate in grembo a stringere la pipa spenta. Francesco guidava con cautela, evitando ogni sobbalzo che avrebbe potuto svegliare lo zio. Finché l'uomo dormiva, Gina avrebbe continuato a tacere per non svegliarlo, e lui sarebbe stato al sicuro dal diluvio di commenti sulla giornata trascorsa che la zia teneva in petto.

Una folla di pensieri gli turbinava nella testa. Sentiva che quella giornata, capitatagli per caso, gli era stata assai utile per osservare da una nuova prospettiva quel mondo che Leonardo aveva lentamente disegnato davanti ai suoi occhi.

Ripensava alle accese discussioni all'interno del sepolcro etrusco. In mezzo a tutto quel parlare aveva percepito come un vuoto, la mancanza di qualcosa che costituiva invece il cuore nella visione di Leonardo, e cioè l'intervento del messaggero divino, la parola di Dio nella storia. Non era questo uno dei modi in cui Dio si occupava delle sue creature? Comunque si potessero giudicare quei messaggeri divini, la loro influenza nella storia dell'uomo era tale che non si potevano tranquillamente estromettere da una discussione che verteva proprio su come Dio si occupasse delle proprie creature dopo averle donato la vita. Perché Saverio neppure accennava a Gesù? Le parole del fondatore del cristianesimo non riguardavano forse gli argomenti di cui si parlava?

Gli sovvenne la figura di Saverio con il suo atteggiamento istrionico, i suoi gesti ampollosi, la categoricità delle sue affermazioni; ma anche la sua facile suscettibilità, la collera infantile pronta a esplodere appena si vedeva contraddetto. Gli parve che un uomo del genere non poteva accettare che Dio inviasse dei messaggeri ai quali ci si doveva limitare a ubbidire. Dio desidera stare al primo posto nella vita dell'uomo, il che appare anche ovvio: chi altri che lui dovrebbe occupare quel posto? Ma un tipo come Saverio era disposto a rinunciare al proprio ruolo di protagonista e alla sua appassionante ricerca, visto che i vangeli sembravano renderla superflua? Avrebbe avuto l'umiltà di incamminarsi in quel sentiero di trasformazione descritto da Leonardo?

Osservò ancora una volta il volto assopito di Giorgio che ciondolava leggermente seguendo i movimenti dell'auto. Anche da suo zio, gli venne di pensare, non aveva mai udito una parola sui messaggeri di Dio. Certo, suo zio non era un dispotico accentratore come Saverio, ma anche la sua ostentata calma, certi sorrisi ironici, perfino quei silenzi durante i quali armeggiava con la sua pipa suggerivano, anche se in modo assai meno nevrotico, lo stesso narcisismo intellettuale del suo amico.

Gli venne da pensare che la cultura, il sapere, non erano affatto una garanzia di oggettività. Anzi, potevano rappresentare addirittura un ostacolo sulla via per la verità. Il fatto stesso che il sapere dell'uomo mutasse spesso nei secoli, sconfessando precedenti e consolidate convinzioni, non era una prova della sua relatività? Inoltre il sapere poteva inorgoglire, velare gli occhi, piantare dei paletti tutt'attorno impedendo il suo stesso rinnovamento. Forse anche per questo Leonardo affermava che la ricerca della verità doveva essere libera dalla cultura acquisita, dalle tradizioni, dalle abitudini mentali. Insomma, sembrava che necessitassero soltanto umiltà e zelo per incamminarsi sulla via tracciata dal messaggero, da Dio.

L'umiltà, s'avvide, doveva essere senz'altro una delle virtù più dure da conseguire. Forse lui non aveva questo problema: nel momento in cui s'era infilato quella busta di plastica in testa si era sentito semplicemente un nulla che desiderava scomparire nel nulla. La vita non l'aveva mollato però, ma lui aveva mollato la vita e tutte le sue promesse. In quella strana libertà, non sudata, non desiderata, nata semplicemente dal vuoto dell'abbandono, aveva incontrato però la promessa di Leonardo. Troppo bella per essere vera e troppo irraggiungibile per essere falsa, era l'unico elemento che riempiva la sua vita.

Ora che l'Aurelia costeggiava il litorale, il mare spuntava a tratti oltre i campi. Il sole era lì per scivolare dietro l'orizzonte portando con se quella lunga giornata. Una giornata che Francesco non ci teneva affatto a ricordare, come tutto ciò che lascia dentro un vuoto inquietante al quale non si è capaci di far fronte. Lui non aveva risposte per le sconsolanti conclusioni di Saverio, per quei frutti orribili maturati tra le spine dei suoi pensieri. Erano troppo vicini ai suoi, quei pensieri, e gli ricordavano momenti bui che aveva voluto dimenticare.

Non vedeva l'ora di rivedere Leonardo. Il suo inquilino parlava assai meno ma sorrideva di più, e la luce di quel sorriso gli addolciva l'animo di speranza. Che importava se quello che diceva gli appariva inverosimile?

62

Quando Leonardo aveva annunciato di doversi recare negli Stati Uniti per sbrigare alcuni affari, a Francesco era parso di ricevere un pugno nello stomaco. Aveva poi tirato un respiro di sollievo apprendendo che l'amico sarebbe stato di ritorno entro una decina di giorni. Tuttavia, sorpreso egli stesso per quella sua reazione, si era chiesto se la sua dipendenza psicologica dal suo inquilino, della quale non s'era mai dato troppo pensiero, non stesse diventando eccessiva.

Gli parve d'averne certezza già all'indomani. Appena aprì gli occhi il primo pensiero che lo attraversò fu che la casa era vuota e lo colse un certo disagio.

«È soltanto una questione di abitudine», si disse uscendo dalle lenzuola e immergendosi nella routine mattiniera.

Nello studio lo attendeva una delle quattro grandi tele a cui stava lavorando, raffiguranti un'allegoria delle stagioni. I pannelli erano destinati ad arredare la torre d'angolo di una villa in stile Liberty presso la via Nomentana, appena acquistata da un ricco commerciante che figurava tra i clienti di Marcello.

La richiesta era assai dettagliata. Oltre alle dimensioni esatte dei pannelli, erano state fornite precise indicazioni sulle tinte che dovevano prevalere nei dipinti per adattarsi all'arredamento esistente, per conoscere il quale era stato previsto un sopralluogo nella villa. Nella realizzazione della vegetazione l'artista avrebbe dovuto tener d'occhio le cornici che avrebbero ospitato i pannelli, modellate in un complesso Dèco con motivi floreali. Da ultimo, il proprietario della villa aveva confessato una viscerale adorazione per l'opera di William Bouguereau, suggerendo che qualche eco della sua pittura in quei quattro pannelli non avrebbe certo guastato.

«Perché non se li dipinge da solo quei pannelli?», era stata la reazione di Francesco alla proposta del mercante d'arte. «E poi nella tua cerchia di artisti c'è chi sarebbe ben felice di fare questo lavoro a un prezzo più basso del mio.»

«Senti Francesco», aveva risposto il mercante in tono paterno, «ci conosciamo da tanti anni e sai che quello che ho nel cuore ho sulle labbra. Che ci siano artisti meno cari di te lo so bene, ma tua zia, alla quale non è certo sfuggito che di recente non navighi nell'oro, mi ha praticamente supplicato di rimediarti qualche lavoro ben pagato, e questo ti assicuro che lo è. Rifiutare sarebbe come sbattere la porta in faccia alla fortuna.»

Strizzato nel portacenere il mozzicone di sigaretta, Marcello aveva rialzato lo sguardo con espressione seria.

«Bada ragazzo: non ti si ripresenterà un'occasione del genere...»

Preso atto che la sua istintiva indignazione non aveva più alcuna ragion d'essere, Francesco si era lasciato convincere dalla concretezza di quell'offerta.

Ora sul tavolo, accanto ai tubetti dei colori, stava aperto un grosso libro illustrato con le opere di Bouguereau e, poco distante, la fotografia delle cornici floreali.

Il tempo in cui il suo lavoro lo esaltava, non senza pungolare la sua vanità, pareva appartenere a una vita precedente. L'entusiasmo che l'aveva sostenuto per anni gli appariva privo di senso: “ambizioni giovanili”, si diceva, condannandone l’ingenuità ma rimpiangendone l’ardore.

Da qualche giorno aveva messo mano all’allegoria dell’estate. Caricò il pennello di un rosso vermiglio e prese a picchiettare la tela creando minuscoli petali di papavero tra le spighe di grano.

Fuori dai finestroni dello studio l’estate, quella vera, splendeva in un cielo brillante. Il sole impregnava di luce le tende diffondendo nell’ambiente un intenso chiarore. A tratti, sospinte da un vento fresco, grosse nuvole bianche oscuravano il sole facendo piombare lo studio nella penombra.

Stavolta non s’era neppure chiesto quali affari avessero spinto il suo inquilino a partire. Si accorse, anzi, che non gli interessava affatto. Tornò col pensiero all’audace intrusione nell’appartamento dell’amico, a quando lo aveva pedinato e ne aveva spiato ogni mossa, e si sorprese di non avere più alcuna curiosità sulla sua persona.

L’unica domanda che si poneva, ora, era cosa doveva farne, lui, di quella nuova visione della vita che Leonardo aveva dispiegato davanti ai suoi occhi in quelle settimane.

Quel torrente di parole, vedeva ora, non era stato inutile. Aveva estratto la sua sofferenza dal suo pozzo di solitudine collegandola alla sofferenza di tutti gli uomini nati d’inverno; aveva dipinto scenari dove le cose, ogni cosa, a partire da se stesso, apparivano come un mistero affascinante, celavano un segno che riconduceva alla gioia di vivere nella verità. Ma quel segno, quei misteri, quella verità, si svelavano soltanto a coloro che avevano dischiuso quel famoso “occhio interiore” di cui parlava Leonardo. Tutto questo ispirava di già un programma di cose da fare.

Forse proprio grazie alla sua assenza, le parole del suo inquilino gli apparivano vividamente in tutta la loro forza persuasiva, lo catturavano, lo spingevano a desiderare di proseguire su quel benedetto sentiero dove, gli pareva ora, doveva aver già percorso un breve tratto. Certo aveva messo piede in quel percorso portandosi appresso del fango nelle scarpe, facendo due passi avanti e uno indietro, sperando e disperando ogni momento. Ma ora riconosceva distintamente nella sua sofferenza quella pena dei primi passi cui aveva accennato il suo amico.

Questo pensiero lo incoraggiò ad andare oltre, a lottare. Se il suo cuore avesse continuato a non collaborare, avrebbe fatto tutto lo stesso, come un automa. L'importante era perseverare. Col tempo il suo cuore si sarebbe convinto, accidenti a lui, a uscire dall'indifferenza, a non diffidare di ogni cosa.

Osservò le tende delle finestre gonfiarsi al vento come vele per poi ricadere morbidamente a terra.

Senza la complicità del suo cuore, si avvide con chiarezza, non sarebbe andato da nessuna parte. L'uomo era fatto così. Funzionava in quel modo.

Gli sovvennero le parole del suo psicoterapeuta, e fu come se un'altra nuvola rabbuiasse tutto.

«Se l'uomo fosse felice non cercherebbe Dio.»

Ma le parole di Enrico che facevano più male erano quelle che non diceva e che lui sapeva leggergli in viso.

«Invece di rincorrere tutte queste fole sulla religione», pensava sicuramente l'uomo, «preoccupati di curare la tua depressione. Allora non avresti più bisogno di sforzarti a credere quello che il tuo stesso cuore rifiuta!»

Inequivocabilmente, le parole di Enrico possedevano una loro logica, suonavano maledettamente realistiche. Non poteva liquidarle bellamente solo perché lo raggelavano. E se avesse avuto ragione? Se il silenzio del suo cuore fosse davvero un segno della depressione?

«Oh Signore...» intonò soppesando la credibilità delle proprie parole, mentre lo sconforto le svuotava d'ogni convinzione e il risentimento gli rubava la già poca umiltà.

«Ogni cosa che arrecava luce alla mia vita me l'hai tolta: mia madre, mia moglie, la passione per il mio lavoro... Perfino quei momenti dolcissimi nei quali immaginavo che tu avessi parlato al mio cuore, non erano che fantasie malate... Non c'è più nulla che desideri in questo mondo, se non capire cosa ci sto a fare... Ti prego... ti prego di...»

Un pensiero improvviso lo interruppe. Come antichi fantasmi gli apparvero davanti agli occhi le rovine del Foro Romano, e assieme ad esse tutti i pensieri che sempre gli suscitavano quei resti silenziosi di una civiltà scomparsa. Quanti uomini avevano supplicato d'essere liberati dal dolore nel corso dei secoli? Qualcuno li aveva ascoltati? O il silenzio li aveva inghiottiti tutti assieme alle loro suppliche? E lui, cosa pretendeva lui, ora?

«Oh Signore!» riprese indignato, «come puoi osservarci immersi in questa miseria senza tenderci la mano? Signore... non so neppure se tu ci sia davvero, se qualcuno stia ascoltando le mie parole... perché ci lasci in questa penosa incertezza, in questo scandaloso silenzio? Cosa ti trattiene dal...»

Lo squillo del telefono risuonò imperioso in tutta la casa rintuzzandogli le parole in bocca.

«Ciao! Come va?» rispose una voce femminile.

«Ehm... con chi ho il piacere di parlare?» chiese distrattamente Francesco, ancora disorientato dall'improvviso cambio di interlocutore.

«Con chi ho il piacere...?! Ma come parli? Non mi riconosci?»

«Certo che ti riconosco, Adriana. Come stai?»

«Un fiore! Cosa fai stasera?»

Francesco pensò a quali insidie potesse nascondere quella domanda e quell'improvviso buonumore.

«Bene», lo precedette Adriana, «visto che non hai nulla da fare sei invitato qui da me per una cenetta tra amici. Nulla di speciale, figurati, puoi lasciare la tua cravatta a casa.»

«Un momento, veramente...»

«Ho detto amici, Francesco, non clienti. Quindi puoi tranquillamente scendere quei pochi gradini che ci separano e trascorrere qualche ora con noi. Cosa fai tutto solo in casa?»

«Come fai a sapere che sono solo?»

«Oh, qui nel palazzo le cose si sanno subito. Solo tu stai con la testa fra le nuvole... Dunque alle otto, mi raccomando. E quando sei per uscire avvisami con uno squillo di telefono.»

«E perché?»

«Perché così troverai la porta già aperta. E prima di scendere assicurati che non ci sia nessuno per le scale e che l'ascensore non sia in movimento, potrebbe fermarsi proprio al tuo piano o al mio.»

«Ma... perché tutte queste accortezze?»

«Tesoro, chi viene visto entrare da me è segnato. Nessuno toglierà più dalla testa della gente che sia un mio cliente. Tua zia morirebbe dalla vergogna, avevi detto, o ricordo male? D'accordo allora?»

«Ehm, certo... allora alle otto, e... grazie...»

«A più tardi. Ciao ciao...»

Il sole picchiava forte e aveva deciso di sedersi all'interno. Poi si era pentito: ogni volta che il cameriere entrava o usciva dalla cucina una folata rovente pregna di odori di fritto gli toglieva l'aria e l'appetito.

Anche in trattoria continuava a sentire la mancanza di Leonardo. In fondo l'invito a cena di Adriana, nonostante gli destasse qualche apprensione, era giunto a proposito. Gli avrebbe fatto bene vedere della gente, distrarsi un po'. Inoltre la premurosità della ragazza, con tutte quelle accortezze perché nessuno lo cogliesse mentre entrava da lei, l'aveva piacevolmente sorpreso. Forse l'aveva giudicata male. Quella faccia tosta poteva essere una semplice maschera messa su per nascondere qualche insicurezza. Chissà. Anche Giulia gli aveva detto che lui, nei momenti in cui si sentiva confuso, diveniva scorbutico. Doveva essere proprio così, visto che anche Enrico aveva avuto la stessa impressione.

La telefonata di Adriana, notò, era arrivata giusto in tempo per interrompere la sua preghiera, la quale stava assumendo il tono di un'indignata protesta. Forse avrebbe finito per diventare scorbutico anche con Dio, pensò.

63

Scendendo le scale usò tutte le accortezze suggerite da Adriana, anche se muoversi guardingo come un ladro lo innervosì. Giunto in punta di piedi sugli ultimi gradini vide Adriana attenderlo sulla porta avvolta in uno sgargiante kimono. Aveva il viso dipinto di bianco e gli occhi marcati di nero e di rosso. Sulle labbra era dipinto un carnoso cuoricino. I capelli corvini erano tirati indietro, trattenuti da bastoncini incrociati che ornavano la sommità di quella monumentale acconciatura. La ragazza nascose vezzosamente il viso dietro un ampio ventaglio, al di sopra del quale lasciò che lo sguardo civettuolo incontrasse quello assai sorpreso dell'uomo.

«Beh? Non hai mai visto una geisha?»

«Una geisha?»

Dalle scale si udì partire l'ascensore. La donna tirò dentro Francesco per un braccio e richiuse la porta, quindi vi si appoggiò di spalle tirando un sospiro.

«Insomma, non sai neppure chi sia una geisha...»

«Certo che lo so, ma temo che le mie scarse nozioni non vadano oltre il solito stereotipo...»

«Beh, allora sappi anzitutto quello che la geisha non è: non è una prostituta. In Giappone vi sono prostitute che si vestono come geishe per abbindolare i clienti, soprattutto quelli stranieri con in testa il tuo stereotipo.»

«Beh, la geisha ha sempre esercitato un fascino speciale...»

«E allora? Non è una ragione per rubarle spudoratamente la sua immagine! Lo sai che una giovane per diventare una geisha inizia il suo apprendistato in tenera età e prosegue nei suoi studi per anni e anni?»

Francesco allargò le braccia per dirsi estraneo alla faccenda.

«La vera geisha è una donna colta e raffinata, non una donna di piacere!»

Iniziò a quel punto a muoversi all'intorno con passi lenti e studiati, quasi una danza.

«La geisha è la donna più affascinante del Giappone», continuò volteggiando adagio, «e ogni suo gesto esprime grazia ed eleganza. È esperta nell'arte della conversazione e conosce bene la letteratura e la poesia; per intrattenere i suoi ospiti impara perfettamente a cantare, suonare, danzare e giocare. Il semplice atto di servire il tè, eseguito da lei, si trasforma in un rituale di suprema raffinatezza!»

«Perbacco!» esclamò Francesco, «E sai fare tutto questo?»

«Beh, il mio tirocinio non è durato che qualche settimana, ma tutto quello che ho imparato, questa sera è per te...»

«E cosa ho fatto per meritare tutte queste attenzioni?»

«Lo sai bene, ma ne parleremo dopo... Non hai fame?»

Così dicendo alzò lo sguardo oltre le spalle dell'uomo inducendolo a voltarsi. In un angolo della stanza, alla luce trepidante delle candele, un tavolo assai basso attendeva già apparecchiato con tanto di fiori rossi.

«Ma non aspettiamo i tuoi amici?»

«Bugia!» cinguettò candidamente Adriana.

«Come sarebbe, bugia? Vuoi dire che...»

«Se ti avessi detto che saremmo stati soli non saresti mai venuto! Prova a negarlo!»

Francesco sprofondò nella poltrona.

«Invece di imparare a versare il tè con tanta eleganza dovevi apprendere un po' di semplice lealtà...», borbottò.

Adriana mutò tono di voce.

«Volevo soltanto essere carina con te... Ho pensato che un invito a cena fosse un modo gentile per ringraziarti di aver parlato col portiere… Sai, non ci speravo affatto dopo il nostro incontro. Sembravi così restio…»

Francesco osservò allibito la ragazza.

«Ma io non vedo Vittorio da giorni! Cosa ti fa pensare che abbia parlato con lui? Aspetta! Ci sono: il foglietto delle firme è scomparso dalla vetrina! Sbaglio?»

Adriana si allontanò verso la finestra fingendo di guardar fuori. Francesco notò le sue spalle sussultare lievemente.

«E adesso la nostra geisha che fa? Si mette a piangere come una comune donnina?»

Adriana si asciugò le lacrime con le dita, impiastricciando col trucco degli occhi il cerone bianco che le copriva il viso.

«Pensavo che tu avessi parlato con Vittorio, mi sentivo tranquilla, ma adesso… non conoscendo la ragione della sparizione di quel foglio, chi mi assicura che non torni al suo posto, magari domani stesso? Forse l'ha rimosso soltanto per trascrivere altrove le firme raccolte sinora. Chi può saperlo? Mio Dio, come farò se non potrò più ricevere i miei clienti?»

Francesco la scosse energicamente per le spalle.

«Ascolta Adriana… dopo che ci siamo parlati ho pensato più volte a questa faccenda e il buon senso mi dice che non vedremo più quel dannato foglio. Perché non ragioni? Quell'uomo è rimasto stregato da te, e quel foglio ti allontanerebbe da lui! Non capisci? Lo ha affisso in quella vetrina in un momento di collera, per vendicarsi, ma una volta sbollita l'ira si è accorto bene che stava dandosi la zappa sui piedi! Semmai il problema è un altro. Vittorio è ben deciso a non perderti e prima o poi tornerà alla carica con chissà quali espedienti. Questo dovrebbe preoccuparti, non quel pezzo di carta che sicuramente è stato stracciato e gettato via!»

La ragazza parve calmarsi. Alzò lo sguardo pensoso verso Francesco, infine sorrise. Quelle parole gli erano suonate convincenti: ma certo, si disse, il foglio l'aveva fatto sparire Vittorio stesso, pentito e ancora ai suoi piedi. Come aveva potuto non pensarci prima? Di certo quell'energumeno si sarebbe fatto vivo prima o poi, ma perché fasciarsi la testa ancor prima di rompersela? Ci avrebbe pensato allora. Adesso sapeva che i suoi preziosi clienti erano al sicuro, che avrebbe continuato a mettere soldi da parte per realizzare i suoi sogni.

«Sei un tesoro!», esclamò Adriana stringendoglisi al petto. Francesco ricambiò affettuosamente l'abbraccio e mentre la ragazza gli imbrattava la camicia di bianco, di rosso e di nero lui pensò che forse, mentre rifletteva su di lei in trattoria, non s'era sbagliato. Quelle lacrime sembravano confermargli che quel caratterino spavaldo nascondeva qualche fragilità.

Durante la cena Adriana circondò l'uomo di premure. Rideva e scherzava per ogni cosa, giubilante per la ritrovata certezza sul suo futuro che vedeva di nuovo radioso.

Francesco sedeva indolenzito con le gambe incrociate. Minuscoli cilindretti ripieni di riso e di pesce, ben avvolti in una viscida alga, lo guardavano con sussiego dal piatto. Avrebbe dovuto afferrarli con quelle bacchette di legno. In fondo erano solo cinque, disposti ordinatamente come preziose miniature, ma uno era già volato in terra, e Adriana aveva terminato da un pezzo con i suoi.

Finito di bere del vino, la ragazza allungò il braccio, afferrò con le bacchette uno di quei cilindretti e glielo avvicinò alle labbra. Istintivamente Francesco aprì la bocca. Ora masticava imbarazzato.

«Deliziosi, vero?» chiese Adriana con un altro cilindretto di riso pronto fra le bacchette. Con la bocca piena, Francesco mostrò apprezzamento con un gesto della mano. Appena lei lo vide deglutire, rimpiazzò subito il boccone e così fece fino all'ultimo cilindretto. Quindi, sistemati i piatti vuoti in un carrello, mise in tavola due grosse tazze contenenti una sorta di spaghetti in brodo con l'aggiunta di ortaggi sminuzzati.

Francesco osservò malinconicamente i frammenti di verdure galleggiare in quel liquido opaco, aspettò quindi di vedere come Adriana avrebbe usato quelle bacchettine per avvoltolare gli spaghetti. E il brodo?

«Alla mia ritrovata pace, alla faccia di Vittorio!», esclamò Adriana alzando il bicchiere e invitando il suo ospite a fare altrettanto. Francesco si sorprese per la rapidità con cui la ragazza vuotò il bicchiere.

«Come è nata questa passione per l'Estremo Oriente?»

«Grazie a Tokuma, un mio cliente giapponese trasferitosi in Italia in giovane età. Ha una grande nostalgia di quel tempo, di quei luoghi, della sua geisha…»

«Anche lui aveva una sua geisha?»

«Non so… lui ricorda un volto truccato da geisha che lo addormentava ogni sera...»

«Ma ora questo tizio...»

«Il tizio si chiama Tokuma.» Precisò la ragazza infastidita.

«Va bene, dicevo… ma il tuo Tokuma, ora che è cresciuto abbastanza, intrattiene anche dei rapporti intimi con la sua nuova geisha?»

Adriana lo squadrò malamente.

«Niente affatto. Chiede che suoni questo per un po'», disse estraendo da sotto il tavolo un flauto di legno, «e quando la musica lo ha rilassato mi viene in grembo come un bambino, mi fissa a lungo da sotto in su con uno sguardo beato, poi si addormenta. A volte si sveglia di colpo e sembra sorpreso di vedermi, poi sorride rassicurato e ripiomba nel sonno.»

La ragazza sorrise teneramente, come se il suo stesso racconto l'avesse commossa. L'orsacchiotto di peluche che teneva in grembo, apparso da chissà dove per impersonare Tokuma, era malridotto a tal punto che solo un grosso legame affettivo poteva impedire di gettarlo senza alcuna esitazione nell'immondizia.

Che mondo curioso quello di Adriana, pensò, dove continue presenze apparivano e scomparivano rapidamente attorno a una profonda solitudine. La ragazza non aveva e forse evitava autentiche relazioni.

Anche nel ragionare, Adriana non andava mai a fondo. Che il suo carattere impulsivo le offuscasse i pensieri era certo, ma traspariva una sorta d'inerzia, di abitudine a ragionare con la testa di un altro. Ma di chi? Sopperiva a questa debolezza con un particolare intuito che le permetteva di sentire a naso con chi aveva a che fare, ma non mancava di una certa propensione al sospetto.

«Se non sono indiscreto, posso chiederti cos'è che ti porta a frequentare Enrico?»

«Non sei indiscreto, ma stasera non mi va di parlarne. Un'altra volta… va bene?»

«Ma certo...» rispose Francesco cambiando argomento.

«Sicché devo ringraziare anche il tuo Tokuma per questa cenetta giapponese… Ti ha addestrata magnificamente!»

«Veramente mandava una donna, una giapponesina, a darmi delle lezioni. Però sono stata una veloce apprendista.»

«Non ne dubito… E, ci sono altri clienti un po' eccentrici, con richieste particolari?»

Adriana vuotò il suo bicchiere. Nonostante l'abitudine all'alcol cominciava ad essere un po' alticcia, ma l'allegria che le brillava negli occhi si spense di colpo a quella domanda.

«No», rispose, «gli altri miei clienti sono tutti piuttosto ordinari nelle loro richieste.»

«Ma quanti sono in tutto?»

«Ma che t'importa?» replicò secca la ragazza.

«A me? Niente, semplice curiosità...»

«Curiosità un accidente! Sento puzza di prediche anche se la prendi alla larga.»

«Prediche? Hai sbagliato persona… So bene che non servono a niente. E poi ognuno sceglie la vita che vuole…»

«Ecco, lo vedi? Non hai resistito alla battutina moralistica! E poi sei un ipocrita, perché come sai bene non è affatto vero che ognuno può scegliersi la vita che vuole! Tu te la cavi dipingendo perché la fortuna ti ha donato quel talento, ma io cosa vuoi che faccia? Io non so dipingere, non so fare niente di niente, nemmeno cucinare! Cosa credi? Anche quello che hai mangiato stasera viene dal ristorante cinese qui vicino!»

«Cinese? Ma non erano piatti giapponesi?»

«Che differenza avrebbe fatto per te? Tanto non conoscevi né gli uni né gli altri! Comunque sì, erano piatti giapponesi. Il cuoco del ristorante cinese li conosce bene, ha lavorato per anni a Kyoto in un grande ristorante.»

La donna si alzò in piedi facendosi vento con le mani.

«La cena è terminata», annunciò, «e la geisha si ritira elegantemente…»

Afferrò la grossa acconciatura dei capelli con entrambe le mani e la sfilò di colpo gettandola su una sedia con tutti i suoi ornamenti.

«Ma è una parrucca!», esclamò Francesco.

«Cosa credevi, che avessi davvero in testa quel nido di rondini?» replicò Adriana scuotendo il capo per sciogliere i capelli. Sfilato il kimono apparvero dei jeans e una camiciola bianca.

Francesco si alzò finalmente da quella scomoda posizione e con le gambe indolenzite si accomodò sul divano.

«Vado a liberarmi dal trucco», disse la ragazza, «non ne posso più dal caldo… Faccio in un attimo.»

Quando Adriana fu di ritorno Francesco si sorprese una volta di più di quanto apparisse minuta. I tratti fanciulleschi del volto, gli occhi scuri e vispi, le labbra eternamente imbronciate, la facevano apparire ancora più giovane di quanto non fosse. Nello sguardo brillava una gioia ingenua e fiduciosa, subito pronta a oscurarsi in una nuvola di diffidenza. Immaginò i signori che entravano con i loro soldi in quella casa sbavare attorno ad Adriana come maiali attorno al truogolo. Dovevano apprezzare le ragazze assai giovani, quei vecchi satiri, e in Adriana trovavano la tranquillità offerta da una Lolita maggiorenne.

La giovane afferrò la bottiglia di vino e due bicchieri, quindi sedette sul tappeto ai piedi di Francesco.

«Volevi bene a tua moglie, vero?»

«Certo. Che domande…»

«Beh, i miei clienti non amano granché le loro mogli… quando penso a loro, poverine, mi fanno una gran pena.»

«Basta parlare dei tuoi clienti. Perché non mi racconti di te, invece? Dall'accento ho capito che vieni dal nord...»

«Il mio passato non ha nulla di interessante…» disse la ragazza, «ti parlo invece dei miei progetti per il futuro…»

«Eh no, sarebbe come entrare al cinema quando il film è iniziato! Andiamo con ordine. Poi parlerai dei tuoi progetti.»

«Uffa… e va bene...» acconsentì Adriana sdraiandosi sulla schiena con le mani dietro la testa.

«Sono nata in una cittadina presso Milano...» iniziò guardando al soffitto come se vi leggesse sopra quanto diceva.

«Mio padre era un operaio edile e mia madre casalinga. Papà venne a mancare che avevo dieci anni e piombammo nella fame più nera. Mia madre si rassegnò a lavorare come cameriera nella trattoria di un lontano parente e in quel periodo prese a frequentare diversi uomini. Dal loro rapido avvicendarsi compresi presto che non si trattava di rapporti sentimentali. La gente prese a mormorare e il nostro parente non tollerò quella situazione. Dopo inutili rampogne si arrivò al licenziamento. Il viavai continuò in casa, mentre mia madre diveniva sempre più triste. Beveva e fumava in continuazione. Ora però i soldi non mancavano, anche se non si navigava nell'oro. Ricordo gli uomini che entravano in casa: gente povera, disoccupati senza il becco d'un quattrino.

«Al funerale di un parente avvenne l'incontro che cambiò radicalmente la nostra situazione. Fu con un medico di Milano, un quarantenne benestante che provvidenzialmente si innamorò di mia madre. Non amava venire nel nostro appartamento come gli altri e pretendeva che fosse mia madre ad andare da lui. Lei lo accontentava, anche perché l'uomo era assai generoso. A volte si restava per tutta la notte, o addirittura un giorno o due.

«Una sera chiese alla mamma di non andare più via. Le mostrò una stanza con un lettino: era la mia. Lei non l'amava, ma lui era una persona gentile e premurosa, diceva lei, e cercò di renderlo felice.

«Vivevamo in città, e durante l'estate ci trasferivamo in una villa sul lago di Como. Il mio patrigno, con alle spalle un paio di relazioni sfortunate, desiderava il calore di una famiglia, ma da mia madre non ebbe figli. Riversò allora il suo affetto su di me ma fu mal ricambiato. Ero stata molto affezionata a mio padre e non riuscivo a vincere quel senso di estraneità che mi procurava la sua vicinanza. La sera quando rientrava pretendeva un bacio che puntualmente rifiutavo. Le sue labbra mollicce mi ripugnavano.

«Un pomeriggio d'estate, tuttavia, accadde qualcosa che mutò radicalmente i nostri rapporti. Eravamo nella villa sul lago e il mio patrigno aveva mandato il figlio del giardiniere a comprargli le sigarette. Al suo ritorno il ragazzo lasciò il pacchetto con il resto dei soldi sul bracciolo della poltrona dove l'uomo sedeva: una banconota e degli spiccioli. Io ero nella poltrona accanto che guardavo il televisore. Trasmettevano dei cartoni animati che sembravano divertire anche lui. Terminato il programma mi alzai per andarmene quando il mio patrigno mi chiamò.

«Questa è per te se mi dai un bacio!» disse con una moneta tra le dita.

«I soldi mi hanno sempre attratto. Non tanto per spenderli quanto per conservarli. Quando l'uomo mi porse la guancia la baciai facendo schioccare le labbra affinché il bacio risultasse inequivocabile. Feci appena a tempo ad agguantare la moneta che mi vidi porgere l'altra guancia e un'altra moneta.

«Il gioco non mi dispiaceva affatto. Un altro bacio, ed ebbi fra le mani l'altra moneta. Mi girai per correre a riporre i soldi nella mia cassetta quando mi sentii trattenere per il vestito. Mi voltai e vidi il mio patrigno sorridere con le sue labbra molli. Stavolta, ripiegata tra due dita, c'era la banconota. Non esitai un istante. Quel pezzo di carta valeva quanto la paghetta settimanale che mi passava la mamma. Feci per dargli un altro bacio ma l'uomo mi prese il viso fra le mani. Ora era lui che voleva baciare me. Un bacio sulle guance, un terzo sulla fronte, quindi mi sorrise amorevolmente.

«Sei il mio tesoro!" esclamò.

«Scappai a riporre i soldi. In quell'istante acquisii per la prima volta, anche se indistintamente, la consapevolezza di possedere qualcosa che poteva tramutarsi in denaro senza che in me diminuisse nulla. Ora sapevo che bastava uno schiocco di labbra per vedere esaudito ogni mio desiderio.

«Con il passare degli anni quella consapevolezza si fece sempre più chiara, fino a modificare del tutto la mia visione della vita. Scomparve dalla mia testa l'angoscia di dover diventare qualcosa, qualcuno, per poi dover lavorare e guadagnarmi da vivere. Non avrei sofferto tutte le umiliazioni che aveva dovuto subire mia madre.

«Superata l'adolescenza, sia io che il mio patrigno ci trovammo a osservare la mia figura con occhi diversi. Quel suo sguardo mi dava sicurezza: sentivo un terreno solido sotto i piedi e guardavo al futuro senza apprensione. Entrambi diventavamo sempre più esigenti, ma avevamo imparato come accontentarci l'un l'altra.»

Adriana versò del vino per entrambi.

«Questo è l'ultimo, però. Non sono abituato e mi sento un po' ciucco. Anche tu non faresti male a smettere…»

«Oh, io sono più che abituata, non ti preoccupare... Piuttosto, vuoi che prosegua? Non ti sto annoiando?»

«Niente affatto. Ormai ci sono dentro. Continua pure…»

«Come vuoi… Per anni, dicevo, il mio patrigno cercò di soddisfare ogni mio capriccio, e vi riuscì meravigliosamente. Mi adorava circondandomi di premure e di regali. Un paio d'anni fa, quando si accorse che avevo esteso i miei rapporti ai suoi amici e colleghi, si infuriò e decise di cacciarmi di casa. Non mi spaventò, e se ne accorse. Ormai avevo abbastanza conoscenze per andare avanti da sola, ed ero divenuta ben consapevole delle mie possibilità.

«Proprio in quel periodo decise di tornare stabilmente a Roma nella casa paterna. Disse che voleva godersi il resto della sua vita assieme a mia madre, nella città dove aveva trascorso la sua giovinezza. Storse la bocca quando gli dissi che intendevo vivere da sola, ma comprese la mia esigenza e mi trovò questo appartamento. Insiste ancora nel voler sostenere le spese per l'affitto, anche se potrei benissimo pagarlo da sola, ma siccome ci tiene lo lascio fare. È un suo modo per sentirmi ancora la sua bambina.

«Beh, non credo ci sia altro da aggiungere», disse la ragazza soffocando uno sbadiglio. «Mi ha fatto venire sonno rivangare tutte queste cose…»

«Altro che rivangare, è l'alcol che abbiamo mandato giù...»

Adriana si rianimò di colpo tornando a sedere sul tappeto.

«Adesso posso parlarti dei miei progetti per il futuro?»

«Certo. Voglio proprio vedere come prosegue la storia…»

«È molto semplice. Innanzitutto desidero sposarmi fra tre o quattro anni, quando sarò divenuta abbastanza ricca da non dover dipendere da mio marito. Ma anche lui dovrà essere benestante per non dipendere da me. In un uomo amo sentire una figura protettiva, e uno che ti chiede soldi non lo è di certo.»

Francesco allargò le braccia lungo la spalliera del divano e una vampata di calore gli salì sino alla fronte. Quel vinello italico non scherzava proprio, pensò.

«Insomma», continuò Adriana, «voglio una famiglia numerosa, vivace, chiassosa, dove nessuno dipenda da nessuno!»

Francesco sorrise: «Te lo auguro di tutto cuore, Adriana.»

Quelle parole suonarono alla ragazza come una carezza affettuosa. Sedette cavalcioni sulle gambe dell'uomo e gli circondò il collo con le braccia.

«Ora basta parlare di me», disse avvicinando il proprio viso al suo, «questo è un regalo per te, anche se non lo meriteresti più perché non hai parlato col portiere.»

«Un regalo? Che regalo?», chiese Francesco sentendo il cuore accelerare e il viso andargli a fuoco.

«Ma non hai ancora capito? Sono io il tuo regalo!»

Gli schioccò quindi un bacio sulle labbra.

«Delizioso…» osservò Francesco, «ma al momento mi trovo sprovvisto di monetine…»

«Scemo...» sussurrò Adriana sigillandogli le labbra con le proprie.

Quella morbida pressione ricordò a Francesco i baci di Giulia, e la sua mente volò lontano da quella stanza. Lentamente ma fermamente, allontanò da sé la ragazza.

«Non ti piaccio...» mugolò Adriana.

Tutt'altro, ma il ricordo di mia moglie è ancora vivo dentro di me. Sono certo che mi capisci...»

«Oh, fin troppo bene... Un tipo come te non vuole andare con una prostituta. Dovevo immaginarlo...» singhiozzò Adriana.

«Mi sembra che la vita ti abbia fornito sufficienti conferme sul fatto di piacere agli uomini, Adriana. Per una volta che uno di loro non cade ai tuoi piedi ti metti a fare l'isterica? Smettila di piangere, dai...»

Si accorse di essere stato troppo duro e se ne pentì subito, ma era troppo tardi.

«Vattene. Hai la sensibilità di un elefante... Alzati e vattene. Non voglio più vederti.»

«Se non ti togli non posso muovermi», replicò Francesco risentito.

La ragazza non rispose, e non si mosse. Si adagiò anzi sul petto dell'uomo e percepì nell'orecchio i battiti del suo cuore. Pensò che era un cuore buono, dentro a un uomo buono, anche se a volte un po' scorbutico. Francesco le accarezzò istintivamente il capo e la sua mano si sorprese per le dimensioni di quella testolina.

Presto il respiro della donna si fece profondo e regolare. Dormiva un sonno greve, appesantito dai fumi dell'alcol. L'uomo pensò di alzarsi e portarla nel suo letto. Poi sarebbe andato via in punta di piedi.

Tra un po' l'avrebbe fatto, si disse.

64

Chissà cosa avrebbe pensato Leonardo di una donna come Adriana. Probabilmente neppure lui sarebbe riuscito a far penetrare in quell'animo il benché minimo dubbio morale, l'ombra di un rimorso. La ragazza era refrattaria a qualsiasi complicazione di carattere etico o religioso. La sua vita morale era assai semplice: aveva le idee chiare proprio perché erano poche. Avrebbe proseguito per la sua strada senza ascoltare nessuno, senza lasciarsi fermare da un dito puntato, da un inutile senso di colpa, da un'istanza morale astratta. Umiliante, nella vita, era dover tendere la mano per chiedere, non allungarla per prendere. Umiliante era la povertà, la miseria. E comunque il suo lavoro non pestava i piedi a nessuno e tanto bastava per sentirsi a posto con la coscienza.

Da questi e altri luoghi comuni la ragazza aveva tratto la sua regola di vita e i suoi programmi per il futuro. Del resto, quella visione delle cose le era giunta attraverso l'esempio di sua madre e del suo patrigno. Entrambi, ognuno a modo proprio, avevano modellato quell'alberello quand'era ancora tenero e verde fino a farlo consolidare in quel modo. Ora cosa pretendere? Non si può raddrizzare un albero adulto. Ma in verità nessuno era lì a pretendere nulla: né sua madre, né l'uomo, nessun uomo. Adriana aveva sempre fatto comodo in quel modo.

Ora che la ragazza dormiva tra le sue braccia sentì che avrebbe voluto avvolgerla tutta, proteggerla dalla sua stessa vita. Ma da dove spuntava quel sentimento improvviso? Che Adriana gli avesse catturato il cuore in quelle ore? O qualcosa era maturato silenziosamente da prima senza che lui se ne fosse accorto? Forse non aveva voluto accorgersene, pensò. Adriana non era una donna come le altre.

A quel pensiero avvertì dentro di sè un moto di rivolta. Era la prima volta che si ribellava a un destino che non fosse il suo.

Si accorse che pensare ad Adriana lo allontanava dai propri pensieri, gli suggeriva quanto fosse dolce amare senza l'impaccio di se stessi, senza attendersi un tornaconto, senza l'ansia d'essere ricambiato. Anche il suo amore per Giulia, vide bene, era stato un continuo prendere, consumare, prendere di nuovo. Quel sentimento per Adriana non era una passione avida, non voleva nulla se non il bene della ragazza. Il suo stesso cuore ne era sorpreso e disorientato.

Incautamente, poggiò la guancia sul capo di Adriana, e il sonno lo vinse subito. L'ultima cosa su cui aveva poggiato lo sguardo era la parrucca da geisha abbandonata sulla sedia, che in quel torpore gli era parsa un barboncino nero accovacciato. Ora, mentre il sonno lo penetrava profondamente, gli parve di sentire abbaiare lontano. Distante dalla riva, il cagnolino era una macchia scura che appariva e scompariva tra le onde. Non ce la faceva a rientrare, guaiva, affogava. Si tuffò per raggiungerlo, nuotò a lungo, ma non lo vide più. Ora le onde erano scomparse e il mare era calmo e silenzioso. Si immerse per cercare il cane. L'acqua era assai profonda e in basso si faceva talmente scura da impedire ogni ricerca. Quella tenebra lo spaventò. Decise di abbandonare la ricerca del cane e risalì velocemente. Ora nuotava a pochi metri di profondità e i raggi del sole tralucevano dalla superficie dell'acqua rendendola abbagliante. Vide qualcosa sotto di sé salire lentamente dal fondo. Pensò al corpo del cagnolino, ma via via che quell'immagine affiorava iniziò a distinguere una figura umana. Quando gli fu accanto vi riconobbe Adriana. Nuotava muovendo appena i piedi, il corpo avvolto da macchie di luce che scendevano dall'alto, il viso illuminato da una gioia serena. La figura continuò a salire verso la superficie fino a scomparire in quella luce vivissima.

Quando si svegliò ebbe l'impressione che un leggero sorriso gli aleggiasse sulle labbra. Strinse la ragazza a sé, curiosamente felice.

Non senza difficoltà si alzò in piedi, sostenendo contro di sé Adriana ancora immersa nel sonno. Cercò la stanza dove la ragazza dormiva, la trovò, ma presso il letto inciampò in un tappeto e cadde in avanti sulle coperte trascinando Adriana sotto di sé. La ragazza spalancò gli occhi e trovò il volto di Francesco contro il suo mentre le sue braccia la circondavano.

La giovane lo avvinghiò al collo e lo baciò. Vedendo che Francesco non si ritraeva, inarcò il corpo per farlo aderire a quello dell'uomo.

«Perché non resti qui?» gli sussurrò piano all'orecchio.

«Avvertì sul collo il fiato caldo della ragazza. Sapeva di sonno e di alcol. Sentì il desiderio salire imperioso dalle viscere, dilagare nel petto, irrompere nella testa cancellando ogni pensiero che non fosse quello di stringere la donna.

«*Di certo è la prima volta che Adriana stringe un uomo per amore anziché per danaro...*» gli sussurrò una voce dentro di sé.

«Forse è vero», pensò mentre la donna gli frugava tra i capelli con le dita esili.

Incoraggiata da quel dubbio, la voce riprese con insistenza: «*Metti da parte ogni esitazione, e lascia che la vita scorra libera senza imbrigliarla con i tuoi inutili rovelli! Il tuo desiderio è puro e legittimo. Non l'hai cercato, è la natura stessa che lo accende così come alimenta il sole e muove le maree!*»

Quella voce lo martellava, lo confondeva: era forse il suo stesso desiderio a renderla così convincente? No, decise. Non poteva farlo. L'immagine di Giulia lo fissava dal suo letto d'ospedale, il volto magro, lo sguardo dolce e spossato.

«*Togliti quel santino con tua moglie da davanti gli occhi*», incalzò la voce, «*e soprattutto non metterle in testa pensieri che non le appartengono! Giulia voleva che ti risposassi al più presto, il suo timore era che ti chiudessi di nuovo in te stesso ed è precisamente quello che hai fatto! Se fosse qui ti getterebbe lei stessa tra le braccia di Adriana!*»

«Non posso... questa giovane è come una figlia per me!» urlò dentro di sé.

«*Adriana non è tua figlia e non ci tiene affatto ad esserlo! Non vedi che badi solo ai tuoi pensieri ignorando del tutto quelli degli altri?*»

Questo era vero, accidenti. Se lo rimproverava lui stesso. Il timore d'essere sopraffatto lo portò a difendersi furiosamente: «Basta con queste inutili chiacchiere! Sei solo un istinto basso e cieco cui preme soltanto la propria soddisfazione!»

«Vai a casa, Francesco. E scusami.»

Le parole di Adriana suonarono quasi irreali nella stanza. La voce dentro di lui, che aveva appena preso fiato per replicare, si dileguò come un ladro notturno che vede accendersi le luci.

«Sono una ragazza viziata, mi è difficile rinunciare. Perdonami.»

Francesco si alzò in piedi sistemando i vestiti e i capelli, quindi le sedette accanto prendendole il viso tra le mani.

L'incubo di quel desiderio era scomparso. Era ancora la sua bambina.

«È stata una serata magnifica, Adriana. Non la dimenticherò.»

La donna volse il viso di lato.

«Vai adesso. È tardi.»

«Buonanotte», disse Francesco adagiandole un bacio sulla fronte.

«Assicurati che le scale siano deserte prima di uscire.»

65

L'alcol e la stanchezza lo avevano vinto appena s'era adagiato sul letto, ma verso le cinque del mattino s'era svegliato senza riuscire più a chiudere occhio. Quando la sveglia indicò le sette decise di alzarsi.

Spalancò le finestre e la luce del mattino inondò la casa. Il cielo era sgombro, anche se nel pomeriggio il solito carosello di nuvole estive avrebbe ripreso a giocare con le sue ombre sulla città.

Si affacciò alla finestra per sorseggiare il suo caffè amaro. La piazza era quasi deserta: poche persone erano raggruppate attorno al bar e all'edicola dei giornali.

L'immagine di Adriana non l'aveva abbandonato per tutta la notte. Al buio, in quel lungo dormiveglia, aveva immaginato di passeggiare con la ragazza in lungo e in largo per la città. E quale gioia mostrarsi disponibile a ogni suo capriccio, indulgente verso i suoi dispetti, conquistato da quel sorrisetto furbo e innocente che gli riempiva il cuore di dolcezza!

Si era poi rigirato nel letto incontrando le occhiatacce di Gina. La sua voce gli era risuonata impietosa nella mente: Adriana non era una fanciulla, tanto meno sua figlia. Era la prostituta di lusso del terzo piano. Un essere amorale, ignorante, egoista: niente più di un grazioso animaletto.

Si era voltato indispettito tra le lenzuola e aveva trovato il volto dello zio. Il vecchio lo osservava divertito. Nelle fiabe che gli narrava da bambino anche i cattivi erano perdonati e giustificati per le loro malefatte. Senza i cattivi non sarebbero esistite le favole, il dipanarsi degli eventi, la storia. Poverini loro, che nel teatro della vita gli era toccato in sorte il ruolo peggiore... Bisognava usargli dolcezza e comprensione per quella disgrazia!

«Il perdono è per chi si pente!», aveva sentenziato la zia alle sue spalle, «non per chi prosegue imperterrito per la sua strada!»

Stava lavorando alla tela raffigurante l'allegoria dell'estate quando udì suonare il campanello del piano di sotto. Ormai aveva imparato a riconoscerlo: era quello di Adriana. Avvertì una stretta allo stomaco. Gli accadeva da tempo, da quando la ragazza era venuta a chiedergli di parlare al portiere. Udiva quel campanello suonare più volte al giorno, spesso anche durante il weekend. Immaginava allora le mani di qualche vecchio satrapo frugare quel corpo fanciullo con l'autorità di chi ha pagato. Vedeva poi Adriana riporre il danaro in un cassetto a ingrossare il suo tesoro, quello che le avrebbe consentito di acquistare il futuro che sognava.

Ma lui aveva imparato a diffidare dei sogni. Il destino poteva beffare anche lei. La sorte trova gran divertimento con i progetti degli uomini: sono i suoi birilli preferiti. Affrancarsi da quel mestiere sordido poteva presentarsi più difficile del previsto e forse le sarebbe rimasto appiccicato addosso per tutta la vita.

Di nuovo udì suonare il campanello, ma stavolta era quello della sua porta. Quando aprì vide Adriana, e il cuore gli sorrise.

«Ieri hai dimenticato il maglione da me», disse la ragazza.
«Ah… addosso a te sembra un vestito! Non vedi che ti arriva alle ginocchia?»
«Appunto. Guarda come sta bene con questa camicetta! Posso tenerlo? Solo per oggi…»
«Contenta te… ma cosa fai la fuori? Entra. Stavo lavorando ma avevo giusto deciso di interrompere. Metto a bagno i pennelli e sono da te…»
«Mi fai vedere il tuo studio?»
«Certo piccola. Di qua…»
«Com'è grande! E quanti quadri…»
Francesco si liberò del camice con aria pensosa.
«Poco fa ho sentito qualcuno suonare alla tua porta… che fine ha fatto?»
«Era il ragazzo della tintoria che mi ha riportato i vestiti. Ma che fai? Mi controlli?»
Mentre puliva i pennelli Francesco osservò la ragazza perduta nel suo pullover. Lo assalì una gran voglia di stringerla, coccolarla. Ma ora doveva sapere.
«La tintoria è chiusa per ferie da giorni, piccola.»
«Certo che sei un gran ficcanaso… E va bene, era un mio cliente, ma non gli ho aperto...»
«E perché?»
«Perché oggi non mi va di lavorare. Volevo salire da te, ma mi stai facendo pentire con tutte queste domande.»
«D'accordo... non aprirò più bocca.»
Gironzolando per lo studio Adriana si trovò di fronte al pannello con l'allegoria dell'estate.
«Oh, ma è stupendo! Questi papaveri sembrano veri… Ops! Mi dispiace… non immaginavo fosse ancora fresco…»
«Sei una bambina. Per indicare qualcosa devi proprio metterci il dito sopra? Vieni qui ora... si tratta di colori ad olio e ci vuole il solvente...»

Mentre Francesco le teneva la mano nella sua strofinando il panno sulla punta dell'indice, Adriana lo spiò di sottecchi. Osservò gli occhi, profondi ed espressivi, e fu certa di non sbagliare: quell'uomo le voleva bene. Avvertì un fremito di gioia e sperò che quella macchia sul dito non se ne andasse via troppo presto.

Dal basso si udì di nuovo il campanello.

Francesco fu assalito dalla rabbia. Ora che conosceva la ragazza, ora che l'adorava, avrebbe strozzato con le proprie mani quei vecchi porci. Perché il portiere non li bloccava sul portone come aveva minacciato?

«Ecco di nuovo il ragazzo della tintoria...» commentò a denti stretti.

«Lascialo suonare. Si stancherà e se ne andrà.»

«Sei convinta di quello che fai? Qui da me perdi il tuo tempo, non incassi un quattrino...» disse irritato.

La ragazza gli mollò uno schiaffo che risuonò nitido nella stanza.

«Perdonami!» disse sbalordita dal suo gesto, «non volevo, non so cosa mi sia preso...»

Francesco era rimasto di stucco: felicissimo per quella reazione inattesa. Se Adriana si era risentita voleva dire che quel sarcasmo l'aveva offesa. Da dove sbucava quell'orgoglio improvviso? Forse l'aveva giudicata affrettatamente, sperò.

Si udì suonare ancora un paio di volte, nervosamente, poi il silenzio.

«Mi perdoni allora per lo schiaffo? Vuoi restituirmelo? Forse ti sentiresti meglio...»

«Piuttosto perdonami tu per quella battuta infelice. Quel tizio che suonava mi aveva innervosito. Non pensiamoci più.»

«Ti andrebbe di fare due passi? È un bel pomeriggio...»

«Con piacere... ma stasera vorrei essere di ritorno per le undici, quando rientrerà Leonardo.»

«Ah, torna il tuo amico… Toglimi una curiosità, te lo volevo chiedere da tempo... ma cosa ha fatto poveretto? Sembra passato attraverso un tritacarne…»

«Adesso ti restituisco il ceffone di prima se non la pianti…»

«Oh, vedo che è un argomento tabù…»

«Ma che tabù... Leonardo parla senza problemi del suo aspetto. Ma lui può farlo, io no, perché non sono affari miei.»

«Come non detto… Ascolta piuttosto: come facciamo con Vittorio? Non vorrai che ci veda uscire assieme… Ci diamo appuntamento da qualche parte?»

Il viso di Francesco si fece scuro. Non gli piaceva affatto muoversi di nascosto come un ladro. E fino a quando, poi?

«Usciremo assieme. Potremmo benissimo essere amici. In fondo abitiamo uno sopra l'altra... E poi pensi pure quello che vuole, non m'interessa.»

«Ma dici sul serio? E tua zia? Sai che quel verme non si farà mancare l'occasione per riferirle la cosa ben impepata…»

«Non so… mi porrò il problema quando sarà il momento. Ma adesso non posso sentirmi strangolare da Vittorio!»

Adriana non riuscì a trattenere un sorriso incredulo, ma nascose la gioia che le era scoppiata dentro.

«Contento te…» replicò. «Ma non dire che non t'avevo avvisato…»

Quando uscirono dal palazzo Vittorio stava fumando sulla soglia del portone. Appena li vide salutò calorosamente come faceva di solito. Mentre si allontanavano sentirono lo sguardo del portiere inseguirli incuriosito. Voltato l'angolo si guardarono l'un l'altro e scoppiarono in una risata nervosa.

La ragazza aveva insistito per andare a Villa Borghese, l'aveva condotto su una panchina appartata in un boschetto di lecci, quindi si era seduta di nuovo sulle sue gambe appendendogli le braccia al collo.

Avevano passeggiato a lungo, traversando buona metà del centro storico mano nella mano. Con la scusa di indicare questa o quella cosa, Francesco aveva più volte liberato la mano, ma lei l'aveva subito riagguantata.

Erano passati per luoghi celebri: piazza Navona, il Pantheon, Fontana di Trevi. Ma la ragazza non mostrava alcun interesse né per l'arte né per la storia della città. Si attardava di fronte alle vetrine dei negozi, e spiava come erano vestite le altre donne coinvolgendo Francesco nei suoi commenti.

A piazza Navona era stata attratta dal mangiatore di spade, un omone scuro di aspetto zingaresco che si esibiva presso la Fontana del Moro. Attirava l'attenzione dei passanti lanciando dalla bocca alte vampate di fuoco, quindi, una volta raccolto attorno a sé un nutrito cerchio di persone, passava alla sua specialità, quella di ingoiare per intero la lunga lama di una spada. La spingeva giù profondamente tra lo stupore della gente, ondeggiando lentamente il tronco per farle trovare la via giusta. Quando fuori dalle labbra non restava che l'impugnatura, allargava di colpo le braccia scatenando gli applausi.

Durante le manovre per tirar fuori la lama un rivolo di sangue gli era scivolato da un lato della bocca e un'esclamazione di raccapriccio si era sollevata tra la folla. Adriana si era coperta gli occhi con la mano continuando a sbirciare la scena tra le dita. Una volta estratta la lama, l'uomo aveva pulito il sangue con un fazzoletto, quindi sollevando la spada trionfante aveva scatenato un altro scroscio di applausi. Il compare, un giovane smilzo, aveva iniziato il suo giro raccogliendo soldi con un cappello.

«Che cialtrone! Usa del sangue finto per impressionare la gente e indurla ad essere più generosa!» aveva commentato un signore vicino ad Adriana. Era vestito elegantemente e sfoggiava un'aria aristocratica sotto il cappello scuro.

«Se quell'uomo è un cialtrone perché si è fermato a guardare?» era intervenuta Adriana irritata da quell'affermazione.

«Mi sono fermato, cara signora, perché le furbate di questi guitti sono incredibilmente divertenti! È quello il vero spettacolo, mi creda!»

Quando il giovane smilzo si era avvicinato col cappello, Adriana vi aveva infilato una banconota di piccolo taglio.

«Non credo affatto che si sia trattato di sangue finto. In ogni caso la spada l'ha ingoiata, o era un trucco anche quello? Quindi merita d'essere premiato per la sua bravura.»

«Faccia come crede signora, ma a me non piace essere preso per i fondelli. Perciò non tirerò fuori un centesimo.»

«Andiamocene, mi viene da vomitare qui!» aveva borbottato Adriana afferrando la mano di Francesco.

«Si faccia più scaltra, signora! Dia retta a me!» l'aveva inseguita la voce dell'uomo.

A piazza di Spagna il volto della ragazza si era illuminato. Quel luogo doveva rappresentare per lei quello che piazza Navona era per lui, aveva pensato Francesco. Da lì si dipartivano vie celebri ed eleganti, impreziosite dai negozi più lussuosi della capitale. Avevano imboccato la famosa scalinata e già a metà salita la luce calda del sole li aveva investiti. Giunti in cima, il panorama della città era apparso in tutto il suo splendore pomeridiano. La luce dorata disegnava la purezza quasi impubere dei lineamenti della ragazza e Francesco avrebbe voluto fra le dita una scheggia di carboncino e un pezzo di carta per fissare quel profilo che gli catturava lo sguardo.

Ora erano appartati in quel trepidante boschetto all'ombra scura dei lecci. Esitante, Adriana alzò lo sguardo verso quello dell'uomo: un proposito tenuto fino a quel momento nascosto le faceva brillare gli occhi.

«Perché non mi sposi?» disse accennando un sorriso. Nascose quindi il volto sul petto di Francesco abbracciandolo stretto, quasi volesse ascoltare cosa ne diceva il cuore dell'uomo di quella proposta. Sapeva che Francesco sarebbe rimasto senza parole. Quando finalmente lo sentì prendere fiato per rispondere, chiuse istintivamente gli occhi.

«Che domande... e magari vorresti subito una risposta...»

Adriana gli assestò un colpetto tra le costole.

«E dai... sono innamorata di te e anche tu mi vuoi bene... te lo leggo nello sguardo.»

Francesco quasi si piegò in due per la fitta al torace.

«Accidenti... Pensavo scherzassi...»

La ragazza si fece seria.

«Lo so... è accaduto tutto assieme, ma questo non toglie valore a quello che sento. Io ti amo, Francesco. E come mi piace dirtelo! È la prima volta che provo un sentimento del genere!»

Parlava concitatamente, la voce tremante dalla gioia, quasi non credesse lei stessa a quello che cercava di comunicare.

«Sai, prima di conoscerti immaginavo che la vita si esaurisse in quella miseria che avevo conosciuto e nei miei sogni per il futuro, ma ora vedo bene che senza amore la vita è davvero misera. Ma che ne sapevo io dell'amore?»

Gli posò la mano sul cuore e prese a sfiorarlo con le dita, come se volesse rassicurarlo.

«Se non ti va di sposarti, possiamo semplicemente vivere assieme... E se preferisci stare da solo perché il ricordo di Giulia è ancora vivo dentro di te, aspetteremo il tempo che desideri.

«Voglio che tu sia sereno, non intendo costringerti a nulla. Però, anche se ne sono certa, voglio sentirtelo dire che mi ami, almeno una volta, perché è da quelle parole che saprò di dover cambiare alcune cose nella mia vita.»

«Quali cose?» chiese Francesco ancora frastornato da quell'improvvisa dichiarazione.

«Non credo tu voglia vivere con una prostituta, no?»

«Beh, certo che no... Ma i tuoi progetti...»

«I miei progetti erano di avere una famiglia e dei figli, e nulla è cambiato. Per il resto, al diavolo i miei clienti! Vuol dire che sarò meno ricca ma più felice!»

«Vedo che hai pensato a tutto...» replicò Francesco. «Ma se mi rifiutassi di vivere con una donna che ha oltre vent'anni meno di me?»

«Saresti uno sciocco, perché a me dell'età non importa nulla. Comunque, padrone di rifiutare, per carità...»

«E in tal caso, i tuoi progetti tornerebbero ad essere quelli di prima?»

«In tal caso, la cosa non ti riguarderebbe più. Comunque non resterei certamente ad abitare qui, con la persona che mi ha rifiutato che mi passeggia sulla testa! Tornerei a vivere nella casa di Milano. Come vedi, ho un mio piano comunque vadano le cose. Perciò non sentirti soffocare dal mio sentimento. Decidi in tutta libertà.»

Altro che libertà, pensò Francesco. Quello era un ricatto bell'e buono. O accettava – matrimonio o convivenza che fosse – o lei sarebbe tornata a prostituirsi con i suoi vecchi clienti di Milano. Eh no, non era giusto gravarlo di quella responsabilità!

Sentì d'essere nei guai. Si accorse d'aver condotto un gioco poco chiaro, senza curarsi troppo dei sentimenti della ragazza. E adesso? Chi lo diceva ad Adriana che il suo amore era ben diverso da quello che lei pensava; che lui l'adorava, sì, ma come una figlia...

Era stato il solito egoista, si disse. Come aveva potuto approfittarsi di Adriana? Adriana che si preoccupava per la sua reputazione suggerendogli ogni accortezza nello scendere le scale ... Che sul suo letto aveva saputo rinunciare al proprio desiderio pur di placare il tumulto che aveva avvertito in lui... Adriana che si trasformava in una geisha per cullare il suo cliente e si urtava se lo si chiamava sbrigativamente "quel tizio"... Adriana che difendeva l'onestà del mangiatore di spade... che non aveva esitato un istante a rompere i suoi rapporti col portiere, rinunciando così alla tranquillità che gliene derivava ed esponendosi alle sue ire furibonde, alle percosse, all'angoscia di perdere i suoi clienti... e tutto questo perché la moglie di Vittorio le aveva toccato il cuore...

«Mi è venuta sete», disse la giovane. «Vado alla fontanella e torno.»

La vide allontanarsi con addosso il suo maglione. Chissà se la sete era una scusa. Forse l'aveva lasciato solo perché potesse riflettere in pace.

Rifletté, infatti. Vide di fronte a sé la sua vita inutile, chiusa nel guscio della sua misantropia, ora sollevata da qualche illusione, quindi gettata di nuovo nello sconforto, in una continua, estenuante altalena. Non era certo un gran sacrificio rinunciare a una vita siffatta.

Adriana rappresentava forse la sua ultima occasione per evadere dal quel guscio opprimente, l'unica possibilità di riscattarsi, di servire a qualcosa, servire a qualcuno. Con Adriana gli era offerta l'opportunità, per la prima volta, di opporsi ai disegni del fato, di scansare il male, liberare l'animo della donna da quella brutta infezione... Lui, che non aveva saputo cambiare una virgola della propria vita, poteva salvarne un'altra da un'esistenza sordida...

Il prezzo e il mezzo per ottenere tutto questo, però, era la menzogna. E poi, sarebbe riuscito a vivere accanto ad Adriana come un marito, un amante? Come trasformare il suo affetto tenero, paterno, nell'amore che la ragazza si aspettava da lui?

E se anche vi fosse riuscito, non v'era il rischio che quella forzata metamorfosi rompesse l'incanto?

Nessuno poteva rispondere a quelle domande.

Dopo aver bevuto alla fontana, Adriana era stata attratta dal chiasso dei bambini sul piazzale del Pincio. Il sole ormai basso allungava le loro ombre che si rincorrevano sul selciato. Ne notò uno con i capelli dorati e il nasino all'insù: correva veloce e squittiva.

«Ne voglio uno come quello», pensò, «e poi una bambina che somigli come una goccia d'acqua a Francesco.»

Mentre fantasticava si era avvicinata al piazzale e sentì il il calore del sole accarezzarle la pelle.

Forse la vita sapeva essere anche buona, azzardò. Il mistero dell'amore le si era rivelato di colpo in tutta la sua forza e dolcezza, e ogni cosa le riverberava la letizia del suo sguardo. Finora aveva immaginato la felicità nella fuga: fuga dalla miseria, dalla noia, dal fiato degli uomini, dalla solitudine. Ora invece la felicità l'aveva già nel cuore, e con quella forza, non con la rabbia, avrebbe costruito il suo futuro assieme a un uomo candido come la neve.

Quando si diresse verso la panchina, da lontano vide Francesco sorriderle: era un buon segno e avvertì un fremito di gioia. Quando lo raggiunse lo abbracciò e ricevette il suo primo bacio, il primo vero bacio della sua vita.

Avevano parlato a lungo: fantasie, progetti, sul presente, sul futuro, sui figli che avrebbero avuto e sui nomi che gli avrebbero dato. Poi, sazi di parole, avevano abbandonato la panchina per osservare il tramonto dal piazzale del Pincio, mescolandosi ai numerosi turisti assiepati lungo la balaustra.

Il sole era scivolato lento, obliquo, fino a scomparire dietro al Vaticano. Quindi, di colore in colore, il cielo era andato scurendosi lasciando affiorare le luci della città.

La ragazza aveva voluto sedere sulla balaustra e lui l'aveva sollevata per aiutarla, sorpreso ancora una volta da quella leggerezza. L'aveva poi abbracciata da dietro e lei gli aveva afferrato le mani e le aveva strette forte a sé. Sotto di loro il mare scuro dei tetti si estendeva a perdita d'occhio: vi si innalzavano cupole, torri, campanili, protesi da sempre a cercare il cielo.

Ma quel cielo parve a Francesco scuro e indifferente, e la luce delle stelle era fredda, ambigua, inarrivabile.

66

Il mattino seguente, aprendo gli occhi, il quadro con il campo di grano appeso davanti al letto gli apparve in modo del tutto nuovo. Quel sentiero bianco che serpeggiava tra i campi gli suonò estraneo, come se non lo riguardasse più. Al contempo, sentiva che quel "senso di inadeguatezza alla vita", come l'aveva definito con il suo terapeuta, aveva cessato di tormentarlo. Non l'aveva superato, ma scavalcato, rinunciando a se stesso. Ora gli interessava soltanto la felicità di Adriana, che accendeva di riflesso anche la sua, facendolo sentire vivo e necessario. Entrambi avevano davanti a sé una nuova vita: quella precedente si era come conclusa.

La sera precedente Leonardo era giunto con un leggero ritardo rispetto all'ora prevista, e lui aveva finito per assopirsi sul divano del salotto. Verso le undici, in quel dormiveglia, gli era parso di udire il campanello di Adriana: chi diavolo la cercava a quell'ora? Era corso ad appoggiare l'orecchio alla porta di casa nel tentativo di udire qualcosa dalle scale, quando il campanello aveva suonato di nuovo facendolo sobbalzare. Era il suo campanello. Sicuramente lo era stato anche prima, pensò, e l'impressione che provenisse dal piano di sotto doveva essere stato uno scherzo del dormiveglia.

Quando aprì vide Leonardo sorridergli, seduto su una grossa valigia e con una borsa sulle gambe. Francesco lo abbracciò e lo fece entrare afferrando quel valigione. L'uomo si gettò su una poltrona, stanco del lungo viaggio in aereo e degli estenuanti ritardi subiti dal volo. Era soddisfatto dell'esito del suo viaggio e ne riferì sommariamente. Quando chiese «e tu cosa hai fatto di bello in questo periodo?» Francesco si accorse che una parte di sé si rifiutava di raccontare di Adriana. Ne parlò, tuttavia, un po' tagliando corto, un po' minimizzando l'accaduto, ma era un cattivo attore, e il suo inquilino capì subito d'aver trovato una situazione assai diversa da quella che aveva lasciato.

Quando Leonardo andò a dormire, Francesco si ritrovò in salotto occupato da nuovi pensieri. Si accorse che avvertiva la presenza dell'amico in un modo diverso dal solito ma non sapeva bene come e perché. Poi, lentamente, riuscì a fare un po' di chiarezza su quelle sensazioni.

Sicuramente Leonardo non era tipo da scandalizzarsi per quello che era stato il mestiere di Adriana, e comunque sentì che non aveva timore delle opinioni del suo inquilino.

Forse era proprio quella la novità: la voce di Leonardo aveva improvvisamente perso importanza, come se anch'essa facesse parte di una vecchia vita che si era ormai conclusa con l'incontro di Adriana. Non aveva più alcuna voglia di imbarcarsi in discussioni sul senso della vita, sui misteri di Dio, dell'uomo... Tutti quegli interrogativi, vedeva bene ora, erano solo frutto del dolore. Ma il dolore non c'era più, e quello che gli interessava ora era semplicemente vivere con Adriana per il resto della sua vita. Inoltre, Leonardo avrebbe dovuto andarsene presto: Adriana sarebbe venuta a vivere in quella casa.

Si stupì di sperimentare quasi un'avversione verso il suo inquilino. Eppure era stato la quintessenza della gentilezza nei suoi momenti difficili. Ma forse era proprio questo il motivo di quel sentimento di rifiuto. In genere non si desidera ricordare i momenti dolorosi, e purtroppo, chi in quei momenti ci è stato vicino si è come infettato di quel dolore, e ce lo rammenta. Per questo gli siamo grati ma al contempo lo allontaniamo.

Non aveva saputo trovare altre spiegazioni a quello che sentiva, e se ne era andato a dormire. Non doveva sentirsi in colpa, si disse: Leonardo non aveva certo bisogno di lui.

Si alzò dal letto con l'intenzione di fare colazione con Adriana. Sarebbero andati assieme al bar sulla piazza e poi avrebbero camminato sino al negozio dei colori, presso il Pantheon, dove doveva fare degli acquisti. Fece una doccia e si vestì in tutta fretta attento a non svegliare Leonardo.

Appena aprì la porta di casa lo accolse un mormorio diffuso che saliva dalla tromba delle scale. Si affacciò e vide diverse persone protendersi dalla ringhiera dei vari piani con gli occhi puntati verso l'alto. Appena lo videro affacciarsi presero a osservare lui e il mormorio ebbe un'impennata. Avvertì al piano di sotto un pianto d'uomo: singhiozzava, lanciando a tratti delle urla strozzate che producevano un suono raccapricciante.

Si affrettò a scendere e trovò la porta di Adriana socchiusa, piantonata da un giovane carabiniere. Un gruppo di condomini, alcuni ancora in vestaglia, si accalcavano attorno alla porta cercando di sbirciare all'interno. Un paio di gradini più in basso riconobbe di spalle la figura del portiere. Era seduto su un gradino, appoggiato di lato contro il muro.

«È colpa mia… è tutta colpa mia…» ripeteva disperato.

Sua moglie, il volto smarrito, gli accarezzava il capo ripetendo domande che l'uomo ignorava. Appena lo vide, Angela si avvicinò afferrandogli il braccio: «Francesco... ma che succede? Cosa gli è preso a Vittorio? Non l'ho mai visto così, ne sai qualcosa tu?»

«Non so, Angela. Volevo anzi chiedere a te...»

La donna abbassò lo sguardo e prese a scendere le scale ignorando il marito. In fondo, l'uomo stava disperandosi alla porta di un'altra donna.

Francesco osservò Vittorio sui gradini, accartocciato su se stesso, scosso dai singhiozzi, e un presentimento terribile si fece strada dentro di lui.

Dov'era Adriana? Si rifiutò di pensare, di immaginare qualsiasi cosa. Si fece largo tra le persone e avvicinò l'uomo in divisa. Lo conosceva, anche se superficialmente, come conosceva i suoi colleghi della stessa sede situata a poche decine di metri dal suo portone. Quando fu per parlare la voce gli si strozzò in gola. Si schiarì con un colpo di tosse e tentò di nuovo: «Ciao Marco... cosa è successo?»

«Eh, brutta storia... Stamani la ragazza che abitava qui è stata trovata morta dal portiere. La conoscevi tu?»

«Io? Beh, nel palazzo ci si conosce un po' tutti... ma come è successo?»

«Pare sia caduta battendo il capo sulla base del caminetto, ma è tutto da verificare. Era una prostituta, forse avrà litigato con qualche cliente... Non sarebbe la prima volta. Ah, ecco il maresciallo che torna.»

Augusto, l'anziano maresciallo della sede dei carabinieri di piazza Farnese, conosceva Francesco fin da ragazzo ed era un caro amico di Gina. In quel momento usciva trafelato dall'ascensore asciugandosi la fronte con un fazzoletto.

«Ciao Francesco, stavo venendo giusto da te.»

«Da me? E come mai?»

«Beh, hai visto quello che è accaduto... Forse potresti essere d'aiuto. Conoscevi la ragazza, no?»

Francesco trasalì. Pensò a Gina, a Giorgio...

«Beh... giusto "buongiorno e buonasera"...»

Il maresciallo lo afferrò per un braccio: «vieni, andiamo dove possiamo parlare in pace», disse conducendolo nell'appartamento di Adriana in fondo al corridoio d'ingresso.

«Per favore, tornate nelle vostre case!» aveva gridato alle persone assiepate presso la porta. Queste erano indietreggiate di qualche passo, poi erano tornate a farsi avanti appena il maresciallo era sparito all'interno.

«Buongiorno e buonasera, eh?» esordì Augusto.

«Ieri pomeriggio vi hanno visto uscire assieme e tornare dopo le dieci di sera! Inoltre il tuo numero telefonico è nella rubrica della ragazza... Non sei un cliente, perché i clienti erano segnati a parte. E poi il portiere li conosceva uno a uno. Dunque?»

Francesco tentennò un istante. Era confuso, agitato, si rifiutava ancora di prendere atto dell'accaduto. Il maresciallo lo tirò a sé per un braccio e gli parlò a bassa voce: «Tutto il condominio sa che questa povera ragazza svolgeva il suo mestiere nel palazzo da oltre due anni. Poi arrivi tu, e dopo un paio di giorni la ragazza muore. Lo so che non c'entri, perché a proteggerti, senza che tu lo sappia, hai un alibi di ferro, ma devi raccontarmi tutto quello che sai. Coraggio ragazzo mio, è meglio...»

Francesco raccontò l'accaduto senza omettere nulla. Aveva chiesto soltanto di non riferire nulla ai suoi zii. Mentre parlava, si accorse che tutto era accaduto nell'arco di pochi giorni, e quegli eventi gli apparivano come un sogno lontanissimo. Sentì d'essere di nuovo prigioniero della sua vita grigia, e desiderò di raggiungere Adriana ovunque fosse, perché ogni cosa senza di lei gli appariva odiosa.

Mentre parlava gettò uno sguardo attraverso la porta del salotto e riconobbe il divano dove due sere prima Adriana si era addormentata sulle sue gambe; poco più in là era il tavolo basso dove avevano consumato la loro cena orientale. Accanto affiorava lo spigolo del caminetto, e capì che se avesse fatto un solo passo in più avrebbe potuto scorgere il corpo di Adriana. Si spostò appena, e tanto bastò.

La ragazza giaceva sul pavimento di fianco, il volto coperto dai capelli scuri. Una ciocca si allungava di lato proseguendo in un rivolo rosso che serpeggiava sul pavimento.

Le labbra del carabiniere continuavano a muoversi, a dire cose che lui non udiva. Si precipitò nelle scale e afferrò con entrambe le mani la testa del portiere sbattendola ripetutamente contro il muro.

«Porco! Alla fine ti sei vendicato! Meriti la stessa fine!»

Superata la prima sorpresa, l'uomo oppose resistenza. Nel frattempo Augusto e il giovane carabiniere riuscirono a immobilizzare Francesco.

«Hai intenzione di giocarti il tuo alibi?» esclamò il maresciallo. «Torna a casa e restaci. Vale anche per te, Vittorio. Non potete lasciare il palazzo fino a nuovo ordine. Lascio al portone uno dei miei uomini. Vi accompagnerà in sede alle diciotto per formalizzare le vostre testimonianze. A quell'ora saranno terminati i rilievi nell'appartamento e forse sapremo qualcosa di più su quanto è accaduto. Sicuramente avrò ancora bisogno di voi.»

Mentre risaliva la rampa di scale, Francesco vide il suo inquilino sul pianerottolo che lo osservava serio. L'uomo si fece di lato e lo lasciò passare senza dire nulla, quindi lo seguì.

Leonardo si avvicinò alla finestra del salotto e gettò uno sguardo sulla piazza. Vide il maresciallo dei carabinieri uscire dal portone, traversare diagonalmente la piazza ed entrare nella piccola stazione locale. Udì l'amico alle sue spalle e si voltò per parlargli.

«Francesco, devo dirti che...»

Francesco non lo lasciò finire. Lo afferrò per i risvolti della giacca e lo tirò a sé premendo la propria testa sul suo petto, quasi volesse penetrarlo con la fronte. Nel contempo cacciò un lungo lamento, come il pianto di un bambino, che la rabbia gonfiò fino a trasformarlo in un grido disperato.

«Non voglio le tue parole... ho nausea di parole!» urlò.

Spinse quindi l'amico contro il muro prendendo a scuoterlo per la giacca. L'altoparlante di Leonardo si staccò e cadde a terra. Entrambi lo osservarono rotolare sul pavimento e scomparire sotto un mobile.

«Ecco dove finiscono le tue parole, tutte le parole... Oh Adriana... Tutti i tuoi sogni... sparsi sul pavimento...»

Alzò il viso e guardò dritto negli occhi il suo inquilino.

«Se Dio esistesse davvero», ringhiò, «gli urlerei tutto il mio disgusto! Non ha alcun rispetto di noi! Siamo burattini, pulcinella... gettati in quest'arena imbottiti di istinti che ci portano a scannarci l'un l'altro... e poi pretende che ci scrolliamo di dosso quelle sozzure con cui lui stesso ci ha infarcito!

«Oh, Leonardo, ben venga anche il più rozzo materialismo se riesce a distrarre gli uomini da loro stessi... Se aprissero gli occhi e vedessero in tutta lucidità le loro vite resterebbero inorriditi!»

Gli tornò davanti agli occhi il corpicino di Adriana ricurvo in terra e si zittì. Recuperò da sotto il mobile l'altoparlante di Leonardo e lo sistemò al suo posto sulla giacca dell'amico.

«Spero non si sia danneggiato», disse avviandosi nella sua stanza. «Perdonami.»

Più tardi, Leonardo bussò alla porta dell'amico.

«Visto che nel pomeriggio dovrai andare alla stazione dei carabinieri, è bene che tu sappia una cosa. Potrebbe rivelarsi utile per le indagini. Ieri sera quando sono rientrato, verso le undici, un uomo ha preso l'ascensore assieme a me ed è uscito al piano di Adriana. Mentre l'ascensore ripartiva ho visto che suonava da lei.»

«Allora non m'ero sbagliato!» saltò su Francesco, «infatti prima che tu suonassi m'era parso di udire il campanello di Adriana... Sapresti descrivere quell'uomo?»

«Beh, ero stanco e distratto da altri pensieri. Lasciami pensare comunque... con certezza posso dire che aveva un'età intorno ai cinquanta, capelli bianchi, piuttosto radi sulla fronte, baffi... sì, forse anche i baffi. Aveva una faccia scura, accigliata, questo lo ricordo bene perché mi colpì... Forse se lo vedessi lo riconoscerei...

«Chissà chi diavolo era a quell'ora...», sarà bene riferire tutto ad Augusto. Bisogna assolutamente rintracciare quel tizio.»

«Forse è meglio che lo dica io stesso al maresciallo, almeno avrà il valore di una testimonianza. Verrò con te più tardi."

«Mi sembra un'ottima idea, grazie.»

Leonardo uscì richiudendo la porta alle sue spalle, e subito la mente di Francesco tornò al pensiero che non lo abbandonava dal mattino: Adriana non c'era più. Come era possibile?

67

Rimase a lungo disteso sul letto, lo sguardo perso oltre il soffitto. Mentre la morte di Adriana varcava lentamente il confine che separa il vero dall'inverosimile, gli parve che quella breve esperienza avesse avviato dentro di lui una lenta metamorfosi che la morte della ragazza non aveva affatto interrotto. Avvertiva nell'animo un movimento gentile che allontanava il caos del dolore, rimetteva ordine, lo riconciliava con le cose in un modo del tutto nuovo. Adriana l'aveva sottratto al cerchio asfissiante del suo ego, e il dolore per la sua morte non ve l'aveva ricacciato dentro. Se prima la sua felicità era nella felicità della ragazza, anche ora il suo dolore era per i sogni spezzati da quella fine prematura e non per essere rimasto solo. Alla morte di Giulia, ricordò bene, aveva rimuginato a lungo sulla solitudine che lo attendeva.

Udì la porta di casa chiudersi. Leonardo doveva essere rientrato. Lo trovò infatti in cucina.

«Non avevo voglia di andare in trattoria. Ho fatto uno spuntino al bar e ho portato qualcosa anche per te», disse poggiando sul tavolo un pacchetto.

«Ti ringrazio ma non ho appetito. Forse più tardi...»

«Se non ti dispiace potremmo andare in salotto?» chiese Leonardo, «ho bisogno di distendere la gamba... è da quando sono tornato che mi tormenta.»

«Ti pare… andiamo pure.»

Mentre l'amico si sistemava sulla poltrona allungando la gamba su un panchetto imbottito, Francesco si avvicinò alla finestra e gettò uno sguardo alla piazza. Vide il carabiniere di guardia conversare con il farmacista e il portiere.

Nei pressi della fontana era appena giunta un'ambulanza. Poco dopo vide uscire dal portone due uomini con una lettiga coperta da un telo scuro. Sotto le pieghe del tessuto, il corpo di Adriana prendeva appena forma, suggerendo piuttosto il corpo di un bambino. Le porte dell'ambulanza si chiusero con un colpo secco e il mezzo scomparve in via del Mascherone.

Quel colpo secco delle portiere gli richiamò alla memoria una scena quasi identica. Apparteneva a un passato lontano, quando non era che un bambino, e l'aveva osservata nascosto dietro lo spigolo del palazzo mentre il cuore gli batteva forte. La storia di Luigi sull'invito a cena degli zii non l'aveva convinto: mentre parlava, la mano dell'uomo sulla sua spalla aveva uno strano tremore. Dopo aver finto di allontanarsi era tornato ad affacciarsi sulla piazza e quella folla di curiosi davanti al suo portone l'aveva subito spaventato. Si era fatto largo tra la gente e aveva scorto Luigi chinarsi su un lenzuolo disteso a terra e scoppiare in singhiozzi. Poi lo aveva afferrato la confusione, la paura gli era montata dentro impedendogli quasi di respirare. Allora era scappato, correndo a perdifiato verso la casa degli zii. C'era l'invito a cena, aveva detto Luigi. Doveva avvisarli del ritardo di sua madre.

Ora che il piano di sotto era deserto, pensò Francesco, i clienti di Adriana, ignari dell'accaduto, avrebbero continuato a suonare a quel campanello per chissà quanto tempo, e ogni volta lui avrebbe udito, ogni volta avrebbe ricordato. Di nuovo sentì il cuore stringersi nel petto.

«Hanno appena portato via Adriana...» disse con gli occhi lucidi mentre si allontanava dalla finestra.

«Hanno portato via solo il suo corpo, amico mio...»

«Oh, Leonardo! Adesso non venirmi a dire che il suo spirito sia volato in qualche altro mondo nascosto chissà dove! Trovo più dignitoso accettare questo dolore terribile che dovermi inventare un aldilà per consolarmi, uno spirito invisibile che sfugge alla morte e altre fantasie del genere!»

«Uhm... qualcosa mi dice che lo spirito che tu immagini sia davvero una fantasia... Prova invece a pensare a una realtà invisibile, sì, ma che sostiene e coordina tutto, non solo Adriana, ma ogni cosa esistente, dall'atomo alle sconfinate galassie. Perché non solo l'uomo ha uno spirito, questo è il punto. Vedi quei ciottoli?» disse indicando il vaso con le pietre raccolte da Giulia in riva al mare, «anche loro posseggono uno spirito: è la forza invisibile che unisce in un preciso ordine le particelle di cui sono fatti. È la forza che sostiene il regno minerale.»

«Non so dove tu voglia arrivare, ma credo che stavolta l'abbia presa parecchio alla larga...» commentò Francesco, poco disposto a seguire i discorsi dell'amico mentre il dolore per Adriana gli torceva lo stomaco. Eppure Leonardo doveva saperlo, si disse. Perché insisteva con i suoi discorsi?

«E quella pianta?», continuò Leonardo indicando l'alto filodendro che saliva nell'angolo. «Lei vive invece grazie allo spirito che anima il regno vegetale. E lo spirito vegetale, oltre a comprendere le qualità del regno minerale, possiede altre capacità, come quelle di crescere e riprodursi. Ma saliamo ancora: anche il regno animale...»

«Ho capito come funziona...» lo precedette Francesco.

Continuò quindi quasi cantilenando:

«Anche il regno animale possiede un proprio spirito il quale, oltre a comprendere le qualità del regno vegetale e minerale, fornisce agli animali il potere dei sensi, degli istinti naturali, e anche un pizzico di intelligenza...»

«Bravo! E infine, al culmine dell'evoluzione materiale, ci siamo noi uomini...»

«Certo, chi altri?» commentò ironico Francesco.

«L'uomo possiede tutte le qualità dei regni inferiori», proseguì Leonardo, «più altri doni quali l'intelletto e la riflessione consapevole. Ma poi? Cosa c'è oltre l'uomo? Nulla? L'intero processo evolutivo della creazione si esaurisce in quest'essere intelligente destinato comunque alla polvere?»

«Certo sarebbe deludente...» continuò Francesco.

«I messaggeri divini dicono invece che esiste un ulteriore regno: quello dello Spirito. Ed è proprio l'anima dell'uomo, l'unica capace di esprimere le qualità di quel regno, a portare avanti l'evoluzione dal mondo della creazione al mondo spirituale.»

«Non fa una grinza...» osservò Francesco, «ma non vedo attinenza con quello che...»

Leonardo gli fece cenno di lasciarlo proseguire: quell'attinenza sarebbe saltata fuori, sembrava promettere il suo sguardo.

«Come avrai notato», riprese, «ogni regno possiede le capacità di quello inferiore ma non le capacità di quello a lui superiore. Questo fa sì che ogni piano dell'esistenza sia del tutto inconsapevole dei piani a lui superiori, perché non è in grado di concepirli. Così – bada bene – nonostante questi piani abitino tutti assieme nel mondo della creazione, la loro differenza di stadio impedisce a ognuno di essere consapevole del tutto.

«In altre parole, anche se quella pianta non si accorge della nostra presenza, ciò non toglie che essa sia qui assieme a noi! Allo stesso modo noi uomini, almeno finché abitiamo nel regno della materia, non siamo consapevoli del mondo dello spirito, ma questo non prova affatto che quel mondo non esista! In pratica, nei confronti del mondo spirituale, noi ci troviamo come quella pianta nei confronti del regno umano.

«Ecco cos'è l'aldilà: puoi vederlo come il mondo successivo a quello della creazione, dove l'uomo continua la propria evoluzione su un piano superiore. Ma in realtà questo nostro mondo e quello che chiamiamo "aldilà" appartengono a uno stesso mondo, anche se per ora non ce ne accorgiamo.»

Leonardo prese a massaggiarsi la gamba indolenzita: la sua dissertazione doveva essere terminata. Aveva fatto del tutto, pensò Francesco, per dimostrargli l'esistenza di un mondo ultraterreno, sicuramente per aiutarlo a dare un senso a quel dolore che lo opprimeva. Ma lui non era convinto. D'altronde, Leonardo stesso ripeteva che le argomentazioni logiche lasciano spesso il tempo che trovano, e che solo il risveglio della propria sensibilità spirituale avrebbe fornito quella certezza che le parole non sapevano dare.

«Dunque Adriana, cioè lo spirito di Adriana, avrebbe solo traslocato al piano di sopra, che a noi è precluso vedere, almeno finché si è in questa vita... Mah... mi appare tutto così inverosimile, Leonardo... Eppure tu sembri così sicuro di quello che dici, neanche si trattasse di cose che hai visto con i tuoi occhi! Mi chiedo dove diavolo attinga la tua sicurezza! Nascondi forse qualche segreto?»

Leonardo sorrise: «beh, ad essere sinceri sì. Qualcosa ti ho nascosto, ma nella convinzione che fosse per il meglio, naturalmente.»

Francesco rimase di stucco. La sua era stata una domanda scherzosa, non avrebbe mai immaginato d'aver colto nel vero.

«Ah sì? E cosa mi avresti nascosto?»

«Oh, è lungo da spiegare... vi sono degli antecedenti...

potremmo rimandare a domani? Ti dispiace? Ora mi sento piuttosto stanco, come penso anche tu, del resto.»

«Ma certo, anche se la curiosità mi pungolerà per tutto il tempo... Anch'io attenderò domani per parlarti di alcune mie riflessioni. Come ti ho accennato, durante la tua assenza mi è parso di vedere le cose in modo nuovo, il che mi ha portato a diverse considerazioni. Una sola cosa ti dico subito, e mi dispiace non aver detto prima: grazie.»

«Grazie? Di cosa?»

«Beh, grazie, soprattutto, per aver lacerato quella busta di plastica... perché ora so che valeva la pena di continuare a vivere.»

«Scusa, Francesco... ma di quale busta di plastica parli?» replicò Leonardo incuriosito.

«Come quale busta? Non credo tu abbia dimenticato d'avermi salvato la vita!»

Leonardo si fermò un istante a riflettere, quindi chiese all'amico che lo fissava serio: «da quanto hai detto, pare che tu abbia tentato di suicidarti soffocando in una busta di plastica e che qualcuno ti abbia salvato lacerandola, probabilmente quando avevi già perso i sensi... Sbaglio?»

«No che non sbagli. E tu non ne sai niente?»

«Francesco, è la prima volta che sento di questa cosa... Ma a quando risale?»

«Beh, non eri qui da molto...Ma allora chi diavolo è stato a lacerare quella busta?»

«Non ne ho la più pallida idea... Forse l'hai fatto tu stesso senza che te ne sia accorto. Non vedo altra spiegazione.»

Francesco squadrò bene l'amico e vide un uomo piuttosto stanco che non aveva alcuna voglia di scherzare. La questione si faceva dunque misteriosa... Forse aveva davvero lacerato la busta lui stesso, anche se ricordava bene di essersi svegliato nella stessa identica posizione in cui aveva perso coscienza.

Lo squillo del campanello pose fine a quella conversazione. Erano le sei del pomeriggio e il carabiniere era venuto per accompagnare Francesco e il portiere dal maresciallo per la loro deposizione. Si unì anche Leonardo per dichiarare d'aver veduto una persona entrare da Adriana intorno alle undici di sera.

Le testimonianze di Leonardo e del portiere posero Francesco al riparo d'ogni sospetto. Quella sera, quando Francesco e Adriana erano tornati, il portiere li aveva seguiti per vedere se fossero entrati entrambi dalla ragazza, ma li aveva visti salutarsi e ritirarsi ognuno nel proprio appartamento. Non convinto, era rimasto qualche tempo per le scale per controllare se uno dei due fosse uscito di nuovo per recarsi dall'altro. Alle undici era rientrato nel suo appartamento e subito dopo era giunto Leonardo assieme all'uomo con i baffi che sarebbe entrato dalla ragazza.

«Ora si tratta di rintracciare questo sconosciuto», aveva detto il maresciallo. «Tenetevi a disposizione. Col procedere delle indagini probabilmente ci sarà ancora bisogno di voi.»

Quando uscirono dalla stazione dei carabinieri era ormai sera inoltrata, e durante quelle poche decine di metri che li separavano dal portone, Francesco si scusò con il portiere per la violenta reazione avuta quel mattino per le scale.

«Non c'è bisogno che si scusi», rispose Vittorio, «avevo compreso il suo stato d'animo. Vedere Adriana ridotta in quel modo aveva sconvolto anche me.»

Gli aveva stretto la mano calorosamente, quindi si era avviato verso casa. Probabilmente, pensò Francesco, per un bel pezzo non avrebbe più visto lo strano sorriso del suo portiere.

68

Una volta salutato il portiere, Leonardo convinse l'amico a recarsi in trattoria. Cenare fuori lo avrebbe distratto dai suoi pensieri, aveva suggerito il suo inquilino. Francesco aveva infine accettato, ma la mente gli tornava puntualmente alle fotografie di Adriana riversa sul pavimento. Le aveva trovate sulla scrivania del maresciallo, e questi aveva aggiunto che sul corpo della ragazza v'erano evidenti segni di percosse. Chi aveva potuto picchiare una ragazza così minuta?

Dopo la cena Leonardo insistette per fare una passeggiata. Camminarono a lungo attraversando piazze piene di luce, percorse da quel fremito estivo che le affollava di romani e turisti. Ma Francesco non vedeva l'ora di tornarsene a casa. Lo addolorava il pensiero che in quei luoghi Adriana non ci fosse. O forse c'era, come aveva detto Leonardo, solo che loro non potevano vederla.

Rientrarono dopo la mezzanotte. Come al solito Leonardo prese l'ascensore e l'amico salì per le scale. Giunto al piano di Adriana, Francesco si fermò un istante e passò affettuosamente la mano sulla porta. Rivide la ragazza vestita da geisha che gli sorrideva civettuola sulla soglia della porta e sentì un nodo alla gola.

Era preso da quei ricordi quando udì degli strani rumori provenire dal pianerottolo di sopra. Un urlo soffocato lo fece voltare di colpo e vide un'ombra precipitare nella tromba delle scale, subito seguita da un tonfo sordo. Si affacciò e scorse al piano terra un uomo disteso sul pavimento, una gamba piegata malamente sotto il corpo, il sangue che sgorgava dal collo allargandosi sul pavimento. Aguzzò lo sguardo e non ebbe dubbi: era Leonardo.

Si precipitò per le scale e giunto al piano terra si chinò presso l'uomo che non dava alcun segno di vita. Cosa era accaduto? Qualcuno dall'alto chiese chi era l'uomo in terra. Francesco alzò lo sguardo e vide un vecchio affacciarsi dal terzo piano. Provò a gridargli di chiamare un'ambulanza ma non gli uscì un suono di bocca. Solo allora si accorse dell'agitazione che aveva addosso.

In quell'istante l'ascensore giunse a terra e ne uscì un uomo che scivolò rapido nell'androne. Francesco si alzò immediatamente e gli corse dietro. Doveva essere stato lui a gettare nel vuoto Leonardo, altrimenti perché scappava? In quel mentre il portiere uscì dal suo appartamento e Francesco gli finì addosso facendo cadere entrambi.

Lo sconosciuto aveva raggiunto la piazza e filava come un fulmine verso via del Mascherone. Rialzatosi, Francesco riprese l'inseguimento cercando di riguadagnare il terreno perduto. I due uomini si rincorsero sino a sbucare nel vicino lungotevere. Una fitta al fianco fece temere a Francesco di dover mollare: non era avvezzo a correre e non aveva più vent'anni. Notò, tuttavia, dai movimenti scoordinati, che neppure lo sconosciuto doveva essere tanto giovane e anche le sue forze erano probabilmente agli sgoccioli.

Lo vide imboccare ponte Sisto ma quando raggiunse il ponte lo trovò deserto. Dove s'era cacciato? Non poteva aver attraversato il ponte, non ne aveva avuto il tempo. Si guardò attorno ma non vide anima viva. Forse l'uomo aveva tirato dritto lungo l'argine, pensò. Si appoggiò alla spalletta per riprendere fiato. Senz'altro doveva trattarsi dell'uomo che la notte precedente aveva preso l'ascensore con Leonardo. Per questo l'aveva ucciso, era l'unica persona che l'aveva visto entrare da Adriana.

Stava per tornare sui suoi passi quando udì una sorta di sbuffo provenire dalla scala che scendeva alla banchina. Si affacciò dalla rampa e guardò giù ma era troppo buio per poter distinguere qualcosa. Prese a scendere con cautela, mentre il rumore del fiume si faceva sempre più forte. Oltre al suono dell'acqua percepiva qualcos'altro, come il soffio di un respiro affannoso.

«Vattene! Altrimenti dovrò uccidere anche te!»

Trasalì a quella voce improvvisa uscita dal buio. L'uomo era ancora ansimante per la corsa e aveva il tono rabbioso di chi si sente in trappola. Non era una voce nuova, ma non riuscì a collegarla ad un volto. Restò immobile dov'era. Forse lo sconosciuto era armato e non doveva sfidarlo proseguendo a scendere. Avrebbe voluto che parlasse ancora per tentare di riconoscere quella voce, ma ora il tizio taceva, riprendeva fiato. Man mano che gli occhi si abituavano al buio Francesco potè intravedere la sagoma di un uomo alto e robusto. Era appoggiato di fianco al parapetto: doveva essersi fermato lì perché stremato.

«Chiunque tu sia», disse Francesco, «hai commesso un delitto inutile. La testimonianza di Leonardo era già stata registrata dai carabinieri quando l'hai ucciso.»

«Testimonianza di cosa?» rispose la voce, «d'aver visto un uomo? Poteva trattarsi di chiunque.»

«Enrico!» esclamò Francesco. La sorpresa gli aveva fatto sfuggire di bocca quel nome appena aveva riconosciuto la voce.

«Sei uno sciocco Francesco. Ti avevo avvisato...»

«Ma... davvero sei tu che hai ucciso Adriana?»

«Non correre: io non ho ucciso nessuno. Si è trattato di un incidente. Le avevo dato un semplice schiaffo e lei ha perduto l'equilibrio andando a cadere in quel brutto modo.»

«Un semplice schiaffo? Ho visto le fotografie scattate dai carabinieri... mi fai schifo Enrico, grosso come sei, pestare in quel modo una bambina...»

«Già, una bambina... tu la vedevi così... però con quella bambina ci volevi vivere assieme, infischiandotene della persona a cui la rubavi...»

«Io non rubavo niente a nessuno, lei era sola, libera...»

«Così ti ha fatto credere, visto che aveva perso la testa. Povero illuso! Non sai quante volte è già successo, ma è sempre tornata da me. Io sono l'unica persona che l'ha amata come lei desiderava.»

«Sicché eri tu quel maiale del suo patrigno... E che ci veniva a fare Adriana nel tuo studio? Non certo una seduta di psicanalisi!»

«Beh, Francesco, abbiamo parlato abbastanza...»

«Adesso vuoi uccidere anche me?»

«Mi hai costretto. Se non mi avessi rincorso con quell'accanimento... ma non credere che lo faccia a cuor leggero.»

«Chiacchiere! Fin dall'inizio dovevi aver deciso di eliminare sia me che il mio amico attendendoci al nostro piano, ma non avevi previsto che io sarei salito a piedi...»

«Sei corto di memoria, Francesco. Hai dimenticato quante volte abbiamo affrontato in terapia il problema della tua claustrofobia? Tu stesso mi confidasti di non prendere mai l'ascensore. E proprio su questo ho basato il mio piano. Ma non avevo previsto che a quell'ora di notte qualcuno potesse chiamare l'ascensore proprio quando serviva a me per scappare. Non ti sei chiesto perché abbia tardato tanto a svignarmela? Non avevo più l'ascensore al piano, maledizione!»

«Risaliranno a te, Enrico, non ti illudere. Il tuo nome era sulla rubrica di Adriana, e inoltre l'appartamento risulta affittato a te.»

«E allora? Anche se giungeranno a me non troveranno che un vecchio patrigno in lacrime per l'accaduto. Il che corrisponde a verità. Non sono un cinico come pensi. Io amavo Adriana. L'ho sempre amata, sin da bambina.»

«Ah sì? Perché le permettevi di prostituirsi, allora?»

«Hai conosciuto la caparbietà di Adriana. Nessuno era in grado di farle cambiare idea. Già a Milano s'era messa in testa di essere indipendente finanziariamente, ma non sapeva fare niente di niente, ed era abituata al lusso. La sua scelta era obbligata. Mi ero offerto di passarle una cifra mensile piuttosto consistente, ma ormai sembrava che i miei soldi le scottassero le dita. Tu non sai quanto ho sofferto per questa sua smania d'essere indipendente.»

«Certo, avresti voluto essere tu il suo unico cliente! Hai cominciato a pagarla sin da bambina insegnandole a vendere persino i suoi baci. Quando Adriana divenne adulta era già una prostituta, perché quella era la pratica alla quale il suo amorevole patrigno l'aveva addestrata!»

L'occhio si era abituato all'oscurità e il volto di Enrico gli appariva ora con maggiore chiarezza.

Ma era davvero il suo terapeuta quell'assassino che si nascondeva nell'ombra? Come poteva l'uomo forte che aveva conosciuto, quella mente acuta e geniale, nascondere quella puerile debolezza, quella segreta stampella, e nel contempo praticare una professione dove si cerca di aiutare il prossimo a recuperare la propria autonomia?

Ora immaginava negli ampi sorrisi dell'uomo il riflesso della gioia elargita da Adriana, privato della quale, eccolo afferrato da un attacco di rabbia isterica, picchiare pesantemente la ragazza, fino a ucciderla…

Enrico si staccò dal parapetto dove era rimasto appoggiato sino a quel momento e nella mano che apparve brillò una pistola.

«Ormai non riesci più a fermarti, vero?» disse Francesco, «ebbene, fai pure, ne ho piene le tasche di questa vita. Tanto le cose non si aggiustano, peggiorano soltanto...»

Enrico esitò, lo fissò in silenzio per un lungo momento che a Francesco parve un'eternità.

«Coraggio, hai già ucciso Adriana e Leonardo... e anche tu sei come morto... non ho più nulla da perdere....»

Enrico alzò l'arma e mirò dritto al cuore. Lo sparo riecheggiò sotto le arcate del ponte, seguito subito da un secondo. L'uomo si appoggiò di nuovo al parapetto, fece un mezzo giro su se stesso, poi scivolò lentamente a terra.

Francesco si guardò attorno ma non vide nessuno. Alzò poi lo sguardo e vide il portiere scendere la scala: nella mano stringeva il revolver d'argento di cui gli aveva parlato Adriana. Sembrava un giocattolo.

Udì la voce di Enrico chiamarlo fievolmente. Si chinò presso l'uomo: aveva macchie di sangue al collo e al torace.

«Non eri solo…»

«È stato il portiere, Enrico. Non sapevo ci avesse seguito.»

«Adriana…» sussurrò l'uomo con un filo di voce.

«Non l'avevo mai picchiata... Ma stavolta voleva andarsene sul serio… come avrebbe fatto senza di me?»

Il volto di Enrico divenne immobile. Francesco osservò il suo sguardo farsi vitreo, poi si accorse che l'uomo non respirava più.

«Sei stato fortunato.» disse il portiere alle sue spalle. Se avessi tardato un solo istante là in terra ci saresti tu... Ma chi è? Mi sembra d'averlo già visto da qualche parte...»

Francesco si girò di colpo e gli sferrò un pugno sul viso che lo fece cadere all'indietro sui gradini.

«Dannato idiota! Non avrebbe sparato! Non avrebbe sparato!» urlò mentre si avventava sull'uomo investendolo con una gragnola di pugni. Vittorio reagì istintivamente colpendolo alla testa con il calcio della pistola.

Francesco avvertì un dolore violento alla nuca e si sentì mancare. Scivolò per un tratto lungo i gradini viscidi fino a fermarsi contro il muro. Di fronte a sé vide il volto di Vittorio che gli parlava ma si accorse che non udiva più nulla. La vista gli si rabbuiò rapidamente e pensò che stava morendo. "Forse rivedrò Adriana, Leonardo, Enrico... o forse nulla...", furono gli ultimi pensieri.

Una volta assicuratosi che Francesco era solo svenuto il portiere tirò un grosso respiro e si affrettò a chiedere soccorso.

69

Leonardo non era morto, ma era ridotto piuttosto male. Mentre giaceva a terra una persona del palazzo si era accorta che respirava ancora e subito era stato richiesto soccorso. L'avevano trasportato d'urgenza all'ospedale Santo Spirito, sul lungotevere in Sassia, dove Francesco, appena riavutosi dal suo svenimento, si era subito precipitato. Ma era rimasto deluso. Le condizioni del suo inquilino erano disperate e non gli era stato consentito di vederlo.

«È già un miracolo che non sia morto, considerata l'altezza da cui è caduto», aveva detto il medico che l'aveva visitato. «Nell'impatto ha riportato gravi fratture e danni ad organi interni...»

Il mattino successivo Leonardo aveva ripreso coscienza, e sebbene stordito dai farmaci aveva chiesto con insistenza di vedere un certo Bettino, del quale aveva fornito il numero telefonico. L'uomo era subito accorso e vedendo Leonardo in quelle condizioni era svenuto. Una volta riavutosi, visto che Leonardo era lucido, gli era stato concesso di restare per un po' al suo fianco. Ma a Francesco non fu permessa la visita neppure allora. Quando si ripresentò nel pomeriggio, si trovò di nuovo di fronte a un rifiuto. Protestò, ma rimase di stucco sentendosi rispondere che quello era il volere del paziente, il quale desiderava vedere Bettino e nessun altro.

A quelle parole, il dolore e la rabbia di sentirsi rifiutato lo assalirono. Superò l'infermiera e si precipitò in fondo al corridoio verso la stanza del suo amico. Quando aprì la porta stentò a riconoscerlo a causa delle fasciature che gli coprivano il volto per metà. Accanto al letto era seduto un uomo con un grosso neo sulla guancia che Francesco riconobbe subito ma ignorò.

«Perché non vuoi vedermi, Leonardo?»

«Chi ha detto che non voglio vederti? Avrei chiesto di te domani mattina. Oggi avevo delle cose urgenti da sbrigare che riguardano il mio lavoro negli Stati Uniti, e poiché parlare mi affatica ho bisogno di tempo. Cerca d'essere paziente. Ora vai, e stai tranquillo per me, ho la buccia dura io, non hai visto? Tu, piuttosto: cos'è quel grosso cerotto in testa?»

«Oh, nulla... sono scivolato su dei gradini...»

Nel tardo pomeriggio, quando Bettino era andato via, le condizioni di Leonardo erano rapidamente peggiorate. Una febbre elevata l'aveva assalito e poco prima delle ventuno il suo cuore aveva ceduto.

«Ho cercato in tutti i modi di convincerlo a riposare ma era più testardo di un mulo», riferì l'infermiera al medico di turno chiamato a constatare il decesso.

«Ha trascorso l'intera giornata a dettare chissà cosa al suo amico. Gli era rimasto un filo di forza e ha voluto spenderlo tutto in quel modo...»

«Forse è meglio così», commentò il medico. «Era piuttosto malconcio e di certo non se la sarebbe cavata. L'aspettavano soltanto altre sofferenze.»

70

Quando aprì gli occhi trovò ad accoglierlo il volto di Gina che lo fissava pensosa.

«Ho preso una decisione», disse la donna dando voce ai pensieri che aveva rimuginato mentre lui dormiva.

Francesco fece per girarsi ma percepì una puntura al braccio. Vide il tubicino trasparente uscire da sotto il lenzuolo e salire verso il flacone della flebo. Che ci faceva in una stanza d'ospedale? Era venuto a visitare il suo amico, perché si trovava in quel letto?

Il respiro affannoso del suo compagno di stanza lo portò a voltarsi. Rosso e corpulento, l'uomo sedeva nel letto sostenuto da diversi cuscini, gli occhi puntati su Gina in attesa di conoscere la decisione cui la donna aveva accennato.

Leonardo era morto. Il pensiero irruppe improvviso cacciando ogni altra immagine dalla mente. Gli parve che il mondo ammutolisse di colpo e il flusso dei ricordi prese a risalire rapido con il suo carico di dolore.

Quel mattino, quando si era sentito dire che il suo amico aveva cessato di soffrire, ancor prima del dolore lo aveva afferrato un senso di assurdità. Poi una terribile nausea l'aveva assalito e tutto si era rabbuiato.

Si era ripreso in quel letto con un terribile cerchio alla testa. Avrebbe voluto strappare via quei tubicini dalle narici ma si era scoperto talmente debole da non riuscire a muovere un dito. Poco vicino la zia parlava con un medico. Probabilmente pensavano che lui dormisse. Ricordava distintamente le parole dell'uomo:

«Non c'è nulla di serio signora, si rassicuri... Certo è stato un brutto colpo per suo nipote, già reduce da un lutto importante, perdere una dopo l'altra diverse persone alle quali era affezionato... ma il tempo è un gran guaritore in queste cose. Comunque sarà lo psichiatra a decidere se è il caso di aiutarlo con qualche farmaco per uscire da questo momento delicato... Tutto dipende da come reagirà suo nipote nei prossimi giorni. Ora è sotto sedativi... Lei piuttosto, cerchi di non trasmettergli la sua apprensione, sia sorridente, non c'è motivo di allarmarsi.»

«Facile a dirsi...» replicò Gina, «proprio le due persone che avrebbero potuto aiutarlo a risollevarsi non ci sono più! Una era il suo stesso psicoterapeuta e l'altra il suo inquilino...»

«Il suo inquilino?» chiese il medico incuriosito.

«Proprio così. E pensare che fui io stessa a metterglielo in casa perché non restasse solo dopo la morte di sua moglie!»

«Ah, capisco... col tempo erano divenuti amici...»

«Amici? Mio nipote non muoveva un passo senza l'approvazione del suo inquilino! Qualunque cosa gli proponessi la risposta era sempre la stessa: "sentiamo Leonardo", "vediamo che ne pensa Leonardo", oppure rispondeva semplicemente che doveva rifletterci sopra. Ma sapevo bene che sarebbe corso a consultarsi col suo guru. Insomma, si era venuta a creare una vera dipendenza psicologica...»

«Questo spiega ancora meglio la reazione di suo nipote. Ha mai sofferto in precedenza di stati depressivi, anche lievi?»

Non ricordava la risposta di sua zia. Rivedeva però il viso di Giorgio, che lo aveva fissato a lungo silenziosamente stringendogli la mano. Aveva ricambiato quella stretta per rassicurarlo, poi doveva essersi addormentato di nuovo.

«Il dottore ha detto che non hai nulla», continuò Gina. «e ha raccomandato a me di non trasmetterti la mia ansia... Che pretese! Quando mi hanno telefonato che eri in ospedale mi è quasi preso un colpo! Comunque ho deciso che appena esci di qui – e spero presto perché l'ospedale se da un lato ti guarisce dall'altro ti fa ammalare – verrai a stare da noi per un po' di tempo. Stavolta non voglio storie. Così, inoltre, ti disintossicherai da quei veleni che mandi giù ogni giorno in quella trattoria per turisti.»

L'uomo del letto accanto concordò con un cenno del capo.

Un'infermiera si affacciò per accendere la luce e rammentò a Gina che l'orario per le visite era finito da un pezzo. Era ormai sera e Francesco osservò il cielo imporporarsi lentamente. Quando finalmente sua zia lo lasciò piombò quasi subito in un sonno profondo.

I poderosi colpi di tosse del suo compagno di stanza scandivano quelle lunghe giornate tutte eguali, impastate di sonno e di incredulità. Aveva smesso di contare i giorni e le ore. Il biancore di quella stanza gli era penetrato nella mente e in quel vuoto galleggiavano pensieri immobili, sempre gli stessi.

Adriana, Enrico, Leonardo, l'avevano lasciato di colpo in un vuoto irreale: quale congiura del fato aveva incrociato le loro vite per quell'epilogo funesto? Dapprima lo sgomento aveva impietrito ogni reazione, persino le lacrime. Poi un silenzio profondo era sceso su tutto, come fa la neve quando ricopre abbondante ogni cosa. Ma sotto quella coltre di silenzio un nuovo sentimento della vita metteva lentamente radici.

Se la meteora di Adriana aveva arso in una fiammata quel guscio opprimente che lo separava dal mondo regalandogli un'esperienza luminosa, le parole di Leonardo erano come i semi di un nuovo sentire gettati nei solchi che il dolore aveva scavato profondamente. E senza che se ne rendesse conto, quei semi stavano germinando.

Durante i lunghi dormiveglia cominciò ad avvertire in quel silenzio dell'animo una forza misteriosa, una presenza indistinta che con voce debolissima gli comunicava una nuova speranza. Vi si aggrappò come a un filo esile disceso da chissà dove, forse solo un'illusione, ma vi si aggrappò tenacemente.

Col passare dei giorni, quel silenzio si dimostrò un terreno fertile: quella forza si accrebbe, quella debole voce divenne una promessa, anche se verso un futuro ancora nebuloso.

Come una pianta parassita che aveva esaurito il suo ciclo vitale, il dolore aveva cominciato lentamente ad appassire. E più il dolore scemava, più il suo animo tornava ad aprirsi verso l'esterno, riacquistava sensibilità alle cose, riscopriva la propria vitalità. Si accorse che quel silenzio interiore che cominciava a farlo sentire un vegetale stava scomparendo man mano assieme al dolore, come una barriera protettiva che si ritirava nella misura in cui il pericolo svaniva. Scoprì allora che quel silenzio l'aveva protetto dalla disperazione che l'avrebbe colto, dai pensieri terribili che avrebbero preso forma nella sua mente. Si sentì grato verso una parte sconosciuta di se stesso che si era presa cura di lui, che era più saggia di lui, ma che, diamine! era pur sempre lui.

Un mattino si svegliò con la netta sensazione che la vita lo chiamasse fuori da quelle mura. Osservò il cielo azzurro fuori dalla finestra e sentì che una nuova energia, una frenesia di vivere quasi fanciullesca palpitavano dentro di lui. Ora le pareti bianche di quella stanza lo facevano pensare a delle tele vergini, le sue mani sognavano i pennelli, i suoi occhi bramavano i colori quasi fossero un farmaco per l'animo.

Avvertì con chiarezza che la forza prodigiosa che l'aveva estratto da quel limbo penoso apparteneva a lui e a lui soltanto.

Da dove era sbucata fuori?

71

Il pennello si muoveva rapido sulla tela. Una dopo l'altra apparivano foglie di un'ocra cinerino che ne annunciava il malinconico disfacimento.

Non se l'era sentita di procedere col pannello della primavera. Più in là, s'era detto. Anche l'autunno aveva i suoi colori, caldi e soffusi, più rispettosi del suo animo convalescente. E poi dipingere quella stagione l'avrebbe mantenuto in sintonia con il calendario. Anche fuori dalla finestra, difatti, l'autunno andava rinfrescando l'aria e accorciando le giornate.

Nell'ora di pranzo la trattoria disponeva ancora i suoi tavoli all'aperto: ora l'aria era morbida, piena di riflessi di luce.

Era preso dal suo piatto di spaghetti quando notò un'ombra allungarsi sul tavolo. Alzò lo sguardo e vide l'uomo con il neo sulla guancia che gli sorrideva.

«Potrei parlarle un momento se non le dispiace?»

«Lei è Bettino, vero? Si accomodi. Posso offrirle qualcosa?»

«Soltanto un po' d'acqua, grazie.»

Era la prima volta che osservava l'uomo da vicino e gli parve più vecchio di quanto avesse immaginato.

«Ho da consegnarle una lettera da parte di Leonardo», disse Bettino estraendo una busta dalla tasca.

«La calligrafia è mia», aggiunse, «il testo mi è stato dettato in ospedale quando Leonardo non era più in grado di scrivere.

Soltanto la firma è di suo pugno, e Dio sa quanto gli sia costato scriverla.»

L'uomo afferrò il bicchiere con l'acqua, ne bevve un sorso, poi lo poggiò sul tavolo e prese a farlo girare fra le dita.

«Purtroppo non ho potuto farmi vivo prima perché sono stato poco bene. Una brutta influenza mi ha tenuto a letto per più di una settimana...»

«Oh, mi dispiace...» commentò Francesco, «questi dannati malanni ti inchiodano a letto, fanno trascurare il lavoro... A proposito, di che si occupa lei?»

L'uomo lo osservò divertito: «beh, non sono certo un investigatore... come si sarà ben accorto!»

Francesco arrossì. Bettino aveva subito intuito dove andava a parare la sua domanda sul lavoro.

«Sono certo», continuò l'uomo, «che si sarà chiesto il motivo di quei pedinamenti... In verità l'idea di sorvegliarla era stata di Leonardo. Dopo la scomparsa della sua signora era assai preoccupato, temeva che lei potesse commettere qualche sciocchezza... e devo ammettere che in quel periodo la sua espressione non allontanava affatto certi timori. Di lì a poco, infatti, come lei senz'altro ricorderà... insomma, c'è mancato un soffio... grazie al cielo mi sono trovato lì nel momento giusto...»

Bettino aveva lasciato la frase in sospeso, ma il suo sguardo era eloquente.

«Fu dunque lei a lacerare la busta di plastica che...»

L'uomo annuì: «dapprima pensai di chiamare un'ambulanza per trasportarla al pronto soccorso. Poi mi accorsi che tornare a respirare le era bastato per riprendersi. Lei mi ha fatto passare un brutto momento, sa!»

«Ecco svelato l'arcano...» commentò Francesco tra sé. Poi lo colse un pensiero: «ma lei come fece a entrare in casa senza chiavi? Gliele fornì Leonardo, suppongo...»

«Non avevo alcuna chiave. Vede, lei non immagina che espressione avesse dipinta sul volto quel giorno. Camminava con uno sguardo assente, lontano, quasi fosse già fuori dal mondo… Ne rimasi impressionato e decisi di salire fino alla sua porta di casa. Mi perdoni, ma un uomo in quelle condizioni poteva anche decidere di gettarsi dalla tromba delle scale…»

Francesco abbassò lo sguardo. Si sentiva umiliato dal suo ruolo in quel racconto.

«Superato l'androne la lasciai salire per un tratto per mettere un po' di spazio tra noi. La vidi entrare nel suo appartamento, ma lasciò la porta socchiusa. Aspettai che tornasse a chiuderla, ma non lo fece. Trascorse del tempo, e decisi di affacciarmi all'interno e chiamarla. Non ebbi alcuna risposta, e per giunta notai che aveva lasciato le sue chiavi appese alla serratura. Entrai senza indugio e la trovai in salotto disteso sul divano. Beh, il resto lo conosciamo entrambi… Una volta in strada le telefonai per assicurarmi che si fosse ripreso. Se non avessi ottenuto risposta avrei chiamato immediatamente il pronto soccorso. Ma la sua voce mi rincuorò e tirai un grosso respiro!»

«Non so come potrò mai sdebitarmi, Bettino… praticamente le devo la vita...»

«Non è me che deve ringraziare ma Leonardo. Fu lui a mettermi alle sue costole. Le voleva un gran bene quell'uomo, deve credermi… a volte ne sono stato persino geloso! Vede, anch'io ho un debito con lui. In un certo senso, ha salvato la vita anche a me… Come lei, anch'io avevo deciso di lasciarmi andare, sebbene a modo mio. Lei si era disteso su un divano mentre io su dei gradini di pietra, ma entrambi aspettavamo che tutto finisse…»

Francesco vide il volto dell'uomo farsi scuro: cosa aveva cercato di dirgli con quelle parole?

Bettino finì la sua acqua, quindi si alzò.

«Ora devo andare...» disse sforzandosi di sorridere.

«Ma... così all'improvviso... Prenda almeno della frutta...» cercò di trattenerlo Francesco.

«Purtroppo si è fatto tardi», replicò Bettino porgendo la mano «devo proprio andare...»

Francesco ricambiò la stretta di mano, poi osservò l'uomo allontanarsi lentamente. Ma Bettino non fece che pochi passi quando udì alle sue spalle la voce di Francesco: «Urbano!»

Quel nome lo inchiodò. Esitò un istante a voltarsi, poi tornò verso il tavolo e sedette di nuovo.

«Da quanti anni non sentivo pronunciare quel nome... come hai fatto a riconoscermi? Nessuno ci è mai riuscito.»

«Beh, intanto non ero affatto sicuro... me lo stai confermando tu stesso. E poi quelle cose che hai detto prima... erano degli indizi abbastanza chiari. Aggiungi quel neo sulla guancia... Comunque sei davvero irriconoscibile! Urbano in giacca e cravatta... non riesco a crederlo! Ecco come mai non ti si vedeva più... E dici che è Leonardo l'artefice di questa miracolosa trasformazione?

«Hai detto bene: "miracolosa" è la parola giusta. E per capire sino a che punto, dovresti conoscere la psicologia dei barboni.»

«La psicologia dei barboni?»

Urbano si aggiustò sulla sedia e tirò un gran respiro.

«La mentalità dei barboni varia da individuo a individuo, ma sostanzialmente la si può ricondurre a due tipologie fondamentali, almeno secondo il mio modesto parere...»

Ora che era stato scoperto nella sua vera identità, l'uomo aveva preso ad esprimersi in modo meno formale, riaffiorava quella parlantina sapida che più d'una volta aveva catturato sia lui che Matteo. A tratti gli sembrava di non riconoscerlo senza più quel cespuglio di barba e capelli che si arruffavano attorno al viso. Appuntava allora lo sguardo su quel grosso neo per rassicurarsi che non stava sognando, quell'uomo era veramente Urbano redivivo.

«Vi sono barboni», continuò Urbano, «e secondo me rappresentano la maggior parte – che se la fortuna gli facesse vincere una somma ragguardevole rientrerebbero senza esitazione nella vita comune. In altre parole, erano barboni per forza di cose, la loro non era certo una scelta. Si trattava semplicemente di poveri diavoli che la vita aveva bastonato ben bene.

«L'altro genere di barboni invece – assai più rari – che io definisco i barboni filosofi e ai quale mi pregiavo di appartenere, hanno in comune con i primi solo la sventura che li ha gettati sulla strada. Ma nel barbone filosofo, a differenza del primo, la disgrazia è un'opportunità per riflettere, e gli fa vedere le cose con occhi diversi. In questa meditazione egli osserva con distacco la sua vita trascorsa e si accorge dei veri meccanismi che hanno determinato gli eventi, riflette profondamente sull'esistenza e giunge alfine a una conclusione: la vita è piena di ciarpame, la felicità è un'illusione, la pace interiore è solo nell'uscire da quella menzogna.

«Attenzione però: quella del barbone filosofo non è una semplice fuga dalla vita, ma un atto di libertà dettato dall'insofferenza verso la cultura comune, quella visione ordinaria delle cose che egli non accetta più perché l'ha scoperta ingannevole. Egli compie una vera e propria scelta esistenziale, adotta un proprio stile di vita, diviene come invisibile al mondo. Anche grazie a questa invisibilità il barbone filosofo diviene negli anni un acuto osservatore delle vicende umane. Gli basta uno sguardo per cogliere in un volto un carattere, un destino.

«Quando sedevo sui gradini di una chiesa conoscevo la gente meglio di se stessa. Mi dilettavo a fare previsioni sulle vicende altrui e raramente sbagliavo. Mi bastava un'occhiata a un giornale per cogliere quello che alla gente, presa dalle singole notizie, sfugge immancabilmente: il disordine generale della vita, l'ineluttabile casualità che l'uomo si rifiuta di vedere. Anche se vivevo ai piedi di una chiesa non ho mai pensato che il mondo fosse disciplinato da un Essere superiore. Vedevo anzi un gran caos, e me ne tenevo beatamente fuori. Lasciavo fosse il prossimo ad affannarsi, a inseguire chimere. Sai, le persone non immaginerebbero mai che quando incontrano un barbone buttato da qualche parte e ne commiserano la sorte, spesso quello fa altrettanto con loro!»

«E cosa ne hai fatto di queste tue convinzioni in seguito?»

«Cosa ne ha fatto Leonardo, vorrai dire! Quella volpe aveva intuito con chi aveva a che fare ed entrò nella mia vita silenziosamente, come un semplice "ascoltatore". La sera veniva a trovarmi sulla mia panchina, e in un modo o nell'altro mi portava a parlare di me stesso, della mia visione delle cose... Sembrava incuriosito dai miei racconti... mi par di vedere ancora i suoi occhi attenti che mi scrutavano. Non espresse mai alcun giudizio su quanto riferivo. Ascoltava, e al massimo chiedeva qualche dettaglio, qualche chiarimento.

«Senza che me ne rendessi conto, mi condusse ad aprirmi anche sulla mia vita precedente, prima che divenissi un senzatetto. Da sempre avevo accuratamente evitato di pensarci. Dimenticare il passato e non pensare al futuro erano due condizioni indispensabili per galleggiare in quel continuo presente privo di affanni e di desideri che era la mia vita. Bisogna accuratamente evitare di fornire il benché minimo stimolo alla passione. C'è sempre il rischio che si riaccenda e ti conduca dove vuole lei, che è sempre una disgrazia visto che la passione è cieca. Sai, c'è un qualcosa di religioso, di ascetico anche nel barbone filosofo...

«Giunse comunque il giorno in cui esaurii i miei ricordi e non ebbi più materiale per raccontare. Iniziai allora a commentare, a confrontare la mia vita con quella degli altri. E lui sempre zitto, attento.

«Quando fui sazio anche di quelle dissertazioni mi parve che i piccoli giardini in cui si trovava la nostra panchina, le foglie degli alberi, l'acqua della fontana, perfino l'erba del prato, tutto fosse imbevuto del suono della mia voce, tanti erano i giorni che avevo parlato ininterrottamente.

«Mi sentivo come svuotato ma anche vuoto, e la seconda non era una sensazione piacevole. Mi parve che fino a quel momento non fossi stato pieno che di aria, come un pallone gonfiato, e quell'aria se ne fosse uscita tutta con le mie parole. Mi assalì allora un terribile dubbio: forse le scelte di cui andavo fiero non erano che un misero alibi per nascondere a me stesso un fallimento esistenziale. Non ero un barbone filosofo ma un barbone e basta: una semplice nullità.

«Per sfuggire a quel pensiero chiesi a Leonardo di parlarmi un po' di lui. In verità non mi interessava di niente e di nessuno, ma in quel momento dovevo assolutamente fuggire da quell'orribile sensazione. Il furbacchione parve all'inizio addirittura restio, come se la sua vita non fosse di alcun interesse, soprattutto rispetto alla mia che nel parlare avevo ben infiorato di significati.

«Presto dal suo racconto emerse una persona religiosa, e dentro di me lo relegai subito nel novero dei babbei che credevano all'inferno e al paradiso. Tuttavia non ci volle molto per accorgermi che la sua visione dell'uomo, della vita, del divino, era piuttosto affascinante. Coglieva le cose da una prospettiva assolutamente inedita e lo scenario che ne appariva era quanto di più razionale e coerente avessi mai incontrato.»

«Questa è esattamente l'impressione che ebbi anch'io fin dal primo incontro», commentò Francesco.

«Oh, era straordinario!» proseguì Urbano.

«Mai avrei immaginato di appassionarmi ad argomenti di carattere metafisico! Ma nelle sue parole tutto suonava chiaro e convincente, dando l'impressione di una certezza quasi scientifica su temi che trovavo in genere piuttosto fumosi. Inoltre, Leonardo non dava molta importanza a questa vita, e questo mi spiazzava perché invece aveva tutta l'aria di godersela! Cominciai a chiedermi quale fosse il suo segreto.

«Per lui la funzione principale della vita terrena era di prepararci per la vita futura. Questo - ci teneva a precisare - non significava privarsi delle gioie che questa esistenza poteva offrire, ma portava a non attribuirgli un valore assoluto e irripetibile, che purtroppo è l'abitudine dei più, quella che ci mette l'ansia addosso e ci fa contare i minuti.

«Di notte mi capitava di svegliarmi e di riflettere a lungo sulle parole di Leonardo. Ma la mia vita non cambiava. E poi cosa avrei dovuto fare? A volte mi dicevo che il tizio era un abile affabulatore ma che presto quell'infatuazione sarebbe passata. Ma di fatto qualcosa era già avvenuto.»

«Ah sì? E cosa?» chiese Francesco incuriosito.

«Beh, tutto cominciò il giorno in cui il nostro amico cercò di chiarire cosa intendeva per evoluzione spirituale, riferita soprattutto al rapporto tra questa vita e quella futura – il cosiddetto aldilà – che avevo sempre considerato un conforto per poveri grulli.

«Disse che in questo mondo l'uomo è in una condizione simile a quella del feto nel grembo materno, il quale in nove mesi sviluppa quel corpo che gli servirà per vivere nel mondo che lo aspetta.

«Si servì di questa analogia per farmi notare diverse cose. Innanzitutto che nonostante quel piccolo essere, chiuso nell'angusto mondo del ventre materno, non abbia alcuna consapevolezza del mondo che lo aspetta, non prova affatto che tale mondo non esista. Il che, osservò, vale anche per l'uomo e le vastità infinite dell'oltrespazio che lo attendono dopo che abbandona questa terra.

«Sottolineò poi come gran parte di ciò che si evolve nel feto durante quei nove mesi non abbia alcuna utilità durante la sua vita uterina, ma sia invece essenziale per quella che lo attende alla sua nascita. Sembra un'ovvietà, ma prova a rifletterci: se il feto potesse chiedersi a cosa gli servono quegli occhi, quelle orecchie, quegli arti che sta lentamente sviluppando, non saprebbe cosa rispondersi, perché, appunto, non conosce ancora il mondo dove ne farà uso. Così è per le mille cose di questa vita che ci lasciano perplessi.

«Ma fu l'ultima affermazione che mi colpì di più. Precisò che mentre l'evoluzione del feto procede spontaneamente secondo le leggi della natura, l'evoluzione spirituale dell'uomo, in questo mondo, dev'essere frutto di una scelta volontaria: quella di seguire l'insegnamento dei messaggeri divini, l'unica vera guida spirituale, ripeteva, per l'evoluzione dell'anima umana. Era dunque indispensabile uno sforzo cosciente per acquisire quelle qualità spirituali che avrebbero consentito la percezione della realtà divina, quella "seconda nascita" di cui si parla nei vangeli.

«Ad essere sinceri», proseguì Urbano, «più delle belle promesse mi colpì un timore, una brutta idea, sempre meno astratta, che da quel momento iniziò a girarmi come un tarlo nella testa. Erano proprio le mie giornate trascorse su quei gradini, quell'immobilità, a richiamare quel tarlo. Mi vedevo come un esserino nell'utero, che invece di sviluppare un corpo completo se ne stava lì a succhiarsi il pollice, immobile, immutato, poco più di un embrione, mentre il tempo fuggiva inesorabilmente... Che pensiero orribile era quello!

«Cominciai a non sopportare più il mio vegetare all'ingresso di quella chiesa. Ora mi sembrava che il tempo corresse più veloce, immaginavo la mia anima rimasta a uno stato embrionale: le avevo negato le esperienze della vita, quella vita che avrebbe dovuto rappresentare la sua palestra. Cercavo di convincermi che l'anima era un'invenzione degli uomini, che quel Leonardo, apparso dal nulla, mi avesse suggestionato, ma una parte di me rintuzzava sempre: «e se avesse ragione?»

«Ormai avevo perso la pace.»

«Quasi si trattasse di una congiura del fato, proprio uno di quei giorni una donna mi regalò una fotografia del suo recente matrimonio ripresa ai piedi della scalinata della chiesa. Si era avvicinata con lo stesso sorriso con cui deponeva gli spiccioli nel mio piattino ogni mattino domenicale ma aveva l'aria di chi ha in serbo una sorpresa.»

"Ho pensato ti facesse piacere averne una copia visto che ci sei pure tu sui gradini, vedi?" disse indicando la mia figura scura presso l'ingresso della chiesa.

«Fu una sorpresa sul serio. Non mi ero mai visto in una foto con i panni da barbone e non fu affatto un'impressione piacevole. Da anni ero ormai abituato a osservare e immaginare il prossimo, mi ero quasi dimenticato di me stesso ed evitavo persino di vedermi riflesso nelle vetrine dei negozi. Inoltre in quei giorni avevo per la testa le parole di Leonardo, e quella figura cenciosa sulla gradinata della chiesa quasi mi spaventò. Fu come se una coscienza improvvisa scoperchiasse di colpo il vuoto spaventoso della mia vita.

«Un giorno Leonardo mi trovò sulla porta di casa: "mi vergogno ad andare dal barbiere", dissi, "mi daresti una mano?"»

«Non bastarono quattro bagni consecutivi a togliermi di dosso la sporcizia accumulata in tanti anni. Si era compenetrata come una seconda pelle e senza quel nerume addosso mi sentivo come indifeso.

«Ma fu come rinascere. Leonardo aveva radicalmente mutato la mia visione della vita, e di lì, cambiato la vita stessa. Decisi allora di cambiare anche nome. Urbano, così come l'aveva conosciuto la gente del rione, non esisteva più. Da quel momento in poi mi sarei fatto chiamare con il mio secondo nome: Bettino.

«Quando uscii per la prima volta in strada ben vestito, pettinato e rasato, passandomi vicino non mi riconobbe neppure il parroco. Fu un'esperienza che non dimenticherò mai: gli chiesi un'informazione e mi rispose come a un perfetto estraneo! La mia nuova vita era iniziata. Trovai dunque un lavoro, tuttavia ricominciare alla mia età non fu facile. Ma ero felice dentro, di una felicità che nulla e nessuno poteva portarmi via… inoltre…»

Urbano si interruppe. Un suono simile alla voce di una radiolina gli era uscito di dosso. Estrasse dalla tasca una scatolina nera e Francesco strabuzzò gli occhi: era identica a quella che aveva trovato nella cassapanca di Leonardo! Ma quella di Bettino aveva emesso in un chiaro linguaggio un paio di parole, anche se a lui sconosciute, mentre nella voce della scatolina di Leonardo nessuno degli esperti a cui l'aveva sottoposta aveva riconosciuto un linguaggio comprensibile.

Bettino appoggiò la scatolina sul tavolo, trafficò brevemente con i pulsanti anteriori quindi aprì il coperchio. L'interno era ripartito in piccoli spazi, ognuno con pillole e compresse di vario colore. L'uomo ne ingoiò una e la mandò giù con un sorso d'acqua.

«Comoda vero?» disse chiudendo la scatola. «È un regalo di Leonardo, una sua genialissima idea. Con l'età le medicine da assumere aumentano e la memoria diminuisce! Si rischia sempre di dimenticarle, confonderle tra loro o prenderle all'ora sbagliata. Questo piccolo contenitore risolve ogni problema, basta programmarlo. All'ora giusta ti avverte che devi assumere il farmaco e ti dice anche quale! Un aggeggio impagabile. Negli Stati Uniti Leonardo ha venduto i diritti di fabbricazione ad una grossa società. Bisogna dire che queste sue invenzioni gli fruttavano parecchi soldi.»

«Leonardo ne aveva una identica ma doveva essere guasta» disse Francesco, «quando parlava non si capiva nulla.»

«Oh, non era guasta... È che a Leonardo non piaceva che la gente venisse a conoscenza dei farmaci che assumeva, così aveva modificato la voce della scatolina. Solo lui sapeva riconoscere quei rumori che agli altri non dicevano nulla. Anche l'apparecchio che gli amplificava la voce era una sua invenzione. Eh, meritava bene il suo nome quell'uomo!»

«Beh, ho davvero parlato troppo...» disse Urbano sorridendo, «è tempo che vada...»

I due si abbracciarono a lungo affettuosamente.

«Spero ci rivedremo presto...» disse Francesco.

«Certamente!» rispose Urbano mentre scriveva il proprio numero di telefono sul tovagliolo di carta.

«La mia casa la conosci. Sarò sempre felice di rivederti.»

Francesco avvampò. Comprese che nell'appartamento in via del Governo Vecchio, dove era entrato furtivamente con le chiavi prese a Leonardo, in realtà viveva Urbano. Anzi, Bettino. Urbano non esisteva più.

72

Era disteso nella sua camera da letto con quella busta tra le mani e il cuore che gli batteva forte. Quelle erano le ultime parole che avrebbe ricevuto da Leonardo.

Già in trattoria, quando Bettino gli aveva consegnato la busta, infilandola in tasca si era accorto che conteneva un oggetto di piccole dimensioni. Quando la aprì vi trovò infatti un minuscolo involto chiuso con del nastro adesivo. La carta sottile lasciava indovinare una scatolina scura: forse si trattava di una delle micro diavolerie di Leonardo che l'amico gli lasciava come ricordo, pensò. Decise che avrebbe aperto l'involto più tardi e lo poggiò sul tavolo accanto al letto. Ora fremeva di leggere le parole del suo amico.

Caro Francesco,

avrei voluto scrivere di mio pugno, ma credo di non avere intere neppure le dita delle mani! D'altronde è un vero miracolo che sia vivo, qui non fanno che ripeterlo da quando sono arrivato; ormai sono per tutti "quello caduto dal quarto piano", una sorta di attrazione che vengono a vedere perfino dagli altri reparti. Avrei rinunciato volentieri a questa celebrità!

Ho ricevuto la visita del comandante dei carabinieri che oltre a tempestarmi di domande mi ha spiegato sommariamente cosa è accaduto in questi giorni: almeno ora so perché sono volato per la tromba delle scale. Ma di questa vicenda assurda non ho alcuna voglia di parlarne.

Ti trovi in mano molte pagine perché molte erano le cose che desideravo dirti. Abbiamo trascorso l'intero pomeriggio scrivendoti e Bettino ha il polso dolente! Ti chiederai perché non abbia preferito parlarti direttamente, ma ho pensato che in questo modo mi sarei trovato ad essere più sincero. Man mano che procederai nella lettura ne comprenderai il motivo. Ma credimi, Francesco, mentre detto queste parole è come se ti avessi davanti agli occhi.

Sono assai addolorato, amico mio, che tu abbia perso delle persone che amavi, ma non abbatterti, non sentirti di nuovo perseguitato dal destino. Sento che per te le cose cambieranno presto. Forse stanno già cambiando, e a te non resta che accorgertene!

Ho la testa intorpidita dai farmaci e non riesco a pensare con ordine, quindi scriverò le cose così come mi vengono in mente, e non in ordine d'importanza. Il tuo Enrico direbbe che proprio per questo saranno in ordine d'importanza, e chissà che non abbia ragione.

Debbo chiederti anzitutto una promessa. Come avrai visto, la lettera contiene il frammento di cammeo appartenuto a Matteo. Ti sarei grato se, assieme al tuo frammento e a quello di Giulia, portassi il tutto da un esperto per far ricomporre l'immagine originale. Inseriscila in una cornice molto semplice e fissala in bella vista sulla lapide di Giulia. Non puoi immaginare quanto questo mi farà felice, e sono certo che anche Michele lo sarà.

A quelle parole Francesco abbandonò la pagina e afferrò l'involto che aveva poggiato sul tavolo. La scatolina conteneva il frammento di cammeo con l'ala destra dell'aquila, quello che il fratello di Giulia aveva regalato a Matteo. Come era finito quell'oggetto nelle mani di Leonardo? Mentre fissava quel frammento avvertì che qualcosa di impensato, di inverosimile, stava facendosi largo nella sua mente, ma l'eccitazione gli impediva ancora di metterlo a fuoco. Si tuffò di nuovo in quelle pagine cercando una risposta.

Ti chiederai come mai un oggetto di Matteo sia finito nelle mie mani. Beh, non ne faccio mistero, ma prima devo dire qualche parola proprio sul tuo vecchio amico di gioventù, il quale, a dire il vero, non è sempre stato quello che tu e Giulia avete immaginato.

Matteo, dunque, il mite, altruista, virtuoso Matteo, era cresciuto in un istituto per orfani gestito da frati e da suore, i quali l'avevano tirato su nutrendolo con l'amor di Dio fin dalla più tenera età. Questo lo sai già, ma quello che non sai, visto che il tuo amico si vergognava a parlarne perfino con te, è che già da fanciullo Matteo s'era messo in testa di parlare con Gesù. Non ricevendo risposte ai quesiti che gli poneva, per il momento cercava di indovinarle.

"Gesù si sente nel cuore, non nelle orecchie", aveva precisato Guglielmo, uno dei padri anziani dell'istituto, grande appassionato di mistica. Matteo non era un esaltato, ma le favole con cui era cresciuto erano i racconti estasiati del vecchio Guglielmo. Gli occhi trasparenti e umidi, sempre puntati verso un muro che per lui sembrava non ci fosse, il frate gli narrava le vite dei mistici d'ogni tempo che avevano ascoltato la voce di Gesù, di Maria, e vi avevano conversato, ottenendo risposte che avevano cambiato radicalmente la loro vita facendone dei guerrieri di Cristo, dei campioni di sapienza, a volte dei fondatori di nuovi ordini religiosi.

Un giorno, in classe, padre Guglielmo aveva chiesto ai ragazzi: "Se doveste scegliere tra il trascorrere un'ora in compagnia d'un grande mistico che ha scrutato i misteri divini e un astronauta di ritorno da un viaggio interstellare dove ha conosciuto creature di altri pianeti, quale compagnia scegliereste?"

L'intera classe aveva preferito l'astronauta.

Più tardi, dopo il pranzo, Guglielmo aveva tirato Matteo in disparte: "Mi aspettavo che almeno tu scegliessi la compagnia del mistico. L'astronauta può raccontarti cosa ha veduto nel tratto di spazio che ha visitato, ma il mistico può rivelarti i segreti dell'universo intero!"

"Non credo che avrei ottenuto granché dal mistico..." aveva replicato Matteo, "Lei ha sempre detto che le visioni dei mistici non sono comunicabili a parole... Tanto vale ascoltare l'astronauta!"

L'uomo aveva sgranato gli occhi, sorpreso dalla prontezza del ragazzo: "sei più furbo di quanto pensassi..." aveva detto passandogli affettuosamente la mano sulla testa, "però cerca di non usarla con me questa furbizia, intesi?"

Anni dopo, le vite di quei mistici le aveva ritrovate sui libri e si era acceso d'entusiasmo: il desiderio di emularle era divenuto quasi un'ossessione. Teresa, Agostino, Angela e cento altri che lui chiamava semplicemente per nome, come fossero autentici amici che avevano alimentato il suo sogno sin dall'infanzia. Un giorno, quando ne sarebbe stato degno, Gesù avrebbe parlato anche a lui. Per questo era pronto, come lo erano stati i suoi amici, ad affrontare qualsiasi sacrificio se Gesù glielo avesse chiesto.

Crescendo, non trovò una vocazione sacerdotale, ma si accorse comunque che traeva gran soddisfazione nel fare del bene agli altri. Presto non ebbe più dubbi: la via che desiderava percorrere nella vita era quella della santità e del servizio al prossimo.

Lasciato l'istituto si incontrò con un mondo che di miserabili da aiutare ne contava anche troppi, tuttavia non si scoraggiò. Per fare rodaggio iniziò con l'aiutare le vecchine ad attraversare la strada e altre quisquilie simili, ma intanto si guardava attorno, prendeva di mira obiettivi più impegnativi. Uno di questi fu un barbone che mendicava seduto all'ingresso di una chiesa, circondato da un effluvio terribile. Ma lui sfidò quel lezzo con la fierezza di un eroe in battaglia, e sedette accanto al barbone mostrandosi cordiale e pieno di premure. Questi lo osservò di sbieco e cominciò presto a sbuffare. Quando finalmente aprì bocca fu solo per toglierselo di torno.

"si vede che sei un bravo ragazzo... vuoi aiutarmi? Entra in chiesa e recita cento *Ave Maria* per me, sicuramente la Vergine mi soccorrerà, invitata da labbra così pure."

Matteo cercò di spiegargli che non era la quantità di preghiere che contava, ma l'entusiasmo del cuore. Quindi lo invitò a recitare assieme una breve preghiera, lì sui gradini. L'uomo si spazientì: "Senti ragazzo, se vuoi proprio aiutarmi metti qualcosa nel cappello come fan tutti, altrimenti va a giocare da qualche altra parte: non vedi che da quando sei qui la gente tira dritto? Vuoi mandarmi in malora?"

Matteo fece tesoro di quelle sconfitte. Man mano che imparava a conoscere la mentalità delle persone adottò altri metodi e strategie. Si accorse che aiutare il prossimo era un'arte che necessitava di psicologia e pazienza, e lentamente cominciò ad ottenere i primi successi.

Gesù, però, non gli parlava. Ma non disperava: quanti santi avevano udito la sua parola solo dopo infiniti struggimenti? Lui era appena all'inizio e non avrebbe certo mollato.

Una delle persone che trassero maggior beneficio da quella sua voglia di fare del bene sei stato proprio tu, Francesco, che fosti estratto da quell'oziosa palude in cui ristagnavi sin dalla morte di tua madre. La tua parve davvero una rinascita! Ma Matteo lo considerava un successo a metà. Dopo averti convinto a tornare alla vita, desiderava condurti anche alla fede, ma da quel lato si era scontrato con un solido muro. Tuttavia, finché c'era amicizia c'era speranza, si ripeteva, finché non arrivò quella sera in cui visitasti la sacrestia di San Carlo ai Catinari.

Desideravi dare un'occhiata nell'archivio della chiesa, ma il lampadario non s'era acceso. Ricordi? Nel buio notasti un fascio di luce scaturire da un foro sulla parete. Ti avvicinasti, e scopristi che da quel foro si vedeva l'interno della chiesa. Matteo ti vide sbirciare a lungo, poi piegarti di colpo su te stesso colto da un pianto improvviso. Quindi ti vide scivolare via senza alcuna spiegazione. Andò ad aspettarti sotto casa ma al tuo rientro ti mostrasti sfuggente, promettesti di spiegare l'accaduto in un'altra occasione: la solita solfa, insomma. Ma quella volta, il fatto che fossi scoppiato a piangere mentre scrutavi una chiesa incuriosì non poco il tuo amico, il quale, visto che sull'argomento ti chiudevi come un riccio, decise di chiedere chiarimenti a tua zia.

La avvicinò in chiesa alla fine del suo rosario, mostrandosi preoccupato per quel pianto di suo nipote. Ma tua zia, con grande sorpresa di Matteo, rispose che era abituata a episodi del genere. Risalivano all'infanzia, disse, ma allora piangevi dalla gioia, e per un paio di giorni conservavi un'espressione beata come se avessi ricevuto una meravigliosa notizia.

Vedendo la cosa ripetersi, Gina si era confidata con il parroco il quale aveva voluto parlare con te. Al termine del colloquio aveva riferito a tua zia che non c'era motivo di preoccuparsi, anzi... quanto avevi narrato somigliava a certe esperienze mistiche, almeno come le avevano descritte diversi contemplativi. Naturalmente poteva trattarsi semplicemente di autosuggestione. Oppure di quel sentimento di gioia panica, frequente nei bambini molto sensibili, frutto della memoria ancestrale di una natura indifferenziata con la quale, un tempo, si era un tutt'uno inconsapevole. D'altro canto non andava dimenticato che i bambini hanno un cuore puro, aveva detto padre Taddei, e non sarebbe stata la prima volta che Gesù si rivolgeva a loro con un linguaggio fatto non di parole ma di suggestioni, di una delizia tutta interiore.

"Spesso i bambini, a modo loro, sono dei piccoli mistici!" aveva detto il vecchio parroco, concludendo che solo il tempo avrebbe fornito una risposta sicura.

Apprendere che padre Taddei aveva pronunciato quelle parole, "piccoli mistici", per Matteo era stato un brutto colpo. Quando Gina lo salutò e uscì dalla chiesa rimase curvo sullo scanno fissando sconsolato il tabernacolo sull'altare maggiore.

Si sentiva tradito. Non aveva avuto che un'aspirazione: quella di riuscire un giorno ad ascoltare la voce di Gesù. Così aveva cercato di eseguire alla lettera ogni insegnamento del Vangelo, aveva dimenticato se stesso per dedicarsi al prossimo, trascorso ore in preghiere e suppliche. Ma Gesù non l'aveva degnato d'una parola. Non solo, si era beffato di lui! Si faceva vivo con chi lo detestava, con una specie di barbone spirituale che lo rinnegava apertamente, che di quei doni del Cielo non sapeva che farsene.

Era profondamente ingiusto. Si sentì abbandonato, e la rabbia prese a montargli dentro. Sapeva che quel sentimento non poteva convivere con l'amore per Gesù: dunque la sua fede finiva lì, avvelenata dalla rabbia e dall'invidia per Francesco?

Si vergognava a uscire dalla chiesa, come se quei pensieri gli si potessero leggere in faccia. Decise che avrebbe tenuto nascosto tutto, avrebbe finto con chiunque d'essere quello di sempre. Vi riuscì così bene che quello sconforto si compenetrò con la sua persona al punto che non lo avvertiva quasi più. La sua vita aveva subito una svolta definitiva: l'amico che aveva tirato fuori dal pozzo dov'era caduto, lo aveva ripagato buttandoci dentro lui.

Non ti aspettavi tutto questo, vero Francesco? A volte si può essere totalmente ignari di cose che pure ci sfiorano ogni giorno! Ma la storia non finisce qui...

Un mattino di domenica, in chiesa, e ancora grazie a te, Matteo seppe che le sorprese che gli riservava la vita non erano finite. Se ne accorse proprio mentre cercava di scoprire da cosa era stato attratto il tuo sguardo. Lo seguì e vide che cadeva su una giovane ragazza vestita di bianco, con una piccola margherita tra i capelli. Ora anche il suo sguardo era stato catturato, ed ebbe chiaro sentore che la vita stava cambiando prepotentemente ancora una volta.

Adesso il suo cuore batteva per un'altra divinità, di tale bellezza che solo un poeta mistico avrebbe saputo cantare, e la cui voce argentina poteva udire senza dover compiere sacrifici o rinunce. Giulia: il solo nome lo precipitava in una vertigine di sensazioni nuove e sconosciute.

Senz'altro doveva trattarsi di quell'innamoramento di cui aveva sentito tanto parlare, e non gli pareva affatto che si fosse esagerato! La ragazza era un'appassionata credente, il suo amore per Gesù era limpido e luminoso come era stato il suo.

Spinto dal fuoco che lo consumava nell'intimo, un giorno decise di dichiarare il suo sentimento. Ma quando apprese da Giulia che anche lei lo amava non ebbe tempo per esultare: la ragazza aggiunse subito che provava lo stesso sentimento anche per te, Francesco. Si scusò, disse che era imbarazzata, che non sapeva cosa fare... Ne aveva già parlato con suo fratello, il quale l'aveva consigliata di attendere, di riflettere; nel frattempo anche tu ti saresti fatto avanti e forse questo avrebbe portato il suo cuore a decidere.

Trascorsero diversi mesi quando finalmente trovasti il coraggio di aprirti con Giulia. Ora cosa avrebbe deciso la ragazza? Matteo lo apprese presto, in una cornice romantica come la torre merlata in vetta al Cimino: Giulia, come Gesù, preferiva te, Francesco.

Quella sera Matteo rifiutò di fermarsi a Soriano, e si avviò in auto verso Roma. Ora non era più arrabbiato con Dio ma con te. E in diverso modo anche con Giulia. Sapeva bene come tali sentimenti fossero irragionevoli e reprensibili, ma non riusciva a cacciarseli di dosso.

Mentre scendeva dal Cimino, in quella strada tutte curve e tornanti, vide qualcuno che chiedeva un passaggio. Era un uomo del posto che tornava dal bosco dopo aver fatto legna. Si fermò: una compagnia gli avrebbe cacciato di testa quei brutti pensieri, si disse. L'uomo assicurò che non c'era bisogno di mettere la legna nel portabagagli: erano pezzi corti, disse, e poteva tenerli comodamente in grembo.

Beh, inutile che prosegua perché cosa accadde lo sai già, Francesco: l'uscita di strada, l'auto che precipita, il rogo... Però non sapevi che in auto fossero in due, vero? Che fine ha fatto l'altro? Si è salvato, grazie a Dio. Ed era Matteo.

Il corpo carbonizzato trovato nell'auto, invece, era quello del povero taglialegna. Quando il camion che procedeva sulla corsia sbagliata l'aveva costretto a invadere la corsia opposta, Matteo si era accorto che non sarebbe riuscito a rientrare in carreggiata. Prima che l'auto precipitasse nella scarpata aveva gridato all'uomo di aprire la portiera e gettarsi fuori: era quello che stava per fare anche lui, ed era l'unico modo per salvarsi. Ma l'uomo, al buio, non aveva trovato subito la leva per aprire e la legna gli aveva intralciato i movimenti facendogli perdere attimi preziosi.

Matteo vide l'auto precipitare e rovesciarsi più volte rimbalzando ad ogni tornante. Infine sprigionò un'intensa vampata che illuminò la notte. Corse giù per la strada ma quando giunse all'auto non poté avvicinarsi a causa del fuoco. La legna si era incendiata e continuava ad alimentare le fiamme che bruciavano il poveruomo. Quanto a lui, la tempestività con cui s'era gettato dall'auto l'aveva salvato: era finito su uno dei grossi cespugli che costeggiavano la strada, superato il quale era rotolato lungo il pendio per pochi metri. Tranne un dolore al ginocchio e qualche escoriazione alle mani era praticamente illeso.

Decise di chiedere un passaggio per tornare alla casa dei tuoi zii da dove avrebbe avvertito la polizia stradale dell'incidente. Cominciò a scendere lungo il bordo della strada nella speranza di veder comparire dei fari d'auto.

L'incidente, la morte dell'uomo, l'avevano distratto dal suo dolore, tuttavia, man mano che procedeva sull'asfalto scuro, sentì la rabbia riaccendersi violenta contro chi gli aveva sottratto la donna che adorava.

"Maledetto te, Francesco!" imprecò al buio. "Per causa tua ho perduto le uniche cose care della mia vita: la fede, prima, e Giulia, ora. In fondo, anche quel poveruomo con la legna è morto per causa tua! Ah, avrei dovuto lasciarti ammuffire nel buco in cui ti ho trovato!"

Mentre udiva i suoi passi risuonare secchi nella notte sentì nascere da quella collera un pensiero scuro: era un progetto di vendetta che lo avvinceva e gli ripugnava al tempo stesso. Quanto era appena accaduto gli offriva un'occasione unica, pensò, e sentì il nero della notte penetrargli nel cuore.

Di certo, si disse, avrebbero scambiato il corpo di quel boscaiolo per il suo. I documenti dell'uomo erano finiti in cenere e l'unico elemento identificativo scampato al rogo era la targa dell'auto, la quale non poteva condurre che al proprietario.

"Bene, Matteo è morto", disse con un brivido di piacere. Gli parve di vedere Giulia e soprattutto Francesco piangere disperati il loro migliore amico, attanagliati dal senso di colpa per averlo reso infelice, per averlo indotto, quella sera, a fuggire via dallo sconforto, mandandolo così verso la morte: una morte che avrebbe gettato per sempre un'ombra scura sulla felicità della loro unione. Immaginava Francesco consumato dal rimorso e da quei pensieri traeva un'aspra soddisfazione.

Per la prima volta desiderava infliggere del dolore a qualcuno. Era il primo squarcio nella santità della sua vita e sentiva che non sarebbe stato l'ultimo: ormai il diavolo lo teneva per mano e non avrebbe più allentato la presa, soprattutto ora che aveva scoperto la sua debolezza.

Un'auto si fermò e lo accompagnò sino a Roma. Decise che sarebbe rimasto nascosto per un paio di giorni, il tempo di fare le valigie e filarsela in Francia, dove un vecchio amico dei tempi dell'orfanotrofio l'avrebbe ospitato per qualche giorno. Poi sarebbe partito per l'America.

Francesco interruppe la lettura e allungò sul letto il corpo indolenzito: quelle parole l'avevano talmente catturato che per tutto il tempo non aveva mosso un muscolo. Guardava esterrefatto ai fogli che stringeva in mano e non riusciva a capacitarsi di quanto aveva letto. Matteo era stato il suo migliore amico e diceva invece di odiarlo, di ritenerlo responsabile della sua infelicità! E lui, come aveva potuto non accorgersi di nulla? Leonardo, inoltre, come poteva conoscere così dettagliatamente la storia di Matteo? E quest'ultimo dov'era, ora? Rimase a lungo a girare in tondo su quanto aveva letto senza che smettesse di suonargli inverosimile. Alfine, esausto e frastornato, si addormentò senza neppure accorgersene.

73

Si destò che era ormai il crepuscolo. Nella casa regnava un silenzio ovattato, disturbato appena dai rumori lontani della strada. Nel sonno i fogli gli erano scivolati di mano sparpagliandosi in terra. Fortunatamente Bettino, vista la quantità, aveva pensato bene di numerarli, così gli fu facile riordinarli. Mise da parte le pagine già lette e proseguì. Sentiva sotto le dita una quantità di fogli ancora consistente e sperò che le brutte sorprese fossero finite.

Nel nuovo continente, il talento di Matteo riscosse un ottimo apprezzamento nel settore della piccola industria e col tempo lo rese discretamente ricco. Ma il successo economico non riuscì a renderlo felice. Cominciò a frequentare donne sempre diverse e in ognuna cercava caparbiamente una nuova Giulia senza mai trovarla.

La vendetta non l'aveva affatto appagato, si era anzi aggiunta la vergogna per quello che aveva fatto, e la stima di sé era calata vertiginosamente.

Aveva preso a bere, troppo in verità, e questa fu la causa del suo secondo incidente d'auto. Ma stavolta andò diversamente, e solo il rapido intervento dei soccorsi lo salvò dal seguire la sorte del boscaiolo del Cimino. Ne uscì tuttavia piuttosto malconcio: il volto devastato, una gamba claudicante, ustioni praticamente ovunque, le corde vocali seriamente compromesse. Si sentiva ora un essere mostruoso, e nessuna Giulia lo avrebbe più guardato. Si rifugiò nel suo lavoro, ma la malinconia e l'alcol non erano certo l'ideale per stimolare la creatività, sicché trascinò una vita abulica per diversi anni.

Un giorno era a Chicago per affari e tra un impegno e l'altro si ritrovò a gironzolare per il centro finché, stanco di camminare, si lasciò andare sulla panchina di un parco. Allungò le braccia sullo schienale del sedile e chiuse gli occhi lasciando che il sole lo riscaldasse.

D'improvviso ebbe la sensazione che qualcuno lo stesse osservando. Aprì gli occhi e vide un vecchio con una lunga barba seduto sulla panchina di fronte. L'uomo lo fissava con i suoi occhi chiari senza distogliere un attimo lo sguardo. Le mani stringevano un libro che teneva poggiato sulle gambe. Matteo distolse lo sguardo, ma il fastidio di sentirsi quegli occhi puntati addosso lo spinse infine ad alzarsi per chiedere la ragione di quell'insistenza.

"Voleva forse chiedermi qualcosa?" chiese in tono ironico quando fu a due passi dalla panchina.

Solo allora si accorse che l'uomo era cieco.

Il vecchio non riuscì a trattenere una risata che lo fece sussultare a lungo.

"Cosa c'è da ridere?" chiese Matteo un filo irritato.

"Oh, nulla... Questa cosa è già accaduta altre volte ma non smette mai di farmi ridere..."

"Ma a cosa ti riferisci?"

"Oh, so bene che sentirsi osservati può irritare, infatti mio figlio mi ha provvisto di questi", disse estraendo dalla giacca un paio di occhiali scuri, "ma mi danno noia, pesano sul naso... Comunque scusami, non volevo farti arrabbiare."

"E chi si è arrabbiato?", replicò Matteo cercando di conferire alla voce un tono disteso.

"Non sei di queste parti, vero?" chiese il vecchio mantenendo lo sguardo di fronte a sé.

"No. Sono qui per lavoro. Ho un appuntamento alle sedici e nell'attesa ho passeggiato un po'."

"Ah, bene! Allora nel frattempo possiamo fare due chiacchiere... accomodati pure."

Matteo sedette sulla panchina mentre l'uomo si fece da parte per fargli spazio.

"Da dove vieni?"

"Vivo a New York, ma sono nato in Italia, a Roma."

"Ah, la città eterna! E come mai ti sei trasferito qui?"

"Per lavoro. Qui ci sono più possibilità..."

"Uhm... non sempre. Sai, non sono mica nato su questa panchina... Ma non temere, adesso non attacco con la storia della mia vita..."

"E perché? Probabilmente è più interessante della mia..." disse Matteo.

"Questo è sicuro..." replicò il vecchio.

"Ah... E chi ti dà tanta certezza?"

"Vedi, non è la mia vita ad essere straordinaria, è quella degli uomini che in genere è piuttosto noiosa. Per questo ne resto fuori. Preferisco restare un semplice osservatore, anche se cieco."

"Ah... Ma cos'hai contro la vita degli uomini?"

"Come, non li vedi? Una parte si scanna tra loro, un'altra parte sfrutta i meno fortunati, una terza uccide il pianeta, e il resto si sforza di fare tutto assieme... Ma presto raccoglieranno i frutti di quanto hanno seminato... Spero che quel giorno io sia già morto per non vedere quale afflizione colpirà questa umanità impenitente!"

"Accidenti! Ci aspetta un secondo diluvio, allora!"

"Non ci scherzerei tanto... a giudicare dal verso che stanno prendendo le cose penso proprio a una catastrofe planetaria, una grande calamità, una guerra nucleare, chissà... In ogni caso prima o poi il castigo divino raggiungerà quest'uomo dimentico del suo Dio!"

"Perbacco che visione apocalittica! Ma a quale religione appartieni?"

"Che importanza ha? Le religioni sono tutte uguali..."
"Ma se non sei religioso perché usi quel tono biblico?"
"Ma che hai capito? Per me le religioni sono tutte uguali nel senso che provengono tutte da un unico Dio! Anzi, questo è proprio uno dei capisaldi della mia nuova fede..."
"Nuova fede? Ma con che frequenza cambi religione?"
"Vedo che proprio non c'intendiamo, ragazzo... Volevo dire che questa è una fede nuova, e bada bene: parlo di una nuova religione rivelata, non di una setta."
"Ah, ecco... ma toglimi una curiosità: come hai conosciuto questa nuova fede se te ne stai sempre seduto su questa panchina? È forse sceso un angelo dal cielo?"
"No, è arrivato un tizio da terra, anzi due, e mentre parlavano fra loro qualcosa mi ha fatto drizzare le orecchie. Erano pieni di fervore per una nuova religione e mi sono accorto subito che c'era del nuovo in quello che ascoltavo. Ricordo che ne rimasi affascinato..."
"Un vero colpo di fortuna! E cosa ti ha entusiasmato in particolare di questa nuova religione?"
"Intanto, proprio il fatto che sia nuova! Non ti pare? Questo significa che i suoi insegnamenti rispondono alle necessità dei tempi! D'altronde non è una novità, funziona così da millenni! A ben guardare, quello che i profeti hanno rivelato ogni volta all'umanità, rispondeva alle esigenze di quei popoli e di quelle epoche in cui quei profeti sono apparsi. In altre parole, il loro insegnamento è stato e continuerà a essere progressivo. Un po' come a scuola, insomma, dove di anno in anno si insegna all'alunno quello che è capace di comprendere in relazione all'età. Non gli si riversa nella testa tutto in una volta! Non sarebbe neppure in grado di recepirlo.
"Se invece, ahimé, ogni religione si ritiene depositaria dell'unica rivelazione divina, allora sono dolori! Basta aprire un libro di storia per vedere quanto sangue è stato versato a causa di convinzioni di questo genere. Convinzioni ancora radicate, purtroppo..."

“Già... E quali sarebbero gli insegnamenti di questa moderna rivelazione adatti ai nostri tempi travagliati?”

“Oh, diversi... quello che mi piace di più è l’invito a compiere una libera ricerca della verità! Una ricerca che sia personale, indipendente, e non una supina accettazione della tradizione tramandata. Non dico di ignorare la religione dei padri... ma semplicemente di non accettare passivamente l’interpretazione che ne viene data. Il semplice buon senso invita a indagare personalmente: se Dio ci invia delle scritture, significa che ci ha dotato della capacità di comprenderle, non credi?”

“Certo... ma a proposito di scritture, che ci fai con un libro tra le mani se non sono indiscreto?”

Il vecchio sorrise, poi parve come annusare l’aria:“se il mio udito non m’inganna, la risposta alla tua domanda sta arrivando proprio ora...”

Matteo si guardò attorno e vide avvicinarsi dal viale un ragazzo poco più che adolescente, anche lui con un libro in mano. Giunto presso la panchina il giovane sedette accanto al cieco e lo baciò sulla guancia.

“Ecco qua i miei occhi!” disse il vecchio. “Mio nipote me li presta assieme alla sua voce per mezz’ora al giorno così che possa procedere con la lettura di questo libro! In cambio io gli spiego i passi che lui trova ostici... Uno scambio equo, non ti pare?”

Mentre parlava, l’uomo carezzò affettuosamente le mani del nipote e vi trovò il libro che il ragazzo aveva con sé.

“E questo cos’è?”

“Il testo di anatomia, zio. Domani ho un’interrogazione.”

“Ah, interessante! Credo proprio che oggi leggeremo quello!”

Il ragazzo osservò lo zio incuriosito.

“Il nostro vecchio libro cambia padrone!” aggiunse l’uomo, “e se ne va nelle mani del nostro... come hai detto che ti chiami?”

“Ehm, Matteo... ma veramente non vedo il motivo di...”

"Oh, capita così di rado che qualcuno faccia domande sulla mia religione... Ebbene, qui c'è tutto! Insomma, quasi tutto..."

Il vecchio gli porse il volume sorridendo: "Qualcosa mi dice che va nelle mani giuste... e io mi sbaglio di rado..."

Matteo afferrò il libro imbarazzato: "Non so come ringraziare... e la vostra lettura quotidiana?"

"Non hai sentito mio nipote? Domani ha un'interrogazione e deve prepararsi... Invece dello spirito dell'uomo oggi ne studieremo le ossa. Chissà, forse scoprirò perché mi tormentano!"

Nonostante fosse stato sincero nel dire che quella nuova religione era interessante, non aveva certo intenzione di sorbirsi quel tomo. La nostra epoca rigurgitava di nuove religioni, nuove sette, infiniti culti. Ogni giorno ne spuntava un altro. Antiche fedi strappate a secoli di silenzio, nuove interpretazioni di vecchi credi, comunità religiose fondate da un predicatore, un santone, un nuovo profeta. Il libro che aveva in mano era senz'altro frutto di quella proliferazione impazzita...

Al primo cestino per le immondizie che incontrò fu quasi per gettarlo via. Tuttavia il ricordo delle parole del vecchio mentre gli porgeva il volume lo frenarono. Per il momento, decise, avrebbe trattenuto il libro con sé, anche se lo considerò un gesto sciocco.

Quella sera tornò in albergo assai presto e si infilò subito a letto: era stanco, come sempre. Il lavoro lo estenuava. Non lo faceva per guadagnare, danaro ne aveva abbastanza, soprattutto per il suo modesto tenore di vita. Né vi era spinto dalla passione. Quella c'era stata all'inizio, poi, proprio con l'arrivo dei soldi, se n'era andata. Per questo era presto spossato, e a sera si trovava vuoto come un'ombra.

Come ogni notte si alzò per bere. L'alcol avrebbe sbiadito quei pensieri inutili fino a scioglierli nel sonno.

Chiudendo l'armadio si trovò riflesso nello specchio e gli parve di vedersi già morto. L'aspettavano giorni tutti uguali, privi d'ogni attrattiva o significato: faceva qualche differenza viverli o meno?

Si era affacciato a questo mondo nientemeno che con la pretesa di ascoltare un giorno la voce di Gesù, e ora trascinava quell'esistenza inutile. Gli sovvennero le predizioni apocalittiche del vecchio cieco e provò quasi piacere all'idea che una qualche calamità si portasse via tutto: gli uomini, la loro civiltà ipocrita, l'ingiustizia, la menzogna, l'odio, la stupidità... di cos'altro era fatta la società?

74

Lo aveva sempre affascinato osservare le cose dal finestrino dell'aereo. Le aree abitate assumevano un aspetto curioso e tutto appariva lillipuziano; perfino le faccende umane, considerate da là sopra, sembravano meno importanti.

L'aereo penetrò in un banco di nuvole e il finestrino divenne opaco. Aprì allora il volume regalatogli dal vecchio incontrato nel parco.

Si accorse che la persona che gli sedeva accanto, un uomo piuttosto anziano con un naso aquilino adagiato sui folti baffi, aveva subito allungato lo sguardo.

La cosa lo infastidì: si accorse che lo imbarazzava essere colto a leggere quelle pagine. Avrebbe voluto dire al vecchio: "guardi che sono una persona con i piedi per terra, io, e do un'occhiata a questa roba giusto per essere informato... voglio proprio vedere cos'altro hanno da dire questi profeti dell'ultima ora..."

Vide tuttavia che il tizio aveva aguzzato lo sguardo e già procedeva nella lettura.

"Questa roba deve averlo catturato..." si disse. Cosa diavolo ci avrà trovato? Incuriosito dall'interesse del vicino prese a leggere egli stesso.

Il primo capitolo narrava della nascita di quella nuova religione e a Matteo parve di leggere un'esatta replica di quanto accaduto a molte religioni che l'avevano preceduta: anche qui v'era stato un precursore, un fondatore, puntualmente perseguitati e imprigionati dagli immancabili oppositori. I numeri lo impressionarono: migliaia di martiri a pochi anni dal proprio esordio facevano di quella religione una cosa seria, come lo era la presenza di alcuni milioni di seguaci sparsi ora in tutto il mondo. Ma dov'erano? Come mai non ne aveva mai sentito parlare? Gli tornò in mente il sorriso del vecchio cieco e sorrise egli stesso: se stava leggendo quel libro era proprio perché ne aveva appena incontrato uno, di quei seguaci.

Ma cosa diceva quella nuova fede? Quali erano i suoi principi? Che novità portava all'uomo d'oggi? La curiosità lo spinse ad andare oltre i capitoli storici iniziali saltando direttamente a metà volume. L'uomo di fianco storse la bocca ma non allontanò lo sguardo.

La pagina dove capitò parlava del processo evolutivo dell'umanità. L'autore dello scritto spiegava che superate le travagliate fasi dell'infanzia e della fanciullezza, l'umanità era prossima all'età della maturità, ma al momento stava vivendo ancora tutte le burrasche e i conflitti tipici dell'adolescenza. Superato quel periodo tumultuoso, l'umanità sarebbe giunta all'età della maturità, dove in un mondo finalmente unito e pacificato, l'uomo avrebbe rivelato le sue grandi potenzialità.

Un'immagine davvero indovinata quella dell'umanità adolescente, osservò Matteo tornando a guardare dal finestrino. Ora le nuvole erano scomparse e l'aereo sorvolava un'immensa distesa verde che assumeva all'orizzonte tinte azzurrine.

Forse anche l'autore di quello scritto osservava le cose da lontano, volava alto con la sua fervida immaginazione. Per questo godeva di quella visione confortante. Ma è da vicino, pensò Matteo, quando ci si è dentro, che le cose del mondo appaiono nella loro crudezza e certe speranze si rivelano una mera utopia. Si accorse anzi che tutto quell'ottimismo, quella convinzione, quasi lo infastidivano. Probabilmente, si disse, anche lui, come molti, vedeva nell'odio e nella violenza degli elementi ineliminabili dalla natura umana. Ma dove portava questa convinzione in un mondo dotato di armi nucleari?

Tuttavia, continuava l'autore come se gli avesse letto nel pensiero, che dalla tenebra della preistoria l'uomo avesse percorso parecchia strada verso l'unità era un fatto incontestabile. La famiglia, la tribù, la città-stato e poi le nazioni, non erano forme di aggregazione sempre maggiori? Ma l'autore di quel volume non sembrava soddisfatto. Secondo lui anche le nazioni avevano fatto il loro tempo e soltanto un'unità planetaria, una qualche federazione di stati autonomi, avrebbe offerto una base realistica per la risoluzione dei malanni che affliggevano l'umanità. La soluzione di quei malanni, ormai, richiedeva un approccio globale e concertato.

A ben vedere, era scritto, già nel mondo degli affari e delle comunicazioni il processo dell'integrazione globale era lampante, e il mondo della politica, sebbene incontrasse parecchie difficoltà dovute agli interessi divergenti delle singole nazioni, procedeva lento ma inesorabile.

Il nostro Matteo, a quel punto, rimase non poco perplesso, e lo saresti stato anche tu Francesco, come chiunque di fronte a una visione delle cose che rivoluziona il proprio abituale modo di vedere.

Quel processo storico verso l'integrazione sociale di cui parlava quel capitolo non si poteva certo negare, sebbene agli occhi dei più l'umanità apparisse sull'orlo di un baratro. Dove altro l'avrebbero condotta il degrado morale in cui versava da tempo, la corruzione diffusa, le guerre senza fine, flagelli come la droga e la criminalità organizzata? Per non parlare dello sfruttamento dissennato delle risorse naturali e della minaccia di disastri ambientali, tragedie senza confini di fronte alle quali i governi si trovavano impotenti e i popoli sempre più avviliti e senza speranza.

Eppure, in quella ripida discesa, qualcosa procedeva da tempo in senso opposto innescando una spirale di eventi positivi. Ma perché questo 'circolo virtuoso' non saltava agli occhi come quello vizioso, per conoscere il quale bastava ascoltare un notiziario? Che il male facesse più notizia del bene era risaputo, ma quell'abitudine alla rassegnazione non rappresentava una forma di pregiudizio, una sorta di velo che oscurava ogni speranza, portava a vedere tutto grigio?

Un nuovo scenario cominciò a delinearsi di fronte a Matteo: forse alzando quel velo avrebbe potuto scorgere con chiarezza due processi opposti entrambi in atto: un processo di integrazione verso una sempre maggiore unità e un processo contrario, causa di una progressiva disgregazione dei valori morali, cui seguiva un inevitabile deterioramento nelle condizioni sociali. Si accorse che mentre quel processo distruttivo gli appariva evidente in ogni aspetto della società confermando il suo consueto pessimismo, il processo costruttivo decantato in quelle pagine gli sfuggiva, respinto da una logica poco avvezza alla speranza, figuriamoci a fantasie di quel calibro.

La questione essenziale era ormai a fuoco e si poteva riassumere in un interrogativo: quell'incapacità di credere a un futuro luminoso era l'espressione di un sano realismo o un semplice preconcetto?

Sbirciò il volto del signore accanto quasi cercando una risposta e lo trovò assorto nella lettura. Era quasi per chiedergli un parere quando il sorriso della hostess attirò la sua attenzione sul carrello del pranzo.

Mentre masticava a fatica un pollo stoppaccioso contornato da grigi pisellini in umido prese a rimuginare sulla propria incredulità. Saltava fuori in modo così immediato, quasi automaticamente, da suscitargli qualche sospetto sulla sua origine. Quello scetticismo, quella sfiducia, non apparivano affatto il prodotto di una riflessione, quanto piuttosto di una convinzione preesistente, come quel pollo che era stato cucinato chissà quando ed era pronto per essere consumato all'occorrenza.

Ma allora, quando e perché si era radicato in lui quel pessimismo? Forse quando aveva perduto la sua fede, pensò. In fondo, la stessa sfiducia che affliggeva i popoli occidentali non era seguita alla secolarizzazione della società? D'altronde di religioni ne erano apparse tante nella storia, generando speranze puntualmente disilluse. Almeno così appariva a molti. Se fossero davvero servite a qualcosa, dicevano quei molti, oggi l'umanità non si troverebbe certo in un abisso morale.

Anche a questo il volume rispondeva, proseguendo con la stessa sicumera, con una semplice metafora: un albero fruttifica solo dopo aver raggiunto un certo stadio del proprio sviluppo, precisava. Prima d'allora, nonostante l'arrivo della buona stagione, non produce né fiori né frutti. Ciò non toglie, tuttavia, che nel frattempo prosegua nel suo accrescimento. Anche la società umana, una volta entrata nell'età della maturità, avrebbe prodotto i frutti dell'unità e della pace globale profetizzate da millenni. Lo scopo delle precedenti religioni era stato quello di preparare l'umanità, sia spiritualmente che materialmente, a questo grande giorno, consentendole di evolvere dalla tenebra animale all'attuale civiltà. E quello scopo l'avevano svolto egregiamente, per chi sapeva guardare alle cose con mente aperta.

Il passo successivo, il sorgere di una società globale, non solo non rappresentava affatto una visione utopistica, ma non era neppure una questione di scelta! L'unificazione degli abitanti del pianeta era ormai inevitabile, rappresentava il prossimo stadio del lungo processo dell'evoluzione sociale. Tutte le trascorse esperienze, i precedenti passi evolutivi, condizionavano pesantemente il presente, premevano forte in quella direzione.

Le parole del nuovo messaggero divino avrebbero guidato l'umanità in quel lungo percorso verso la pace mondiale, una pace dove le diversità nella cultura e nei costumi dei popoli non sarebbero state più causa di conflitti ma di ricchezza e varietà, allo stesso modo di come dei fiori diversi abbelliscono uno stesso giardino.

Un quadretto delizioso, non c'è che dire... pensò Matteo quasi intimidito da tanto convincimento.

Si avvide, nel mentre, che il signore con i baffi aveva smesso di leggere e guardava altrove annoiato. Tutto quell'ottimismo deve averlo nauseato, pensò. D'altronde era da un pezzo che certi argomenti non attaccavano più: messaggeri divini che portano la pace, l'avvento del regno di Dio sulla terra... Come si poteva credere ancora a quelle favole?

Mentre osservava il tizio emettere un lungo sbadiglio sentì il proprio interesse impallidire rapidamente. In fondo, pensò, gli era già accaduto di strappare inviti, cestinare opuscoli trovati nella posta, allontanare fanatici che insistevano per salvargli l'anima. Chiuse il volume abbandonando le mani sulle gambe: appena fuori dall'aereo, decise, se ne sarebbe liberato.

"Posso?" chiese il signore accanto indicando il libro sulle sue ginocchia.

"Certamente!" replicò sorpreso Matteo.

Il vecchio ritrovò la pagina che stava leggendo e proseguì con attenzione.

Matteo rimase a bocca aperta: il tizio era tutt'altro che annoiato, e sicuramente se poco prima stava guardando altrove era perché aspettava che lui si decidesse a voltar pagina. Ancora una volta l'interesse dell'uomo lo contagiò. Si accorse, anzi, che restare indietro nella lettura lo seccava. Cercando di non farsi notare allungò il collo per leggere.

"Prego!" disse subito il vecchio mettendo il libro nel mezzo.

Matteo ringraziò imbarazzato e riprese a leggere in quella scomoda posizione.

I paragrafi successivi esponevano i principi della nuova religione, i quali non potevano che suscitare approvazione anche se alcuni, trascorso oltre un secolo da quando erano stati pronunciati per la prima volta, avevano perso il sapore della novità. Tuttavia era proprio averne parlato in tempi così remoti che rivelava una lungimiranza profetica, sottolineava argutamente lo scritto.

Il vecchio picchiettò con l'indice sulla pagina per sottolineare l'importanza di un paragrafo. Parlava dell'armonia, considerata indispensabile, tra scienza e religione. Per chiarire il concetto, l'intelligenza umana veniva paragonata a un uccello le cui ali rappresentavano rispettivamente la scienza e la religione. Se l'uomo avesse tentato il volo soltanto con l'ala della religione, era scritto che sarebbe caduto nel pantano della superstizione. Al contrario, tentando di volare con la sola ala della scienza, sarebbe sprofondato inevitabilmente nel fango del materialismo.

Davvero appariva tutto molto sensato, pensò Matteo. Ma lui perché non sperimentava lo stesso entusiasmo che avvertiva invece nell'uomo che gli sedeva a fianco?

Una volta in aeroporto i due scambiarono qualche parola durante la coda per il taxi.

"Beh, grazie per la compagnia!" disse il vecchio. "Spero abbia trovato interessanti gli argomenti di quel libro."

"Se desidera può tenerlo", rispose Matteo porgendo all'uomo il volume.

"Oh no, grazie. Conosco bene quegli argomenti, anche se non avevo letto quel libro che trovo assai ben fatto..."

"Ah... dunque lei già conosceva questa nuova religione..."

"Beh, per me non è più tanto nuova, visto che ne faccio parte da quasi quarant'anni!"

L'uomo non fece in tempo ad aggiungere altro: era giunto il suo turno e dovette salire sul taxi.

"Se lei è di New York ci rivedremo senz'altro!" disse dal finestrino.

Matteo rimase sul marciapiede fissando l'auto che si allontanava. Ora il comportamento di quell'uomo gli suonava diversamente. Doveva riconoscere, comunque, che era grazie a quel vecchio con i baffi se ora conosceva qualcosa di quella nuova fede. Era stato proprio quel suo interesse nella lettura ad averlo attratto di nuovo. Gli sovvenne lo sguardo opaco del vecchio incontrato nel parco e pensò che il destino doveva tenerci proprio ad avvicinarlo a quella nuova religione. Che la vita fosse tornata a interessarsi a lui? Che altro voleva, ancora?

75

Sul taxi che lo portava dall'aeroporto verso casa continuò a rimuginare sui ponderosi argomenti saltati fuori da quel libro. Tutto quel ragionare in termini planetari si associava nella sua mente ai vasti paesaggi osservati dall'aereo ed ebbe l'impressione di aver vissuto sinora chiuso in una scatola assieme ai suoi rancori.

Giunto a casa, la prima cosa che fece fu di buttarsi sotto la doccia. Si sistemò quindi di fronte al televisore con la bottiglia accanto. Passò da un canale all'altro finché si fermò alle immagini di un documentario sulla natura abbassando il volume. Quelle letture in aereo l'avevano fatto sentire zeppo di preconcetti, di convinzioni talmente radicate da impedirgli di vedere liberamente. Si accorse che il desiderio di alzare quel velo cominciava a farsi sempre più forte.

Avvertì, sebbene ancora indistintamente, che un soffio d'aria nuova stava entrando nella sua piccola esistenza, che nel procedere monotono della sua vita si stava delineando uno scenario completamente nuovo. Non avrebbe mai immaginato di essere pronto per tutto questo. Ma lo era davvero?

I mesi che seguirono furono tormentati dal dubbio. A tratti la vecchia visione del mondo, quel 'buon senso' che lo aveva sempre guidato, gli suggerivano che stava perdendo la testa. La sfiducia rigurgitava, lo spingeva a ritrarsi da quella che gli appariva ora una follia, ora una semplice bolla di sapone. Voleva davvero farsi lavare il cervello?

Ma cosa c'è di così prezioso nel tuo cervello - gli rispondeva una nuova voce dentro di sé - se non vecchie dottrine che non ti hanno certo salvato da questa morte nella vita che trascini da anni?

Tornò con maggiore attenzione sulle pagine di quel libro e altri se ne procurò, approfondì vari argomenti e si accorse che gli insegnamenti di quella nuova fede gli suonavano appropriati e al passo coi tempi. Il dubbio, l'incredulità, erano ancora lì, acquattati in un angolo della mente con il dito puntato, oscillando tra la condanna e la derisione. Ma ormai non si identificava più con quelle voci, neppure le ascoltava. Sapeva che le abitudini erano dure a morire, ma prima o poi, non trovando più il suo assenso ad alimentarle, sarebbero morte di inedia.

Iniziò a frequentare alcuni seguaci di quella nuova fede residenti a New York, mantenendo tuttavia – almeno inizialmente – un atteggiamento prudentemente scettico. Ma più si immergeva nello studio di quegli scritti più sentiva di riacquistare le ali che aveva perduto molto tempo prima, riacquistava quella passione che aveva acceso le sue aspirazioni giovanili, i suoi sogni ingenui ma pieni di vitalità.

Poteva ben dire che quanto aveva appreso durante quel viaggio in aereo gli aveva ampliato lo sguardo: ora riconsiderava l'aspetto religioso in un contesto più universale, sentiva i suoi pregiudizi saltare uno ad uno sotto la pressione di nuove e più vaste acquisizioni di pensiero e di fede, si emozionava a scoprire il Corano e la Bhagavad Gita, a rileggere la Bibbia e il Vangelo, e quelle parole gli rivelavano nuovi significati che in passato non aveva saputo cogliere.

Vide che il suo desiderio giovanile che Gesù gli parlasse era stato ingenuo ed egoista, come lo era stata la sua ricerca di una santità personale dove il prossimo non era che un tramite. Gesù non gli parlava ogni giorno attraverso la lettura degli scritti sacri? A chi appartenevano le parole dei vangeli?

Sebbene uno dei suoi scopi primari fosse di raggiungere un nuovo ordine mondiale fondato su valori universali, anche il cuore di quella nuova fede era essenzialmente mistico, e la prima cosa che chiedeva all'individuo era di liberarsi dall'asservimento agli istinti animali familiarizzando invece con le realtà dello spirito.

Come Gesù, anche il nuovo messaggero suggeriva a ogni uomo un percorso di trasformazione spirituale. In questo cammino Matteo si inoltrò con entusiasmo e determinazione. L'inizio fu invero penoso, e a volte aveva la sensazione di non avanzare d'un passo. Ma quella prima fase trascorse e presto poté misurare su se stesso i progressi compiuti.

Lentamente ma inesorabilmente apprese a cercare la felicità là dove poteva essere trovata: una felicità che nessuno avrebbe potuto sottrargli. Col tempo una pace profonda lo penetrò nell'animo e gli affanni della vita non lo toccarono più. Le brutte notizie lo sfioravano appena in superficie, ma dentro di sé la pace regnava indisturbata.

Trascorse diversi anni in quel continuo progresso interiore, finché gli giunse una notizia che riuscì a oscurargli il cuore. Puoi immaginare quale fosse, Francesco.

Matteo riceveva regolarmente vostre notizie attraverso conoscenze comuni, e quella volta seppe che Giulia era in ospedale per un male incurabile.

Aveva dimenticato cosa fosse l'angoscia, il batticuore.

Si precipitò a Roma e si recò da Giulia senza avvisare, fuori dell'orario di visita, per non rischiare di incontrare te o qualche parente. All'ospedale gli dissero di tornare nell'orario per le visite, ma dietro le sue insistenze e in considerazione del fatto che veniva da lontano gli concessero qualche minuto.

Da quanti anni non vedeva Giulia? Certo lei non l'avrebbe riconosciuto ridotto com'era da quell'incidente stradale. Quando entrò nella stanza il cuore gli batteva forte.

Si avvicinò ma non ebbe il coraggio di chiamarla o di far udire la sua presenza. Trattenne il respiro dall'emozione, mentre una folata di ricordi gli portava davanti agli occhi immagini, volti, momenti della loro gioventù.

Depose il mazzo di fiori che aveva con sé su un tavolo vicino al letto, ma in quel silenzio il frusciare della carta che lo avvolgeva fece voltare Giulia.

Il volto scavato della donna lo impressionò. Appariva pallida e sofferente, ma la malattia non aveva cancellato quella dolcezza dello sguardo che Matteo conservava stampato nella memoria. In quante donne aveva cercato disperatamente quel volto? Ora che l'aveva davanti a sé, avvertì con certezza che Giulia era stata la donna della sua vita. Una donna che non gli aveva vissuto a fianco ma nella testa, ma questo non faceva che rafforzare quella convinzione.

"Buonasera...", disse Giulia con voce debolissima.

"Buonasera Giulia... posso parlarle qualche minuto?"

La donna annuì, cercando a fatica di tirarsi un po' su.

"Sono Matteo, Giulia."

"Matteo... Matteo chi...?"

Quella che seguì fu una confessione, Francesco, come lo è stata nei tuoi confronti quella vergata su queste pagine.

Matteo raccontò tutto. Il suo dolore giovanile, l'incidente stradale, l'odio e il desiderio di vendetta, il pentimento. Fu più difficile di quanto avesse immaginato ammettere quel comportamento meschino davanti allo sguardo della donna che amava, ma si era imposto di farlo, e lo fece senza mezzi termini. Ma Giulia gli aveva perdonato tutto prima ancora che finisse di parlare, sembrava che l'unica cosa che la colpisse fosse sapere che l'amico creduto morto per anni era invece lì davanti ai suoi occhi e il viso le si riempì di gioia.

Con una forza insospettata si mise a sedere sul letto e lo abbracciò a lungo ripetendo incredula il suo nome. Volle sapere ogni cosa di lui, e stette ad ascoltarlo finché non giunse qualcuno ad avvisare che il tempo concesso era terminato. Quando Matteo si chinò per salutarla, Giulia lo trattenne afferrandogli il polso. Il suo viso si era rabbuiato e aveva gli occhi lucidi per quello che si preparava a dire.

Era in pensiero per te, Francesco. Temeva che rimasto solo potessi commettere qualche sciocchezza o quanto meno tornare a isolarti dal mondo come avevi fatto alla morte di tua madre. Nella tua afflizione percepiva una rabbia che la spaventava e non sapeva come sarebbe esplosa. Trascorreva le giornate ad arrovellarsi su quel pensiero e non vedeva alcun modo per aiutarti perché al minimo accenno tu rifiutavi di proseguire.

Chiese a Matteo quanto intendeva trattenersi a Roma. Le rispose che poteva restare quanto voleva, era anzi venuto per rimanere qualche tempo e aveva fatto un biglietto aereo di sola andata. Mentì su tutto, perché aveva già intuito la richiesta della donna, la quale gli chiese di divenire il tuo angelo custode. "Almeno per i primi tempi", aveva detto, "finché non si abitui alla nuova situazione."

L'infermiere passò di nuovo nel corridoio bussando con le nocche sulla porta.

"Devo proprio andare", disse Matteo, "tornerò a trovarti."

La donna si lasciò andare sul letto con un sospiro. Ora aveva il volto disteso e fissò l'amico con uno sguardo colmo di gratitudine: "il cielo ti ha mandato", sussurrò.

Quando Matteo si chinò a baciarle la fronte un pensiero improvviso lo raggelò. Forse era l'ultima volta che vedeva la donna. Aveva sempre vissuto lontano da Giulia, ma in quel momento sentì che il mondo, privo di lei, gli sarebbe parso vuoto e insignificante.

Quella, Francesco, fu la prima e l'ultima volta che la nuova fede di Matteo vacillò. Il dolore lo fece ribellare, protestare indignato, proprio come hai fatto tu cento e cento volte.

Fu proprio l'incarico affidatogli da Giulia a distrarlo da quei pensieri: mise quindi da parte il suo dolore e prese a occuparsi del tuo. Non era quella la strada che aveva scelto quand'era ancora un ragazzo?

Tuttavia non fu cosa facile per Matteo sorvegliarti. Aveva omesso di dire a Giulia che non aveva affatto intenzione di rivelare anche a te la sua identità. Prese quindi a vigilare come poteva e chiese a Bettino di dargli una mano.

La soluzione definitiva piovve dal cielo quando tua zia ebbe la felice idea di proporti un inquilino per farti compagnia. Matteo colse la palla al balzo. Era certo che non l'avresti riconosciuto, ma per maggior sicurezza si presentò con un altro nome. In onore al suo talento ingegneristico, scelse il nome di Leonardo.

Il resto della storia lo conosci, Francesco. Sono ore che parlo e Bettino scrive. Il filo di voce di cui disponevo se ne è quasi andato del tutto, e prima che si esaurisca vorrei fare un'ultima precisazione.

Ricordi quando un temporale estivo ci costrinse a ripararci sotto il portico del tempio di Vesta? Parlammo a lungo quella sera, e ti dissi che anche le religioni avevano le loro diverse fasi, le loro stagioni. Vorrei aggiungere, ora, che così come l'avvicendarsi delle stagioni naturali non avviene bruscamente da un giorno all'altro ma esiste una fase di transizione assai sfumata, anche per le stagioni spirituali accade la stessa cosa.

Quando il nuovo messaggero appare, solo un manipolo di anime pronte lo riconosce e lo segue, e prima che la sua forza di rinnovamento divenga palese in ogni cosa passerà del tempo. Questo per dirti che, avendo il nuovo messaggero già compiuto la sua missione sulla terra, la primavera è già iniziata, i semi di una nuova luce stanno germogliando, il sole spirituale aumenta il suo splendore di giorno in giorno, ma solo occhi puri e attenti possono accorgersene.

Man mano che progredirai sul tuo percorso di trasformazione spirituale questi segni ti appariranno sempre più chiari e imparerai a distinguerli facilmente dagli effetti della stagione invernale che stanno avvicinandosi alla loro fine. Presto le piogge primaverili spazzeranno via ogni foglia morta e la nuova vita che si agita in ogni cosa uscirà alla luce rinnovando l'umanità intera. Perciò, amico mio, non rattristarti di essere nato d'inverno come facesti quella sera, apri invece i tuoi occhi alla primavera, rallegrati di essere tra i pochi che sono consapevoli di questa rinascita!

Beh, Francesco, ormai avrai intuito da un pezzo che ciò che hai udito dalla mia bocca durante questi mesi non era farina del mio sacco. Ma l'indovinello che troverai alla fine di questa lettera è una creazione di Matteo. Come sai, gli indovinelli erano un vezzo al quale il tuo amico non ha mai saputo resistere! Abbiamo tanto parlato del percorso spirituale dell'anima ma esiste anche un itinerario terreno capace di influenzarci profondamente, ed è quello che tocca i luoghi dove il cielo ha lasciato le sue tracce sulla terra.

L'indovinello ti suggerirà la strada, e se un giorno la percorrerai scoprirai che anche camminando su questa terra il nostro spirito può volare alto nei cieli.

Credo sia giunto il momento di salutarci, amico mio. Sappi che mi ha legato a te un sentimento profondo e sempre vivo, anche quando l'ombra del risentimento lo nascondeva ai miei stessi occhi.

Porto con me tanti volti, ma in particolare quelli di tre persone, una delle quali sei tu. Sulla seconda non puoi sbagliarti, vero? Ma la terza non la conosci: è un vecchio cieco di Chicago. Non so nulla di lui, neppure il nome. Ma entrambi gli dobbiamo qualcosa.

Addio, amico mio,

Matteo

76

Sul mare tra le terre,
ai piedi della montagna sacra
una bianca scala mena alla cima
ma soltanto nove livelli
conducono alla Porta.

Se vi entrerai con desiderio,
ti condurrà presso la Gloria
oltre la mezzaluna di sabbia
oltre la città prigione
là dove chi insegue la Luce
volge il cuore ogni giorno.

Il primo rigo l'aveva compreso nello stesso istante in cui l'aveva letto: *Mediterraneo*, in latino, significava appunto "in mezzo alle terre". Ma al secondo rigo si era già arenato: di quale montagna sacra si parlava?

Il pensiero era corso subito ai monti nominati nella Bibbia, ma già a una prima indagine si era trovato di fronte a decine di nomi. Di alcuni monti aveva trovato vecchie fotografie e illustrazioni, ma nessuna che mostrasse le caratteristiche descritte dall'indovinello. La presenza di una scalinata che percorreva il monte dai piedi alla cima, nonché quella di un edificio posto all'altezza del nono livello, dove l'indovinello collocava una misteriosa porta, erano elementi difficili da verificare, specialmente in assenza di illustrazioni.

Dopo aver messo sottosopra la biblioteca dello zio senza cavare un ragno dal buco, Francesco sentì le proprie speranze affievolirsi. Forse Matteo aveva sottovalutato la difficoltà di quell'indovinello, si disse.

Quella notte dormì poco e malamente. Una girandola di sogni lo tormentò sino al mattino. In quel viavai di immagini gli apparve Leonardo che gli sorrideva dalla sua poltrona preferita. Sentiva di dover dire al suo inquilino qualcosa di importante ma per quanto si sforzasse non gli usciva una parola di bocca. L'amico prendeva quindi a sghignazzare, risate agghiaccianti che avevano il suono di frustate e che lo spaventavano a morte. Fuggiva, allora, correva a perdifiato attraverso paesaggi polverosi che ricordavano le vecchie illustrazioni trovate nei libri dello zio. Sentendosi smarrito cercava una via, chiedeva aiuto a delle figure dalle vesti orientali che rispondevano in lingue incomprensibili.

Con le prime luci dell'alba quell'andirivieni di immagini svaporò nel nulla. Come una roulette finisce di girare con la pallina ferma su un numero preciso, così quella giostra di immagini s'era fermata lasciandogli davanti agli occhi un'unica scena: la grande Piramide di Cheope, così levigata da brillare al sole, incombeva sopra delle figure lillipuziane che la osservavano ammirate. Tra queste, in un angolo, due carmelitani scalzi tenevano al laccio i loro cammelli.

«Questa notte la mia mente deve aver fatto un gran minestrone...» pensò mentre sciacquava la bocca dal dentifricio. Quando sollevò il capo incontrò il proprio sguardo nello specchio. Sarebbe riuscito, ora, a recarsi nello studio a dipingere, con il foglietto dell'indovinello che gli bruciava in tasca? Certo che sarebbe riuscito: non aveva altro da fare per il momento.

Si pose di fronte al pannello raffigurante l'autunno e prese a lavorarvi come un automa. Era distratto, la testa ancora confusa da quel bailamme di immagini apparse nel sonno. Chissà per quale misteriosa ragione, si chiese, di tante scene che aveva sognato, la sua mente aveva deciso di trattenere soltanto quel paesaggio con la Grande Piramide. Forse Enrico glielo avrebbe saputo dire, ma Enrico non c'era più.

Fu mentre aveva quell'immagine nella testa che scattò l'associazione di idee. Si sorprese per non averci pensato prima. Quell'intuizione poteva significare un avanzamento deciso nella soluzione dell'indovinello. Lasciò i pennelli e corse ad aprire l'enciclopedia che gli aveva lasciato Leonardo. Non gli ci volle molto per trovare una conferma. Una fotografia era lì, a dirgli che l'avventura riprendeva.

77

Sebbene scalpitasse, la paura di volare l'aveva costretto ad affrontare il viaggio per mare. Come se non bastasse, il giorno della partenza si era trovato addosso una febbricola che non prometteva nulla di buono. Sperò di rimettersi durante quei tre giorni di viaggio, ma non fece che peggiorare. Il medico di bordo diagnosticò una semplice influenza e insistette perché se ne stesse rintanato in cabina, ma la febbre continuò ad aumentare. Nel frattempo il suo cuore trepidava: «avrebbe trovato quello che cercava? E in quello che cercava cosa avrebbe trovato?»

Dopo un paio di giorni trascorsi a letto, aprendo gli occhi dal continuo dormiveglia gli parve che le pareti della cabina si fossero avvicinate l'una all'altra. Picchiò con il pugno sulla parete e quasi subito apparve sulla porta Vincenzo, un giovane sulla trentina che alloggiava nella cabina accanto. In quei giorni si era preso cura di lui assicurandosi che controllasse la temperatura, prendesse le medicine nei momenti stabiliti, mandasse giù qualcosa nonostante la mancanza di appetito. Oltre a una curiosa attrazione verso quell'uomo perennemente assorto in chissà quali pensieri, il giovane era incuriosito dall'alone di mistero che circondava il suo viaggio. Francesco non se l'era mai cavata bene con le bugie e quando Vincenzo aveva chiesto dove era diretto, quel poco che aveva farfugliato era suonato poco convincente. Il giovane aveva mangiato la foglia, proponendosi di tornare sull'argomento quando Francesco si fosse rimesso.

«Ho bisogno di fare due passi, Vincenzo... verresti a farmi compagnia? Da solo non me la sento, questa febbre mi ha spossato...»

«Ma scherzi? Sei ancora debole, il dottore ha detto...»

«Al diavolo il dottore! Ho bisogno d'aria, devo uscire da questo buco...» insistette Francesco tirando via le lenzuola.

«Che testardo! Aspetta, ti do una mano...»

Una volta in piedi Francesco si rese conto di quanto fosse debole. La vista gli si offuscò, le gambe gli tremarono e dovette sedersi di nuovo.

«Accidenti... ma siamo sicuri che si tratti d'una semplice influenza? Non mi reggo in piedi...»

Il giovane lo fissò un istante, quindi gli fece segno di aspettare e uscì dalla cabina.

«Che te ne pare?» disse rientrando poco dopo con una sedia a rotelle. «L'avevo notata in infermeria l'altro giorno, e visto che non serve a nessuno...»

«Ti sbagli se pensi che io salga là sopra...»

«E tu ti sbagli se pensi di salire in coperta con le tue gambe, visto che non ti reggono. Io non voglio responsabilità, perciò o così o niente...»

Francesco sedette sulla carrozzella.

«Tutto sommato è abbastanza comoda... Il medico non ha fatto storie?»

«Se avessi incontrato il medico pensi mi avrebbe permesso di portarti fuori?» replicò Vincenzo.

«Beh, allora sbrighiamoci...»

Appena in coperta sentì l'agitazione svanire. Il cielo limpido si rispecchiava in un mare tranquillo, appena increspato da una leggera brezza. Allungò lo sguardo verso l'orizzonte e respirò profondamente.

Cos'era accaduto? Gli era parso che le pareti di quella cabina gli si stringessero addosso come quelle di un ascensore. Sapeva bene che la sua claustrofobia si faceva viva solo quand'era di cattivo umore. Qualcosa in lui si era spento?

Scivolò con lo sguardo sulla superficie luminosa dell'acqua. Da quanto tempo non vedeva il mare? Ricordò la gioia irrefrenabile che l'aveva afferrato la prima volta, da bambino, quando gli zii l'avevano portato al lido di Ostia a vedere il tramonto. Quella scia luminosa che saltellava sulle onde fino ad arrivare ai suoi piedi gli era parsa come una mano protesa con amore, una promessa misteriosa che l'aveva acceso di una felicità sconosciuta. Era scoppiato in lacrime, e mentre la pioggia lo bagnava gli era parso che l'universo intero sussurrasse al suo cuore parole dolcissime.

Altre volte quel senso di beatitudine l'aveva invaso, ma quella promessa, ogni volta ripetuta, non si era mai concretizzata in nulla, nonostante lui l'avesse custodita nel segreto del cuore, nascondendola perfino a se stesso, come Leonardo gli aveva fatto notare.

Si chiese per quale motivo, proprio adesso che sentiva di essere a un passo dallo svelare l'enigma lasciatogli da Matteo, qualcosa dentro di lui gli avesse fatto lo sgambetto. Avrebbe dovuto farsi forza, si disse, e proseguire sulla via che aveva intrapreso, ma la febbre sembrava averlo fiaccato anche nello spirito. Come attizzare di nuovo quell'entusiasmo che l'aveva portato su quella nave?

Ancora una volta gli sovvennero le parole di Leonardo:

«una candela può dare tanta luce, ma non è in grado di accendersi da sola.»

Aveva ancora davanti agli occhi l'immagine del suo inquilino mentre pronunciava quelle parole, quel suo sguardo senza nuvole, quel sorriso sghembo. Quella sera in trattoria si parlava delle grandi potenzialità dell'animo umano, della necessità di un educatore divino che ne suscitasse il risveglio. Dunque avrebbe dovuto pregare, supplicare quello stesso Qualcuno che stava ancora cercando, di accendere di nuovo il fuoco nel suo cuore? Sentì di non averne la forza, e neppure la convinzione.

Chiuse gli occhi e lasciò che il sole lo riscaldasse.

Inaspettatamente, qualcosa dentro di lui gli suggerì che quel viaggio era già una sorta di preghiera. Quel pensiero lo sorprese, quasi non gli appartenesse. Era forse la propria mente che cercava di sistemare le cose a modo suo? Non seppe rispondersi, ma quella voce lo convinse, lo calmò, lo incoraggiò a proseguire.

«Riportami in cabina, Vincenzo. Grazie per la passeggiata, ora mi sento meglio.»

Dall'oblò la luce del mattino iniziava a rischiarare la cabina. Guardò l'orologio: la nave avrebbe attraccato entro un paio d'ore. Picchiò con forza alla parete.

Il giovane apparve in pigiama strizzando gli occhi sorpreso. «Perdonami Vincenzo, ma devo assolutamente salire in coperta...»

«Adesso? Non hai visto che brutta giornata? Il tempo è cambiato e c'è un'umidità terribile. A proposito, il dottore dice che prima di recarti in albergo dovresti farti accompagnare in un ospedale per un controllo. Viste le tue condizioni non mi sembra affatto una cattiva idea...»

«Va bene Vincenzo, appena vedi il dottore digli pure che sono d'accordo. Ma ora portami fuori di qui per favore...»

«Non ti capisco», disse Vincenzo, «tra un paio d'ore saremo in porto, l'aria sarà più calda e forse sarà uscito il sole... cos'è questa fretta?»

«Nessuna fretta... è che voglio vedere la costa dal mare, si ha una visione differente che da terra...»

«Ma allora non è la prima volta che vieni qui...» chiese Vincenzo incuriosito.

«È la prima volta... ma ho visto un dipinto assai suggestivo e vorrei mirare lo stesso scenario dal vivo.»

«Un dipinto?»

«Per essere precisi, la fotografia di un dipinto... Possiamo andare ora?»

Una volta sul ponte si accorsero che una densa foschia circondava lo scafo impedendo la visione già a pochi metri.

«Temo che dovrai accontentarti della tua fotografia», disse Vincenzo.

«Spostiamoci a prua», suggerì Francesco.

Il giovane spinse la carrozzella fino all'estremità della nave, quindi si fermò a pochi metri dalla bandierina di prua.

«Tra un'ora dovrebbe apparire la costa», disse Vincenzo osservando l'orologio, «sempre che questa nebbia scompaia.»

Francesco abbandonò il capo sullo schienale della sedia e immerse lo sguardo in quel muro opaco che aveva di fronte. La prua della nave vi penetrava silenziosamente e quel muro grigio si apriva ad accoglierla, sembrava inghiottirla nel nulla. Gli parve che la sua vita avanzasse nello stesso modo, avvolta da una nebbia ambigua che negava ogni certezza. A volte in quell'eterna caligine le parole di Leonardo gli erano parse come l'ago di una bussola. Ma sempre tornava a dubitare che esistesse davvero un Nord.

Rimase assorto in quel silenzio nebbioso seguendo lo sciabordio lontano dell'acqua. Trascorsa una mezz'ora un vento fresco gli accarezzò la fronte destandolo dal torpore in cui era caduto. La bandierina di prua aveva preso a sventolare e una brezza decisa gli agitava i capelli.

Alzò lo sguardo e vide che il vento stava aprendo nella foschia squarci sempre più ampi. La costa era più vicina di quanto avesse immaginato: in uno di quegli squarci apparve distintamente il profilo di un monte che pareva levarsi direttamente dal mare. La vegetazione lo ricopriva per tutta l'altezza e nel mezzo, luminosa e diritta, una gradinata saliva dalle pendici alla cima.

La mano corse istintivamente alla tasca della giacca dov'era l'indovinello di Matteo e una gioia incontenibile lo inondò. Riconobbe subito la stessa gioia che l'aveva invaso da bambino quando aveva visto il sole del tramonto brillare sul mare, e come quella scia luminosa sulle onde, anche quella scalinata gli parve protesa verso di lui come una mano amorevole.

Ma quei gradini che si inerpicavano verso l'alto gli ricordarono anche il percorso di trasformazione di Leonardo. Era in ripida salita, come lo aveva sempre immaginato, ma il cuore era finalmente dalla sua parte e il tormento del dubbio parve dissolversi nel nulla.

Man mano che la nebbia si diradava quella visione lo penetrò nell'animo, lo trasportò in una regione sconosciuta di se stesso dove regnava un sentimento ineffabile vasto come l'amore, avvolgente come il cielo, profondo come l'oceano. In quella pace gioiosa gli parve di vedere il mondo con nuovi occhi. L'inganno delle apparenze svanì come un sogno al risveglio, le maschere della vita caddero una ad una e le cose, gli uomini, gli eventi, gli apparvero nella loro segreta armonia.

Sentì d'essere finalmente a casa.

Non era più solo. Si accorse di non esserlo mai stato. Un

Amico aveva sempre camminato al suo fianco, una Mano invisibile l'aveva aiutato ogni volta a rialzarsi, un Maestro interiore aveva guidato i suoi passi.

«Non andartene...» supplicò dentro di sé, «non abbandonarmi ancora una volta...»

78

Premette più volte il pulsante del campanello ma il silenzio della campagna rimase intatto.

Si pentì della sua decisione di fare una sorpresa. Cerveteri non era certo dietro l'angolo. Se il campanello non aveva suonato dovevano aver staccato la corrente elettrica, e anche le finestre sprangate lasciavano pensare ad una lunga assenza del proprietario. La villa era in cima a un'altura isolata e non v'erano vicini di casa cui chiedere notizie.

Si guardò attorno: la pioggia della notte aveva pulito l'aria e lo sguardo spaziava sino ai monti. Nel paesaggio distinse la necropoli etrusca e subito gli sovvenne la visita con gli zii, le accese discussioni all'interno dei sepolcri, la breve passeggiata con Antonia. Soprattutto, quel senso d'impotenza che aveva sperimentato durante il ritorno in auto. Non aveva risposte alle domande di Saverio che l'avevano turbato e aveva insabbiato tutto. Il pensiero di quanto allora fosse infelice gli passò sul cuore come un'ombra scura.

Salì in macchina e prese la via del ritorno. Mentre scendeva la strada sterrata che conduceva alla provinciale si imbatté in una vettura bianca che procedeva in senso opposto. Quando l'auto lo incrociò vide Antonia lanciargli un sorriso.

La donna parcheggiò davanti al portico e quando uscì trovò davanti a sé Francesco che si era affiancato con la sua auto.

«Cosa fai qui?» esclamò Antonia visibilmente emozionata.

«Ero passato per un saluto ma ho trovato tutto sprangato. Me ne stavo tornando a Roma quando ti ho visto!»

Francesco l'abbracciò e la salutò con un bacio.

«Ho accompagnato papà a casa di suo fratello, al mare. Sai che lui non guida. Resterà per due settimane a cuocersi al sole come una lucertola, cosa che lui adora...»

«E tu? Resterai per tutta l'estate a Cerveteri?»

«No di certo. Ho in programma una settimana negli Stati Uniti con una mia amica. Di ritorno andremo a riposarci un po' sulle Dolomiti.»

«Un bel programmino...» commentò Francesco.

Dopo aver armeggiato con diverse chiavi, Antonia entrò in casa e spalancò le finestre inondando il soggiorno di luce.

«Tu piuttosto, dimmi di te...» continuò la donna.

«Hai un aspetto radioso! Hai vinto alla lotteria?»

«Magari!» rispose Francesco. «Invece devo lavorare. Sto affrescando un salone in un nuovo centro per congressi e sono indietro con i tempi, sicché si resta in città. Ma Roma è assai piacevole in Agosto... le sere hanno una magia tutta loro...»

«Oh, lo so bene! Alcuni weekend vengo in città dove un'amica mi ospita nel suo attico. Ha una veduta sul Foro da mozzare il fiato. Se penso che non l'ho mai visitato...»

«Dovrai rassegnarti: è il destino dei romani. A meno che...»

«A meno che?»

«A meno che, in una delle tue visite, non ti faccia viva con me. Ci penserei io a farti conoscere i fori pietra per pietra.»

«Oh, ne sarei felicissima! Sapessi quante volte ho pensato di telefonarti quando ero a Roma...»

«E chi te lo ha impedito?»

«Non so... ad essere sinceri durante la visita con i tuoi zii non mi sembrasti granché entusiasta di quella giornata... ti vidi andar via immusonito...»

«In quel periodo avevo parecchi problemi e devi averlo percepito... Acqua passata comunque: ora sono qui e posso restare per tutto il pomeriggio, se desideri. Mi piacerebbe fare una passeggiata nel verde. Ne vedo così poco in genere...»

«Bene», disse Antonia, «per il pranzo ti porterò in un ristorantino delizioso giù in paese.»

«Perdona la curiosità, ma se al tuo ritorno non mi avessi trovato qui, saresti andata al ristorante da sola?»

«No di certo, io sono molto frugale... a volte mi basta un pezzo di formaggio...»

«E quel formaggio non possiamo dividercelo? Preferisco restare qui piuttosto che andare al ristorante. C'è più silenzio, intimità... o ci tieni a uscire?»

Intimità... Francesco stava giocando col suo cuore, si disse. Non sapeva, lui, di non essere più uscito dalla sua testa dal loro ultimo incontro. Lei, abituata a imbrigliare le emozioni tra le maglie dei pensieri, si era subito rassegnata a coltivare quel ricordo come un desiderio irrealizzabile. Ora che lo aveva davanti agli occhi l'emozione affiorava di nuovo forte e suadente. Gioiva di vederlo felice, così felice da averla contagiata. Si sentiva infatti misteriosamente sollevata, come se quella presenza avesse portato aria nuova in quel luogo silenzioso e immobile come la sua vita.

«Come preferisci», rispose, «però quel ristorante era delizioso sul serio. E poi non avevi detto che avevi voglia di uscire, di camminare nel verde?»

«Certo. Dopo il tuo formaggio...» replicò Francesco.

Era poco più che un sentiero nel fitto della vegetazione. A tratti se ne perdevano le tracce, si confondeva nel fogliame, poi eccolo delinearsi di nuovo, assumere un percorso definito che scendeva serpeggiando verso il paese. Antonia procedeva sicura. Quando lui non vedeva altro che alberi e piante, lei imboccava decisamente una direzione e poco dopo il sentiero rispuntava fuori evidente.

«E la scuola? Insegni ancora al liceo di Civitavecchia?»

«Sì, anche se quest'anno ho accumulato diverse assenze...»

«Come mai?»

«Papà... È stato poco bene.»

«Lo zio non mi ha detto nulla... Di che si è trattato?»

«Beh, diciamo che il suo frequente cattivo umore... quei brutti pensieri che spesso lo assalivano – lo sai bene perché ne parlammo – avevano preso a tormentarlo più del solito. Si era chiuso in un mutismo, non mangiava quasi più, quando il suo medico gli ha prescritto degli psicofarmaci. Non puoi immaginare la lotta che abbiamo dovuto sostenere per convincerlo a prenderli. Non sopportava di assumere medicinali che influissero sulla psiche...»

Francesco rivide il volto scavato di Saverio, quell'aria spesso adombrata, a volte rabbiosa. Il vecchio era spaventato dalle sue stesse riflessioni, ma erano la sua verità, quella che aveva trovato, e rinnegarla avrebbe significato togliere valore al proprio pensiero, al proprio lavoro, alla propria vita.

«Tante storie per assumere quei farmaci, ma il loro effetto si rivelò assai limitato», continuò Antonia. «Il dottore suggerì allora che una psicoterapia avrebbe senz'altro aiutato. Si trattava, disse, di un tipo di depressione che spesso reagisce assai bene a questi trattamenti e in tempi non troppo lunghi.»

«Saverio sul lettino dello psicanalista? Non riesco proprio a immaginarmelo!»

Il sentiero sfociò improvvisamente in un largo spiazzo dal quale si poteva abbracciare un paesaggio collinare che si perdeva all'orizzonte. Sotto di loro un paesino coronato da una torre diruta svettava su un colle circondato da uliveti.

Quel panorama ricordò a Francesco quello di Soriano nel Cimino. La gita alla faggeta con gli zii, il giorno in cui aveva dichiarato il proprio amore a Giulia, gli sovvennero con chiarezza nonostante i venticinque anni trascorsi.

Era preso da quei ricordi quando la voce di Antonia lo riportò dov'era.

«Il medico aveva visto giusto. Dopo un anno di terapia papà stava già benone e avrebbe potuto interrompere tranquillamente. Invece ha voluto continuare a tutti i costi, nonostante si trattasse di una spesa non trascurabile, visto che ha due sedute a settimana...»

Erano presso il muretto che delimitava lo spiazzo, e Antonia gli dava le spalle rivolta al paesaggio. Francesco le sfiorò delicatamente il braccio e avvertì un fremito sotto le dita.

«Beh, se Saverio continua ad andare dal suo psicoterapeuta avrà le sue ragioni. A volte c'è bisogno di consolidare le posizioni raggiunte...»

Antonia finalmente si voltò, il viso corrucciato.

«Sembra che mio padre non possa più fare a meno di vedere quell'uomo. L'avrà anche sollevato dal suo sconforto, ma al prezzo di questa umiliante dipendenza...»

«Umiliante? Ma cosa dici? E poi parli come se fosse solo tuo padre a gestire la situazione. Vedrai che il suo terapeuta saprà bene quando interrompere. Se è riuscito a sollevarlo dai suoi problemi deve sapere il fatto suo, non credi?»

Antonia lo fissò un istante indecisa, poi sbottò.

«Se vuoi saperlo, non credo a una parola di quello che dice mio padre. Forse si sarebbe rimesso in piedi comunque, senza bisogno di nessuno, non sarebbe stata la prima volta. Che conta essere di buon'umore quando si è perduta la propria dignità?»

Antonia scoppiò in singhiozzi e nascose il viso fra le mani. Francesco la strinse a sé carezzandole delicatamente il capo.

Aveva dimenticato quanto fosse dolce stringere una donna fra le braccia.

Osservò il paesaggio ondulato che fuggiva lontano inseguito dalla luce calda del pomeriggio. Aveva abbracciato Giulia, in un momento come quello. Avevano parlato del loro diverso modo di vedere le cose, del bicchiere mezzo pieno e del bicchiere mezzo vuoto. Quel giorno, in quel bicchiere, aveva trovato l'amore di Giulia.

«Antonia... non piangere, non ti chiedo più nulla», disse asciugandole le lacrime con le dita. «Mi dispiace... non sapevo... e non so tuttora veramente... ma non fa niente, me ne parlerai un altro giorno, tornerò a trovarti.»

Al pensiero che sarebbe sparito di nuovo, la donna si strinse nuovamente a Francesco.

«Non c'è molto da spiegare», disse.

«I brutti pensieri che affliggevano papà... non erano frutto delle sue annose riflessioni sulla vita. Durante l'analisi sembra emerso piuttosto il contrario...»

«Il contrario?» chiese incuriosito Francesco.

«Secondo il suo analista, papà avrebbe sofferto di una larvata depressione sin dall'infanzia. In altre parole, vedeva tutto nero sin da bambino – adesso sarebbe lungo spiegarne le ragioni. È questo suo temperamento che ha influenzato i suoi pensieri, le sue ricerche. Insomma, non sono state le sue conclusioni filosofiche a deprimerlo, ma la sua depressione a influenzare loro. Ma l'aspetto più sorprendente della vicenda è che a questa visione dei fatti, che a me fa semplicemente orrore, mio padre ha reagito in un modo che non avrei mai immaginato.»

«Scommetto che si è ripreso, si è sentito come liberato da un peso che lo opprimeva...» disse Francesco.

Antonia lo osservò sorpresa: «E tu che ne sai?»

«Non so... ascoltandoti ho avuto questa impressione...»

«È proprio così. Papà sembra tornato un bambino. A volte sembra rincitrullito. Ora non fa che ripetere che i mali del mondo non sono un peso che deve gravare sulle sue spalle. Quasi non lavora più, fa lunghe passeggiate in campagna e una volta si è anche smarrito; è come se si sentisse perennemente in vacanza.»

«E tu naturalmente ti chiedi dove sia finito l'intellettuale impegnato, rigoroso, responsabile; il pensatore che viveva il dramma degli uomini in prima persona e cercava ardentemente di trovare una ragione...»

Antonia si allontanò e lo fissò seria.

«Perché, è forse preferibile quella specie di bambino incosciente ed egoista che è divenuto ora?»

«Tuo padre non è divenuto affatto un bambino egoista ma un uomo finalmente libero dalle sue angosce. Certo, la terapia l'ha portato a scoprire che nel suo guardare alle cose indossava degli occhiali scuri, che il suo sguardo non era affatto oggettivo. Ma sono convinto che Saverio getterebbe alle ortiche il lavoro di una vita pur di tornare a guardare al mondo con occhi nuovi. Credi fosse piacevole convivere con l'idea di un Dio malvagio? Tuo padre è felice come non è mai stato, Antonia, e tornerà a usare la sua ragione con grande entusiasmo dopo questa meritata vacanza!»

La donna tacque pensosa. Non aveva considerato le cose in quel modo e forse Francesco aveva ragione. Ma perché il suo cuore non ne era sollevato?

«Sei cresciuta accanto a un uomo che era sempre di cattivo umore», continuò Francesco, «e ti sei convinta che fosse l'impegno nella ricerca a procurargli quella pena. Sono sicuro che sin da bambina devi aver maturato la convinzione che riflettere sui misteri della vita portasse inevitabilmente a soffrire. Per questo ti sei ben guardata dal seguire le orme di tuo padre. Oh, certo, anche tu ti sei laureata in filosofia e sei divenuta un'insegnante, ma non è stato certo il fascino della ricerca a guidarti nelle tue scelte. Tu insegni storia della filosofia, tramandi il frutto dei grandi pensatori, ma eviti accuratamente di mettere bocca, di valutare... Ricordo bene le tue parole durante la nostra passeggiata nella necropoli etrusca. Non eri per nulla attratta dal pensiero speculativo. Dicevi che affannarsi attorno ai problemi dell'esistenza era tempo perso, tanto restavano sempre problemi. Ricordi?»

«Certo, e non ho cambiato idea. Ma non avrei mai pensato che tu ricordassi ancora le mie parole.»

«E invece sì. Mi colpirono.»

La donna tornò a stringersi al petto dell'uomo. Avvertì il suo cuore battere lento e profondo, e chiuse gli occhi per ascoltarlo.

«Che prigione aver paura di pensare...», disse Francesco stringendole dolcemente il capo fra le mani.

«Questa testa ha sempre avuto paura di scaldarsi troppo! Beh, non è stato certo un modello invitante tuo padre, ma impara ora da lui, adesso che pensa col sorriso sulle labbra. Sono certo che Saverio non abbia mai smesso di ragionare, ha solo imparato a farlo con serenità, e non confonde più la propria inquietudine con l'ansia della ricerca.»

Antonia rimase in silenzio. In quel momento pensare l'avrebbe solo distratta da quel palpito regolare che sentiva nel petto dell'uomo. Poi un pensiero la attraversò.

«Ma è poi tanto importante inseguire la verità, Francesco? Io non l'ho fatto, probabilmente non l'ho neppure desiderato, ma vivere accanto a mio padre mi ha tormentato lo stesso. E poi quale verità? Cos'è questa verità che gli uomini cercano da sempre? A volte mi appare come un eterno fantasma, una nuvola...»

«Ho smesso da tempo di pensare alla verità come a una risposta alle domande dell'uomo», rispose Francesco.

«Domande poste male, nate nell'ignoranza, spesso nella disperazione.

«Immagino la verità come un seme, un seme che getti in terra e che mette radici, germoglia... Il sole, l'acqua e la terra ne faranno col tempo un albero che darà fiori e frutti. Ecco, quell'albero è la verità di quel seme.

«Non so quale sia la verità dell'uomo, ma è certamente qualcosa che giace potenzialmente in lui, come in quel seme era già racchiuso l'albero che ne è nato. Immagino i pensieri dell'uomo nello stesso modo. Se un pensiero, una volta messo in pratica, produce qualcosa di buono nel mondo dell'esistenza, vuol dire che quel pensiero aveva un rapporto armonico con tutto ciò che esiste e le leggi che lo regolano. Se un pensiero attecchisce nella realtà e produce frutti, quel pensiero è "vero"».

«Insomma, per te è vero soltanto ciò che si accorda con quanto già esiste», disse Antonia, «come se la verità fosse una sorta di progetto universale che sta dietro ogni cosa. Questo però non risponde alle eterne domande dell'uomo: chi siamo, cosa diavolo ci facciamo qui, qual è il nostro futuro...»

«Ma la capacità di rispondere a queste domande è già un "frutto"!» replicò Francesco sorridendo. «Non puoi pretendere di avere frutti prima di mettere rami e foglie. Anch'io avevo pretese del genere, ma non mi hanno portato a nulla.»

«Ah, è così che la vedi... dunque siamo dei semi. E quale sole ci illuminerà? Quale pioggia ci innaffierà? Quale...»

«Questo è tutt'altro discorso...» la interruppe Francesco. «Certamente dovremo sviluppare le nostre potenzialità. Un mio amico definiva questo processo come un "percorso di trasformazione spirituale..."»

«E già che c'era, il tuo amico, non ti ha fornito anche una mappa per questo percorso?»

«Di questo, visto che mi hai invitato a cena, ne potremo parlare dopo. Ora si è fatto tardi. Lascia che goda ancora un istante questo bel panorama, questo verde silenzio... Non dimenticare che io vivo in una metropoli...»

Il sole ormai basso lanciava lunghe ombre nelle valli dove una foschia azzurrina andava colorando il paesaggio.

«Si è fatto tardi, Francesco. Torniamo?»

«Sì», disse l'uomo, «torniamo, prima che faccia buio.»

Questo volume è stato stampato
nel mese di Novembre 2014
presso la Litografica Iride S.r.l.
Via della Bufalotta, 224 - Roma

Stampato in Italia - Printed in Italy